JN102787

WEP

俳句年鑑

〔二〇二三〕

WEP 俳句年鑑［二〇二三］ 目次

この一年のわたしの俳句……7

この一年のわたしの俳句

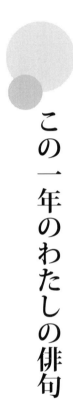

初めて俳句を書くように

池田　澄子

二〇二〇年六月に句集を纏めてその後を、「私は何処へ行くのか」と去年書いた。ゆっくり先を探そうと思い、当然のこと、答の先っぽも見えていない一年。

何年かに一度しか書かせていただくことはない様々の俳句誌から、寄稿の機会を偶々一気に頂いて驚いた。これは、来年から当分は発表の機会ナシということだ。句集以後、どう変わりたいか、どう変わろうとしているのかを考えようと思っていた。ところが、句数を纏めるだけで精いっぱい。何を書くか、どう書くか、それを考えているゆとりがない。

そして途中で気付いた。これは私にとって、危なっかしいけれど一つの恵み。何を書くか、どう書くかを考えるということは、自分の知っている範囲の中でのことになるのだから、出たとこ勝負で書いてみることにした。方向も方法も主題も考えないことに決めた。

今、数えてみたら、九月末現在は未だ刊行されていない同人誌の二十句を含めて三〇二句あって驚いた。粗製乱造の見本のようだ。思惑のゆとり無し。佳い句でありようもないが、これもまた、この時期に与えられた思惑を持たずに詠むための恵みだったと有難く思った。

来年は、じっくり書く。但しやはり、方向も、在りようも、前以ては考えず、その後の私を待つつもり。それで新しい私に逢える、なんて考えるほど能天気ではないけれど、でも、待たないよりはよいのではないか。

誰かの為に、何かの為に俳句を書いているわけではないのだから、それで自爆してもかまわないし、むしろ自爆に驚いてから死にたいものだ。

その日々、私は何を詠み書いていたのか。恥かしいけれど眺めてみた。兎も角もその日々は、引き続き人に逢えない日々だった。私は普通でも、一ヵ月に一度の句会に出席するだけなので、そう言えばいつも家に居るのだった。その一回がどれだけ大事だったか。私はこの一年、またも逢いたい逢いたいと思い続け、嘆き続けた。

逢いたいという恥ずかしき言葉青葉
お久しぶり！と手を握ったわ過去の秋
逢いたしと切に素秋の夜風かな
夕風や桜を見上げ合えば朋
愛し合うとは夕月を嬉しがる

逢えないまま、逢いたい逢いたいと言い合っていた知人友人が何人か亡くなった。私を親しく見守って下さっていた年上の方々を、更に失った。今逢わないと逢えないままになってしまう人たちを思い続けた。誰彼に、もう一度逢わずには死にたくないと日々思うのだった。お久し振りと、手を握り合いたいのだ、私は。

空青く冬草青く先生忌
六道に草青むなら靴はこれ
此の世から花の便りをどう出すか

先生忌は十二月一日。亡くなった日は冬麗の暖かい日だった。「山に金太郎野に金次郎予は昼寝　敏雄」を辞世の句と思えば、空も野も明るく美しいのだ。

その後にも、夫をはじめ沢山の人と永久の別れをして、そして困ったことに私は、あの世があるとは考えていない。それなのに、「六道」や「彼の世」に向けて思いが彷徨う。自己矛盾甚だしい。それにしてもだ。「年取れば若いと言わる敗戦日」とも書いたが、自分の加齢は、若く死んで年取れなかった戦没者を思わせた。

更に、人間以外の生き物の命が、人間のそれより軽いものではないと思うことも、気障ではないのだと切に思った。知識、理性からの認識ではなく、自分の顔を鏡で見て嘆くように、急の寒さに驚くように、空腹によって怖ろしい人里へ彷徨い現れる動物を思い心配した。

人間のエゴが招いた地球の変化に気付かされて嘆いた。そして何をどう考えどう思おうとも、私の存在は何の役にも立たない。役に立たずに此処に居るのだ。

かつて地球は、若い私の為に在ったことを思い出す。その錯覚を懐かしむ。

ハブも蚊もいつしか生まれ疲れているか
空腹の象また熊や天の川
幸あれよ薔薇の蕾を食む虫も
穴を出し蛇恥ずかしく振り向くか
木々嬉し秋ょ秋ョと小鳥たち
剝いてある林檎錆びゆき何故　空爆

衰えも、新しく出逢うものの一つとして愉しみである。これから私、自分の衰え具合を熱心に探すのかなぁと思うと、面倒やら愉快やら、やっぱり愉しみだ。折角なら書くことで、自分に都合の悪いことをも面白がってしまえたら、老いも亦面白そう、、というわけにはいかないのだろうけれど、能天気がこれからの理想、と此処に書いてしまおう。

日向は今日も静かに移動してみせる
水澄むと書いて気持がよくなりぬ
葉桜の隙間隙間や光は愛
脳の真闇の入口出口あきのかぜ

自粛再び

稲畑廣太郎

去年の俳句年鑑では「自粛」と題して、新型コロナウイルス感染症の蔓延による緊急事態宣言等で俳句に関するイベントがほぼ壊滅状態であったことを書いたが、実はその時点ではこのコロナ禍が、これを書いている令和三年十月まで続いているとは正直思っておらず、令和二年末か、三年に入ってもそれ程長期間続かずに収束しているのではないかと、心のどこかで思っていた。

ところが令和三年に入っても、一月は第三波の真っ只中で、正月も里帰りもままならない状態が続いていたのであった。それでも一応正月は兵庫県芦屋市の生家で過した。この時は句会もなくゆっくりと正月を過ごした。

初句会となったのは一月六日のＮＨＫ文化センターでの句会であった。カルチャーは感染対策を徹底した上で結構積極的に開催しているようである。

寒鴉声の乾いてゆく朝
寒灯下音潤みゆくノクターン

続けて次の日は月例で座の句会として行われる「蕉心会」という句会で、毎月東京都江東区にある名園「清澄庭園」を吟行地として行われるが、行くと門が閉ざされているではないか。コロナ対策で閉園となっていたのである。会員一同唖然としたものであった。

悴みて休園の札読む朝
吟行地探しさまよふ冬日向

句会は開催されても吟行地等が閉ざされていたりして、やはりこの時期の不便さを感じた。この「蕉心会」であるが、その後やはり句会場の都合で開催出来ない月があったが、この句会のユニークな方法として、全員に投句を郵送してもらい、幹事がパソコンで清記して、それを会員それぞれに郵送して選をしてもらい、選句を幹事に郵送して、その結果を又幹事が各自に郵送するというものなのである。リモート句会等と違い幹事の負担は大きいのではあるが、御年輩の方の中には未だパソコンに不慣れな人も多いことを考えると、一つの方法であろう。

今年も悉く句会が中止になったが、そんな中、兵庫県芦屋市の虚子記念文学館で毎月第一土曜日に行われている「芦屋ホトトギス会」は、毎月座の句会として現在十月まで行われている。八月だけは毎年夏休として開催されていないが、拙句を各一句ずつ列挙すると

丑年の丑紅買うて寿（一月）

鵜塚に魂を鎮めて春浅し（二月）
春雪や富嶽を富嶽らしくして（三月）
小斎を守り虚子忌を近づける（四月）
降り立てば人出新大阪薄暑（五月）
鰻食ぶ東下りも四十年（六月）
伯母行きて忘れ扇となりゆけり（九月）
新米に箸喜んでをりにけり（十月）

八月以外は毎月皆勤、と申し上げたいところだが、御覧の通り七月が抜けているのがお判りいただけるだろう。実は七月は三日に予定されていて、実際開催はされているのだが、私が朝東京から新幹線で向かおうとしたところ、豪雨で列車がストップしてしまい、足止めを食らってしまったのであった。この時のことを思い出してみると、新幹線が運休になってしまうと、乗車する予定の人で駅はごった返すのが普通であるが、この時は乗車出来ないと思しき人もそれ程多くなく、あまり混乱していなかったようだ。

去年は全国十一ブロックのホトトギス地方大会が全く開催されなかったが、今年は現在のところ二回開催されている。その一つは七月十八日に行われた「石見ホトトギス俳句大会」である。島根県大田市の三瓶山を吟行地とする会で、一般参加者は県内の人に限られたが、稲畑汀子ホトトギス名誉主宰も出席して、僭越ながら汀子と私の句碑が、会場である「国民宿舎さんべ荘」の敷地内に建立された。汀子の句は

さゆらぎは開く力よ月見草

という平成四年七月十九日に詠まれた句。私の句は

北斗の柄三瓶に夜涼放ちけり

という、平成二十五年七月二十日、共にこの石見ホトトギス俳句大会で詠んだ句である。この日の大会では

句碑の文字涼風なぞりゆく除幕

と言う句も詠んでいる。

ホトトギス大会でもう一つ開催されたのは九月二十六日の「北信越ホトトギス俳句大会」であるが、これはリモートでＺｏｏｍを通して行われた。

看取りてふ六百籽の露の旅

九月三十日に一応緊急事態宣言は解除となり、都心にも人が戻りつつあるようだが、そんな矢先、実はこの稿を完了する十月八日の前日の夜、東京は震度五強の地震に見舞われた。自然というものの計り知れない力と、これからも対峙して行かなければならないだろう。

旅せむ心

鈴木しげを

昨年、この欄に書かせていただいた「この一年のわたしの俳句」は「新型コロナめ」という題であった。コロナ感染拡大により句会や吟行など殆んど出来なくなってしまった、その嘆きを綴ったものである。しかし、その嘆きはコロナ禍のほんのとば口に過ぎなかった。あれから一年。コロナ感染の波は第四波第五波と爆発的に拡大、令和三年十月時点、世界では実に二億三千万余の感染者、死者は四百八十五万人を越える勢いである。

膝打つてさて策もなし秋扇
敗荷の水へわが影妻の影

「策もなし」はコロナ禍に打つ手なしと取られたがそういうことを詠んだわけではない。机辺にいつも白扇が置いてあるので退屈な折はこれを開いたり閉じたり膝を打ったりして音をたのしんでいるのである。敗荷の句は緊急事態宣言が出る前の立川にある平和公園での作。丘がコスモスの花で占められている中を丁度結婚五十年になる妻と歩いた。コロナがなければもう少し気の利いた祝もあったかと思うがコスモスの風も極楽であった。その丘を下ると今度は蓮池があり、破れた蓮の葉やくの字に折れた茎が陰画のように池の面に映っていた。その水に夫婦の影。歳月への感慨がないわけではないが敗荷の景の方が趣が深いと思うのだった。

夫婦して訪ふ泉あり風鶴忌
湧水に真竹浸けあり十二月
深大寺除夜の榾火に与りぬ

深大寺には私共「鶴」の創刊主宰者石田波郷の墓がある。また開山堂脇には師弟句碑

吹起る秋風鶴を歩ましむ　　波郷
草や木や十一月の深大寺　　麥丘人

が建っている。毎月のように深大寺蕎麦を食べながら墓に参り師弟句碑の前に立つ。毎年恒例であった波郷忌句会も二年前の五十回忌をもって一区切となった。波郷忌の十一月二十一日。各人が俳人石田波郷を胸に波郷忌を修していくことになろう。

淑気満つ甲骨文の「祈」の字
七十も終りの九の初景色

コロナ禍は相変らずながら、ステイホームだやれ自粛

生活だといってストレスを溜めてしまうのも能がない。自分は本や新聞など以前より読むようになった。句会に行かないのだから時間はある。本棚には読んでない本がいくらもあるから取り出してはつまみ読みをしている。

甲骨文の「祈」の字を見つめていると人が跪いて手を合わせた形に見える。新年の祈りがコロナに届いてもらいたい。切なる願いである。そしてぼくは七十九齢となった。いかなる景色がこののち見えてくるのか。二十歳の頃胸部疾患で入院した際、自分の生は短いと思った。父は五十二を一期としていたからでもある。

それから春になって花が咲いても一向にコロナは収束に向わない。ようやくコロナワクチン対策が動き出して、医療関係者や高齢者優先で接種がはじまった。接種の予約が取れないといってイライラがつのるというのも困ったものだが老人にとっては死活問題である。それでともかく二度目のワクチンが叶ったのが七月というわけであった。

メダルラッシュコロナもダッシュ異な夏ぞ

延期になっていた二〇二〇東京五輪は本当に開催出来るのだろうか。いやこれ以上のコロナの医療危機を考えれば開くべきではない。賛否を分けることに。でも熱戦を見てみたい。結局無観客で挙行。揚花火が夜空に虚しく爆ぜた。日本のメダル獲得はコロナ感染と軌を一にしてうなぎのぼり。喜びと憤りが綯い交ぜになった。異な夏というのがぼくの実感である。

旅したし麦の穂立ちを胸の辺に

京遠し幽霊飴も棒鮓も

波郷先生の

人はみな旅せむ心鳥渡る　波郷

の句を挙げるまでもなく本当の旅心を渡りゆく鳥に託して詠んでいる。こんなコロナ禍の時代であっても旅への思いはつのる。一句目は毎年初夏の頃に開催されていた九州地区の鍛錬会の光景が忘れがたくて詠んだ。二句目は京都や奈良の旅を恋うたもの。京都六波羅の幽霊飴も祇園の鯖鮓の味も先師麦丘人との旅の思い出につながる。来年は是非にも本当の旅に出たいものである。

秋になって俳人協会の新聞「俳句文学館」に波郷の掛軸「ひとつ咲く酒中花はわが恋椿　波郷」の作句の周辺について記事を書かせていただいた。俳人協会創立60周年記念・所蔵品紹介の一つである。波郷の格調ある筆跡はまさに眼福といってよい。もう一つ俳人協会の秋季俳句講座「私と季語」の第一回にリモート講演させて頂いた。こうした機会もコロナ禍ならではのことである。

この一年

行方　克巳

どこも痛いところがなくて今朝の秋　　克巳

七十代も後半になり、朝起きたときにどこにも痛みを感じないでいる自分がいることが、最も幸せであるということに気が付いた。頭が痛い、手や足が痛い、歯が痛い、肩や腰が痛い等々、痛みを感じるということは、個体の生命を維持するのに必要なことなのだが、辛い痛みはないのに越したことはない。

今年も新型コロナに振り回された。私にとってパンデミックは勿論初めての体験であるが、人類の歴史を振り返ると疫病に襲われた事実は何度となくある。

私の俳句においてもその被害は甚大であった。対面による句会がほとんど無くなったということは、自作を仲間に批評して貰う機会を失ったということだ。句会の醍醐味は、忖度のない選句であると信じる私にとって、俳句会が成立しない現実はとても大きな痛手であった。

疫病《ときのけ》の師走の疑心暗鬼かな　　克巳

疫病の棒線グラフ去年今年
足裏の五臓六腑や疫の五月

そもそも疫病退散祈願のために始められた京都の祇園祭が、疫病のために中止になったというのは皮肉そのものというべきだろう。

秣ほども薬出されて十二月　　克巳

かつて私は軽度の脳梗塞を経験しており、それ以来定期的に病院通いをしている。主治医は私のかつての教え子である、という恵まれた患者ではある。十二月になると来年の分まで薬がどっさり出されるのだ。

朝顔や朝つぱらから死のはなし　　克巳
人の死がわれをうながす春疾風
よき一日のごとき一生草の花
落椿踏む屍の踏み心地

古希も過ぎれば友人知人の死に遇うことも多くなる。死のイメージのつきまとう句も作るようになるということだ。私たちの俳句修業の中で、兼題は大きな要素を占めていると思う。たとえば「父の日」という季語について考えてみる。「母の日」は昔から認知されていて、今でも多くの句が詠まれているが、「父の日」は影が薄い。私

の昔の句に〈父の日や父よりうけし後生楽〉という作があるが、

父の日のなき歳時記を持ち古りし　克巳
日めくりの三日四日過ぎ父の日は
父の日の父やついでのやうにゐて

などはすべて兼題での作である。ある時「ハンカチ」という題が出された。

汕頭のハンカチーフのやうな嘘　克巳

という句ができた。ハンカチが夏の季語になっているのは暑中流れ出る汗を拭くために必要なものだからであるが、汕頭のハンカチーフなどとてもその目的にかなうとは思われない。この句十三字目までのすべてが比喩として「嘘」の一字に掛かっている。するとハンカチーフがはたして季語として認められるか否かの問題になってくる。私のイメージでは、この高級なハンカチは、多少気取った感じの婦人が、わずかの汗を押さえるようなちょっとした小道具のようなものと心得ている。だから比喩ではあるが、それなりの意味性はあるのではないかと思うのだがどうだろう。

奥の手も逃げ足もなく蓑虫は　克巳
明け暮れの点料たのみ一茶の忌
似てゐると思ふ山椒魚とわれと

私の自画像とでも言うべき句である。

明滅の滅を数へて蛍の夜
蛍火や千夜一夜のひとよにて

この夏も志賀高原の蛍の名所、石の湯温泉に遊んだ。このあたりに自然発生する源氏蛍は、三ヶ月以上にわたって観察することができる。夜は例年のごとく、夏炉の炎を前にコニャックの香りを楽しむ。旧作の〈もう誰のためにでもなく蛍飛ぶ〉は、深夜の蛍沢での所見である。

以下、私らしいと自認する句をあげてこの稿を終りたいと思う。「不要不急」の用にのみいそしんだ一年であった。

日高より驚き易き子なりけり　克巳
げんげ田に寝ころんで罪なきころよ
菊人形うしろしげしげ見られけり
艫綱の張りては弛み月見草
薄情の唇すぼめ衣被
竹梯子富士に掛けたり出初式
みちのくの夜話いまに青邨忌

持ち時間

能村　研三

八十八の創刊立志曼殊沙華　研三

炎帝の許創刊の陣備へ

昨年十月小誌「沖」は創刊五十周年を迎えた。その記念号に発表した句である。先師能村登四郎は昭和四十五年十月に「沖」を創刊した。六十歳という遅まきのスタートであったが、その創刊号には、

曼殊沙華天のかぎりを青充たす　登四郎

という句を発表している。真っ赤な曼殊沙華と満天の青空の中、一誌の帆を上げていく心意気を詠んだ句であるが、この創刊号には末広がりの八十八名の投句があった。

「沖」の創刊五十周年、本来ならば俳壇からのご来賓をお迎えして盛大に祝うつもりであったが、新型コロナウィルスの感染予防の観点から延期し本年十月に開催すべく準備を進めた。しかし長引くコロナ禍により、今回は来賓をお迎えしての祝賀会の開催を止む無く断念、一月に新年会を兼ねて内輪のお祝いの会を催すことになった。

春陰や日延べ許さる一催事

「沖」の五十周年の記念号は昨年十月に発行されたが、三百五十六頁に及ぶ大冊の雑誌となった。今回の記念号のメイン企画は「沖の源流」という企画で、創刊から現在までの「沖」に在籍した同人の作品と、それを選句推奨した新旧の主宰の選評を百二十頁を費やして掲載した。五十年間で、五三四人の人が登場し、長い歳月の中で、沖俳句がどのような作家によって変遷と進化してきたかを辿った。

「沖」は創刊以来、「伝統と新しさ」を基本理念に掲げながらも、多くの作家を育て、俳壇に輩出することを大きな目標としていた。創刊から十年、十五年を過ぎたあたりから「沖」は今瀬剛一、鈴木鷹夫、大牧広、中原道夫各氏などが俳壇でも注目される作家として育ち、それぞれが結社誌を起し主宰として新たな俳句活動を展開した。また、若手作家の育成にも力を入れ、正木ゆう子や筑紫磐井各氏など個性のある作家が育ち、俳壇的な注目を集めた。

登四郎が「沖」を創刊する際、長く在籍した「馬酔木」の主宰の水原秋櫻子先生を訪ね、「沖」という一誌を創刊することのお許しを願いに行った。師である水原秋櫻子先生は創刊を快く快諾いただいたと聞いている。

この時の秋櫻子先生の温情があったが故か、自らの弟

子たちにも、結社の独立を認め励ましのエールを送りながら新たな門出を祝ってあげた。横で見ていても主宰の度量の大きさには驚かされたが、自らの結社の方向性に自信をもっていたからだったからなのだろう。そして、自分と同じ句風を弟子たちに強いることなく、それぞれの個性を生かした句づくりを推奨した。そんなこともあってか、弟子たちの独立した結社誌とはその後も普段と変わらない交流が続きお互いに師系を誇りとして大事にしたからなのだろう。

新型コロナウィールスの感染が治まらない中、私の周辺の俳句環境も自粛を強いられる活動となり、家に籠りながら俳句活動を行った。したがって普段はあまり気にしなかった庭の草木の成長もつぶさにみることが出来たことは幸いなことであった。

私の家の庭の真ん中には、二階をはるかに凌ぐ朴の木が立っている。四十数年前私が結婚する時の祝いとして高山支部の人から貰った苗木が成長したものである。先師登四郎もことあるごとに家木である朴を詠んでいる。

朴ちりし後妻が咲く天上華　登四郎
朴咲けり不壊の宝珠の朴咲けり

家籠りが続く中、書斎がある二階から四季折々の朴の木を眺めるのも楽しみの一つで、この一年間に朴の木を詠んだものは次の通りである。

豊秋の家木の朴を仰ぐかな　研三
断崖へ飛距離を延ばす朴落葉
息継ぎの風の間に間に朴落葉
省略の過ぎしと思ふ裸木よ
寒中の芽にして朴は天を指す

昨年自身の健康のことが心配なのでかかりつけ医の進めもあって教育入院ということで三週間の入院生活を行い、退院と同時にコロナ禍の自粛が始まったので、いろいろ多忙を極めていただけに健康にはむしろ良い結果となった。

一書抜き十書が傾ぐ梅雨の書架　研三
扇子閉づ封印したる一意かな
まくなぎや抱へ込みたる些事大事
芽山椒ぱんと叩いて登四郎忌

コロナ禍の生活が長く続く中、気がついたら古希を過ぎ、改めて月日の経つのが早いことに気づいた。自らに与えられた持ち時間が静かに速く過ぎていくのにいささかの焦りといったものも感じている。

ゆく夏のしづかに速き持ち時間　研三

鮭の遡上のように

田湯　岬

毎年元旦は妻と地元の新琴似神社に初詣に出かけ、その足で年に一度のレストランでの食事をすることにしている。それを今年は二日にした。コロナ感染予防のため人出が密になる元旦を避け、一日ずらしたのだ。

それにしても、この二年余りは私にとって、激変の日々だった。その最大の理由は、肺動脈瘤出血で「道」の源鬼彦主宰を失ったことだ。

「道」は令和三年一月で、創刊六十五周年を迎えることになっていた。そんな中での源鬼彦主宰の急逝は私にとって玉音放送にも匹敵する思いだった。

文書による同人会議で、私が第三代の「道」主宰を拝命したのは令和二年十一月。私の令和三年はそうした中で幕を開けた。

銀河越え次の銀河へ師の旅は
忘れられ数戸ひつそり碇星
畏友逝く月天心の港町

先師、北光星は生前私に『俺はもうすぐ死ぬ。次は鬼さんにやってもらう。しかし、鬼さんもやがて死ぬ。そうしたら次は岬、君がこの「道」を継ぐのだ』と言っていた。その北光星は次の銀河へ移り、その後に源鬼彦が逝ってしまった。私は忘れられたように、ひっそりと師の衣鉢を守っている。冬の夜空には一年中沈むことのない碇星がWの形で見おろしている。そんな中で、小樽在住の畏友、外﨑岩光までが逝ってしまった。外﨑岩光は北光星の信頼が厚く、源鬼彦の相談相手になってくれていた。晩年は父親のように私を見守ってくれた人だった。

と、そんな句ばかり作っていると、北光星の義妹、栗田希代子さんに「しっかりしなさい、そんなことでは北光星も源鬼彦も喜ばない」と叱られた。

我もまた斯くありたしや鏡餅
くつきりと冬日のなかに手稲山
遠忌終ふあとは無窮の冬銀河
雪を掻くやがて灯点りなほも掻く

子供のころから、どっしりと家を守っている鏡餅の姿が大好きだった。自分もこうありたいと願っている。その気持ちは冬日の中に堂々と構えている手稲山を見る時も同じだ。手稲山は札幌の西に聳える山で、頂上に放送局のアンテナが林立している。

祖父母の五十回忌があった。その地、樺戸郡は自然豊かな地で、冬の銀河がくっきりと見えていた。

札幌に帰ると朝から雪が降り続け、日に何度も雪掻きに出た。やがて日が暮れて街灯が点り、その中でひたすら雪を掻くばかりの日々が続いた。とにかく、焦っても仕方がないので、自然に任せ自然に逆らわずに生きることとした。

寒に入る大倉山のシャンツェの灯
堅雪の野の真中に点の我
名残雪金婚式のディナー終へ
何気なくニトロ確認朧月

札幌テレビ塔の二階の窓からホワイトイルミネーションの大通公園に目を遣ると、その延長線上に、大倉山のスキージャンプ場が見える。そのジャンプ場に灯が点ると、その美しさは幻想的である。

堅雪は積もった雪が昼間の気温で溶けはじめ、それが夜の冷え込みで堅く固まって、人が歩いても埋まることがなくなる状態の積雪だ。普段足を踏み込むことのない原野の堅雪の真ん中で、黒い点となった己の姿を発見するのである。

私は二十二歳で結婚し、今年金婚式を迎えた。五十年前の結婚式の日も、金婚式を迎えた今年も名残雪の牡丹雪が降っていた。

十年ほど前に冠攣縮性狭心症と診断され、それ以来心臓の薬と、ニトロールを持たされている。朧月をみて何気なくそのニトロを確認したのである。

整然と樺戸郡の代田かな
草田男の沖の未来の大夕焼
天上の紺へひたすら鮭遡上

北海道の水田農家は機械化をするため、一枚の田を大きくしている。整然と並んだ代田は幾何学的でもあり、とても気持ちが良い。

自宅から車で三十分程走ると、石狩川の河口で、昔の渡船場跡などがある。その先に石狩砂丘があり、灯台を起点に木道が整備され玫瑰が咲き誇る。私はその地が大好きで、時間があると一人で出かけ、中村草田男の〈玫瑰や今も沖には未来あり〉を口ずさんでいる。

九月になると北海道の川には鮭が遡上する。ひたすら上流へ上流へと遡上する鮭の目指しているところは、天上の紺碧の空なのかもしれないと思うことがある。橋の上から鮭を見ていると、水に写った青空の中を、鮭はひたすら上流に向かっているからだ。

この鮭と同じように私ももう、何も考えないこととした。北光星から源鬼彦に引き継がれてきた「道」俳句会のこの道を、ひたすら歩み続けるのみである。

ひとりの時間を活用して

坂本　宮尾

一　詠法の工夫

新型コロナ感染拡大で句会が開きにくくなり、吟行も近い場所にひとりで出かけることが多い。多くの人にとってひとりの時間が増えたことは間違いない。そのことは俳句にどんな影響を与えただろう。この一年の私自身のことをふり返ってみたい。まず吟行機会が減ったため、日常生活で目にした何気ない場面を詠むことが増えた。

永き日の書棚にもたせ弓袋
三月や風強き日は絵を描き
遅き日の床掃いてをり散髪屋
草笛吹く遠くのひとを呼ぶやうに
イギリスの小花木綿を着て薄暑
梅雨長し真白き花を活けかへて
泰山木咲きてわが血のしづかなる
黒きまで繁りて夏至の月桂樹
蜻蛉羽化複眼に光加へつつ
風は秋タータンチェックの鳥打帽

また、家で本を読んだり、音楽を聴いたりする時間が増え、そこから湧いたイメージをもとにして句を詠んだ。時には過去に訪ねた場所を詠むこともあるが、はるか時を隔てた風景は回想のベールに包まれる。

うろこ雲棄教ののちの日々知らず
鳥葬の民よ秋風に歌乗せて
喉ほそき女傾く巴里祭
襤褸まとふリア王に似て冬柏
針孔の向かう粉雪降つてをり
とある窓兎と野鳥吊されて
流氷や亡命の荷にヴァイオリン

流氷の句はニューヨークの移民アパート博物館で見た楽器から、故国を離れる人を思って詠んだ。この詠法は、対象を観察して写生するのではなく、想像力の翼に乗ってイメージを膨らませる、いわば虚の世界に遊ぶ詠み方である。想像力を働かせて句を詠むことは自由で楽しいが、独りよがりになりやすい。その点に気をつけ、観念的にならないように、実体験を大切に、観察を心がけ、ものに即して句を詠みたいと自戒している。

二　新版『杉田久女句集』刊行への準備

作句とは別に、せっかく得られた静かな時間を、気になっていた課題の解決に活用したいと思った。私の長年の懸案は『杉田久女句集』の校訂をすることだった。この句集の問題点は、没後に出版された遺句集であるため、必ずしも作者の意図が正確に反映されてはいないことである。どのように作業を進めるかを考えながら、これまで集めてきた久女の文献に目を通した。

そのなかで久女自筆の古いノートを読み直してみた。このノートが書かれたのは昭和十六年、久女が五十一歳の頃で、五十五歳で亡くなった久女にとっては晩年の資料となる。昭和十四年に久女は巻紙に墨書した立派な句集用草稿を作っているが、それとは別のペン書きのノートである。「ホトトギス」同人から除名されて五年が過ぎ、句集出版の夢も断たれ、地元、九州の俳壇とも疎遠になって、久女は引き籠もって暮らしていた。

久女は古い句帳を眺めながら、このノートに記していたようだ。細かな文字で記されているのは、大正期に俳句を始めたばかりの初学時代の句と、同人除名後に俳句を発表する場を失った時期に詠まれた晩年の句である。

現在私たちが目にする『杉田久女句集』は、昭和二十七年に長女の手で上梓されたもので、それを基に『杉田久女全集』が補遺を付けて出版された。これらに収録されているのは久女が遺した句集用草稿と「ホトトギス」などの俳誌に発表された句で、概ね昭和十四年までの作品である。昭和十六年のノートに記された句群は収録されていないのである。

以前にこのノートの句を調べたときは、全盛期の格調高い句と比べると、力がないように感じた。しかし、丁寧に読み返していくうちに、俳人久女の句生涯を知るうえで、これらの作品は重要であることに気づいた。初学時代の句からは、久女が懸命に俳句表現と格闘する様子、また若かった杉田家のほほえましい団欒の様子もうかがわれる。そして同人削除後の句からは、失意の久女が庭の菊、トマトと鈴蘭などの植物に慰めを求め、東京に住む娘たちとの交流を支えとしながら生きていたことが伝わってくる。平易であるが実生活を生き生きと写し出している。

久女句集はすでに絶版になって手に入りにくい。この貴重な手稿を読み解いて整理し、補遺に加え、さらに気になっていた従来の句集の誤記も訂正して、新版『杉田久女句集』を刊行したいという思いを強くした。

乱れたる机に朝日久女の忌
一仕事終へ短夜の机拭く

細かい神経の要る作業であるが、目下楽しみながら充実した時を過ごしている。これが無事に刊行できれば、コロナ禍の自粛は私にとって稔り豊かなものとなる。

句会ができなくなって

松岡　隆子

私が初めて句会に出たのは岡本眸の主宰誌「朝」の前身である「銀座若葉会」の句会だった。昭和五十三年六月頃だっただろうか。当時全くの初心者だった私には句会の全てが新鮮で刺激的だった。初めて聴く主宰の選評は明解で分かり易く、一気に俳句の世界へ導かれていった。毎月夢中で出席した。思わぬ句が主宰選に入る。自分では採れなかった句が主宰の特選に入る。選句され選句する中に俳句の学びがあった。句会はライブである。いま出句した作品が即座に評価されるという緊張感も、限られた時間内で選句するという集中力もライブの句会ならではである。

結社育ちの私は俳句は句会で学ぶものだと思ってきた。いまその句会ができなくなって久しい。「栞」の場合本部例会は昨年十月に一度開催されただけで、昨年の二月以降休会が続いている。ほとんどの会が紙上句会や通信句会となり、私はひたすら選句をするのみとなっている。

通信で個々に選を受ける場合は、選句の機会もないので充足感は得られないだろう。可能な限り添削をし、採れない句には説明を書いたりするのだが、時間に追われて意を尽くせないこともある。毎月熱心に俳句を作り続けるという熱意に、一生懸命選をすることで応えたいと思っている。選句を通しての心の交流を大切にしたい。

ある紙上句会の場合は、投句者全員の句の一覧表が送られてきて互選もするので、それなりに充実した句会となっている。出句五句、選句六句で特選一句に寸評をつけるので、互選に学ぶことも多い。選句結果を見て見落とした句の良さに気づかされることもあり勉強になる。この会は結社賞受賞者が中心の研究会で、二十数名の会員のうち蘇芳集（無鑑査）同人も参加しているので、力作が揃っており選句にも自ずと力が入る。私の特選句のうち互選も多かった句を二、三挙げてみる。

人日の低いガードを潜りけり　青山　丈
ふつつりと小説了はる夜の蟬　小川美知子
皆で敷くふるさとの間の夏蒲団　珍田千代子

一句目は季語が良い。人日の低いガードは松の内と松過ぎの境目にある。二句目は感覚の句。小説の余韻の微妙さと夜の蟬の取合せの妙。三句目は実感の句。実景を以て帰省を詠む。以上の三句の他にも良い句があった。

この会は私もメンバーになっている。通常の句会では、互選句は作者名を伏せたまま合評する。主宰句と言えども駄作は容赦なく叩かれる。またとない勉強の場であるのに紙上句会になってからは忙しさに感けて怠けてしまっている。今までは毎月各句会に出席すれば五十句余り出すことになり、それなりに句を作っていたが、句会がなくなってからはほとんど句を作らなくなった。自作の衰えは如何ともしがたい。

　ともかく寡作状態を何とか打破しなければと思っていたところに、総合誌から作品依頼が来た。人には「何処かへ行かなくても、日々の暮らしの中から俳句は詠める」などと言ってきたが、二十五句ともなると何処かへ行かないと出来そうもない。取り敢えず関口芭蕉庵へ行くことにした。コロナ禍もあってか芭蕉庵には誰も居らず、早春の静けさに包まれていた。見覚えの池を巡っていくと池の奥まったところに椿が落ちていた。十五、六もあっただろうか、赤い椿が水の上に置かれたように落ちている光景は幻想的だった。椿は自分が落ちたことに気づいていないのではないかと思えた。芭蕉庵を出て神田川沿いに歩いていくと肥後細川庭園がある。林間の小径を辿っていくと壊れかけた落椿が点在していた。まだ美しかった。

水の上の夢の続きの落椿

夜を落ちし椿なりける赤さかな

ゆつくりと壊れてゆくよ落椿

水の上の落椿といい、壊れかけた落椿といい、落椿はなんと人の心を捉えるものかとあらためて思った。

次にまた十六句の依頼が来た。冷たい雨が降るなか新宿御苑を歩いた。沼辺には真っ白な半夏生が雨に倒れそうになりながら群れていた。

七月の巣箱が雨に濡れてゐる

降る雨をはじきて白き半夏生

凌霄の落花夥しき雨中

俳句があってよかったと思った。俳句がなければ、このコロナ禍のなか、春寒の芭蕉庵を訪ねることも、雨の新宿御苑を歩くこともしていなかっただろう。自然との交感は何ものにも代えがたい。

コロナが収束したら思いきり吟行しよう。遠くの句会へも出かけよう。句会の楽しさを、俳句の楽しさを、令和四年へ繋いでいこう。

「栞」は来年四月に創刊五周年を迎える。確りと学び続け歩み続けていきたいと思う。

水辺に歩をとめて

鳥居真里子

令和三年十月。秋冷の候とはいえ朝晩の冷え込みが厳しい。かと思えば上旬には真夏日に迫るような暑さが襲った。集中豪雨に土砂崩れ、火山噴火と深刻な自然災害がこれでもかとばかり続く昨今である。なかでも身の縮む思いをしたのが十月七日の大地震。我が家は荒川と隅田川に挟まれた地盤の緩い地域にあるため、震度五強の揺れにはさすがに動転してしまった。幸い大きな被害に至らず胸をなでおろしたものの、いつまたグラッと来るか、コロナ同様、気がかりな日々がのしかかる。

　その新型コロナウイルス。明けても暮れてもこの感染症に振り回された一年であった。医療崩壊による自宅療養死。普段は持病もなく元気で働き盛りの人が、入院もできず誰にも見守られることなく息を引き取る。なんというむごい話だろう。虚しさとやり場のない憤りが胸奥から込み上げてくる。だがここに来て感染者数が激減。ワクチン接種率の上昇はもちろんだが、私などはウイルスそれ自体の都合のように思えてしまう。ともあれ、不自由を強いられる状況の収束はまだまだ遠い。

　閑話休題。「この一年のわたしの俳句」——。私の「門」誌への発表は毎月十三句。年間百五十六句が活字となる。これを振り返ることは正直辛いものがある。なんとか満足のいく作品であっても発表後はほどなく色褪せて見えてしまうからだ。それだけ新作へのこだわりが強いともいえるが、今回は逃げずに見直すことにしよう。

　コロナ禍の続くなか、荒川や隅田川のほとりを一時間ほど気ままに散策する習慣が身についた。四季折々の草花を写真に撮るのも楽しみのひとつ。そこから私なりのひとり吟行の作品も少なからず生まれたような気がする。

抽象は芯に木の幹九月来る
ニンゲンのまつたん裂けてみな花野
有袋類はみな水色や萩すすき
はつなつの鳩の薄闇抱きゆけり
ある日藤は藤らしくなく鉄工場
むかし鬼だつた秋草の金の蘂
初蝶や死んでゐる木に喰はれたる
遊び呆けて白髪となりかの冬蛾
くすぐつたき芒ばかりが冬日の臓器
きつねの嫁入り綺麗な秋の舌ちらり
一本の青き棒なり冬景色

　木の幹は季節によって表情を大きく変える。木の瘤も苔も美しい。隅田川沿いの遊歩道を行けば千住の町に出る。途中、真っ赤な鳥居が四基並ぶ小さな祠で手を合わす。名も知らぬ草花が彩るこぢんまりとした公園。川のある下町の風景を散策を通して随分と身近に感じることができた。遥か遠く、川面に沈んでいく秋の夕陽。此岸と彼岸の間に身を置くような感覚が静かに過ぎてゆく。

　季語となる言葉と脳内の隅に散らばっていた言葉が、心を通過して一句となっていくのが私の写生句の理想。「初蝶や」の句は古木に初蝶が死んだように張り付いていたので思わず「喰はれた」。「きつねの嫁入り」の句も天気雨のなか芒が煌めき、すっと伸びてじつに綺麗。まさに「秋の舌」だった。「それって写生句ですか」と問われそうだが、発露の現場は写生なのだ。すべての自然現象が景の不思議さや美しさを引き寄せるのだから。

　元来ひとり吟行が好きなこともあって、俳句は「座の文学」であると言い切るには若干のためらいがある。突き詰めれば個々の表現の十七音が俳句ということか。とはいえ、眼前には常に一人よがりというブラックホールが待ち受ける。短詩形故の落とし穴だ。その点、信頼のおける仲間たちとの「座」はやはり必要不可欠だろう。ままならぬ日々が続くこの時期、脳内からの素敵な物質も思うように放出されてこない。淋しい限りである。

　しかし、悪いことばかりではないと敢えて考えるようにしている。在宅時間が増えた分、気がつくとあれこれ想いにふけることが多くなったような気がする。もちろん俳句に関してのことが大半なのだが、意外にも戦時中の家族のことが脳裏に浮かぶ。姉兄たちは皆疎開を経験している。父のシベリア抑留の話、明治生まれの母からは戦中戦後の話もほとんど聞くこともなく私はふたりを見送っている。聞いておけばよかったといまだに後悔が残る。遠い存在になってしまった友人たち。なぜ、どうして。そんな日々が繰り返されるなかでの作句だった。それが作品に反映されているかどうかはわからない。わたしの俳句は今年もまた途方に暮れている。

雨の日の割れない硝子であり泉
椿一輪からだからああ、出てゆかぬ
鐙骨ゆきふる音のこれつぽつち
月は日を死は綿虫を追ひこせり
吹雪く三月兄は二歳で戦死して
君が代や姉と分け合ふ蛇の衣
もうからだ曲げずに入りぬ真葛原
螢火を泣きたるこゑとして貰ふ
ほそく白く亡母が水を打つゆふべ
八月とは永久に静止の赤い花
月光の煮沸を待てり青き痣
あの秋のあかるかつたね鳥の剝製

自句自解

藤本美和子

自句自解とは「自句自壊」であると書いていたのは髙柳克弘さんである（『究極の俳句』）。確かにそうかもしれない。私自身、作者の手を離れた途端、作品はひとり歩きをするもの、という考えでもあるので「自解」はあまりしたことがない。というより、苦手だ。もう一つの理由は自作がどのように読まれるか、という秘かな楽しみを失いたくないからである。だが、今は新型コロナウイルスが蔓延する世。以前とは違う。ひとり吟行が増えた。いや吟行とは名ばかり、ウオーキングを兼ねた中途半端なものだ。対面句会も一切ない。そのような環境で一体どのような句を詠んできたのだろう。「自戒」も含めて振り返ってみようと思う。

風鈴が鳴つてちちははをらぬ家
籠もり居の軒や玉葱かけ連ね
豁音の夕べは逸る茄子の馬
かなかなに旧りし片袖机かな

これらは令和二年の「俳句」十月号特別作品二十一句として発表した句である。二句目の「籠もり居」の句のほかはすべて回想句だが、どれも実景として鑑賞して頂けたことが素直に嬉しかった。

令和元年九月、故郷の施設に十年ほどお世話になっていた母が九十三歳で亡くなった。よって昨年は母の初盆。葬儀は弟の暮らす大阪で済ませた。弟や妹とともに初盆には集う予定が、コロナにより中止になった。私の郷里は和歌山県の山中にある。「ちちははをらぬ」空き家になって久しい。もし、仮にコロナ禍ではなく、実家で初盆の仕度を行っていたとすれば……と思うと、何だか幼い頃に見たり聞いたりしていた遠い日々の景があれこれと思い出された。ずっと以前に

熊野川見ゆる盆燈籠の数

と詠んだ句がある。この盆燈籠は初盆を迎える家の軒先に吊るす白提燈のことである。八月十六日の送り盆には一艘の精霊舟が仕立てられ、これらの盆燈籠が飾られる。その後、白装束の男衆によって熊野川に浮かべて精霊さまを彼岸へと送るのである。今、この風習が残っているとは思えないが、この精霊舟に乗せて祖父母や叔父を見送った私の脳裡にはその頃の景がはっきりと残っている。そのようなことをあれこれ思い巡らしているうちに一句目や三句目の句ができた。せめて私の胸の裡に初

盆の母を迎え、そして送りたい、と思ったのだ。

四句目の「片袖机」は私の中学校入学時に誂えてもらったもの。あれから半世紀以上経つが、今も実家にある。裏山に鳴く「かなかな」の声をおそらく私以上に知っている机だ。「かなかな」の声に「旧り」ゆくと捉えた「片袖机」。工夫を凝らしたつもりだが、作者の思いがストレートに伝わるだろうか。

二句目の「籠もり居」の句は実景である。緊急事態宣言下で自粛期間が長く続いたこともあって、ウオーキングを始めた。自宅から徒歩三十分ほどのところに片倉城址公園がある。城址のそばを一級河川、湯殿川が流れる。とはいえ小さな川であるが……。その川沿いのお宅の軒下に立派な玉葱が竿にかけて干されていた。実は毎年見ている光景なのだが俳句に詠んだことがなかった。コロナ禍にあって、「籠もり居」の身にして、初めて心に触れた景だと思う。毎年見ている日常の、うっかり見過ごしてしまいそうな当たり前の景が心底有難く思えたことも確か。なんだか心が和んだ。

弔電を打ちて色なき風のなか

「俳句」十二月号掲載句。昨年九月角川から第三句集『冬泉』を出版、十二月号には特集記事を組んで頂いた。その折の一句である。「弔電」は黛執先生のご逝去に際して打ったものである。執先生が亡くなられたのは令和二年十月二十一日。先生には句集評を書かせて頂くなど何かとお心にかけて頂いた。先生の忌日は「秋水忌」とされるとうかがった。作品もお人柄も清廉という印象の執先生が偲ばれる忌日名である。

左義長の炎の影を踏みわたる

小誌「泉」二月号掲載句。ウオーキングは一日約五千歩を目安にしている。といっても夏の暑さには勝てず、かといえ涼しくなってもなかなか再開していないので情けない限りだが。掲出句もウオーキング中に偶然出会った景。コロナ禍のため参加者は少なかった。子供達の姿もなかった。よく晴れていたこともあって「炎の影」が鮮明だった。静かな左義長だったからこその恩恵である。

輿に乗りたる枯れざまの芭蕉かな

「ウエップ俳句通信」（120号）掲載句。やはりウオーキング中の景。みごとな枯れっぷりが何とも面白かった。それをこのように言い留めてみただけである。季語に素手で触れた句は作者としてもどこか安心感がある。そして今春、句集『冬泉』が第九回星野立子賞を頂けたことは私にとってなによりの励ましとなった。今となっては自祝の一句くらい作っておけばよかった、と思う。

わたしの俳句

坊城　俊樹

最近の俳壇の句は多岐にわたるのでなんとも評価しづらい。

全体の傾向となると一言で言えば、「倫理観に優れ、お利口さんで破綻の無い、心情的な句」に溢れている。それはやはり心優しい俳人が多いせいだろう。男性でもほぼ女性的な心情で身のまわりの俳句を作っている。

そう言うとまた叱られそうだが、いい加減に飽きた。ここは宗教団体の倫理実践の場ではなく、文学部出身の才媛の社交場でもないはずだ。

ましてや結社誌となると見事に選者に媚びている。媚びるのは人間の性だから必ずしも悪ではないが、俳句に媚びると句を矮小化するのである。

俳句とは身のまわりのことを諷詠するものだ。しかしあなたの身のまわりの人生などに興味は無い。そう言ったらおしまいなのだが、もっと自由に不埒に俳句に遊んでも良いのではないか。

わたしの俳句はと言うと、よく考えてみたのだが、昔から私は俳句の世界に中上健次の路地の世界を見出したかった事を思いだした。中上だけではないのだが、レッドツェッペリンにせよ頭脳警察にせよ何か生と死に触れるような青臭い青春の残滓にいまだ囚われている未熟児なのかもしれない。

以下の駄句を見よ、なんとも袋小路の産婆のオリュウノオバのようではないか。

死にゆける死者しづかなる夜の秋　　俊樹
月光に死せる螢の舞ひやまず
金剛の乳房の夏となりしかな
ふくよかな雷雲を待つ歌舞伎町
夏の夜の饐えて受胎の予感あり
法師蟬の読経時雨となりしかな
日輪に翳あり夏の蝶となる
この路地の天上に咲き桐の花
この路地に産まれて死して鳳仙花
寝汗かく莫迦な女の美しき

以下は拙句にたいしての質問が「花鳥」誌上で掲載されたもの。こんな事を言いながらまこと手前味噌で卑怯であるが、自句にたいする言い訳としてご理解いただければと思う。

「質問」

秋蟬の狂ふやモネの池に触れ　俊樹

難しいながらに気になる好きな一句を鑑賞させていただきました。蟬は四五年もの地下生活を出るや残された短い時間に子孫を残すべく高らかに歌い伴侶を捜します。その蟬がモネの池に触れ狂ってしまったとは？

触れた池がそこにあるはずのないモネの池だったから？　場面をフランスに？　蟬は普通南部に生息しているので、さ迷いながらジヴェルニーに来てしまってモネの池に触れ狂ってしまった？

悲しい蟬の一生が重層的に広がり面白く鑑賞させていただきましたが。　久子

「返答」

久子様

ほぼ貴殿の鑑賞のとおりの句であります。この句、実は東京の井の頭公園の池での吟行会で作った句であります。私は吟行会の場合ほぼ一人で巡るようにしております。それは俳句に集中したいからです。お友だちとペチャクチャしゃべりながらの方が楽しいのでしょうが、それで残る句が出来るとは思いません。

そして、一カ所にじっと三十分は観察します。やがてその景色が言葉と結びつくと俳句になるのですが、そこが苦労の種であります。先人はよく、頭の上のアンテナを張り巡らしなさい、そこに句が下りてくるまで。と言いましたが、それが簡単であれば何の苦労もありません。俳句会で一番苦労しているのは多分私です。

この句は写生句です。しかし、ただの写生句ではない。蟬声に対象を絞り込むと、どんどんこの風景がその声とともに抽象画のようにすべての余分が削がれていった。その象徴が現れたのはなんとあのモネの池の風景でした。

その時蟬声は一瞬消える。その直後狂ったような蟬声が復活する。

もっとも井の頭公園の池はたしかにモネの絵に似ています。そこからの連鎖でもあります。それを言葉にした。

虚子は究極の写生俳句を「客観描写の句」と言いましたが、それは客観写生と主観が包含された境地。わたしはそれを目指しているのです。仮にこの風景がフランスに飛んでしまっても、秋蟬という季題のほんとうの姿とはこれなのではないかと。

ちなみにこの蟬を真っ白な海岸のニースに置いてみてください。秋蟬には決してなりません。

「狂ふ」のは蟬の断末魔であり、それは秋の蟬の悲しい生命が尽きる最終章の叫びなのであります。

結社

星野　高士

相変らずの感染症の拡大で他の文化、スポーツ、文芸、落語、講談、もっと古くは浄瑠璃や話芸等々あげたら切りがないが、興行として成り立たなくなっている日々が続いている昨今である。

人数制限や時間の制約、外国旅行は元より、自粛や隔離などで身動きとれない日本となっている。

この年鑑を書いている時は東京や全国の感染者は一気に激減してきたのであるが、何回も緊急事態宣言を受けている我々も国民もあまり数字には気を取られず年末には第六波が来るものと思っていること自体異常でもある。

本題に入るが俳句の世界はどうなのかと言うことだ。

座の文学と言われている俳句は以前から一人で行うというよりも仲間があってこその俳句ということは変らない。

しかし、集まるのには人数制限や俳句会を行う会場なども閉鎖が続いている情況でもあり、悩ましいこの二年間ということになる。

また私などは飲食付きの若手の句会等も多いため殆んど不可能。

であるから約二年ぐらいお会い出来てない会員達も沢山居るので実に残念で悔しい。

そこで大事になるのが俳句の雑誌である。

私の主宰している「玉藻」は去年丁度創刊九十周年を迎えた。

平行して鎌倉虚子立子記念館も創立二十年、母の椿は卒寿という去年であった。

この時とばかりに祝賀会やらいろんな行事も進めていたが、去年は延期。

そして今年（令和三年）にいよいよ実現を目前にしていたが世の中は元に戻らない。

止むを得ず中止の判断をしたのであるが、強行すれば、沢山の方々が集まってくれたであろう。

今は無理にお誘いの出来ない時代。

九十年一回も休刊はなく出している「玉藻」の中での消息や俳句やエッセイのみがお互いの今を支え合えるのであり、今こそ結社の時代の再到来ではないか。

これは角川「俳句」の秋山元編集長が立ち上げた標榜であったが、あの時代は少し早まった感もあった様に思えた。

もちろん、私もオンラインを使った講座やズームでの句会、会場入場者とオンライン同時のハイブリッド講義、最近では吟行会の復活やリアル句会（人数制限）なども行われているが、次の波が来るまでと言うことになりそうでもある。

遡れば戦争中の「ホトトギス」などは、戦地からの投句等が沢山あった。

中には住所などは非公開であったので海上の船の名前が住所であったことも記録に残っているくらい、俳句は不死身の文学なのである。

虚子と実際に会った事がない筈なのにそうやって自分の俳句を自分の存在感に変えて継続的に活字になるという事は今の御時世よりも尊いものがあったという事がよくわかる。

現代はインターネットやスマートフォンなどの時代であるので情報は誰でも共有できる。

しかしそう言ったところで画面で見る俳句はどこか重量感がないのだ。

結社誌や総合誌に活字が載ってこその俳句の価値がでるというもの。

私の俳句生活も、いろいろと制限はある中ともかく作品を創るという事を基本にしながら、探求心を保ち続けて来ているところだ。

また人と会うという温もりは座を囲んでこそのものと実感している。

例えば句会の句短冊に書きながら、少しの推敲が出来るのも集まってこその現場。

その場の雰囲気があってこその句会であるからこそ生まれた仲間は即興性があって面白いのである。

原動力は九十年前に虚子が娘立子に薦めた頃の困難な時代と新しい時代への推移のことである。

便利な時代になっては来たが、結社の存在はこれからもっと注目を浴びてゆくのではないかと思う。

そう言った意味でもオンライン時代を否定するのではなく、良いところも沢山ある訳でもある。

このパンデミックの時代だからこそ生まれた、人間関係の新しい会話。

もっとも早く二年前の日常に戻り、座の文学の現場での臨場感を味わいたいものである。

そう遠くない明るい未来もそろそろ見え始めた気もする。

四時。合者離之始。

鈴木　五鈴

　家を出て十分ほどで元荒川にぶつかる。ここで橋を渡れば隣の市。元荒川は市境を流れているのだ。かつてこの辺りには渡船場が何か所か設けられていたらしい。私の子供の頃は広々とした水田地帯であったが、今やすっかり新興住宅街へと一変している。この橋に至るまでの道沿いには、スーパー、コンビニ、自動車修理工場、コインランドリー等々、挙句には特別養護老人ホームまでもが最近開設された。しかし、川向うには昔のままの風景が広がっている。自粛を余儀なくされている私の散歩の足はどうしてもその橋を渡りたくなるのだ。

　この一年を振り返ってみると、私には、いつもこの橋が起点であり終点であったように思える。そんな気分が揺曳していたように感じられてならないのだ。

橋に来て川を見てをり朧月
白雨にけぶるあの橋もこの橋も

　春。暖かさに誘われ、何となく足が向いたのもこの橋。欄干に凭れて川を眺めていると、雲間からのぞき始めた朧月がゆらゆらと川面に映る。捉えどころのない自分自身がふわふわと流されていくような錯覚を覚えもした。

　夏。いつものように元荒川を越えて青田の中の畦道を歩いていると、俄かに涼しい風が吹きだした。辺りも急に薄暗くなってきた。間違いなく夕立の来る気配。帰宅を急いだが、いよいよ降り出してしまった。ぽつぽつから一気に激しい雨に。橋を渡るころにはまさに本降り。「あの橋もこの橋も」、見える限りの景色は、みな白雨にけぶっているのだ。ふと、子供の頃の、芋の葉を頭にのせて走ったことを思い出した。濡れることが嬉しかった頃のことを。勿論、今は昔、と言うしかないのだが……。家に着くころには、早くも日が差しはじめていた。

　さて、時間を一年前の秋に戻そう。

　新型コロナ禍の昨今、対面句会はほとんどなくなった。その為か、こうした吟行とも言えないような日々を送っていた訳だが、これで良いのか、との思いも頭をもたげてきた。自分の俳句を見つめ直すチャンスにすべきではないか、と。藤田あけ烏の俳句に憧れて「草の花」に入会したのは何故なのか、藤田あけ烏から何を学んできたのか、藤田あけ烏が亡くなってから何をしてきたのか、を自分自身に問う必要を感じ出したのだ。

　「草の花俳句会」では、「全国つうしん句会」を平成七年二月に開設した。当初の選者はあけ烏師であったが、私が引き継いだのは師の亡くなった後の平成十七年七月。昨年で概ね十五年選者を務めたことになる。それは選評を兼ねつつ、俳句への思いを縷々呟き続けた十五年でもあった。その片言隻句を読めば読むほど、その根っこには「師の求め続けた俳句を私も求めよう」との思いが流れていたのだ。嬉しかった。一冊にまとめたいと思った。他の人にも読んでもらおう、との思いも募った。その成果が『十七音を語ろう』（角川書店）である。

読み返しながらの編集作業は、時に深夜まで及んだこともしばしばであった。そんな折、十七年四ケ月共に暮らしてきた犬が死んだ。深夜三時過ぎだったと思うが、夢枕に立ち淋し気に鳴いたのだ。ハッと目覚めた私はすぐに犬の傍へ。でも遅かった。既に亡くなっていたのだ。からだに触れると柔らかくとても温かかった。

犬小屋壊す冬帽を深くして
蛍草去年犬小屋のありし辺に

主のいない犬小屋を見ることは悲しい。しかし、なかなか壊す踏ん切りがつかない。師走に入り、ようやく決断した。そこは今、更地状態のまま……なのだが、どこからやってきたのか蛍草が根付き花をつけた。死して生きて……いのちの営みはいつも身の周りにあるのだ。

秋。散歩の足を延ばし、橋を渡れば遠くまで水田が広がる。まさに関東平野の一角。自分を中心にして囲繞する山々を、南西から右へ右へと順に眺めると、先ず富士山が、そして秩父山系、浅間山、榛名山、赤城山、男体山が連なり、最後には、ぽつんと東方に筑波山が。

かりがねや茜に暮るる双耳峰

双耳峰は筑波山を指す。秋の夕暮の景。

耕人ひとり遠く離れてまたひとり
余生とはすかんぽを斯く嚙むことか
雨粒に貌を上げたる田草取

再び春から夏へ。田返しの頃には、耕人がぽつぽつと。そうした畦道を歩きながら、私はすかんぽを嚙んでみる。苗も成長し、青田になるころは真夏日も増え、田草も出始める。汗まみれの真っ赤な貌をした田草取。腰を折り俯いての作業。そんな折に落ちはじめた雨粒。ほっとしているのか迷惑なのか私には分からない。ただ私は、目で挨拶を交わして通り過ぎるばかりであった。

○

いつにも増してこの一年は、身の周りのあれこれを感じ、句を認めつづけた、という実感がある。自粛のおかげとは言わないが、自分を見つめ直す切っ掛けとなった一年であったことは間違いないだろう。

満腹の冷蔵庫

波戸岡　旭

私は、横浜市青葉区のこの町に四十年近く住む。四季を通じて、晴れた日は、私の書斎の小窓から、公園の木立越しに遠く小さい富士が見える。特にこの頃のコロナ禍による長い自粛要請の日々は、この遠富士の眺めがなによりの気慰みになる。明け暮れ遠望していると、おのずとおりおりに富士を詠んでいる。

遠富士の襞の蒼さや早苗月
遠富士を墓標としたり秋落暉
冬うらら富士の納まる書斎窓

河口湖へは、車で一時間余りで着くので日帰りもできるが、すてきな定宿もある。

初富士を仰ぐことより始めけり
富士五湖は凍てて天頂紺深し

今年もコロナ禍の異常事態が続いていて、句会がままならない。それでも近隣の句会には、月に二、三回は、自分で運転して車で出かけている。いつも十人内外の会員が、広い会議室に、ロの字型に机を配し、間隔をあけて椅子席に座し、清記した全句（八十句余り）をB四の用紙二枚にコピーして各自に配る。二十分ほどで各自選句し、その後に各自で披講する。それから、私が選句を披講し、以後、各自の感想や意見を交換しながら、全句講評をし、添削もする。この間、およそ三時間。句会後は、従前は場所を変えて茶話会をしてきたが、コロナ禍以後は、名残を惜しみつつ茶話会なしで散会する。

自粛要請であるから、当然ながら、句会の作品群は、旅の句が極めて稀で、大方は身辺俳句・コロナ禍俳句である。むろん、身辺を細かに観察することで良い句も生まれるのだが、これが難しく、とかく類想句・説明句・報告句に陥り易い。

囀れる庭木に鳥の目のいくつ
畦道を野猫が駈けて春一番
連翹の門扉に撥ねし空手塾

身辺にばかり目をやっていては詩情が涸渇するとばかり、古典・故事にも遊んでもみる。

喜寿にまだ二年《ふたとせ》若し頼政忌
楽天の齢も越えゐき夏つばき
枇杷の実の熟れにしままの腐刑かな

源三位頼政は、歿年七十七歳。私はまだ七十六歳であるが、七十五歳歿の白楽天の年齢は過ぎている。生存年数などなにほどの意味もないが、馬齢を重ねることの空しさ・哀しさは実感できる。「腐刑」の句は、ふだんの散歩道の畦など、枇杷の木がびっしり実をつけて熟れたままで、取る人もなく茶褐色に朽ち果てている。その腐り果ててもなお枝にぶら下がる実を見ていて、思わず知らず司馬遷の腐刑（宮刑ともいう）の恥辱を連想してしまった（腐刑に処せられた後の司馬遷は、より発憤し、鬼となって、『史記』百三十巻を書き上げたのであったが）。

今夏もまた異常気象の酷暑が続いた。七月に入るや途端に暑くなって、何も手につかない。

炎天にくらりと手紙出しに行く

河童忌やカットグラスのすぐ空に

買ひ込んできて満腹の冷蔵庫

私はもともと下戸に近いが、流石に喉が渇く夕餉にはビールを飲むことがかなりあって、「カットグラス」の句ができた。それに何度も買い出しに出るのが億劫なので、車で出かけてスーパーで一気買いをする。いきおい冷蔵庫はぱんぱんになる。それで「満腹の冷蔵庫」となるのである。

ところで、好きな歌舞伎鑑賞も久しく行っていない。コロナ禍のためであるが、もう一つの理由は、お定まりの演目ばかりが続いていて、食指が動かないのである。珍しい演し物を観たいが一向に出ない。五十年余り観てきたから、大概の演題と配役とを見れば、ほぼ舞台の様子の察しがついて興味が薄くなる。これはよくないことで、やはり観るべきだとは思うのだが、たまに行く気になった時は、たとえば仁左衛門と玉三郎の『桜姫東文章』など人気の演し物とあって、切符の購入ができない。それゆえ、初芝居をはじめ、もっぱらテレビ放映の歌舞伎で済ますしかない。

歌舞伎座初芝居二題　高麗屋三代の「車引」

三代の松梅桜二の替

芝翫・愛之助「らくだ」

愛嬌に死人踊らす二の替

高麗屋の松本白鸚・幸四郎・染五郎の親子三代による、『菅原伝授手習鑑』三段目「車引」。親子三代で「松王丸・梅王丸・桜丸」の三兄弟を演じたのは実にめでたい。親子三代の舞台はそうそうは無いもので、歌舞伎ファンにとってはまことにうれしいものである。「らくだ」は、落語ネタを世話狂言に仕立てたもので、軽い演し物だが、演者が乗っていると、アドリブ的な演技がたまらなく愉快である。強欲な家主を脅すために、死人を操って「かんかんのう（看看踊り）」を踊らせるのだが、今回の幕切れは、死人が人の手を離れて、ひとりで勝手に踊り出すという演出にして喝采をとった。

ところで、さて、旅の句と言えば、

雲を削ぐ穂高連峰ほととぎす

これも数年前の想い出の句である。

さてさて、旅に出たいとつくづく思うことである。

この一年の私の俳句

依田　善朗

戦後波郷は俳句の作り方が少しずつ変わっていく。ものをしっかりと見つめ、丁寧にデッサンをするようになる。推敲に推敲を重ね、「野分中墓を摑んで洗ひをり」から「顔一つ野分の墓を洗ひをり」へと何日もかけて推敲している。画家の言葉にも興味を持ち、毎日しっかりとデッサンの稽古を積むことによって、インスピレーションが生まれるというマチスの言葉に感動している。取り合わせの妙だけでなく、しっかりとした描写のある句を志向しているのが『雨覆』であり、『惜命』である。

私もその波郷の姿勢に感化され、この十年間作句してきた。対象物が自然であれ、人であれ、まずはよく見ることが大事であると思う。よく見たうえでどこを切り取るか、切り取ったものをどう描くかによって俳句の可能性は無限に広がっていく。

三月に職を退き、一日の生活に少し余裕が生まれ、近所を歩いて吟行する時間ができた。今までは通勤の車窓から瞬間的にしか見えなかった自然を、ゆっくりと歩きながら見つめることができるようになった。先日は、真っ青な実に目が止まった。見ているうちにそれが烏瓜であることがわかった。いままでは真っ赤に熟した烏瓜しか見たことがなかったのだが、この新しい姿に接して、わくわくした。

青々と形を定めて烏瓜

赤のままも時間に余裕がなければ、目にはとまらない地味な花であろう。やはり散歩をしている時に目が止まり、じっと見つめていると小学生の頃を思い出した。その頃はまだ名前も知らず、ただ見つめているだけだったが、寂しい花だなと感じていた。何回かの推敲を重ねて、次のような句ができた。

赤のままむかしがそつとそこにある

自転車で十分ほどのところに黒浜沼という沼がある。私のお気に入りのホームグラウンドである。毎日秋の蝶を見つめつつ、さっぱり句ができないでいた。ある日自転車から降りたときのサドルに体温が宿っていることが印象に残った。

自転車のサドルの余熱秋の蝶

昨年の末、身じろぎもしないで蝶が草むらにいた。最初は立ってみていたのだが、座って見、さらに顔が地面につくまで視線を下にした。つぶらな目に接したとき、うわっと思った。

凍蝶の小さな貌を失はず

この一年自然諷詠の句が増えたが、一方教師生活の中からもいくつかの句を詠んでいる。入試の監督を受験会場でしつつ、何気なく受験生を見ていた。当然のことだが、皆緊張している。この緊張感を俳句にできないかなと思った。どこを切り取り、どう描くかなかなか難しい。一人の子が受験票の位置を変えた。これだと思った。

見つめては置き直しては受験票

ある日、妻の実家で五歳の女の子が、雛を全部しまった後に、紙雛を見つめて、ぜひともこれも納めてほしいと言っている姿がかわいらしかった。

紙雛匣開け直し納めけり

人を驚かすような言葉はなるべく使わない。また小学生でもわかる言葉で表現していくことを心がけている。日常の生活の中で、「あっ」と思ったこと、感じたことを背伸びせずに詠んでいきたい。

三月に近江に一泊で吟行した。コロナ禍でこの一年全く遠出はしていない。残念ながら雁はすでに帰ってしまった。白鳥も野鳥センターの人に聞くと最近はあまり見られなくなってしまったということであった。残念と思いつつしばらくぶらぶらとしていたら、大量の白鳥が湾にやってきた。センターの人が、「まとまって北帰行するために集まってきた。飛び立つまであと何日もない」という言葉が印象的であった。

眉を吹き白鳥引くと告ぐる風

鍵和田先生がお亡くなりになり、一年経った。先生は蝶が好きであった。北本自然公園のセンターで鱗粉の光る捕虫網に目が止まった。

柚子忌の鱗粉光る捕虫網

主宰となることが決まって、この一年いろいろと悩んだ。晩酌の最中トイレに行き、鏡に映ったわが顔は沈んでいた。

独酌の山椒魚の貌となる

柚子先生の句は見栄えがした。ゴッホの絵のような力強さがあった。私の句柄は全く違う。しかし鍵和田師を盲目的に追いかけては自己を見失うばかりであろう。内なる声にしたがって、私は私の句を詠んでいこう。

継承・コロナ・病

しなだしん

筆者にとっての「この一年」は、「継承後の一年」と同意である。

昨年、「青山」九月号で継承を発表。新型コロナ禍により、同人総会等が開催できず、同人への詳細な説明ができないままの継承となり、同人・会員には大変申し訳ないことであった。

月満ちて落葉松の秀の鳴るごとし　しん

（令二・九月号）

継承は、山崎ひさを現名誉主宰から数年前に話をいただき、承諾していたことではあった。だが、ひさを名誉主宰の体調もあり、急遽の発表、移行となった。とにもかくにも、雑誌「青山」の月刊発行を途絶えさせてはならない、との思いであった。

「青山」は、昭和五十七年、山崎ひさをが創刊。師系は、岸風三樓「春嶺」、富安風生「若葉」。

「青山」は、令和三年十月号で、通号四百六十七号。この通号は第四十巻で、つまり四十年となる。

この四十年という永さを改めて思い、永きに渡って「青山」の月刊発行と、結社としての運営を担われて来られた、山崎ひさを名誉主宰には、改めて頭が下がるばかりである。

継承でまず取りかかったのは、雑詠の選句である。無論、はじめての経験である。

雑詠の選句は、投句者との一対一の真剣勝負という思いに立ち、投句者と向き合って選句をすすめた。やはり選句の難しさを痛感し、主宰としての選句の重要性と責任を実感している日々である。今後も新鮮な気持ちを保ち、心して選句に当りたいと思う。

いなしびに隣るいちまい秋耕す　しん

（令二・十月号）

一方、継承後の会の運営をより難しくしたのは、新型コロナのパンデミックである。

何度となく押し寄せる感染拡大の波に、俳句に関わる活動は二の次となり、対面が中心であった句会の運営を直撃した。句会はもとより重要な大会の開催もままならず、作句や吟行の機会も激減した。

当初は単なる句会の中止という選択になってしまったが、同人・会員の工夫により、対面ではない会の運営を模索し、実行に至っている。なかなかフルリモートまでにはならないが、メール等を駆使し、互選での遠隔句会の運座が出来るまでになっている。

また、誌上での「兼題句会」の実施を決めた。月度で兼題を誌上に発表し、会員は一句出句。互選のうえ、誌上で結果を発表する。これにより、日頃は交流の少ない地方の同人・会員も分け隔てなく参加でき、互選で互いの作品を共有できて、有意義である。

子規・虚子から続く伝統的な句会のやり方である題詠は、結社内に今また新鮮な風を運んでいる。

この企画は、今後のウィズ・コロナの世情の中でも継続できるもので、引き続き実施してゆく考えだ。

警策をひとついただく春の山　しん
（令三・三月号）

また継承後の昨年十一月、筆者自身の病が発覚することになった。心臓疾患、中重度の心房細動・心不全で、医師には手術・入院を奨められた。

自身、かねてより心臓はあまり強くないとの認識はあったものの、こんなに早く外科的治療を行うことになるとは思ってもみなかった。

すぐに服薬治療をはじめたが、コロナ禍により手術・入院は大幅に遅れ、令和三年三月にようやく手術・入院となった。手術はいわゆるカテーテル・アブレーションで、術後一日はＩＣＵに居たが、入院は一週間程度であった。

術後の入院も短く、仕事にも、「青山」の運営、雑誌編集にも大きな影響なく済み、現在の医療には感謝の一言である。ちなみに、コロナ禍で、入院病棟の一般の出入は家族すらも一切できなかった。

術後は順調であったものの、根治には至らず、再手術の検討もしつつ、服薬と経過観察の通院を続けている。ただ日常の生活には大きな支障はなく、職場の了承もあり、リモートでの自宅勤務を行っている。

さて、これからの「青山」のこと。

継承後、執筆を始めた記事に、雑誌の表二掲載の「師系の糸」がある。山崎ひさを、岸風三樓、富安風生の「青山」の師系を作品で辿るものである。先師、先人に学びつつ、この「師系の糸」を大切に執筆してゆきたいと思う。

四十周年を迎えた「青山」の歴史と伝統を引き継ぐ責任を感じつつ、まずは、俳誌の月刊発行を守り、同人、会員の作品発表の場、結社としての句会等の活動の場を守り、継承してゆくつもりである。

自身の体調も意識しながら、である。

どくだみの蕾はひとつぶの白雲　しん
（令三・六月号）

〈ウィズ俳句〉の日々

田中　亜美

新型コロナが世界中を席巻してから、二年近くが過ぎようとしている。

手帳兼雑記帳を見直してみると、二〇二〇年一月に同僚の中国語の先生から中国で病気が流行っているので旅行は止めたほうがいいと言われたと記されている。二月に入ると、ドイツへの留学を予定していた学生から中止になったというメールが送られてきた。このころ、金子兜太と飯田龍太についての原稿を書いていたのだが、甲府で龍太関連の書籍を買ったあと、ハイボールとほうとうで晩酌をしたとの記述を最後に、ずっと空白が続いていた。

その後、全国一斉臨時休校、緊急事態宣言が発令されて、今日に至るのは周知のとおりである。私の仕事はすべてオンライン授業に移行した。パソコンに疎いため、苦しみは〈産業革命〉にも等しいものだった。だが、それ以上に辛かったのは、学生たちだったに違いない。入学したのにキャンパスにほとんど通えない、実家に帰れないなどの訴えを聞くたびに、胸が痛んだ。

さて、この稿を書いている二〇二一年十月現在はワクチン接種も進み、対面授業も少しずつ再開している。対面授業すなわち外出の機会があることが、私にとっては、そのまま俳句の創作意欲に繋がるようで、雑記帳にはふたたび俳句関連のメモが大量に記されている。ありがたいことである。

だが、コロナ禍のなかでも全く俳句に親しめなかったかというと、そうでもなかった。たとえば「ドイツの文化」を教える講義でベートーヴェンを教えるとなると、BGMはひたすらベートーヴェン、交響曲第一番から第九番を朝から晩まで通して聴くなど、ステイホームならではの贅沢も堪能した。

ハイリゲンシュタット秋草さびしきと
吾亦紅供へてみたしベートーヴェン
ハイリゲンシュタット朝露踏まぬやう

ウィーン郊外のハイリゲンシュタットは、ベートーヴェンが生前の遺書を書いた地だ。徹夜で教材を作り終え、無性に俳句が詠みたくなっていた。

私の師の金子兜太には『詩經國風』というユニークな位置づけの句集がある。中国の古典の『詩經』の中の「国風」、詩經國風という古典と、この詩經國風という俳句を作った小林一茶。二つの古典の交響をさらに、当時六十代半ばの兜太が、自分の日常生活と引き合わせながら、ポリフォニック（多声的）に重層的に描いたものである。

　ロシアの思想家・文芸批評家のミハイル・バフチン（一八九五～一九七五）によるポリフォニー（多声性）という概念は、言葉による作品は著者がひとりで語るものではなく、いろいろな人のさまざまな声から生まれたものであり、さまざまな人々へと向けられた、対話的な性質をもつものであるというものである。『荘子』などの中国の古典や西行の和歌などの知識をもとに作句した芭蕉も「造型俳句六章」で近代俳句史の代表的な作家や作品を批評的に受容しながらも、そこから自らの新しい句境をきりひらいた兜太も、あるいは、俳句という詩型そのものがポリフォニックな要素を多分に持つものだといえるだろう。そのような訳で、私はクラシックの音楽家やヨーロッパの建築などの教材を作るたびに最後に俳句を詠みたくなるくらいには一通りその世界に詳しくなろうと、これまでになく、教材研究に力を入れるようになったのである。蟄居を余儀なくされる中で、古典との対話という回路を見出したのは、精神衛生的によかったと思う。

　だが、それよりも楽しかったのは、歳時記やアンソロジーなどを広げ、ドイツに限らず欧米の文化全般に通じる先人たちの俳句や短歌を見出すことだった。

林檎もぐドイツ古城を眼前に　秋吉　智子
カスタニエンの青きいがいがなりし実が茶色になり
**　て鞄にありつ**　高安　国世
久闊を叙す人ここに秋深し　小川濤美子
降誕祭《ワイナハト》待つ燭こよひともすなり　山口　青邨
聖夜眠れり頸やはらかき幼な子は　森　澄雄
第九いま合唱に入る星の夜　辻田　克巳
初日射この美しき地球に棲む　桂　信子

〈ウィズコロナ〉なる言葉があるが、私の場合は何をしても〈ウィズ俳句〉らしい。語学の教材を作りながらも、音響やデザインについ凝ってしまい、長時間労働をしてしまう。ついには教材の冒頭で、ドイツの文化と絡めて三分間の短詩型トークを始めた。病膏肓に入るとはまさにこのことだが、ベルリンの壁崩壊の史実と合わせて〈久闊を叙す〉の句を取り合わせることができたのは、我ながらお手柄だった。

　期末レポートでは、多くの学生が自作の一句を添えてきた。もやもやとした思いを言葉にするのは一定のカタルシス効果がある。コロナはこりごりだが、俳句は広がってよいと思った。

「風土」主宰・南うみを 著

『神蔵器の俳句世界』

相手の命と向き合い、それを輝かすことに執した神蔵器の俳句表現の変還を、本書から汲み取っていただければ幸いである。

—著者「あとがき」より

定価：本体二二〇〇円＋税

第35回俳人協会評論賞受賞

目次より

【第32回俳人協会評論賞受賞】

虚子散文の世界へ

本井 英 著

四六判変型上製　二八一頁
定価　本体二六〇〇円＋税

主宰誌「夏潮」の別冊「虚子研究号」を執筆・編集し、毎年刊行する著者。『虚子物語』（清崎敏郎・川崎展宏編・共著）、『虚子「渡仏日記」紀行』等、長年にわたる虚子への寄り添い・研究の成果が、本誌好評連載を経て今ここに——。

虚子自らが「私の絆となつて、一生附きまとつてきてゐる」という「散文世界」をもう一度点検し、評価することで、虚子の全体像へと迫り、そこで明らかになったことが再び虚子の俳句作品の価値をも照らし出してくれるものと確信する。（第一章より）

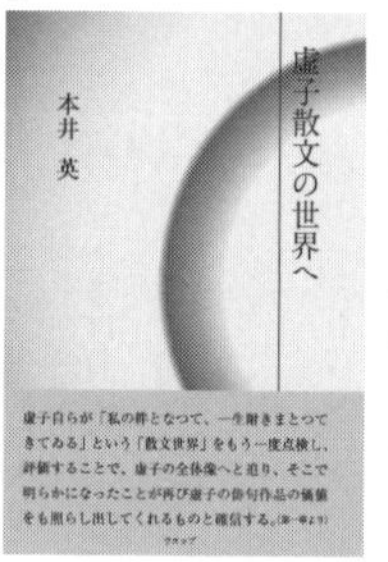

近ごろ思うことども

俳句のある場所

坪内稔典

短冊や句碑

俳句はどこにあるのだろうか。

昔は短冊とか懐紙、そして本（俳書）、句碑などにあったように思う。でも、今はそこらには俳句はないのではないか。

短冊や色紙はつい先ごろまで俳句につきものだった。俳人たちはしきりに揮毫し、俳句大会の賞品などにした。もちろん、贈り物にもした。でも、今では貰ってもちょっと困るだろう。わたしたちの暮らしにおいて、短冊や色紙を鑑賞する文化が衰退しているから。

短冊、色紙、軸物を鑑賞する「床の間文化」ともいうべきものがかつてあったのだが、和風建築が急減して、床の間のない家が増えている。建売住宅のわが家には、一部屋だけ和室があって、簡略な床の間があるが、その部屋、今では物置化している。椅子の生活にすっかり慣れて、畳の部屋はなんだか不便なのだ。老人になって、立ったり座ったりする際、椅子のほうがうんと楽、畳はつらい。昔の老人は畳で暮らしたのだが、大変だったろうな、と同情する。

というわけで、わが家の床の間文化は衰退寸前だ。ちなみに、その和室には、一応、座卓、座布団、硯箱などがあって、その気になれば筆を持つ俳人暮らしができないわけではない。でも、和室に座して短冊に揮毫する姿は古典的俳人ではないだろうか。

句碑も草に覆われている。あるいは道端で壊れかけている。一時期、たくさんの句碑を建てて町おこしをするのが流行った。句碑巡りコースが一種の観光の目玉になっていた。でも、今では句碑は空間の異物になりかかっているのではないだろうか。わたしの行く先々では高浜虚子、山口誓子の句碑が目立つが、句碑を鑑賞している人にはほとんど出会わない。神社、寺、公園、街角などで句碑を見つけると、わたしはスマホで写真を撮るが、写真を撮るのはわたしくらいのもの。通りかかった若い人は、この老人、何を撮っているのだろう、という感じでわたしを見る。

江戸時代にはたくさんの俳句の本が出ている。版木に字を彫った木版印刷によって作られた本だが、この本は基本的にくずし字である。仲間うちに配る少部数の俳句の本は、この木版という印刷によく合った。だが、明治以降、活版印刷が普及、字が一字一字独立すると、たちまちくずし字の本が読めなくなった。江戸時代の本、短冊などはこのような面からもわたしたちから隔絶した。

俳句雑誌や句集

近代になって、すなわち明治以降だが、活版印刷が普及して、先にも述べたようにくずし字の連綿体から一字一字が独立した印刷文字に変化した。この文字の変化は、やがて、河東碧梧桐のルビ俳句、高柳重信らの多行に表記する俳句の出現の要因になる。それよりもなによりも、短冊や色紙を遠ざける大きな要因になる。活字への慣れが、筆を手にして連綿体で書くという行為を次第に遠ざけるのだ。

さて、近代の新しい俳句の場は、新聞、雑誌であった。正岡子規の俳句革新運動は新聞「日本」を舞台にして広がった。新聞という新しいメディアには俳人諸家の作品が載ったほかに、いわゆる俳句の投稿欄（新聞俳壇）が設けられた。今日もほとんどの新聞に俳句の投稿欄がある。

子規のまわりに集まった俳人は、大半が「日本」の読者、投稿者だった。彼らが集まり、やがて「ホトトギス」という俳句雑誌ができる。明治半ばに出来たこの「ホトトギス」をモデルにして、各地に俳句雑誌が誕生する。昭和になると、多数の俳句雑誌を核にした俳壇のようなものが形成され、俳句の月刊業界誌「俳句研究」が改造社から出る。この業界誌は今に続いており、角川書店の「俳句」、本阿弥書店の「俳壇」、そしてこの「ＷＥＰ俳句通信」などがしのぎを削っている。俳句は、新聞、俳句雑誌、俳句業界誌をその場としたのだ。

だが、近代のこの俳句の場は危機的状況にあるのではないか。

まず新聞だが、インターネット社会になってその存在そのものが危うくなっている。若い人、たとえば大学生はほとんど新聞を読まない。この状況が続くとごく近いうちに新聞という近代を代表するメディアに激変が生じるのではないか。ともあれ、今、新聞を読んでいるのは年配の人たちである。実は、近年のわたしの仕事は新聞が中心で次のような連載を続けている。

・毎日新聞「季語刻々」（毎日連載のコラム）
・産経新聞大阪本社版「モーロク満開」（毎週連載のエッセー）
・赤旗「ねんてん先生の文学のある日々」（月一回連載のエッセー）
・聖教新聞（毎週の「俳壇」と二カ月に一回のエッセー「ねんてんさんの名句旅」）
・京都新聞（三週に一回の「俳壇」と時折のエッセー）
・京都新聞ジュニアタイムス（週一回の子ども版俳壇「ねんてん先生の５７５」）

・浄土新聞（月一回の俳壇）
没落寸前（?・）の新聞紙上がわたしの舞台なのである。「茶道雑誌」の連載エッセー、「抒情文芸」「知恩」などの雑誌の連載もあるが、新聞での仕事量が圧倒的に多い。俳句の業界誌などからはほとんど声がかからないが、わたしは多分、俳句業界に入れてもらえないというか、業界から無視されているのだろう。

ところで、近代の主要な俳句の場であった結社誌も新聞と同様の危機にある。このところ、たいていの結社誌が月々薄くなっている気がする。コロナの影響もあるだろうが、俳句を作る人口が急減しているのだ。

近代には個人句集が大量に作られたが、句集の時代も過ぎ去ろうとしているのではないか。要するに、紙による俳句の場が劇変期を迎えている。

ちょっと脇へそれるが、俳句手帖という句作のアイテム（道具）も消えようとしているのではないか。かつて、名所や祭りなどには手帖を開いて何かをメモする人たちが必ずいた。吟行する俳人たちだった。その俳人のいる風景も消える気がする。今や、スマホに簡単にメモが出来る。わたしにしても数年前から俳句手帖が不要になっている。スマホやタブレットに代わっているのだ。

そういえば、原稿用紙というものがあった。わたしの部屋には自分で作った大量の原稿用紙があるが、今やほとんど使わない。メモ用紙にしたり、裁断して句会の短冊にしているが、それではとうてい消費しきれない。つまり、困り者になっているのだ。

俳句はどこへ

さて、俳句のある場所はどこになるのだろうか。インターネットの開く空間だろうか。それとも、新聞、雑誌、句集という古典的場所を墨守するのだろうか。あるいは、インターネットと紙媒体が共同して、新しい場をもたらすのか。いや、紙媒体は消滅してしまうかもしれないし、インターネットも劇変して、今とは大きく変わるかもしれない。

以上のような現況から考えて、わたしは句会という原点を大事にしたい、と思っている。俳句は、俳諧と呼ばれたその発生の時期から、一貫して句会にあった。句会こそが俳句のある場所であろう。

句会を拡大させて、党派とか結社を作ってきたのが俳句の歴史だったが、拡大はいらないのではないか。むしろ、拡大を意図的、積極的に拒否すべきなのかもしれない。そうすることで、句会という小さな場のボルテージをいっぱいにあげるのだ。そうすると、句会の外への通路が見えてくるかも。

唐突に句会を持ち出した感じだが、わたしのいう句会は次の条件を満たした場である。
・人数は三十人くらいまで。これは集まって相互に議論のできる人数である。
・メンバーは互いに平等。師弟、長幼などの関係を取り払うこと。
・といっても、集団だからリーダー的存在がおのずとできる。その人は右の平等の実現、持続につとめなければならない。一例として、全員が会費を払う。だれかが特権的になることを拒む。
・リーダーをはじめとして、メンバーは言葉や表現への関心を持つ。子規的にいえば、美術、音楽、思想などから暮らしの些事までの万般にわたって関心を持ち、メンバーが相互に刺激し合う。
右が句会の条件である。いうまでもないが、現在の結社の句会やカルチャー教室のそれは句会ではない。右のような句会を芭蕉グループ、蕪村グループ、子規グループなどはごく一時期、実現した。

遠山に日の当りたる枯野かな　虚子
赤い椿白い椿と落ちにけり　碧梧桐
柿喰へば鐘が鳴るなり法隆寺　子規

右のような句は、子規グループの句会が残した傑作だ。
わたしのパソコンの前の壁に一枚の写真が貼ってある。明治三十二年十二月二十四日に東京・根岸の子規庵であった蕪村忌の記念写真。その日、子規を入れて四十六名が集まった。午前十時ごろに始まって、午後九時ごろに解散したその句会では、お昼に参加者が弁当を取り寄せて食べた。その際、子規の母と妹が作った一皿の風呂吹き大根が配られた。この風呂吹きは明治三十年に始まった子規庵蕪村忌の名物だった。

風呂吹の一切れづつや四十人
人多く風呂吹の味噌足らぬかな

この日の子規の句である。句会の楽しそうな雰囲気が伝わってくる。八畳と六畳の子規庵は襖をはずして空間を広げたが、四十名を超す人は入りきれず、床の間に二人が並んだりした。変なおひな様だとはやし立てる人があって笑いが湧いた。この日、大阪からやってきた青木月斗は、前夜、子規庵に仲間といっしょに泊めてもらった。その彼の句も引こう。

たのもしき一座なりけり春星忌
風呂吹の少しく冷えて水くさき

春星は蕪村の別号だ。「たのもしき一座」という表現に句会に参加できた喜びがある。そして、うわさに聞いていた名物の風呂吹きは「少しく冷えて水くさき」ものだったという正直な感想に、この句会の平等性が溌剌としているではないか。

二つの旅 ——虚子の場合——

中村雅樹

虚子の小さな二つの旅について書いてみたい。

一つは「子供等に」（明治四十五年）。東京を出発し、土浦、潮来、佐原、銚子をめぐる一人旅の様子を、子どもらに語っている。「ホトトギス」の刷新を掲げ、虚子が孤軍奮闘していた時期である。焦燥感にかられ、その心は高揚と消沈との間を大きく上下していた。

土浦から川蒸気に乗って潮来へ向かう船中でのことである。虚子は、相手かまわず気焔を吐くことによって溜飲をさげている、一人の落伍者につかまった。この落伍者に自らの姿を重ね、虚子は「考へやうによればホトヽギスといふ雑誌も一の川船かも知れぬ」と思う。「ホトトギス」の経営に必死になっている虚子は、所詮「ホトトギス」という川船の中で気焔をあげている、一落伍者にすぎないのではないか。

虚子は佐原の宿で、銚子に向かう船を一時間半ばかり待つことになった。「心持の一番落付いた、ものなつかしいやうな、うら悲しいやうな心持」のなかで、虚子は自らの体のなかに「放浪者の血」というようなものが、絶えず流れていることを確認する。この血が、「極めて堅固な素樸な克己的な常識的な性質の血液と一緒になつて父さんの体の中で絶えず苦闘を続けてゐる」。そのために虚子は、「時々苦しい思ひをする」と告白するのだ。

　汽車に乗れば午過ぎにはもう東京に帰れるものを、其を川船に乗つて銚子迄下る、とさういふ事をぢつと考へて居ると其処に父さんの体の中に潜んでゐる放浪者の血液は声を上げて喜ぶのであつた。——尤も淋しい悲しい調子を張り挙げて——

「ホトトギス」の経営に勤勉に邁進する忙しい渦中にあって、このように船に乗って霞ヶ浦や利根川を彷徨するというのは、「放浪者の血」によるものであろう。虚子はこのまま船に乗って、東京や鎌倉に帰ることなく、船の赴くところどこまでも赴いてみる、という空想に耽るのであった。「さうして此処にどうすることも出来ぬ人間の淋しい運命があるやうな心持がするのである」。

銚子に向かう船中、虚子は「何だか父さんの半分の生涯は此船の中で過ごして来たかのやうな悠遠な心持」に浸っている。「半分の生涯」、すなわち第三高等中学校退学後の人生を、「淋しい運命」として受け入れているのであろう。これからもこの運命から逃れることはできない。

さて、いま一つの旅は「雨の千葉―八幡宿―柴又―鴻の台」（大正四年）という、総勢十数人の一泊吟行録。「雑詠」の投句者は順調に増えており、「進むべき俳句の道」の連載も始まっている。何よりも虚子に自信がみなぎっていた。

一行は千葉で下車し、蘇我村を経て、雨の中を八幡まで歩いた。その途中、十五銭の西瓜を二つ買った。虚子は西瓜を笊に入れ、それを宿まで引きずって行くという酔狂を思いつく。

　私は我等一行が大砲を引くやうに笊の西瓜を引いて行くといふ事にふと又耐へられぬ可笑しさを味つて泣いて見度いやうに思つたのであつた。

引きずるのは厄介なので、結局、空車を曳いて通りかかった五十恰好の男に、「運賃の外に大いに優待をするから」ということで、西瓜を乗せて曳いてもらうことにした。一行はその後をついて行く。

しばらく行くと、豆腐屋に出会う。虚子は行き違いざま振り返って「あれの豆腐をみんな買占めようぢやァないかと謂ふ」。六十銭で買い占めて、「勇気一番豆腐の荷を擔いだのは虚子先生」であった。二三歩担いで早々に音を上げる。代わって西山泊雲が荷を担ぐ。銘酒「小鼓」の蔵元だけあって、その担ぎっぷりに「流石は本職だと何れも感嘆の声を放つた」。

そのうちに「豆腐をおくれ」と注文がはいる。包丁をとり、いい加減に落として皿に盛る。代金はいらぬと応え、虚子をはじめ全員で声をそろえて礼を述べる。あっけにとられる客に、一同、哄笑。この家から、あの家からと注文がはいる。行きずりの人にも無料で豆腐を進呈する。なかなかの繁昌となった。

こうして一行は、豆腐屋のラッパを吹き鳴らしつつ、八幡ホテルに意気揚々と乗り込んだのである。西瓜を運んだ男と豆腐屋の清公も、無理に湯に入れられ、座敷に請じられ、「無理に珍客にされて」しまった。正面の虚子の近くに、皆と同じ宿の浴衣を着て畏まったのであった。

自らの源に遡るような川船による孤独な放浪も、連中を巻き込んだ酔狂なお祭り騒ぎも、虚子がこの吟行録で言っている、「自己の興味に逸脱すること」には変わりない。ただ一方は自らの運命に思いを巡らし、他方は連中と一時の享楽に興じる。沈潜と逸脱、収束と発散。これはおそらく旅だけのことではないであろう。たとえ後に虚子の旅が悠揚迫らぬ高虚子先生の旅となってしまったにせよ、虚子の句業そのものが、この両極を結ぶ線上の上に営まれていたようにも思われるのである。

「奥への細道」

中原道夫

先日わが会の創刊以来陰になり日向となり支えて来てくれた同人から、突然手紙が届いた。本年十二月を以て辞めさせて戴きたいという退会届けだった。主な原因は高齢となり作句も以前のように儘ならなくなり、何より〝終活〟を遅蒔きながらやらねば間に合わないというのだ。そんなことを言えば私だって、今春古稀を迎えて、父の享年（七十九歳）を考えると自分もあと精々十年しか、持ち時間《スパン》として残っていないのではないかと、線引きを考えていたのだ。そこへここ二年というものコロナ禍で生活が一変してしまったこともあって、残された時間を強く考えるようになった。他人ごとではない、このまま主宰然として〝のほほん〟とやっている場合ではないかと、ずっと隠れていた気持ちが頭を擡げて来た。これまでの私は全くの極楽トンボ、勿論、自分の月刊誌と若干のルーティンワークで大抵の時間を消費し、余計なことは考えずに済んで来た。それで創刊二十年は大過なく迎えられたから御の字というもの。

人生百年時代などというのも、私個人にとっては他人のこと、自分は無理だとのっけから思っている。人生百二十年、そのくらいは何ごともなければ生きられますよ、と声高に言っておられた有馬朗人さん、あれだけ体に気を遣っていたのに百歳にもならずに亡くなった。逆にあれだけ忙しい人が良く長生きされたと思う。人生百年といわずとも、高齢でも元気な人が増えた。私の担当している新聞俳壇も八十、九十代が多いし、中には百歳の人も若い人より綺麗な字で投句して来る。最高齢は一〇六歳で、俳句が生きる糧だと書いていた。私の方も選者として病気になって続行不能になるか、自分の方から辞退しなければ、まだこの先も続くのである。

誰もが自分の〝未踏〟の老いへと歩を進めている訳なのだが、そこへコロナという全く予期せぬ侵入者、否、侵略者に因り生き方そのものも軌道修正を迫られる状態になってしまった。片や地球温暖化が引き起こす自然災害も、例えば豪雨に因る土石流、山津波も開発という名の過度の伐採に因ると言われて久しい。以前一句集を作るのに一本の木が森から消えるという話、全部でないにしろ耳を傾けなければなるまい。そんなことを思うと私も遠い処でその自然破壊の片棒を担いでいる。身の囲りを見れば、月初には送られて来る俳誌。忙殺されている月は封を開けることさえ儘ならず積んである。殆どのものは自宅の外にある編集室に送られて来るのだが、閲覧用ラックに並べても、この状況下では訪れて見る人もいない。月毎に交換されるが数ヶ月で破棄処分となる。いい評論が載っていたら、そこだけでも切り取ってストックする、などいう人員がいないのでそうするしかない。しっかり目を通したい記事に目を通す時間もなく、お払い箱になる。恐らくどこの主宰、編集室でもほぼ同じことが繰り返される。そのことが家人に「断捨離して」と言われ続ける以上に、ストレスになっている。斯くして「勿体ない、後で読む」という思いが、積りに積り足の踏み場もなくなり、自分の机まで辿り着くのに、時に蹌踉《よろ》けたりして平衡感覚を試される「奥への細道」となっている。振り返ってみればこの私も今までどの位、句集を他人に送り付けて来たことやら、それを思うと汗顔の至りそのものである。

ここへ来て不定愁訴は血管の錆以上に沈着して来ているのが解る。それはじりじりと増えて来る親族、知人の死は仕方ない、諦めるしかないが、それ以上に行き先不透明な、到達点の見えないことへの苛立ち、煮つめればどんな終わり方をすればいいのか、どんな句を掉尾に置くのか、そんなことまで考えてしまう。打ち止めの〝赤玉〟が出るまで福引のガラポンを回し続ければいいではないか、と言う人もいる。自分の俳句の進化、深化は擬措き、深刻にならず、後藤比奈夫さんの様に存えてしまったら句集『あんこーる』と洒落るくらいの方が、不定愁訴から逃れるひとつの道かと思い始めている。

もうひとつ、私の不定愁訴の原因？に、ここに来て台頭して来ている若い人の作風があるかも知れない。その昔、ハイブリッドで斬新などと評された者が、そう思うのだから、自分も老いたり、と自覚するのみ。昨今の音楽のように、言語意識、生活環境ひとつ取ってみても、明らかに流れている血が違う。それを皮膚感覚で出来る短歌的俳句（妙な言い方だが）が、旧来の俳句で雁字搦めになっている者には、眩しく見える。勿論、感覚優先の俳句を貶しているのではない。むしろ逆、逆立ちしても出来ない構造自体を目の前にして〝切歯扼腕〟しているのだ。切歯と言えば、身の衰えが全部揃っていて自慢だった歯が、親不知の一本を抜き放置していたら上のもう一本が下に向かって下がり始め、痛み出した。歯科医が言うには、上下でバランスを取っているモノが一本失われるとそうなるのだとか。扼腕する腕も持病克服の為のダイエットで痩せ細り、まこと心もとない。一方を立てれば一方が立たず、均衡が崩れ始めるとはこういうことなのだ、と思うことしきり。老人が蹌踉ける原因が判った。

秋櫻子と新興俳句

岸本尚毅

「馬酔木」百周年記念号（令和三年十月号）に寄稿された論考の少なからぬものが秋櫻子と新興俳句の関係に言及している。「水原秋櫻子の革新性」（角谷昌子）は、秋櫻子を新興俳句の「先駆け」とする見解。秋櫻子が「窓秋の句によって無言のうちに新しい俳句のあり方を指し示した」とする「百年の重み」（高野ムツオ）も同旨。

いっぽう「秋櫻子と『馬酔木』の系譜を新興俳句に括ってはいけない」（坂口昌弘）は、「秋櫻子と虚子の違いよりも秋櫻子と新興俳句との違いのほうが大きい」と指摘。「『新興俳句』は『花鳥諷詠』であった」（今井聖）もまた、秋櫻子を新興俳句に含めることに疑義を呈する。

秋櫻子のフィクションへの強調は「花鳥諷詠」の情趣への懐疑に根を置く。そして固有の俳句性とのバランスを新誌「馬酔木」のテーマにしたのではなかったか。秋櫻子を「新興俳句」の範疇に据えるのはそもそも筋違いであろう。（今井）

新興俳句の端緒とされる高屋窓秋の〈頭の中で白い夏野となつてゐる〉を、秋櫻子が「馬酔木」に入選させたことについて、今井は以下のように言う。

季題の設定では青葉や緑が横溢する「夏野」の本意を「白く」と書いたところを読んで「言葉で書いた」と、外光派の秋櫻子が気づいたとしてもそこを難じて四句選の中から外すほどのことはないと判断したのかもしれない。（同前）

この指摘は選者の心理をリアルに推察する。この今井のツッコミに切り返すかのように、「『馬酔木』と新興俳句――特に高屋窓秋との関係」（筑紫磐井）は、「白い夏野」の句を秋櫻子がどう扱ったかを紹介している。

秋櫻子は以下の窓秋作品を「馬酔木」に上位入選させ、選評の対象とした。今井の言う「四句選」である。

我が思ふ白い青空と落葉降る　高屋窓秋
頭の中で白い夏野となつてゐる
白い靄に朝のミルクを売りに来る
白い服で女が香水匂はせる

白い何々は共通だが、白さは句毎に違う。靄は白いもの。「白い服」は夏物。いずれも常識的。他方「白い青空」

は形容矛盾。「白い夏野」については「青葉や緑が横溢する」はずの夏野を「白い」と形容するのは季語の本意から外れる（今井）。非常識とも思われる「白い青空」と「白い夏野」を、秋櫻子はどう受け止めたのか。

筑紫は「白い青空」の句に対する秋櫻子評を引く。秋櫻子曰く「この空から作者の受取った感じは、白いといふ感じである。それは日光のみなぎってゐるために、空の青さが消された為かも知れない。又作者の其時の気持でさう見えたのかも知れない。おそらくは其の両方が一致したのだらう。兎に角この作者は此の青空を白い青空だと思った」「在来の俳句には甚だ類稀れな行き方であるが、僕はこれで好いのだと思ふし、又ここから新らしい道が拓けて行くにちがひないと信ずる」。

この評は「白い夏野」にも適用可能であろうし、このような秋櫻子の姿勢は、結果的に、新興俳句を後押しするものであったと言えそうである。

他方「白い青空」に対する秋櫻子の評を読むと、この句を季題趣味にもとづく実景として解釈しようとしているようにも思われる。「よく晴れた空から落葉が降ってゐる。初冬の澄み透った青空だ」と秋櫻子が解するこの句の情景は、秋櫻子自身の「むさしの丶空真青なる落葉かな」（虚子選入選句でもある）と重なる。「白い青空」の異様さを「日光のみなぎってゐるために、空の青さが消された」「作者の其時の気持」として納得しさえすれば（もちろん、そこが秋櫻子の度量なのだが）、この句は「落葉」の本意を詠んだ作として受容し得る。

「白い夏野」もまた「馬醉木」誌上で「太陽の光りのさんさんと降つてゐる夏野」（瀧春一）、「強い真夏の光線の下で嘗つて経験した野を現在胸裏に再現してゐる」（加藤楸邨）と評された（筑紫前掲）。当時の「馬醉木」の評者は「白い夏野」に夏の季節感を見出している。「白い」という意外な形容を、楸邨は「きらきらした感じが、時の経過の為に『白い』といふ感じにまで和らげられて、一つの情調となつてゐる」と受け止めており、「白い夏野」もまた、過去に見た実景の印象を「胸裏に再現」した句だということになるのである。

「白い夏野」を支持した秋櫻子の意図は「馬醉木」の新風の拡大であり、季語と実景（に対する主観的印象）を詠んだ句と解し得るかぎりにおいて、窓秋作品は、秋櫻子自身の「ホトトギス」時代以来の作風と齟齬をきたすものではなかった。その意味では、新興俳句と秋櫻子の関係は、意図的ではなく、結果的だったのである。

「馬醉木」百周年記念号では、秋櫻子と新興俳句の関係という興味深い論点について、複数の論考を読み比べることが出来た。公開討論会にも似たオープンな誌面を実現した現「馬醉木」編集部の努力を多としたい。

深見けん二氏逝去

井上康明

深見けん二氏が令和三年九月十五日に亡くなられた。九十九歳。すべてを成し遂げて逝かれた、そんな印象があるのは私だけではないだろう。私の先師廣瀬直人に続き私にも氏は、懇切な対応をして下さった。

ゆるみつつ金をふふめり福寿草　二〇一一

菫濃く下安松に住み古りし　二〇一二

蛇笏賞受賞句集『菫濃く』より、しなやかで柔らかく自在に詠んで、強靭な世界である。福寿草の黄金、菫の濃い色は、落ち着いた暮らしと歳月を豊かに語る。

深見氏は、昭和十六年、学生時代の十代から高浜虚子に学び、戦後は、虚子の客観写生を方法論として、花鳥諷詠を俳句そのものとして、その実践を自らの意志として貫いた俳人だった。吟行して季題に感興を受けるとその前に佇み対象と一体となってことばを待つ作句は、季題の現場に即し、個性を無にして宇宙へ通ずる自然に随順する方法である。吟行と句会による作句の姿勢を貫いた作品の底には虚子への一途な傾倒がある。

先生はいつもはるかや虚子忌来る　二〇二一

この句は、最後の句集『もみの木』の掉尾に置かれて生涯を通じた高浜虚子への思いを語る。

主宰誌「花鳥来」は、昨年十二月一日、第一二〇号を三〇周年記念号として発行、全会員が自選三十句を発表した。その九ヶ月後、「花鳥来」終刊号として第一二三号を本年九月一日に発行、全会員の「思い出の十句」、81号以降の総目次が掲載され、創刊以来三十一年の歩みを閉じた。そして最後の句集となった第十句集『もみの木』が十月十日付でふらんす堂から刊行された。奇しくも終刊号発行の二週間後、最後の句集刊行を待たずして亡くなった。活動の途上において最期を迎えられた自らの意思を貫いた見事な生涯であった。

この度の句集『もみの木』は、ふくよかな暖かさに包まれ、さまざまな人との行き来が深見氏の俳句の世界に豊かな潤いをもたらしている。例えば大峯あきら氏に対する追悼句を次のように詠んでいる。

星となる大人《うし》に寒満月蝕す　二〇一八

大峯あきら氏の忌日は、平成三十年一月三十日。この年三十一日から二月一日にかけて皆既月食があった。大人（うし）に、深見氏の大峯氏への敬意が籠められ折からの皆既月食が魂を悲しみ欠けていったかの如き宇宙的な悲しみを表わしている。

同時に氏に師事する人々への視線が広やかである。句集刊行に際しての序句にこんな句がある。

桑本螢生句集『海の響』序句

鎌倉に二人の師あり天の川　二〇一九

篠原然句集『絆』序句

内外の旅を重ねて星月夜　二〇一九

桑本氏は大学時代、鎌倉に参禅に通ったという。二人の師とは、高濱虚子と座禅における師という意味ではないかと想像した。とすれば、天の川は、この世の不浄を浄化して一層清らかに流れるだろう。篠原氏は、現役の会社勤めでは国外の勤務が多かったようだ。その人生の道程に思いを寄せて星月夜を見上げるという情景、国外と国内を行き来した生業の歳月を経て、今句集を刊行する幸いを寿ぐ。

深見氏の句作は、吟行と句会とともにあった。

一番の名乗りは我ぞ初句会　二〇一九

この句には、心を許した句会での喜びが溢れている。敬愛する人々がその晩年を支えたことが如実に伝わる。

また、家族を詠んだ句に、父として夫としての作者を思う。殊に妻である龍子氏を詠んだ作品が趣深い。

結婚記念日

明易や六十七年一瞬に　二〇二〇

妻と見るホームの窓の鰯雲　二〇二〇

春の風邪心の風邪と妻はいふ　二〇二一

短夜のはかなさに六十七年の夫婦の歳月を託す。窓辺に並んで見上げる鰯雲は、さびさびと広がっている。「春の風邪」は、深見氏が引いた風邪について、夫人は、深見氏がセンチメンタルになっていることを言ったのか、或いは、心を潤し、安らかにする風邪だと言ったのか。永年歳月をともにしてきた夫婦の、現実を超えた心の交流とも言うべき物語が紡がれている。

その中にあって情景に鋭さを秘めた俳句がある。

その中はがらんどうなり葛枯るる　二〇一八

菰の中一輪の熾寒牡丹　二〇一八

蟻が蟻の頭乗り越え穴を出づ　二〇二一

風に揺れ山を越えるように繁茂した真葛原は、空虚をかかえている。寒牡丹の紅を熾と捉え、たしかな花の存在を語る。蟻の情景は荒々しい臨場感に満ちている。蟻の野性が猛々しい。

最後の作品発表となった「花鳥来」終刊号の「星祭る」十句の冒頭には、次の句が置かれている。句集『もみの木』二〇二〇年に収録された一句である。

百歳は近くて遠し星祭る

九十八歳のけん二氏の、百歳を目前にした明るい弾みに引き付けられる。作者の姿勢は、未来に向かっている。深見氏はいつお会いしても若々しい方であった。ご冥福をお祈りする。

物言わぬは腹ふくるるわざなり

坂口昌弘

《批評とは感想である》

編集部からの依頼は、昨年と同じく「近ごろ思っていること」なので、今回も、「つれづれなるままに、心にうつりゆくよしなしごと」を自由に語りたい。しかし、人は簡単に発言を変えることは発言の信頼性を失うから、基本的には昨年とよく似た感想となる。

私は今まで聞いた講演の中で最も感銘を受けた批評家の小林秀雄は、『徒然草』について、「空前の批評家の魂が出現した文学史上の大きな事件」と述べたが、私の文章は俳句愛読者の感想にすぎない。吉田兼好と同じなのは「物言わぬは腹ふくるるわざなり」ということだけであって、思ったことを言わないと、腹痛・頭痛になりそうなので、異論・反論を覚悟して感想を述べたい。仏教を唱えた釈迦は、食欲や性欲や金銭欲を抑えないと人は幸福になれないと説いたが、最後に人は表現欲と名誉欲が残るという。

小林秀雄は多くの批評文のタイトルをいつも「感想」と書くので編集部のほうでタイトルを考えていたそうである。科学の論文というのは全世界中の人々に通じる絶対的な論であり絶対的で普遍的なことは科学だけである。文学と宗教における評論というのはすべて個人の感想にすぎないという意味のことを小林は論じている。俳句において、同じ句、同じ句集、同じ俳人についても、読者によってすべて評価・鑑賞・説明が異なる。俳人はそれぞれ自分の考えをもっているからあまり他人の評論を読まないようである。俳句作品の感想・鑑賞も自分の考えをもっているから、他人の批評を読んで参考にする人は少ないようである。評論集があまり読まれない理由のようである。俳人は自分の俳句が誰かに取り上げられているかどうかだけに関心があるようだ。他人の意見を前向きに肯定的に聞くことは勉強になるのではないか。異なった意見でも理解する俳壇であれば評論が活性化するのではと思われる。

【新型コロナウィルスと祈り】

昨年と今年は、世界中が新型コロナウィルス（以下、コロナと略す）に振り回された。俳句誌にはこの二年、コロナの俳句が多いけれども、類想句が多い。私たちは、ワクチンを打ちましたか、早く収束してほしいですね、という会話を繰り返さざるを得なく、この原稿を書いている時点では、まだコロナは収束する気配はない。俳句誌のあとがきでも、個人的な手紙やメールでも、最後には早く収束することを祈るほかはない。コロナの俳句は社会性俳句の一種であろう。戦争俳句も大震災の俳句でもコロナ俳句でも多くの日本人が社会的に経験した事件であるから、すべて社会性俳句の一種と括れるであろう。しかし、俳句で社会的問題を詠むことによって何か社会的な効果があるのだろうか。

私は「俳句は祈り」ということを思い、「俳句四季」の「七夕まつり」の集まりや「秋麗」の記念会でも、「俳句は祈り」の講演をさせていただいた。

虚子は「俳句は存問」といい、山本健吉は「俳句は挨拶」と断言した。存問は自然や人間への挨拶である。挨拶は相手の健康や良い天候や社会の平和を祈ることであろう。戦争中、国民は黙って耐えざるをえなかった。反戦や反政府を主張した人は投獄され最悪、死刑宣告をされるという異常事態であり、現在でもロシアや中国で反政府運動は投獄されている。キリスト教国とイスラム教国は愛を忘れて、民族戦争と絡み合って今も殺し合いをしている。俳人に可能なのは戦争をなくすことではなく、戦死者への鎮魂の祈りではないか。大震災でも優れた俳人は鎮魂の祈りを捧げざるを得なかった。復興への祈り、脱原発への祈りが俳人に可能なことであろう。戦争をなくすこと、震災をなくすこと、コロナをなくすことは俳人にはできない。私たちは人事を尽くした後は、黙って祈る他はない。コロナに関しては、効果のあるワクチンや、治療薬が生産されることを祈るほかはない。感染した人は早く治ることを祈るほかはない。ワクチンや治療薬をアメリカから買うのではなく日本で開発することが出来るように医学・薬学が進歩することを祈るほかはない。政府・官僚を非難・批判する人も、非難された政府・官僚にも、コロナを収束する良い案があるわけではない。相手は変異できる術をもつウィルスである。非難・批判ばかりする評論家は何も解決できない人である。真に解決できる人は一握りの人だけである。私たちはひたすら解決を祈り続けるほかはない。祈りは人間の細胞を変えるという医学者がいるが、祈りの声が大きくなると社会を変えることができると信じるほかはない。

【俳人の日記について】

「俳壇」の編集部から十一月号のために八月の「月間日記」という記事を書く依頼があり、日記を書く習慣のない私には小学校での絵日記以来の苦行であった。宮本武蔵の言葉「われ事において後悔せず」をモットーにしているので、過去のことを振り返ることは苦手である。日記を書くのは苦手であるが人の日記を読むのは楽しい。結社誌では、「銀化」「銀漢」「雲の峰」「駒草」「栴檀」等に主宰が書いている日記は毎月の楽しみである。かつて岩波書店の永井荷風全集の月報に荷風の俳句について書いた時に「断腸亭日乗」を参考にしたが面白かった。俳人では、加藤郁乎と金子兜太の死後に日記が書籍化されている。兜太は日記で山本健吉・中村草田男・沢木欣一等を激しく批判・非難していたことに驚いた。生存中には出版できない内容の日記である。兜太は人を非難することによって自らの俳句論を確固なものにしていったようだ。郁乎の日記は逆に肯定的で文人との付き合いの広さを感じさせた。

【戦争の思いは一生消えない】

八月は戦争にまつわる日と盆があって過去の死者を思わせる鎮魂の月である。偶然、八月に執筆した中には戦争に関係する文章があった。

「百鳥」十一月号に大串章著『恒心』の鑑賞文を書いたが、大串章氏は私の両親と同じく満州からの引揚者である。大串氏にとって満州での思い出は今も心の中に残っている俳句のテーマであるようだ。満州国は中国への侵略戦争の結果である。「風の道」創刊三十六周年記念号に、大高霧海著『鶴の折紙』の鑑賞文を書いたが、大高氏はオバマ大統領が広島で慰霊碑に献花した事を俳句のテーマに詠んでいた。氏は広島出身で十一歳の時に原爆投下の時の音を記憶しているという。句集には広島の原爆投下をテーマとする句が少なくない。原爆の父・オッペンハイマーに関する本を読んだが、日本が真珠湾攻撃で五千人以上のアメリカ人を殺していなければ復讐としての原爆投下はなかったと思われた。真珠湾攻撃の翌年に始まった原爆開発チームは三年で完成させている。コロナのワクチンといい、アメリカは善悪問わず、プロジェクトの迅速な計画力・実行力に優れている。アメリカが日本への石油を禁輸したことが攻撃の原因の一つとされるが、コロナのワクチンをアメリカから買うことができなければ日本は一体どうするのだろうかと思う。世界には核弾頭が昨年で約一万五千個あるという。俳人が全員、反戦・反核の俳句を詠んでも、毎日殺し合いをしている外国の指導者には届かず、戦争は日本国内の政治の問題だけではないことを思わせる。

ポツダム宣言を受諾して、無条件降伏していなければ東京をはじめ日本全土に原爆が落とされたことを毎年思う。朝鮮侵略を巡り明治二十七年の日清戦争に始まった日本の戦争体制は原爆で終わり、GHQによる民主化が始まったことは歴史的事実である。日清戦争で勝ったことが原爆投下を起こした歴史的ルーツであろう。

私は「馬醉木」創刊百周年記念号に「秋櫻子と『馬醉木』の系譜を新興俳句に括ってはいけない」を書いたが、水原秋櫻子が新興俳句の始まりとしてきた過去の俳壇史での括り方が誤りだと思い、多くの書物を読んだので、ここでも触れておきたい。今までの俳壇史の常識のようにされてきたことなので、執拗に書かないと理解されないように思われる。

《新興俳句について》

新興俳句は秋櫻子が始め、新興俳句弾圧事件で逼塞し終焉したとされているが、この俳壇史の括り方が全く理解できない。秋櫻子の俳句活動と新興俳句の運動はその始まりから全く別の運動ではないか。同じ運動と考えることは秋櫻子と「馬酔木」の俳句を正しく理解しないことであり、無季戦争句をも正当に理解・評価しないことになる。

『現代俳句大事典』では、「新興俳句」について「『ホトトギス』から『馬酔木』の独立したことに伴い新しい俳句運動が起こり、これを『新興俳句』(金児杜鵑花の命名という)と呼んだことに由来する」「秋櫻子が無季俳句批判を行い新興俳句運動から離脱したとされている」と筑紫磐井が書く。川名大は『戦争と俳句』で「馬酔木」を新興俳句誌としている。しかし、秋櫻子が新興俳句運動を始めた事やその運動から離脱したという歴史的事実は全くない。『新興俳句アンソロジー　何が新しかったのか』では、秋櫻子・加藤楸邨・石田波郷といった俳人が、平畑静塔・秋元不死男・橋本夢道・栗林一石路といった新興俳句弾圧事件で検挙された俳人と同じく新興俳句と括られていた。この本が取り上げた四十四人に共通する俳句観が全く書かれていない。全員に共通した俳句観がなければ同じレッテルを貼ってはいけない。静塔や不死男は秋櫻子の俳句の影響を直接受けていないのである。共通することは反「ホトトギス」というだけだが、そういう偏見的理解で同じレッテルは貼れない。

松井利彦の『昭和俳壇史』によれば、金児杜鵑花が「俳句月刊」に「新興馬酔木」と書いたことが「馬酔木」を新興俳句とした始まりのようである。「新興俳句」の言葉は、河東碧梧桐がすでに自由律につけていて、志田義秀が「プロレタリア俳句」の代名詞に使っていたという。秋櫻子とは無関係に、自由律やプロレタリア俳句の名称として新興俳句が使用されていて、杜鵑花が新興という名前を馬酔木に付けたことによって、新興俳句という名前が秋櫻子に適用されてしまったようだ。「俳句研究」の対談で久保田万太郎は秋櫻子に、「馬酔木」の句と新興俳句の句は大分違うがという質問に、秋櫻子は、「新興俳句は私が名付けたわけぢやないのです。私達の俳句を他の人が新興俳句と命名」したといい、「馬酔木は新興俳句から落伍してしまつたなどと云はれるので一体何のことやらちつとも分らないのです」と答えていたことを松井が紹介している。

『対談　近代俳句』で楠本健吉が秋櫻子にインタビューをした中で、秋櫻子は、「馬酔木」で高屋窓秋が無季俳句を詠みだした時には窓秋に「馬酔木」から「別れなくちゃならない」と忠告し窓秋は離脱したという。「馬酔木」の窓秋が新興俳句を始めたのでもない。窓秋が新興俳句に入ったのは、窓秋が無季俳句を詠み「馬酔木」を離脱した時であり、秋櫻子は新興俳句に無関係であった。

「ホトトギス」が客観写生に傾いたため秋櫻子は離れたが、有季定型を死守した。俳壇では「馬酔木」の句が新しい俳句と見なされ、碧梧桐以来の無季自由律の俳句の流れと混同されてしまったというのが歴史的事実であろう。したがって秋櫻子が新興俳句を始めたとかその運動から離脱したとかいう事実はないのである。

瀧春一は「秋櫻子・誓子と新興俳句」(「俳句」昭和五十五年五月号)で、「天の川あたりで新興俳句なんて騒いでいるけれど、あんな俳句は一時的流行で泡のようなものですよ」という秋櫻子の言葉を紹介する。新興俳句に括られるのを嫌がった人の気持ちを尊重すべきである。同じ号の鼎談「新興俳句の展開」で、静塔は「(新興俳句は)やっぱり人民戦線文学運動だと思う」「ただ、特別なリーダーがありませんから、てんでんばらばらと。それぞれの間の連携があるようでない。で、本当の新興俳句になったというのは、私はやっぱり戦争俳句からだと思う」と回顧したように、新興俳句を無季・戦争俳句に限定した方が史実に即する。「やっぱり人民戦線文学運動」といい、「赤」に近かったと静塔自ら告白しているから、当時の政策に反発していたことは明瞭である。新興俳句という共通の俳句観の理念の旗印はなかった。秋櫻子の「馬酔木」は俳句史において新興俳句運動とは全く別の流れにあった。秋櫻子と「馬酔木」のネーム ヴァリューによって「新興」という名前が利用されたのであろう。

静塔は『山口誓子』の中で、「京大俳句」は無季俳句に動いていたから誓子を必要とせず、秋櫻子は無季に反対したが誓子の態度は曖昧だったという。静塔たちが新興俳句ではないとした「馬酔木」に入った誓子を「京大俳句」の俳人は無視したというから、新興俳句の始まりと秋櫻子・誓子は無関係であった。後に誓子が無季戦争俳句を扇動したことに静塔たちはむしろ驚いていた。有季定型の伝統俳句であった「馬酔木」に残ることによって誓子は検挙をまぬかれたと静塔は判断していた。誓子は無季戦争俳句を扇動したが、誓子自身は無季戦争俳句を詠んでいない。松井は「誓子が意識的に戦争を自らの俳句世界から除外した」と判断している。誓子は世の中の流れに敏感な秀才であったから、態度はいつも曖昧であり俳句史を混乱させたようだ。

新興俳句は「潔癖には、かかる無季意識の上に立つ俳句を呼ぶときにのみ使用される名称となつた」と誓子が『山口誓子全集第七巻』でいう通り、有季定型派と新興俳句とは別に括るべきである。『石田波郷全集』の中で波郷は、「新興俳句では、一寸自分には食指うごかないのである」「新しいとは何であるかといふことに就ては何事も物語らない。伝統を拒否したものはそれはもはや新しさではない『別のもの』である」と主張した。人間探求派の波郷と楸邨や「鶴」「寒雷」俳人を新興俳句に括るべきでない。新興俳句が弾圧され俳人が検挙された結果、新興俳句が逼塞し終焉したと結論付けられたのだから、新興俳句とは検挙・逮捕された俳人が詠んだ俳句に限ったほうが俳句史を正しく理解できる。また逮捕された俳人たちを公平公正に評価することにもなる。

俳句史において、全く新しい画期的な思想を出したのは、社会性を徹底したプロレタリア俳句であった。栗林一石路は「自由律俳句運動の歴史的意義」の文章において、荻原井泉水の俳句観は「ブルジョアデモクラシー」でありプロレタリア俳句への単なる経過点であることを主張した。秋櫻子が「『自然の真』と『文芸上の真』」を発表し、「ホトトギス」から独立したのは昭和六年である。それ以前の昭和五年に、秋元不死男はマルクス主義に関心を持ち、「土上」にＡＢＣの筆名で「プロレタリア俳句の理解」を発表していた。小林多喜二の『蟹工船』に感銘を受け、「俳句は和歌の貴族的イデオロギーに対立し、平民的イデオロギーの文学」「俳句は階級斗争」と不死男はいい、俳句にプロレタリア・イデオロギーを盛ることを説いていた。内務省は不死男の評論に目を付けて検挙を指示したのではないか。

新興俳句運動は秋櫻子の「ホトトギス」からの離脱とは無関係に、昭和初めの一石路や不死男のプロレタリア俳句論から始まっていたのである。秋櫻子が「ホトトギス」から離脱していなくとも新興俳句は起こったのである。秋櫻子と虚子の違いよりも秋櫻子と新興俳句との違いのほうが大きい。秋櫻子は「ホトトギス」で主観句が評価されることを望んだが、「馬酔木」では客観句を多く詠んでいるから、俳句観においての対立ではない。自らは主観句を詠みながら、会員に客観句を勧めた虚子の態度に反発したことが、「ホトトギス」離脱の本当の理由であり新興俳句運動に何の関係もない。虚子は主観句・客観句・主客一致の全てを経験しているから秋櫻子の俳句観を心の中では理解できただろう。秋櫻子の句の内容は伝統俳句であり、抒情性・美意識・短歌調は過去の「ホトトギス」にも近世の芭蕉句にも見られる。

俳人は俳句の内容だけで純粋に論じるべきであり、レッテルを貼って括ることをやめるべきである。静塔も不死男も戦後には伝統的で有季定型に回帰したのだから、俳人はレッテルを貼らずに、一人一人個別に一生の作品だけを鑑賞・批評すべきであろう。

コロナ後の俳句――澤田和弥を思う

筑紫磐井

コロナ後の時代

コロナが発生してから二年たつ。少しこの二年を冷静に回顧してみたい。感染者数の波を眺めてみると、第1波・第2波・第3波・第4波・第5波と現れている。各波のピーク（人数と日付）を見てみよう。ここでは、数字は全国平均ではなく東京を選んでみた。マスコミでも東京の扱いが大きいためである。

第1波　二〇六人（二〇二〇・四・一七）
第2波　四七二人（同八・一）
第3波　二〇二五人（二〇二一・一・七）
第4波　一一二一人（同五・八）
第5波　五七三五人（同八・一三）

現在は感染者も急激に減少し様々な制限が解除され始めた。明るい空気が見えてきた。しかしこれは国内だけのこと。アメリカ、イギリス、ドイツ、フランス、韓国とすでにワクチン接種者を含めて再び感染者が増大し、特に南アでのオミクロン型という新しいウィルスが世界に脅威を与えようとしている。脱コロナという状況とはまだとても言えない。要は不安の時代が続いているということだ。こうした状況での我々の覚悟が問われている。（以上は、11月末の状況）

さて、二年前を回顧してみたい。我々は第1波の時に動転し、学校を休校させ、非常事態宣言立法を受け入れた。ただその頃の感染者の規模の何と小さかったこと か（一〇〇人以下であった）。四回にわたる非常事態宣言が出され、飲食店の活動は極度に制限され、県境を跨る移動は自粛するように要請され、イベントが多くは制限され、無観客興行を余儀なくされた。その一方で、GO TO TRAVEL キャンペーンやオリンピックが開催され、アクセルとブレーキを踏む混沌とした状況が続いている内に菅内閣が倒れることとなった。政治不信が極まったように言われているが、実は感染症の状況が誰にも予測できなかったと言うことに尽きる。不確定な状況の中で、計画が立てられなかったのだ。悲惨な状況であっても、予想さえ立てられれば人間は行動を理性的に計画できる。

こんな話を冒頭に振ったのは、新年号らしく、新しい年の展望を語りたいと思ったからだ。コロナ時代を踏まえて、一喜一憂せず冷徹に未来を考えてみたいと思う。

俳句基盤の崩壊

①事業縮小・会員退会

俳句の活動を構成しているのは、俳句雑誌の発行、句会や大会の開催、吟行会や研究会、講演会の開催であるが、これらが大半が対面では不可能になり、郵送やネット配信で行われるようになる。こうして曲がりなりにも実施したが、これで俳句は維持できたと言えるか、俳句は復活できるのか。私の手元に、或る俳句協会の地方支部の詳細な活動が届いた。会議の6件は中止、俳句大会の3件は通信又は中止だそうだ。今後の年度内の予定は、会議等未定3件。これらもいまごろ大半は中止となっているだろう。これはほんの一例だ。だから協会の会員数も激減しているという。不思議なことに財政は黒字だそうである。まがりなりにも今年の会費は集まったが事業をしないから支出がなく、差し引き黒字だと言うのである。これは笑うに笑えない状況だ。黒字ではあっても、事業が行われないと言うことは協会の使命が達成されないと言うことで、これでは一～二年後には大量の脱会者が出そうな気がする。もちろんこれは協会だけではなく、結社についても言えることだ。

俳壇にとって近年最大の行事である俳人協会創設六〇周年大会は十一月の開催を断念したそうだ。これが本当に令和四年以降反転するかどうかは分らない。

②終末へのカウントダウン

だから令和二年は殆ど俳壇にとって楽しいことはなかった。令和三年もそうであった。令和二年夏の雑誌を見ると、各結社の主宰はひたすら我慢をするように訓示していたが、それが半年、一年と続くようになり常態化した。かってあった俳句に寄せるあの熱気は、もう戻ってこないのではないか。我慢すれば戻るという期待を持っているが、本当か。期待を持てばもつほどその反動は大きい。そうしている内に高齢化した俳壇は、次々と主要俳人がなくなって行く。終末へのカウントダウンが鳴り響こうとしているのだ。若いからと言ってそれから免れるものでもない。

③若い世代の悲惨

このコロナの時代が済んだ後で何が残るのであろうか。一部の若い才能はジャーナリズムに登場の機会もあるが、むしろ大勢の若手は就職先を失い、非正規となり苦しんでいる。コロナで現実化したのは女性や若年層を中心とした雇用制限、低所得化だが、こうした悪条件は一時的にコロナがおさまったとしても当分は回復しそうもない。

　実は既にコロナに先だって、若い人々の花形のように言われている先端的研究者が余程ひどい現実に直面している。今年のノーベル物理学賞受賞の真鍋淑郎氏は九〇才。実は幸せな世代と言えるかもしれない。現在の研究者は博士課程を取ったが故に転身が利かず、永遠に研究に固執せざるを得ない。しかし、彼らのポストは現在多く任期付雇用、すなわち非正規雇用であるのだ。配偶者の協力がなければ、結婚も出来ない、自動車も購入できない、ローンも組めない、保険にも入れない。有名な動画「博士が百人いる村」では博士の8%が行方不明か自殺しているという。恐ろしいことにそのデータは現在の文部科学省の公式統計に基づいているとされるのだ。ノーベル賞受賞の対極にはこういう人がいるのだ。

　こうした中で、最近思い出されてならないのは、俳句にも社会活動にも行きづまり、三五歳で自死していった澤田和弥のことである（後述）。

新たな希望

　話を転じよう。こうした絶望の中にある俳句の生き残る道がないわけではない。いやむしろこうした絶望の中にあるからこそ、新しい希望が生まれてくる。それは、「文学としての俳句」の復活だ。


　近代の俳句を眺めても、新たな名前の付いた俳句が新しい俳句の時代を作った。正岡子規の「新俳句」、河東碧梧桐の「新傾向」、水原秋桜子・山口誓子の「新興俳句」、石田波郷・加藤楸邨・中村草田男の「人間探求派」、金子兜太等の「社会性俳句」・「前衛俳句」、飯田龍太等の「伝統俳句」などネーミングが新しい俳句を生み出した。これらのネーミングが消えた一九七〇年代に入ってから新しい俳句の動きが止まった。十年に一度は輸血をしなければ老廃物が溜まり死んで行くのである。これに呼応する読者の共感があってこそ、俳句は甦生する。

　「文学としての新しい俳句」とは、言い直してみれば、「作品主義の俳句」の復活でもある。句会でも、吟行でもない、相互批評でもない、有無を言わせない作品の力である。これがなければ俳句は甦生しない。

　私の先師能村登四郎は、ある時期、加藤楸邨に、「能村さんはいつも誰かの真似をしている」と言われていた。確かに登四郎は、初期に『咀嚼音』、『合掌部落』、『枯野の沖』の句集を出していたが、それぞれの時期に、篠田悌二郎、石田波郷、あるいは社会性俳句の盟友たちの影響を強く受けていた。独自性を示したのは、『枯野の沖』による心象的な抒情俳句の鉱脈を掘りあてたことによる。

　しかしその『枯野の沖』時代は、みずから「冬の時代」

と呼ぶほどの過酷な時代だった。石田波郷により現代俳句協会を退会させられ俳人協会に入れられたが、それまでの順風満帆で俳壇活動を行っていたのが、長老が支配する俳人協会に入ることにより俳壇的活動の場を失った。現代俳句協会時代に行っていた同世代との超結社句会は禁止されたし、親しかった多くの友人たちは現代俳句協会に残り連絡を取ることも少なくなった。しかし、こうした逼塞の中で孤独に紡いだのが句集『枯野の沖』だったのだ。だからこの句集を読むたびに苦しさで息が詰まるようだ。趣味的・境涯的な『咀嚼音』、マスコミ迎合的な『合掌部落』に比べて、『枯野の沖』は人間の句集と言うことが出来るだろう。

そうなのだ、句会や、吟行や、相互批評をやっても魂に触れる俳句は出来ない。ましてや、ＩＴ句会やＩＴ吟行のどこに魂が生まれるであろうか。

＊　＊

文学は、やはり孤独から産まれるものであろう。先述した澤田和弥は人付き合いはよかったと聞くが、人付き合いがよい人がなぜ自死するのか不思議だ。しかし、その奥にはとんでもない孤独を抱えていたに違いない。フォイエルバッハは「死（自殺）は、生来あらゆる諸害悪からの自由である。生が耐え難い害悪となっている者にとっては、（死は）害悪からの自由なのである」という。

今コロナ下で就職の機会を失い、家に閉じこもり、貧困と不安にあえぐ（諸害悪の下の）若い人たちが、自らの孤独な思いを俳句という形式に紡いでいるかもしれない。そこにこそ新しい俳句が生まれる可能性がある。自死したことを除けば、澤田は正に文学青年の代表であった。それは孤独をもっていたからである。

当然のことながら、そうした新文学の作品が角川俳句賞等の大きな賞を受賞することはまずないであろう。俳壇では、先ず俳句は楽しくなければならないからだ。コロナ下での救世主のように言われているＩＴ句会やＩＴ吟行でも注目されることもない。希望があるのはＩＴ批評ぐらいだ。澤田は、様々な賞に応募した落選句をネットに残している。澤田の生前の句集は唯一『革命前夜』（平成二五年）だったが、余り高い評価は受けていなかった。しかし、澤田が句集刊行後ネットに残した作品はこの句集の句数を越えている。そして句集上梓後数年のうちに、どんどん変質して行く。技巧的に上達しているのではない。どんどん死に近づいていっているのだ。

私は今、こんな澤田のＢＬＯＧを運営している。数人の共感してくれた人の協力もあり澤田に関する記事を載せ更新しているのだが、後世、令和の俳句とは、「楽しい俳句」は忘れられ、澤田の「死に近づいた文学としての俳句」が残って行くのではないかと思えてならない。

地域・ネットワーク・俳句の扉

西池冬扇

○口上

年のはじめですので三題噺もよろしいのではないかと。「地域・ネットワーク・俳句の扉」ということで、お付き合いを願います。

○今地域は大変

先日文筆家団体「徳島ペンクラブ」の主催で「徳島の未来の短詩型文芸を考える」というシンポジュームを開きました。あらかじめ、県内の各ジャンルの組織や結社リーダーの方々にアンケートで意見を出していただき、また県内の学識者からもコメントをいただいて、パネル討論会を行いましたので、かなり草の根の意見の集約にはなったと思います。当日の基調報告は時間の関係上行いませんでしたが、それも含めて、報告書を出す予定をしています。

地域発で民間の草の根的団体が行なうその種の討論会は、どの地域でも多くはないようです。ここ徳島県でも待ち望んでいたように、あるいは珍しいものみたさもあったのか、百人の制限人数のある会場いっぱいで、延べ人数はそれを超えた盛況ぶりでした（ご時世柄、制限人数を超えていてはいけないのです）。

主催者からいわせますと、「地域から短詩型文芸の未来を考える」というテーマは社会が変動期である現代には特に大きな意義があるはずだということになります。

つまり、現代という時代は、地域と大都市との関係や位置づけが変化しつつある過渡期でそのしわ寄せが地域に押し寄せているという現状認識が背景にあります。社会のスキームは一極集中型から、格差の少ないネットワーク構造になる方向に進むのは間違いないとしても、実際の社会は、いまだに大都会中心であることにより、なによりも少子高齢化の弊害は地域ほど顕著に過疎化、限界集落の発生等の現象となって表れています。加えてCOVID―19禍はそれらの傾向に拍車をかけているのはよく指摘されていることです。スキーム変化のもととなっているITを中心とする情報インフラにおいても世代間や、階層間の格差が広がり、取り残される人々の問題は、ここ地域では特に深刻です。

○地域の草の根からの発信を

この度のシンポジュームの基調報告とパネル討論会、およびそれらに関するコメント類は現在まとめている最中ですが、パネル討議の発言で俳句の未来について、いくつか気になったことがあります。

　俳句の世界は俳句人口からいって大都会が中心です。しかし地域における俳句愛好者が、その地域ごとの自然を詠い、俳句の情趣の領域を拡げ、かつ下支えをしていることも間違いありません。上述しましたように、地域は今大きく構造的変動をしています。今後の日本の俳句界は現在生じている社会のスキーム変化に自然体で流されていくのか、それともいささかでも自らの運命に抗うのか、という分岐点にかかっているのではないでしょうか。まずは草の根の我々がそれを強く認識するべきだと思います。

　シンポジュームの中心的話題をいくつか紹介して、いろいろな地域からとりわけ俳句愛好者が草の根発の討議を巻き起こすことを提案したいと思います。

○短歌愛好者の方が愛好者の年齢は若いのかも

　ほとんど一様に各ジャンルのリーダーが訴えたのは、短詩型文芸愛好者の老齢化です。短詩型文芸は多くはそれぞれが主宰制や同人制の結社に拠って活動しています。日本の高齢化速度以上にこれらの結社の構成人員の高齢化は進んでいます。多くの組織で正確な統計が公表されているわけではありませんが、例えば日本最大の俳句人口を有する組織である俳人協会では平均年齢が70歳代後半だといいます。徳島県ではやはり70歳代半ば、結社によっては80歳代に手が届きそうだといいます。50歳代は数人しかいないという結社がほとんどでしょう。これは各短詩型ジャンルでも同じ傾向といえますが、実は今回のシンポジュームで私自身改めて驚いた発言がありました。短歌のリーダーの方の発言では短歌の愛好者は60歳代であり、大学でもサークル活動が盛んであるということです。連句の愛好者は俳句と似ています。川柳だけは某社の『サラリーマン川柳』や各新聞の柳壇がそうであるように支持層は比較的若いようです。もしそれが、全国的な傾向だとしたら、なぜ俳句より短歌の方が比較的若い愛好者が多いか、その理由は考えてしかるべきではないでしょうか。

○ＩＴ化をめぐる考え方

　ＣＯＶＩＤ―19は俳句にとっては大敵です。公共的な句会の会場はことごとく閉鎖となり、「三密」防止ということで吟行もままなりません。パンデミックは人と人との接触を封じる方向に働きます。しかし人間には交流を求める気持ちが強くあります。いきおい、リモートでの句会というような対応策が生まれてくるのは自然でしょう。以前にも通信句会はありましたが、パンデミックはそれに拍車をかけました。通信句会の方法として、昔は郵便、それからファックスとなり、次にメールが使われ、加えてWEB上の句会用アプリが使用され、いわゆるIT技術の発展とともに多様化し、かつ使用勝手が向上しています。

このような通信による句会・歌会に関して、今回の討論会では地域リーダーたちの考え方は各ジャンルで大きく分かれていて興味ある結果となりました。

種々の通信による句会・歌会を「リモート会合」と呼ぶこととして、よく指摘されるメリットデメリットをまとめておきます。

デメリット①：実際に対面でやる会合と雰囲気が違い、面白みがない。人間味を感じない。

デメリット②：PCはおろか、スマホも扱うのが大変な人が多い。家族知人に頼むのも煩わしい。

デメリット③：世話人によけいな負担をかけてしまう。やり方にもよるが、ファックスや電話からの書き換え、集計などに負担がかかる場合がある。

以上がデメリットの主な意見です。これに対してメリットとしてよく指摘されるのは、次のようなものです。

メリット①：遠隔地の人も気軽に参加できる。（特に映像を使用して毎月普段会えない他都道府県の友人と語り合えることは非常にうれしい）

メリット②：運動の不自由な人も参加できる。（実際の地域の会合では、独居老人の送り迎えなど献身的に仲間がお世話している）

メリット③：映像による会合でなければ、時間の制約が少なく期間内の自分の好きな時に投句、選句ができる。

当日のパネル討議で聴く限りではありますが、ジャンルごとに意見が分かれたのは、大変興味深いことです。短歌のリーダーたちは、おおむね「リモート会合」に関して積極的な意見を述べました。また連句のリーダーはもともと通信的手段での句会に慣れているせいか積極的な活用を主張し、特に海外の愛好者も参加できることのメリットが強調されました。一方、俳句のリーダー達ではおおむね対面句会以外には否定的な意見でした。川柳のリーダーからは対面で行う句会の楽しさが強調されたので、「リモート会合」反対派のようです。

討論会の比較的若い参加者に、「多くの俳句のリーダー達は「リモート会合」は取り入れず、中には機械オタクのやるものだという意見もありますが」、と質問したところ、「俳句のリーダーたちは年をとっているからしかたがないのではありませんか」というコメントが返ってきました。私は、周囲のお年寄りにも「リモート会合」を積極的に勧めているので、ショックを感じました。たぶんこの辺りにも、俳句が短歌に比較してより年寄りの文芸となっている原因があるのかもしれません。

〇座の文芸で最も保守的な俳句

「リモート会合」を忌避するのが原因と言いましたが、実は心の姿勢から生じる結果かもしれません。私自身は俳句というものは、芭蕉がいうように「新しみはつねにせむる」ところにあると思っていますが、現今の俳句愛好者はどうやら、「新しみはつねにせむる」とばかりはいえないようです。「貴公の俳句の『心』も『辞』も『貞徳の涎をねぶ』って満足しているようなところがある」、といったら「なにを」と反発してくれる人はどのくらいいるでしょうか。私より少し上の世代では俳句は柄の悪い書生じみた若者の文芸だったようです。現今はそんな柄の悪さは見当りません。紳士になったというより老人になっただけのことかもしれませんが。

この小文は三題噺ですから、あまり根拠も示さずに言いたいことだけを述べます。よく考えてみたら、近代以降に無季や非定型、社会性俳句を除いて、俳句が短歌より革新的であったことは案外思い当たりません。特に戦後においては、「サラダ記念日」が現代口語短歌として後に続く若手の歌人たちに影響を与えましたが、そのような作品を生み出す土壌が俳句では醸されていないようです。それだけでも短歌の後塵を拝していると感じます。

俳句はかつての「結社の時代」あたりから「繁栄」のぬるま湯に浸っている間に老いてしまい、老人独特の保守病に侵されてないでしょうか。特に地域の俳句結社はこのままでは静かに消滅を待つだけではないでしょうか。それを美しいことだと思っていないでしょうか。

もしそうだとすれば、その主原因は俳句の世界の心的・機構的閉鎖性にあると思います。

ひとたび新しい連帯を求めればそれに応える人間はいるものです。それを可能にするのがほんとうの人と人との輪、ネットワークの世界なのではないでしょうか。元来、座の文芸はネットワークの上に成り立っているものなのです。まずは門戸を開けて外に出て新しい風を起こし人と人との連帯を求める時ではないでしょうか。特に地域の俳句は自らの扉を開け未来に向かって地平を拡げることが必要なのではないでしょうか。

〈扉《ドア》の向うにぎつしりと明日／扉のこちらにぎつしりと今日／Ｇｏｏｄ ｎｉｇｈｔ，ｍｙ ｄｏｏｒ！（ドアよ・おやすみ！）〉先日亡くなった歌人岡井隆の作品です。

俳句には滅びゆく平家の美しさはないのです。（了）

放置田と猪

南うみを

村の媼から土地を借りて野菜作りを始めて十数年になる。その土地は山裾の荒れ地で、周りには田が広がっている。荒れ地にはところどころ芒叢があり、セイタカアワダチソウも生えている。先ず荒草をスコップで掘り起こし、土塊を鍬で砕いて根を取り除く作業をおこなう。厄介なのが芒で、根が深く土にしがみついている。芒叢一つを掘り起こすのに半日はかかる。掘り起こした根は乾かして焼き、草灰にする。畝ができたら肥料にするのである。こうやって少しずつ畑にしてゆく。

周りの田では稲がすっかり色づき、稲刈りが始まった。現在は手で刈ることはなく、コンバインといって、稲刈りと脱穀を同時におこなうキャタピラで動く機械を使う。周りの田の中にいくつか媼の田がある。媼はその頃七十代前半であったが、コンバインを駆使する。この稲刈りには私も駆り出され、手伝わされる。コンバインでは刈れない田の隅の稲を鎌で刈り、またコンバインで脱穀していっぱいになった米の袋を取り替えるのである。三十キロの米袋はさすがに重い。媼は一つの田の稲刈りが終わると、コンバインで畦を乗り越え、次の稲刈りに移る。その様子はまるで戦車を動かせているようだ。翁も息子もいるのだが、病弱な翁や息子の仕事の都合で、媼が稲刈りをやらざるを得ないのである。相当な重労働なはずだが媼の元気さには舌を巻く。稲刈りが終わると、私の畑だけを残し、周りの田は平たくなり静寂に包まれる。

やがて冬を迎え、雪が積もり私の畑も銀世界になる。そして雪が解けてまた畑仕事が再開する。田の方も田起こしが始まり、田の一年が始まる。おおかた耕された田に混じり、冬のままの田が残っている。高齢か、何かの理由で耕作を止めたのだろう。田植の季節になってもそのままだ。放置された田に水草が生え始める。中でも蒲が目立ってくる。田にまだ水気がたっぷりとあるので、まず水生植物が繁殖するのである。

この様な田にやって来るのが猪である。放置された田は猪垣が外されたり、崩れたりしているので、猪が容易に入れる。

満月へぬた場の猪の泥しぶき　　うみを

猪はこのような田をぬた場にして、皮膚の寄生虫を取り除くために転げまわる。これが放置して間もない頃の田の姿である。述べ遅れたが、私の畑を含め田のほとんどは猪垣で囲まれている。山裾に近いので山から下りた猪に荒らされやすいのである。猪は米が好きで、牙で稲を上手にこそいで食べる。猪は米の中でも糯米が特に好きで、粳米の田には目もくれず糯米の田だけ荒らして山に帰ったと媼が話してくれたことがある。

猪の生態を大まかに述べると山の中腹に横穴を掘り、昼間はそこで休む。夜になると山のあちこちを掘り起こし、蚯蚓などを捕食する。里に下りて田や畑の米や野菜を食べ荒らす。畑の場合は蚯蚓が多いので、畝ごと掘り起こしてゆく。この土を掘り起こすのを「猪噴く」と言う。私は苗の根付いた畝を何度も掘り起こされた。畑の周りを猪垣で囲むのに、最初はトタン板を使った。猪は牙で対象を確認し、トタン板に当たればそれ以上行かず、あきらめると聞いたからである。ところが、猪は百五十センチは跳べるので、難なく畑に侵入する。またトタンの波板は重さに弱いので、のしかかってトタンを潰し、畑に入ったりする。そこで、百五十センチ以上はあるワイヤーメッシュという鉄柵で囲み、何とか侵入を防ぐことにした。田の猪垣は電気柵といって、1メートルにも満たない電線を張り巡らせている。何故跳んで中に入らないかと言うと、電線に牙が触れると感電し、しびれるので退却するのである。一度経験したら二度とその田へは行かない。

さて放置された田はその後どうなるのか。田に水分がなくなると生える植物が入れ替わる。蓬やオオバコに混じり、芒やセイタカアワダチソウが目立ってくる。丁度私が借りた頃の荒れ地である。私の畑も元は田であったのだ。放置された田では、しばらくセイタカアワダチソウと芒のせめぎ合いが続くが、芒がだんだん優勢になって来て、ついには芒原となってしまう。こうなって来ると、また猪のお出ましとなる。

芒原猪の匂ひの洩れきたる　うみを

猪が芒叢の後ろに穴を掘り、潜むのである。猪は山腹の穴で昼を過ごすことなく、放置田の芒叢の穴で夜になるのを待つ。いわば猪の中継点である。猪をはじめ獣は、隠れやすい茂ったところを好む。以前は人間の暮らしと獣との間に里山と言う緩衝地帯があった。しかし、里山が藪山と化した今では、猪はなんなく芒原の中継点まで来て、夜になると思う存分暴れ回るのである。

私の周りの田は、少しずつ放置され、さすがの媼も寄る年波には勝てず、米を作らなくなった。田の放置がすすめばこのような芒原が確実に増えていく。芒原は一見、純日本的な風景だが、それは農村の荒廃と同時進行なのである。

今は亡き俳人の句から学ぶ

酒井弘司

もう古い話になるが、「俳句研究」の編集長をされていた高柳重信さんのお宅に原稿を届けたとき、亡くなられた俳人について、あまりに俳壇は冷遇をしていると話されたことが、いまも記憶に鮮明に残っている。

昨今の俳壇では俳句総合誌も、新しい俳句読者の向学のために、俳句の基本である定型・季語・切字といった企画が中心になってきている。

ところで今日、俳壇で大切なことは、亡くなった先輩俳人の残した業績の中から学ぶべきことが、多々あるのではないかということである。

現在の俳句読者は、自らの俳句の上達を懸命に考えているようであるが、そのためには亡くなった先輩俳人の業績を、ないがしろにするわけにはいかない。

俳句総合誌「俳句界」の本年九月号では、特集として［生誕120年　草城・草田男・誓子・不死男の時代と俳句］が特集として組まれていたが、こうした先輩俳人の未知の領域を俳句の初心者は学ぶことが大切なことであろう。

また、後学のわたしたちが心すべきことは、先輩俳人の俳句に接することによって、先輩俳人を遇することも忘れてはいけない。

ついでながら、さきほどの生誕120年の四人の先輩俳人に触れておけば、明治三十四年生まれの日野草城、中村草田男、山口誓子、秋元不死男の四人。

手をとめて春を惜しめりタイピスト　草城
春の夜やレモンに触るゝ鼻の先　〃
高熱の鶴青空に漂へり　〃
空は太初の青さ妻より林檎うく　草田男
蟾蜍長子家去る由もなし　〃
万緑の中や吾子の歯生え初むる　〃
夏草に汽罐車の車輪来て止る　誓子
夏の河赤き鉄鎖のはし浸る　〃
秋の暮山脈いづこへか帰る　〃
降る雪に胸飾られて捕へらる　不死男
子を殴ちしながき一瞬天の蟬　〃
鳥わたるこきこきこきと罐切れば　〃

これらの代表作品を読むと、現代俳句を拓いてきた先達ということが、咄嗟に頭をよぎる。

近代俳句史をひもとくとき、草城の都会の洗練された写生、草田男の句集『銀河依然』の跋で示された「思想性」と「社会性」の言葉、誓子の即物具象による構成・構造の新風樹立、不死男の庶民生活を見つめる眼と新興俳句という名称を、そこから知ることができるが、翻ってみれば、そこに今日の俳句の端緒があるということを改めて思う。

先輩俳人の作品を読むということは、単純に作品を読むということだけではなく、その時代背景もしっかり把握し、自らの俳句にそれをどう生かしていくかということが問われることになろう。

明治三十四年に出生した四名の先輩俳人より、数年前に出生した俳人の作品では、

夢の世に葱を作りて寂しさよ　永田耕衣
少年や六十年後の春の如し　〃
夏痩せて嫌ひなものは嫌ひなり　三橋鷹女
この樹登らば鬼女となるべし夕紅葉　〃
葛城の山懐に寝釈迦かな　阿波野青畝
水ゆれて鳳凰堂へ蛇の首　〃
水枕ガバリと寒い海がある　西東三鬼
秋の暮大魚の骨を海が引く　〃

といった作品を想起することができる。

永田・三橋・阿波野が明治三十二年生まれ、西東が三十三年生まれの俳人である。

わたしは、虚子以降の俳人では、ここにあげた先輩俳人の句を読みながら俳句を学んできた。

夢の世に葱を作りて寂しさよ　耕衣
秋の暮大魚の骨を海が引く　三鬼

なかでもこの二句のもつ大きな世界に惹かれる。

「夢の世」は、夢のようなこの世であり、また夢そのものの世。虚実が往還する世界である。その夢の世で葱を作るという「寂しさ」。

「秋の暮」の句は、海辺の光景。三鬼は晩年、神奈川県葉山で過ごしたので、その近辺の海が想起される。波に引かれて漂う大魚の骨に焦点をあてた一句。太古の世界にもつながる句であるが、どこか孤独感が色濃くある。

今日の俳句は、どちらかというと、日常の些事を書いた句が多く見うけられるが、言葉の向こう側に展開するあらたなもう一つの、まだ見ぬ世界をも手に入れたいもの。

そのためには、今は亡き俳人の句から、学ぶものがたくさんあろう。

近ごろ思っていること
―ただごと俳句志向―

栗林　浩

俳句には、読み手に伝えたい作者の切々たる思いを明確に強調して書くべきだと、日ごろから私は思っているのだが、近ごろはいわゆる「ただごと俳句」もなかなか捨てたものではないと思い始めている。年齢のせいであるに違いない。

深いメッセージを伝えるには、俳句という表現形式は短すぎる。意を満たそうとして言葉を詰めすぎると、俳句が軋む。つくづく、散文の方が向いていると思う。また、写生々々と言われながら、俳句という表現形式は、写生にも全く向いていない。そんなことを考えながら、脱力俳句をときどき試みたくなる。

脱力俳句または「ただごと俳句」の対極にある「難解俳句」を考えてみよう。多くはメッセージ性が先行していて表現技術が追い付かず失敗する例が多い。独りよがりである。芭蕉の不易流行に連なる俳句の考え方に「深く考え易しく語れ」という言があるようだ。芭蕉の俳句の究極の姿として「軽み」があるが、これは「高く悟りて俗に帰れ」の精神である。世の中には、高く悟らずに、もっぱら「俗に帰る」ごとき作品が横溢している。それらはただ単に「ただごと俳句」であるに過ぎない。もっとも、「深く悟らず難しく語る」のは、衒学的で自己満足以外、何の役にも立たない。少なくとも「深く悟ったのだが、やさしく語るべく修行中である」なら読み手としては、我慢のしようもある。つまり、「難解俳句」の多くは、「深く悟らず難しく語」ってしまっているのではなかろうか。それとも、高く悟ったものの、それを易しく表す技術を持たないせいで、一般の読者にはその高邁さが届かない、ということだろうか。

では、ただごと俳句は、俗に帰って平易な言葉で呟くだけだから、質は低いのか、という議論は当然あろう。谷口智行はその大著作『窮鳥のこゑ』に、

パン焼いてゐてカレンダー四月にす　岡本　眸

蹤いて来るアイスクリーム屋に困る　後藤比奈夫

を取り上げ、「ただごと俳句」は日常におけるさまざまな事物に愛情を寄せ、時にほのぼのとしたユーモア、哀感、時に社会や時代へのアイロニーをこめて問いかける。詠まれた内容を「ただごと」とするかしないか、あるいは「ただごと」であってもそれを評価するかしないか、人によって俳句観の相違がある以上、意見が分かれて当然である、と述べ、さらに例を加えている（同著の三二一頁「ただごと」より）。

とれさうもなき烏瓜だけ残る　大慈弥爽子
牡丹見てそれからゴリラ見て帰る　鳴戸　奈菜

多くの俳人が晩年には力を抜いた俳句を楽しんでいる。赤尾兜子も飯島晴子も平明な句に帰って行った。

音楽漂う岸侵しゆく蛇の飢　赤尾　兜子
俳句思へば泪わき出づ朝の李花
青枝に枕たくさんさがる軍記よ　飯島　晴子
散松葉歩幅小さくなりにけり

それぞれの一句目には難解な句を、二句目には、必ずしも「ただごと」ではないが、晩年の句を掲げた。

金子兜太ですら、妻の皆子さんを亡くされたときとか、最晩年には

合歓の花君と別れてうろつくよ　金子　兜太
さすらいに入浴ありと親しみぬ

と詠んだ。年をとって悟りがくると、力を抜いた平明な句を書きたくなるのかも知れない。

例外的に金原まさ子だけは力が入ったままであった（行年106）。105歳のときの句を挙げよう。

螺旋階段のぼるとき胸鰭をつかう　金原まさ子
白黴よ出ておゆきわたしの海馬から

先に挙げた比奈夫にはこんな句もある。読んでニヤリとするのは私だけではあるまい。

焦げすぎず焦げ足りもせず焼けし鮎　後藤比奈夫
もて余すほどでなけれど日の永し
蟻を見てをりぬ動物園に来て
一袋五箇入の豆撒きにくく
騙すべき相手なくなり万愚節
一本づつ包まれて高級バナナ
三千のつつじが咲けばこんな丘

ただし、若い俳人の「ただごと俳句」は、何となく惜しいような気がする。早くから老成してしまうと、晩年には詠む句が無くなってしまうのではなかろうかと、心配になる。しかし、作者年齢からくる先入主を捨てて読むと、なかなか面白い。小野あらたが星野立子新人賞を得たときの作品から選んでみる。

地下鉄の改札口に菊並ぶ　小野あらた
冬の梅花瓶の底に当りけり

これらを上回る「ただごと俳句」をこれからどう書くのであろうか、心配でもあり、楽しみでもある。

結論のない「ただごと」を書いてしまった。ただ、後藤比奈夫の句を思いだすと、彼のような「ただごと俳句」は今の私には怖くて詠めない。大切な紙面の一行なりとも、こんな「ただごと」で費やすのが恐ろしいのである。これを平気で詠めるようになりたいものだとつくづく思うのである。達観が要るのだろう。

文法の時代の〝おいしい〟切字論

柳生正名

「俳句の伝統的事実は、最短定型律（当面、十七音律の文語定型）だけ」。２０２１年は、金子兜太がこの宣言《マニフェスト》的一文を含む「造型俳句六章」（初出１９６１年）を発表して60周年。「俳句造型論」は還暦を迎えた。「言葉としての俳句」を担う主体の在り方に焦点を定めた兜太の論の基底には「俳句は言葉である」ことの自覚がより鮮明にあった。それは俳句における文法論の重要性に着眼する昨今の俳句界の風潮とつながるものだろう。

「いわば現代の俳句の世界は、〈文法の時代〉を迎えているといえそうです」は「俳句αあるふぁ」２０２０年春号「俳句と文法」特集の巻頭言「俳人にとって文法とは何か」からの一文である。問題意識を持つ編集者に〈文法の時代〉を宣言させる状況が今、俳句にある。例えば、第二次大戦後の国語教育の在り方との関連を示した巻頭言の以下の指摘は印象的だ。

> 現在、「古典文法」というときにイメージされるルールは、国語学者の橋本進吉《はしもとしんきち》が戦前に整理して定めたものですが、戦後唯一の文法教科書であった『中等文法文語』に採用されて普及してゆきます。
>
> 戦後の学校教育の影響で、文法に「正解」があるという認識が定着したこともあります。かつては誰しもが自然に使っていた古典文法が身近なものでなくなり学校で教わるものになると、そこに「正解」が生まれるようになりました。（中略）教わった用法のみが正解であり、文法書に載っていない用法は「間違い」に見えるという、なんとも難しい時代になりました。

〈文法の時代〉を謳歌する平成以降の俳句界を新たに担った層は、戦後の「学校文法」を身に着けた世代である。一方、「平成無風」と言われ、革新が生まれない俳句界の現状は令和の今も厳然としてある。文法論に端的にみられる固定化された俳句観が、創造性を秘めた芽吹きを踏みつけているのではという危惧が頭をかすめる。

〈文法の時代〉である昨今の俳句界は、日本語文法＝学校（受験）文法＝橋本文法という立場に立脚し、他にも「四大文法」と称される山田、松下、時枝の各体系が存在する事実は忘れ去られている。それぞれの文法論に反映された異なる国語観を繙き、日本語への見方が変われば、俳句への理解も変わるはずなのだが……。

ここで「俳句の伝統的事実は、最短定型律（当面、十七音律の文語定型）だけ」という冒頭の兜太の言葉に立ち返ろう。十七音律のみを頼りに万象を描くのだから、俳人は日本語の最もおいしいところを最大限引き出し、用いるほかない。それを学ぶ重要なよすがが文法である（以下、「現代俳句」9月号発表の一文と内容的に重なるが、ご容赦願いたい）。

例えば、四大文法の一角を占める国語学者、時枝誠記（1900〜1967年）は国語の基本構造を「風呂敷型」と捉えた。

赤い椿白い椿と落ちにけり　河東碧梧桐

様々な単語をひとまとめに「風呂敷」に包み込み、最後で「結び」上げるイメージだ。ここでは語尾の切字けりが結び目となる。一文の重心が文末に来る構造の特殊さは、印欧語と比べると際立つ。例えば、英語文は、主語と述語の間に重心が来る。主述を結合しバランスさせる支点を中心にした「天秤型」構造と時枝は表現した。

やった／やっちまった

英語に直訳すれば、ともに「I have done it」。Iとdoneの間のhaveあたりに天秤の支点が来る。一方、日本語では「結び目」となる文末の「た」「ちまった」の差異が「喜び／残念」という真反対の主観を示す。英語なら主語の内面として「happy／sorry」などの言葉の概念的な意味作用を用いて表現するが、それと別の道筋で話者の主観を伝える「おいしい」表現法が日本語にはある。

これを時枝は、文末の結び目からにじみ出る話者の主観が風呂敷のように一文を包み込む――日本語は、文中で示された客観的なことがらを主観が文末からさかのぼる形で呑み込み、主客を一体化して伝えると説いた。

こうした魅力的な国語理解は現在の学校文法からは導き出されにくい。それは学校＝橋本文法が日本語を時間の流れと並行した線状《リニア》の語の順次的連なりとして捉える結果だろう。しかし、日本語、特に切字・切れを重視する俳句は、文末から再び文頭までさかのぼって全体を包み込む特殊な時間性を帯びる。それを芭蕉は「発句の事は行きて帰る心の味はひなり」（『三冊子』）と捉えた。山本健吉も『純粋俳句』論で、加藤楸邨の「（俳句の）読み了へたところから再び全句に反響する性格」という言葉を引用し、「行き着いたところからふたたびもとへ帰ろうとする」俳句の詩型はおのれの時間性を「自ら否定しようとする傾向を内包している」とした。

印欧語的な線状の時間性に即した文法構造を前提に、学校文法は英語と同様、日本語文も主語＋述語こそが基本構造と捉える傾向がある。日本語では「主語」のない文が頻繁に現れるが、省略されているだけで事実上、存在すると解する。主語／述語のバランスの上に立つ天秤型を基調とする印欧語文法との連続性は高いが、主語がないことが多い俳句にとって重心の所在という問題に明確な回答を与えない。

反面、時枝文法は日本語に必須なのは述（語）部であり、主語なしでも文は成り立つと説く。むしろ日本語の土台は述語（のみの）文で、述語の最後に来る結び目が言語主体の在りようまでも表現可能とする。日本語を印欧語に無理に寄せるのではなく、両者間の本質的違いを前提に理解していく。

発句から生まれた俳句はそれ自身完結した一文章として自立する。文末の切字「けり」「かな」は風呂敷構造をとる一句の結び目であり、重心として機能する。作者の詠嘆という強い主観によって、句中に描かれた客観的な映像を大きく包み込み、全体を主客一体の表現たらしめる決定的な存在だ。結び目という意味では日本語全般と共通するが、古今の俳人は主客を混然として一つの「情＋景」に溶かし込む日本語の特殊性と「おいしさ」を自覚し、先鋭化させる方法論として切字を位置付けてきた。

遠山に日の当りたる枯野かな　高浜虚子

この「客観写生句」に主観表現はないという説には賛成できない。それは印欧語的言語観に捉われた誤解である。「かな」という切字で示された高浜虚子の主観が景を大きく包み込んで生まれた「心＋象」の句なのだ。従来の俳論が「主観」「客観」の天秤型対峙という印欧語＝学校文法的発想から抜け出せないことが、ここ数十年の俳句をめぐる理論的な停滞、言い換えれば「平成無風」を生んだ一因ではないか。

では、切字「や」をどう考えるか。文末の結び目「けり」「かな」で一つの文章が完結するのは分かる。上五に「や」がくる場合、一句の結び目はどこにあるのか？　比較文学者、川本皓嗣の議論がひとつのヒントになる。

それら（切字「や」など・柳生注）が係り結びの原理によって、いわば遠隔操作的に、その勢いの及ぶ限界のあとで句を切る場合が多い（『俳諧の詩学』新切字論）

蛸壺やはかなき夢を夏の月　松尾芭蕉

「蛸壺（で蛸が）はかない夢を（見る）／夏の月」という内容だ。句意の切れは「や」でなく「夢を」の後にある。これに時枝の議論とかけ合わせると「や」はその場所で意味を切るというより、文末「月」という名詞止めに発句の切れ＝結び目が現れることを係り結び的に強調すると考えられる。

古池や蛙飛こむ水のおと

で、蛙が古池に飛び込もうと飛び込むまいと「や」は句末に結び目が存在することを示す。たとえ句の途中で二物衝撃的な断絶があろうとも、その「意味の切れ」さえ乗り越え、末尾の結び目に読み手の意識を誘導し、そこから句全体を一枚の風呂敷に包み込む。その働きが切字「や」の真骨頂だ。

切字の「切れ」は本来、一句がそれ自体で完結することを意味する。日本語の動詞や助動詞は印欧語にない終止形を持つ。文法形式として文の切れ目を明示し、言葉を文末で着地させる確固たるシステムを内蔵する。この国語の独自性を詩的表現に昇華させた切字こそ、最小限《ミニマル》な形式を選びとった俳句の生存戦略の根幹をなす。

俳論には「定型論」「季題・季語論」「韻律論」などのサブジャンルがあるが、もっとも解明の遅れが目立つのが「切字・切れ論」だ。高山れおなの労作『切字と切れ』（邑書林）を読んでも今に至る議論の錯綜ぶりが印象付けられるだけである。それは日本語の特質を看過して水掛け論を繰り返す現状を浮き彫りにしていないか。

おおかみに螢が一つ付いていた

数々の俳誌で平成の代表句に選ばれた作だが、この「た」も口語の切字だ。60年前「（今を生きる）主体の内部活動にふさわしいリズムの要求が、やがて文語定型の音律を改めてゆく」と予言した兜太である。日本語のおいしさを熟知し、口語でも切字が必須となる状況を予感していたに違いない。

それは造型論で兜太が「俳句という言葉の主体」の存在を「創る自分」という語で明確化し、その言葉の在り方を示す文法が言語主体としての作者の在り方を規定するダイナミックな俳句観を自らのものとしていたことを意味する。その兜太も虚子も「切字・切れ」に関する数多くの言説を遺したが、正直、巨匠の論としては物足りない印象もある。それはこの二人にしてなお日本語の本質に関する文法的アプローチが十分なものではなかったからかもしれない。その分、両者は実作で切字・切れの本質的な在りようを明快に示した。それを文法論に落とし込み、花鳥諷詠論や俳句造型論と比肩しうる体系を構築することこそ、「無風」を脱却すべき宿命を負う令和の俳句界に求められる責務である。

（了、敬称略）

俳句の果たす役割

角谷昌子

▽「宇宙的視座」と「存在者」

虫の夜の星空に浮く地球かな　　大峯あきら
おおかみに螢が一つ付いていた　　金子兜太

高浜虚子は、芭蕉俳句の根底には「宇宙の動脈に触れた消息」があると言った。この言葉について大峯あきらは、虚子の「花鳥諷詠」とは天地運行の壮大なリズムの中に生滅する命を捉えることで、虚子には芭蕉と同じ宇宙的視座があると述べた。そして虚子が「花鳥諷詠」を「自然界」に伴う「人事界」の現象と位置づけたので、人間の命も草木の命も変わらないとあきらは認識していた。虚子は「花鳥諷詠」を「四時の移り変り」と規定したので震災や戦争、災害、社会問題はこの秩序から外れるため主題にはならない。その虚子の姿勢は戦争でも俳句は変わらないと答えたことによく表れている。

近年、この「花鳥諷詠」の規定から外れる震災、戦争、災害、社会問題が頻発し、さらに感染症拡大にともなって日常生活が激変した。現代を生きる者としてこれらの問題から目を逸らすわけにはいかないと思う。俳句の本質は常に変わらないとする虚子の姿勢を尊重したあきらに対し、最晩年の金子兜太は対談で疑義を呈した。「存在」の深さを求めて時代の諸問題と格闘した兜太にとって、虚子の「花鳥諷詠」に基づくあきらの俳句観と嚙み合わないのは当然だった。兜太はトラック島での過酷な戦争体験を基に反戦への思いを背骨に据えて時代を見据え、美意識や洗練などの桎梏から自らを解放した土俗的「存在者」だった。「平和の俳句」（東京新聞）の選者となり、三年間で十三万以上の投稿数を国内外から得た。俳句を大衆の詩として社会活動にまで広げたことは瞠目に値する。今でも軍事政権が台頭し、難民が増大する世界情勢に危機感がつのる。俳句の果たせる役割はあるのか。

▽「天の病む」：俳句と環境問題

令和二年四月から朝日新聞社の「俳句時評」を連載している。令和三年九月のテーマは「天の病む」で環境問題と俳句を取り上げた。この記事は連載以来、俳人ばかりでなく一般読者からの反響が最も大きかった。

祈るべき天とおもえど天の病む　　石牟礼道子

熊本県水俣市の工場排水被害を描いた映画「MINAMATA―ミナマタ」が話題である。水俣病の過酷な実情を世界に伝えた写真家・ユージン・スミスをジョニー・デップが演じた。この映画の公害問題の告発メッセージが心に響く。水俣病に生涯向き合い、環境問題を問い続けた作家が石牟礼道子だ。「天の病む」の句は地球の環境破壊が著しい現代への強い警鐘でもある。

この朝日新聞の記事は「俳壇」十月号（本阿弥書店）の特集「俳句と環境問題」に基づく。「天の病む」の句を武良《むら》竜彦は、文明様式の急変による生命の危機を表すと解釈する。髙田正子は、祈るべき天を喪失した人類の嘆きと捉える。『苦界浄土　わが水俣病』を著した道子の一生を通じて環境問題と取り組んだ姿勢は揺るぎない。近年、地球温暖化が加速し、SDGsへの取り組みが真剣に考えられるようになった。「天の病む」は緊迫する自然環境の悪化を訴えて俳句の力を示してくれる。

原野へと戻る畑や草いきれ　若井新一
土着とは草刈ることの繰り返し　太田土男
立葵洪水はわが死後に来よ　齋藤愼爾

「原野」は稲作地帯が荒れた原野となる状況を危惧する句だ。「土着」は多様な自然や豊かな人間と動植物の暮しを守る作業の大変さを描く。このところ洪水や豪雨による災害が深刻化している。愼爾の「立葵」はあたかも犠牲者への鎮魂の標のように立ち尽くす。「わが死後に来よ」は単なる個人的な願いではなく、環境破壊の進む現代への痛烈なアイロニーでもある。自然の恩恵を受けている俳句にとって環境問題は大切な課題の一つであり、ここで挙げた作は読者に訴える力を持つ。

▽青畝、秋桜子、誓子の「写生」再考

山口青邨は昭和三年に「ホトトギス」で活躍していた水原秋桜子、阿波野青畝、山口誓子、高野素十を四Sと呼んだ。彼らのうち青畝が平成四年、山口誓子が同六年、（人間探求派と呼ばれた加藤楸邨は同五年）に続けて亡くなり、昭和俳句の終焉が強く印象づけられた。秋桜子は昭和六年に「ホトトギス」を去り、誓子は同十年に「ホトトギス」を離れて「馬酔木」に参加する。素十は「客観写生」を貫いたが青畝はどうだったのか。青畝、秋桜子、誓子の「写生」について改めて考えてみたい。

（1）青畝の言語追求

虚子は大正時代、主観から「客観写生」に俳句の指導方針を転換した。青畝が大正八年、二十歳の時、虚子に疑問の手紙を送ったところ、写生修練の大切さを説く丁

寧な返書を受け取った。それ以来、虚子に心服して青畝は写生を心掛けた。だが「客観写生」を文字通りに受け取ったのではなく、自分なりの「写生」を求めていった。

水揺れて鳳凰堂へ蛇の首　青畝

体をくねらせながら泳ぐ蛇の頭が薄暗い水面に波紋を広げる。その正面の宇治の平等院鳳凰堂は実、水に映った映像は虚だ。蛇は俳句の小宇宙で虚実の間をひたすら泳ぎ続ける。青畝の写生は単に対象をなぞるのではなく、対象の命と己の命が響き合って特別な情感を生む。作品には飽くなき言語追求がある。高柳重信はこの蛇をいつしか自由な時空を泳ぐ「言葉の蛇」になったと評した。蛇は言葉によって永劫の命を与えられたのだ。

青畝は九十二歳の時、村上護との対談で、主観・客観を分けるのは間違いだと次のように明言した。

客観は手の甲、主観は手のひら、この手を握りしめれば、手のひらは内側に隠れて主観は見えなくなる。（中略）別々にしたら死んでしまいますよ。

（俳句文庫『阿波野青畝』Ｈ４・春陽堂）

このように青畝は虚子の「客観写生」を自分なりに消化し、虚子の掌から出て新しみを獲得していった。

青畝作品の特徴である自然随順、明暗受容の幅広さ、宇宙性などは自身が信仰するキリスト教と日本の精神風土との融合だろう。そして独自の言語芸術を構築したのは、言葉の練磨の努力だけでなく、天与の資質、また耳疾による特別な言語感覚があったからだと思う。

（２）誓子の「写生構成」

かりかりと蟷螂蜂の皃を食む　山口誓子
夏草に機罐車の車輪来て止る
夏の河赤き鉄鎖のはし浸《ひた》る

誓子の代表句としてまっさきに浮かぶのは、これらの作品であろう。昭和七年作の「かりかりと」は連作「虫界変」の一句。抒情を拒絶した鋭い観察眼には近代的メカニズムの非情があり、新しい詩世界の開拓とされた。同年発表の連作は、スケートやダンスホールなどがテーマで、近代的な構成を打ち出した。「夏草に」「夏の河」などを含めて作品の特色は誓子自身も重要性を論じた通り「非情」「メカニック」「写生構成」である。

昭和十年、誓子は「ホトトギス」を離れて「馬酔木」に参加、秋桜子と共に旧弊な「ホトトギス」の季題趣味から俳句を解放し、新表現開拓を目指した。そして当時の俳句革新運動である新興俳句の先駆けとなったが、無季俳句は詠まず、季語重視の姿勢を守った。

「非情」「メカニック」「写生構成」ばかりでなく、〈土《ど》堤《て》を外《そ》れ枯野の犬となりゆけり〉の「概念規定の転化」、〈冷水を湛ふ水甕の底にまで〉の根源追求と倒置法、〈せりせりと薄氷《うすらひ》杖のなすまゝに〉のオノマトペなど、近代的手法や文体駆使に加えて〈大和また新たなる国田を鋤けば〉〈美しき距離白鷺が蝶に見ゆ〉の写生による新鮮な抒情句がある。誓子は虚子の「客観写生」に「写生構成」などの近代化をもたらし、新しい血を注いだと言えよう。

（3）秋桜子の主情と主題性

高嶺《たかね》星《ぼし》蚕《こ》飼《かい》の村は寝しづまり
来しかたや馬酔木《あしび》咲く野の日のひかり
啄木鳥《きつつき》や落葉をいそぐ牧の木々

秋桜子作品の特長は、豊かな調べ、外光的風景描写などで旧弊な季題趣味から俳句を解放した。そして主観を認めたので、「馬酔木」の俳人たちの主題追求が可能になった。ところが、虚子がかつて難じたように、昭和五十年代、秋桜子俳句は作者の主情を反映した主題性が強く、述べ過ぎで予定調和になると飯島晴子が批判した。当時は山本健吉の「軽み」尊重論が盛んで、その見解と相まって、以後は俳句の主題軽視や言葉の意味性排除が現在まで続くようだ。言葉の多様性を求めるのは興味深いが、意味性を拒否すれば言葉は伝達力を弱めてしまい、主題がない俳句の力は弱くなってしまうだろう。

秋桜子は何よりも「モチーフ」を大切にし、それが「ほんとうに詠みたいもの」と言った。たとえば、『殉教』の「天草の雨」の〈時雨つつ片虹立てり殉教碑〉〈天国《ぱらいそ》の夕焼《ゆやけ》を見ずや地は枯れても〉などは、その主題性によって読者の心に強く訴えかけてくる。

冬菊のまとふはおのがひかりのみ
瀧落ちて群青世界とどろけり

主情の輝きのある両句は俳壇史に永遠に残るだろう。秋桜子俳句の主題性や意味性の重視を含めた革新的な業績を没後四十年の令和三年、改めて評価したい。

現代俳句の役割を考える時、伝達力ある言葉、主題性、写生のリアルさが大切だと改めて思っている。

この一年の句集より

高山れおな

平成から令和へ年号が変わるタイミングで、「俳句」誌で組まれた特集のために、平成百人一句を選定する座談会に出席したことがある（二〇一九年五月号特集「さらば平成俳句」）。俳人九十二人から集めたアンケートをもとに、宇多喜代子・正木ゆう子・小川軽舟・関悦史と高山で調整を加え、平成年間に発表された俳句による百人一句を決めたのであった。できあがった一覧を見ると、自分の意中の俳人や句もそれなりに入ってはいることとて、まあこんなものかなと思う一方、なにか頼りないな、寒いなという気分にもなった。昭和はちょうど平成の倍の六十余年の長さがあったわけだが、仮に昭和の前半の三十年で百人一句を作って対戦した場合、ボクシングにたとえれば、平成百人一句はワンラウンドKO負け、それもほとんど瞬殺に近いのではないかと思えた。昭和後半の三十年が相手でも、瞬殺までは食わないとしてもやはりKO負けであろう。もちろんこれは雑駁な印象を雑駁な比喩で述べているに過ぎないが、とにかく平成の俳句（もちろん令和の俳句もそのまま地続きである）に感じる物足りなさ自体に嘘はない。

空白の五十年？

「俳句四季」九月号の「俳壇観測」で筑紫磐井が、「空白の五〇年」を云々している。〈近代の俳句が生まれたといってよい一八九六年〉を起点に、以後二十五年毎に節目を置いて下ってゆくと、最後の二十五年が一九九六年から二〇二〇年に当たる計算になる。最初の二十五年が「ホトトギス」の創刊、次の二十五年が東大俳句会発足（四Sのうちの三人と命名者の山口青邨はここから出る）、三番目の二十五年が第二芸術論をメルクマールとして始まり、それぞれに位相を変えながらも波瀾万丈、さながら戦国時代であるとするなら、一九七一年以降の四半世紀は、〈戦国時代ではない、鎖国的な江戸文化〉の時代ではないかと筑紫は言う。この時代はそれでも、伝統派（龍太・澄雄）の隆盛、女流俳句の噴出など、現象的にそれなりの動きがあったが、九六年以降となるとメルクマールとなる出来事自体がなくなってしまう。つまり、〈俳句に歴史がなくなりつつあるのだ〉ということになるらしい。既視感のある話だなあと思ったら、当方が一年前にこの年鑑に書いたのと同じ話題ではないか。この〈歴史がなくなりつつある〉時代の起点を九六年ではなく、その前段としての七一年の方に置けばつまり「空白の五〇年」ということになる。

自分も同様の観測をしていないわけではないし、この間の俳句界にはメルクマールとなるような出来事が乏しいのではないかという事実認識までは同意するものの、この種の議論も具体的な作品の評価に踏み込んでゆかないかぎりはいささか空しい。今ここで歴史が回復できるなどとはまさか思っていないが、そんな事情も念頭に置きながら、近刊の句集のうち若干について卑見を述べたい。当年鑑の諸家自選七句欄が、二〇二〇年十月から二〇二一年九月の発表作を対象とするのに準じて、範囲はそれと同じ期間に刊行された句集に限る。特にそのつもりで網羅的な読書に励んできたわけではないので、俎上に乗せるのはあくまでたまたま管見に入った本である。また、別の場所で論じる機会のあったものは原則的に対象外とした。

津川絵理子句集『夜の水平線』

感心する句が多かったのは、津川絵理子の第三句集『夜の水平線』である。刊行は二〇二〇年一二月。

受話器置く向かうもひとり鳥渡る
時雨るるや新幹線の長きかほ
鴉呼ぶ鴉のことばクリスマス
狂ほしき犬の挨拶アマリリス
壁の罅つながつてゆく冬隣
ちよいちよいと味噌溶いてゐる桜どき
香水や土星にうすき氷の輪
缶蹴りの影ぱつと散る夕桜
立春や腕より長きパンを買ふ
自転車とつながる腕夏はじめ

季語が動くとか動かないとか言う場合、もちろん、季語は動いてはいけないという格率に照らして句の出来不出来が云々されるわけだが、右の十句などを見るとあまり当てになる基準ではないようだ。これらの句はいずれも、「季語＋七五」または「五七＋季語」の取り合わせの形になっているが、どの句の季語も取り換え可能に見えるにもかかわらず出来栄えはすぐれている。要するに五七あるいは七五の部分が、それだけで巧妙で完結性の高い表現になっている場合、取り合わせ得る季語の選択肢は多くなる道理で、中でもこれらの句で使われているような、時候や天文に分類される汎用性の高い季語——時雨る、冬隣、桜どき、立春、夏はじめ——の場合は、難なく合わせせられるということだろう。時候や天文でなくとも、鳥渡るやクリスマス、夕桜なども汎用性の高さでは違いはない。やや、釈然としない部分が残るのは、四句目のアマリリスで、しかしこれは結局、こちらにアマリリスという花に対する馴染みが薄いというだけのことかもしれない。犬が激しく吠え合う、または人に吠えかかるそばにアマリリスが現に咲いている情景ははっきりしているのだから（屋外か屋内か、まではわからないが）。唯一、情景曖昧な疎句的な配合になっているのは七句目の香水だろう。しかしこの場合でも、〈土星にうすき氷の輪〉は、いかにも鮮明に完結した表現になっている。具体地上的ではないがイメージのはっきりした七五に、具体的な事象ないし事物でありながら時候や天文の季語並みに模糊としたところのある季語を組み合わせているわけで、疎句的でありながら着地点まできっちり計算されている印象を受ける。

句集の総体からすると、『夜の水平線』は以上に見たような取り合わせ型の句が優勢と言ってよさそうだけれど、もちろんそうではないタイプの句にも秀作は欠けていない。

断面のやうな貌から梟鳴く
暮れかかる空が蜻蛉の翅の中
初電車しみじみ知らぬ顔ばかり
雪原の足跡どれも逃げてゆく
雲が雲呑むしづけさの金魚玉

特に一句目は意外な角度からする写生的な切れ味の良さの点で、三句目はユーモラスなおかしみを感じさせる点で、この作者には珍しい句と言っていいだろう。

若狭より電気の届くふきのたう

本作もまたたいへん巧みに出来上がった句とは思うものの、この若狭から届いた電気というのが、すなわち原発の電気だというところにはひっかかった。東京の電力が福島や新潟の原発に相当部分を頼っているように、京阪神（津川は神戸市在住）への電力供給を担っているのが福井県のうち旧国名が若狭となる嶺南地域。そこに立地する原発は十五基に及ぶという。関西において若狭・電気とくれば、関東における福島や新潟以上に端的に原発を連想させるのではないかと思う。しかしこの句にあっては、電気が可能にする生活の豊かさと、さしあたりフキノトウに代表される山野の恵みを合わせて享受する喜びが素直に（または他愛なく）表明されているだけである。これがゼロ年代の話ならそんなものかと思っただけであろうけど、実際は二〇二〇年の句集に載る二〇一三年の作なのである。二〇一三年といえば、福島ではまさにフキノトウのような山菜こそ食べるのに最も論外という事態が起こって日も浅かった時だ。確か初出の時にも一見して違和感を感じた覚えがあり、それがそのまま句集に載っているのを見て、関東・関西の心理的距離というのは思っている以上に遠いのだと改めて教えられた。作者が繊細な視線と沈着なテクニックの持ち主であるだけに、いよいよそう感じざるを得ない。

今瀬剛一句集『甚六』

初鏡この顔で押し通すかな
薄氷にありありと風及びけり
年の夜をみしりみしりと当主なり
総領の甚六として福沸
鮟鱇の顔誰ならむ誰ならむ
根刮ぎの杉も流れて雪解川
火吹竹転がつてゐて誰もゐず

『甚六』は、津川の句集と同じく、二〇二〇年十二月の刊行。総じて、声調闊達で骨太な詠みぶりが魅力的だと思った。三句目の〈当主なり〉とか四句目の〈総領の甚六〉とか、作者においては端的な現実だとしても、一般的にはアナクロニズムの印象を与えるだろう。そのアナクロニズムをアナクロニズムのまま読者に受け入れさせているのが、三句目で言えば〈みしりみしりと〉の巧みさ。それはリアリズムであると同時に、いわく言い難い可笑しみの表現にもなっていて間然するところがない。五句目の鮟鱇の句も好ましい。吊るされた鮟鱇の顔が、ふと誰かの顔に似ていると思ったが、その名前がどうしても思い出せないと言った情景を想像した。飛躍していながらいかにもありそうでもあるし、〈誰ならむ誰ならむ〉のリフレインも心地よい。

岡田一実句集『光聴』

夜光虫波引くときの一猛り
鳥影の白露の陸を辷りけり
月光や雲は奥処を見せ奔り
火の上の秋刀魚の眼沸きにけり
夜の雲を照らす東京神の留守
囀りの影といふ影天降《あも》りくる

本書は二〇二一年三月刊。カヴァーに刷られている岸本尚毅の推薦の辞に、〈この作者は、目に映り、耳に聞えるものを、ふつうの感受のしかた以上に克明かつ分析的に捉え、それをやや理屈っぽくも見える、解像度の高い言葉遣いで再構成する〉とあるのは当っているだろう。岸本が指摘するような特徴が、具体的な作品表現において、是と出るか非と出るかはケースバイケース。たとえば、巻頭句は、〈疎に椿咲かせて暗き木なりけり〉というのであるが、わたしは感心しない。カヴァー裏に刷られた五句（そうとは書かれていないが自選五句であろう）にも、〈疎に遊ぶ卯月の海に脛《はぎ》濡らし〉という句があるので、この「疎に」という言い回しを作者はよほど気に入っているらしい。もちろん、文法語法的に問題のある表現ではないが、いかにも熟さない。これに限らず、内容に比べて言葉遣いが妙に肩肘張って仰々しく感じられる作品がところどころ目につく。右の六句などは、そうした弊を免れたもの。特に、六句目は写実のようでいて、異様な幻想性も帯びているところに惹かれる。

塩見恵介『隣の駅が見える駅』

踏切が上がった天道虫飛んだ
たけのこのあの、で留守電切れており
穴あけて目とする埴輪若葉風
自転車を鳥居に駐めて秋澄めり
燕 来 る 隣 の 駅 が 見 え る 駅

これらは普通に悪くない作かと思うが、句集全体としてはやや挨拶に困る感じがした。特に、〈アウンサンスーチー女史的玉葱S〉などという句が、二〇二一年五月刊行の句集に収録されている——そればかりか帯には自選十二句の一つとして挙げられている——のは理解に苦しむ。〈ゴールデンウィークをアンモナイトする〉における、「アンモナイトする」のような表現と同じ次元で、「アウンサンスーチー女史的」という言葉が玉葱の形容となっているわけだ。塩見にとってはこうした言葉の恣意的な運用こそが俳句を作る楽しさの相当部分を占めているのだろう（句集を通読するほどにそう判断される）。もちろん、俳句がミャンマー情勢に責任を負わなくてはならないなどということはない。しかし、我々は、直接的な関係性や責任の有無とは別に、日常においては日常の、作句においては作句の次元において、当否をさまざまに吟味しつつ言葉を運用しているはずだ。ごく常識的な判断として、二〇二一年の句集に「アウンサンスーチー女史的玉葱」というフレーズはあり得ない。逆に言えば、このフレーズを可能にしている鈍感さ（最大限好意的に言えば「大らかさ」）が全体を覆っているのが、本句集の特徴ということになろう。

前島篤志「寝耳」など

俳人のあり方というのもじつにさまざまだ。結社誌・同人誌に参加するのが多数派だとしても、打田峨者ん氏のように三十年も独りで俳句を楽しみ、それでいて書肆山田から上製本の句集を四冊も出している例もある（二〇二〇年から「豈」に入ったが）。独りでやることのメリット・デメリットはさて置いて、作り手としては、詮ずるところ、独りでやるのが好きか、みんなできゃっきゃと座の文学をやるのが好きかに尽きるだろう。私は独り派だが、ならば峨者ん氏のように三十年間独楽吟を決め込むことができたかと言えばそれは無理。継続には腐れ縁の力を借りつつ、書くのは独りで勝手にというのが自分にはまず適当なスタイルらしい。

峨者ん氏とは別にもう一人、徹底的な独楽吟の人を知っている。その前島篤志氏が数年に一度送ってよこすホッチキス留めの作品集がちょうど届いたので、最後にそれをご紹介しよう。作品集のタイトルは「寝耳」で、七十五句が収められている。

ロッテリアで魔法を売っているという二つ買った奴もいるという
礫刑や必ず帰りのバスが混む
新緑や数限りなき失敗の
泣く姉や木立をひとつまた焼けり
木犀やゆつくりきいてくるますい
妹よ轢かれた鳥の写メばかり
交通量調査の前を猿の群
俺が町を出たからだろう春が来た
どこに行ってもドブの臭いがするとすれば俺自身が死んでしまった川なのだ

前島は、当方とはいわば同期。今はなき前衛系の総合誌「俳句空間」の投稿欄の常連で、一九九三年に刊行された『燿―「俳句空間」新鋭作家集Ⅱ』という各人の自選百句からなるアンソロジーにともども入集した。二十代の前島はそこに次のような句を出していた。

府中の猫はこれは嘘だが全て片目
銀の活字五十銭今日は「な」を下さい

百句の中には、〈法を創り一人背く王その完璧な自由〉などという句もあって、このあたりが前島の本来的な志向なのかもしれない。府中の猫の句も、銀の活字の句も、童話的なイメージを借りながら、〈その完璧な自由〉を愚直に追求した作品であろう。三十年近くを経た「寝耳」になっても、たとえばロッテリアの魔法の句にはその残響が、韻律的には少し虚ろな感じも漂わせながら響いている。これが、〈ドブの臭い〉の句となると、その暗さはレトリカルな遊びの域を超えた本音の色彩を帯びてなかなか痛切。もちろん、どこの結社誌にも同人誌にも〈俺自身が死んでしまった川なのだ〉と感じている五十男はざらにいるはずだが、それをこんな率直で柔軟な自画像として提示することを可能にするのが、つまり独楽吟という条件に他なるまい。

大石雅子という俳人

菅野孝夫

言葉に力強さがなくなった。言葉に説得力がなくなってしまったと思う。自分ではそのつもりはないのだが、知らずしらず言葉を操ることを覚えてしまって、上手な俳句を作ろうとしているのではないかと反省している。

俳壇を見渡してみても「感動」する句が少なくなった気がする。言葉が浮ついてしまっている気がする。本当に感動する句はめったにないものだけど、俳人が利口になってしまったから、経済的に豊かになって、言いたいことが言える社会になってしまったから、どうしても言わずにいられないことが見つからなくなったのだ。

昨年の角川の年鑑、二〇二〇年の収穫「八〇代以上男性」の句の前から五人の最初の句を上げてみた。

天人になりたる思ひ大花野
仰ぎ見る頬をくつきり揚花火
まつすぐに破魔矢を立てて帰りけり
盆の夕澄雄も道に出てをりし
点滴のひかりの涼しさが寂し

これらの句のどこに共感したらいいのだろう。感動のかけらも落ちていない。言葉が完全に死んでしまっている。評者の解説がさらりと当たり障りのないものだったのは、さすがに批評のしようがなかったからだろう。

内から湧いてくるものが何もなければ詩にも俳句にもならない。精神的な飢餓感を失ってしまったら句が詠めなくなる。下手でも粗削りでも、ずっしりと来る句なら望みがあるが、上手で内容のない句はどうしょうもない。平和な時代に生まれ合わせた俳人の最大の不幸だ。

大石雅子という人は、老後の楽しみに俳句を始めた素人俳人である。彼女を知る人はごく身近な人たちだけで、世間的には無名であったが、百歳まで句を詠み続けて、人の心にじかに訴える見事な作品を残している。

大石《おおいし》雅《まさ》子《こ》／明治三十二年藤沢市生まれ。昭和四十五年、七十歳から俳句をはじめ「野火」に入会。野火同人、俳人協会会員。平成十一年、上総一宮の自宅で逝去。享年百歳六か月。これだけの俳歴である。

「布団に入ると俳句が押し寄せてくる」と言ったのは百歳も近くなってからである。ご主人は新聞記者で転勤が多かったらしい。仕事で訪れた千葉県房総半島の一宮が気に入って家を建て、一人になっても寂しくないように、ご主人に言われて俳句を始めたのは七十歳という。

以下、九十五歳から百歳で亡くなるまで結社誌「野火」に発表された句を見て行きたい。

平成六年／九十五歳

一世紀ほども生きて賀状書く

亀鳴くや隣の亀が不思議がる

雅子さんは亀の鳴くのを聞いたのだ。さすがに耳が遠くなっていて、もちろん幻聴である。亀が鳴いたのかご本人がなにかつぶやいたのか、隣にいた亀も、なんだか要領を得ない顔をする。自分が亀なのか亀が自分なのか分からない。かくして春の日は暮れてゆく。

平成七年／九十六歳

残り蚊にのこり少なの血を吸はる

わざわざ残り少ない私の血を吸うなんて、と言いながら蚊をいつくしんでいる。蚊も作者も同じ生き物として扱われていて全く対等なのだ。彼女が気がついた時に、蚊は既に逃げてしまっている。

見えぬ目の眼鏡も拭きて石蕗日和

雅子さんの片方の目はほとんど見えなくなっていたらしい。どうせ見えないのだからその必要のない、見えないほうの眼鏡も拭くというから可笑しい。

この句のすばらしさは季語の「石蕗の花」にある。風もない穏やかな日をうけて石蕗が咲いているのだが、冬の花にはもう後がないのだ。

たまさかの母の電話は枇杷のころ

九十六歳の雅子さんはあの世のお母さんとどんな話をしたのだろう。雅子さんは電話魔であった。足腰が弱ってからは電話が彼女と外を繋ぐ大事な手段で、俳句が出来ると誰彼となく電話をして批評してもらっていた。

「野火」に一宮句会があり、彼女はそこの一員だったが、近くに鵜沢よしえ、御園英子、福田恭子という、純粋に俳句を楽しむ気心の知れた三人がいて、なにくれとなく面倒をみてくれたのも彼女には幸いだった。よしえさんは現在九十八歳で現役の作家である。俳句はこのような人たちのためにあると言ってもいいだろう。

留守番電話いつも留守がち菊日和

露寒のつく杖に足追ひつけず

このとぼけ具合は意図して出せるものではない。留守番電話は留守に決まっているし、杖に足が追いつけないのも事実だ。事実には違いないが、ほのぼのと浮かび上がってくる可笑しさと哀しさが読者の胸に迫る。

平成八年／九十七歳

天高しまたとなき日を昼寝など

晩年は次女のご家族と一緒で、大事にされていたと聞いた。雅子さんの句が伸び伸びとして屈託がないのは、まわりの人たちの暖かさに包まれていたからだろう。九十七歳の作者にしなければならない用があるとも思えないが、ご自分の年を忘れてしまっている。

ゴキブリに挑む夜が来て腰伸ばす

あっぱれな心意気である。白内障で目も見えづらくなっている老婆に打たれるゴキブリはいそうもないが、ギクシャクする腰を伸ばして戦闘態勢万全である。

同時発表の〈鯛のいづれも遠き音ばかり〉〈一世紀ほども生き来て栗拾ふ〉は、九十七歳の人の感慨である。

平成九年／九十八歳

冬紅葉われはじめての救急車

この句については作者のエッセイが残っている。

「ある夜、寒気のあと高熱が出ました。翌日医師が見えられて即入院とのことで、手続きも医師がしてくださり、もう救急車は来ていました。三年ぶりの外出でした。玄関で庭の冬紅葉を複雑な思いで見ましたが、急にあたりが見えなくなってしまいました。やがて病室に居るのですよとの声を聞きました。随分いろいろな夢を見ていたようです。……絶対安静でしたが、病気は快方に向かい、四泊五日で退院できました。」

この文章に大石雅子という俳人の、底抜けに明るい精神構造を見ることが出来る。脳梗塞で倒れたご主人の介護も経験して、人間一通りの苦労はしてきたはずなのに、心に陰がない。生きるか死ぬかの瀬戸際に出て来た「三年ぶりの外出」「四泊五日で退院」という言葉に思わず笑ってしまう。

浄土への道かくあらむ寒夕焼
死に支度本気ではじめ四月馬鹿
さくら咲く白寿をけふに誕生日

計算すると白寿は来年なのだが、数えで数えたり満で数えたり、百歳を前倒しして詠んだり、町長からご褒美をもらえる百歳を待ち望んでいる趣があった。

そんな作者も当然ながら物思いにふけることがある。孤独感にさいなまれることだってあったはずだ。

逃げ水や行けどもゆけども海遠し
鴨の孤独テトラポッドに秋夕焼

平成十年／九十九歳

夢のつづき今夜が怖し霜の声
俎の機嫌よき日や蕗の薹

ある日ふとわけもなく考え込んでしまう。誰にでもあることである。悪い夢を見た九十九歳のご老人ならなおさら身に応えるはずだが、一夜明けると〈俎の機嫌よき日や蕗の薹〉という句が出てくる。どこまでも前向きだ。〈幻覚の夢も楽しや夏の月〉とも詠んでいる。

地球より命は重し百の春
うつらうつら朝寝たのしむ鳥の声
会ふたびに別れの握手合歓の花

雅子さんを心配して見舞の人が来る。元気にまた会いましょうと言いながら、これが最後になるかもしれないと手を握る。ご本人もそれを知っていて「別れの握手」をしているのだが、湿っぽくない。

平成十一年／一〇〇歳

棒稲架を不思議と旅の夢を見て

芭蕉に良く知られた〈旅に病んで夢は枯野をかけ廻る〉があるが、一介の俳句愛好者である雅子さんの句にむしろ具象性があって、こちらに◎を付けたくなる。

百歳の顔を冬日に曝しけり
世を去るはいつか知らねど沙羅の花
急がねばならぬ旅路に葡萄の荷
まだ熱を出す余裕あり立葵

これが間もなくこの世を去ろうとしている人の作品である。高熱の苦しさにあえぎながら「私はまだ、熱を出す余裕があるんだ」と発見する。しかも季語が立葵である。なんという精神力だろう。死ぬことさえも楽しんでいるような余裕がある。

雅子さんの作品が私たちの心にじかに響いて来る一番の理由は、彼女の自然体の生き方にある。生も死も自も他もない。彼女の心には亀もゴキブリもない。みんな「人間」なのだ。全く同じ重さの生き物として存在していて、しかもそれを本人は自覚していないのである。だから言葉が自然に出てくる。上手に見せようとする嫌らしさがないから言葉に説得力がある。

百歳まで生きたから到達できた境地だと言うことは出来る。たしかにそれもあるが、俳句が好きで、俳句の好きな人たちといることが楽しくて、ただそれだけだったので見事な作品を詠むことが出来たのだ。

もし、大石雅子さんが少し名の知れた作者であったら、これらの句のいくつかは俳壇の話題になっていたと思う。彼女のように純粋に俳句を楽しんでいる人、人知れず立派な作品を残している無名の俳人が少なからずいる。俳句にとってこれ以上のことはない。

自選七句

1137名7959句

〈鴻〉
相川　健［あいかわけん］

蜩や農事日誌に父のメモ
残照の甲斐駒ヶ岳榠樝の実
かりがねや焚くことのなき登り窯
滝真白きつぱりと冬立ちにけり
蘆の角沼が暮色に染まるとき
ぼうたんの生絹のごとき夕べかな
夏至の日のトランペットの余韻かな

〈郭公〉
会田　繭［あいだまゆ］

山際へ雲の片寄るぶだうの芽
子の土をはたいて春をはたきをり
塚を守る一樹なりけり青時雨
えご散るや木蔭はひとを待つところ
馬柵に巻く網の結び目夏きざす
綿菅や声とどくまで手を振つて
一片の雲に越さるる草いきれ

〈青岬〉
青木　暉［あおきあきら］

日向には婆の腰掛柿は実に
古暦せめて減量できないか
君に合ふ切手しなやか春隣
梱包の折目しつかり受験生
春耕の鍬鈍色に光りたり
香港にて
並ぶのは大の苦手や雀の子
生き生きと玉葱吊るす爺と婆

〈鬣 TATEGAMI〉
青木澄江［あおきすみえ］

大黒柱無い家ばかり山眠る
太陽を誰も拾わぬ冬の沼
陽炎の奥からみんな呼び戻す
真空にしておく蝶々の真昼
道なりに行くと左手薔薇の家
十薬を咲かせ鍋底磨きぬく
燐寸の火ないから五月闇もなく

〈羅ra〉
青木千秋〔あおきせんしゅう〕

仏にも暑さを告げる暑さかな
分身の眼鏡をぬぐふ秋思かな
気ままなる旅も二日の菊日和
八十の端数さておき障子貼る
四斗樽の箍のゆるみや冬旱
立春やけふの運勢二重丸
老幹を叩く樹木医水温む

〈ながさき海坂〉
青木のり子〔あおきのりこ〕

餅花やほめられてゐる猫の髭
薬膳のスパイス匂ふ花ぐもり
淋しさは背中よりくる夕ざくら
待ち合はす地下の居酒屋荷風の忌
夕ぐれの花野に風の集まれり
母よりも気楽に生きてちんちろりん
降誕祭金色に焼くマドレーヌ

〈門〉
青木ひろ子〔あおきひろこ〕

小鳥くる日のことごとく白い紙
木の実降る律義にひとつひとつ音
マフラーの色はるり色鳥になる
詩になつて転がつてくる冬檸檬
ひまはりを束で下さいチェーホフ忌
春以外立ち入らないでレクイエム
フリージアに刺が無いからまだ眠い

〈青岬〉
青島哲夫〔あおしまてつお〕

緑濃き豆飯にこそ安堵あり
覗きたき蟬穴の底チバニアン
点滴の管を通して星流る
秋めきて昨日と違ふ波の音
なべて人陰口が好き草の花
生きるには褻が大事なりとろろ汁
開戦日児の土踏まず柔らかき

〈不退座〉
青島　迪［あおしまみち］

みくじ引くかたりと音のして余寒
それぞれに正面のあり夏木立
麦の秋次のバスまで一時間
残暑かなヘッドホンから洩れる音
全開の新涼の窓歯を磨く
色鳥来る久しく履かぬハイヒール
新聞が開いたままにある寒さ

〈やぶれ傘・棒〉
青谷小枝［あおたにさえ］

烏瓜咲いてジーンズ生乾き
海見えてトマトサラダにぱらと塩
止むかともう止むかとも鉦叩
海鳥の群れのよぢれて鰤起し
熊を煮るワインどぼどぼつぎ入れて
明日着る喪服を吊りて海鼠食ふ
ジャンクフードの袋が風に街師走

〈からたち〉
青野ひろ美［あおのひろみ］

今生は妻に託して春眠す
海凪いであぢさゐ青を尽くしけり
同行二人ただ黙々と炎天下
朝顔の蔓の遊びを謀叛とも
赤とんぼ追へば胸中山河あり
母訪へば本音ぽろりと小春縁
何はともあれ平凡に年詰まる

〈栞〉
青山　丈［あおやまじょう］

探梅の蕾ばかりの日でありぬ
一つづつ減らぬ日のあり寒卵
揺れてゐる椿が見えて行つてみる
どこを見て茅の輪を抜けて来たものか
目高見てゐて出掛けない事になる
百花園萩を刈る日の書いてあり
咲き出した処で枯れて曼珠沙華

〈郭公〉
青山幸則［あおやまゆきのり］

連れ立ちて赤子見にゆく日永かな
手のひらに疼く魚信《あたり》や花辛夷
歌枕尋め行く旅や麦の秋
ときのけを忘じてゐたる目借時
裸火の照らす神木秋まつり
朝には閉づる山小屋銀河濃し
一穢なき富士の七曜二月尽

〈風土〉
赤石梨花［あかいしりか］

高空は光帯びつつ野焼かな
若葉雨ゆく若きらの傘の彩
水無月の備後表の匂ひかな
夏霧の湾一枚に走りけり
夏暁や師の師を讃ふ本を読む
茶の花や老いの楽しさ知り初めて
来し方の模糊となりつつ竜の玉

〈笹〉
赤木和代［あかぎかずよ］

葉擦れ音のやがて尖りて茶揉み終ゆ
青柿や千艸抱へて落柿舎門
姉川を秋の日矢また走り出づ
イントロは打楽器奏者木枯来
一月や薄きも濃きも遠白嶺
上座まづ花びら餅の運ばるる
練り歩く晴翠の日の太々講

〈汀・りいの〉
赤瀬川恵実［あかせがわけいじつ］

おがたまの花の芳香睡魔くる
凧と書く少年の筆茄子の花
その中に箸の細さも夏料理
毛虫焼く嫁ためらはず言葉なく
朝寝せり父の家なる鳩時計
点滅の火種のごとし近松忌
桃咲くや柵の中なる水の音

〈りいの〉
赤瀬川至安［あかせがわしあん］

校庭の砂の赤きよ終戦日
冷え冷えと千手観音連なりぬ
終曲の嬰ハ短調鳥渡る
雨太り夜寒の窓を下りにけり
人間と犬とバケツと春嵐
クレーンに吊られて春の旋回す
子馬の眼ジャズがだんだん遠くなる

〈吾亦紅の会〉
赤塚一犀［あかつかいっさい］

井筒より水滾々と蝌蚪の紐
木道に鳥との対話みどりの日
若きらの雨中のテニス梅雨半ば
シェア畑に並ぶ晩夏の案山子たち
木目浮く改札口の秋暑かな
餌台の雀ら嬉々と木槿咲く
退院の知らせの嬉し菊の秋

〈都市〉
秋澤夏斗［あきざわかと］

マストより百の索条風光る
またひとひら澪へ日の色朝霞
青田波丸き背中の立ち上がる
渓流に耳を澄まして新走
スケボーの子を叱りをる焼芋屋
冬草のひかりをまとふ古墳群
回送の一番電車北風の中

〈からたち〉
秋保櫻子［あきほさくらこ］

秋雲に若狭男のゐて若狭富士
珈琲の文字に誘はれ春ショール
菜の花や飛行機雲は山の端へ
むくむくと山のふくらむ立夏かな
ざわめきに淋しき声もビアホール
妣弾きし三線の音や鳳仙花
鬼ごつこ鬼が何処かに春の暮

〈栞〉
秋元きみ子［あきもときみこ］

身罷りし人等と拝す初日の出
子等の踏む音の明るき薄氷
春愁の歩の滞る遠汽笛
ゆつたりと刻の流れてかたつむり
思ひ出すまで風鈴の下にゐる
夏至の日の十七時間使ひ切る
遠の灯の流るる車窓秋に入る

〈あゆみ〉
秋山和生（圓秀）［あきやまかずお［えんしゅう］］

龍の口水がとらへし初明り
息白し自転車漕いで朝練へ
石仏に猫戯れて冬ぬくし
冬うらら釣り師あくびを嚙み殺す
水澄めり水切りの石跳ねて飛ぶ
声残し一気に駆けて夏帽子
蕎麦たぐる袂たぐりて夏衣

〈夏野〉
秋山朔太郎［あきやまさくたろう］

新涼や柱と数ふ幾御霊
輪飾の釘打つてより我らが居
忘れゐし侘寂すこし松過ぎて
山のごとき屋根に鴟尾ある霞かな
元結《もつとい》に黒髪いまも母の日来る
文豪は只めしとのみ夏料理
下見とも夢に父母来る盆の道

〈海棠〉
秋山恬子［あきやましづこ］

ふるさとや命涼しき今年竹
雨蛙やはらかな雨待つてをり
秋来るや転ばぬ先の靴を買ふ
星月夜星の触れ合ふ音のする
青空や影かろやかに冬木立つ
春暁や六腑の動く音を聞く
生きぬいてこそ芽吹く命と会ひ得たり

〈不退座・ろんど〉
秋山しのぶ［あきやましのぶ］

春星やときに湯気吐くマンホール
朝寝覚指十本がおぼつかぬ
父の日の父にラジオの深夜便
軽鳧の子が鯉の真上にさしかかり
赤く立つ東京タワー秋《あき》黴雨《ついり》
縄跳びの大波小波風の中
探梅のふたりは後手を組んで

〈やぶれ傘〉
秋山信行［あきやまのぶゆき］

空き瓶に菜花挿しある台所
午後二時の下校の報せ豆の花
やうやくに陽の沈みゆく蟻の道
手の平にどんぐり回す日暮れ路
せせらぎの音とひぐらし鳴く声と
灯油売るこゑのとほのく冬の空
冬の日の戸をたつ音の聞こえくる

〈家・晨・円座〉
秋山百合子［あきやまゆりこ］

鳥の胸春の夕日へ揃ひけり
紐付けて子に持たせたし春の月
香水を吾がために振る淋しさよ
広重の線となりゆく白雨かな
このごろは夜が真つ暗鉦叩
日向ぼこ何ごともなくとしよりに
夕凍の封筒に入る小鈴かな

〈帆〉
浅井民子［あさいたみこ］

鳴き龍をも一度鳴かす夏帽子
古城址の空へ草笛つのりけり
煙草屋の琺瑯看板白むくげ
どやどやと靴音囲む夏炉かな
天に地に啼くもの秋の九品仏
もつと灯を夜長に開く新刊書
誰が弾くラ・カンパネラ雪催

〈風土〉
浅田光代［あさだみつよ］

くれなゐの蟹がバケツに土用入
子がのぞき盆提灯の碧き部屋
ついと来て案山子の向きを変へにけり
口中にのどあめ浮鴨にひなた
自立する大きな袋春一番
ぼおと日のにじみて春の氷かな
ひと匙の粥のひかりや朝ざくら

〈銀化・群青・滸〉
安里琉太［あさとりゅうた］

春なれや柱の傷は鶴のもの
両断の鯉の身太し椿山
掃き寄せし青大将の翔びにけり
紀ノ国の炭うつくしき大暑かな
稲妻や花の稽古に手の濡れて
鵯鶲日なたの風の冷やかに
冬蝿の飛んで戻りぬ山羊の髭

〈樹〉
浅沼千賀子［あさぬまちかこ］

日蓮の御霊窟へと大南風
きりぎしに星を撒くやう野萱草
毛筆の独逸語日記鷗外忌
温室に響く谺の悪魔めく
朝露といふ宝石に屈みけり
酒飲めぬ祖父も唄ひて炉火明り
年の瀬の積みつぱなしの段ボール

〈俳句スクエア〉
朝吹英和［あさぶきひでかず］

浅間嶺にオリオン傾ぐ初湯かな
フルートとハープの狭間風光る
散骨の船見送りて浅蜊掘る
貼り紙の目立つ街並かげろへり
師を思ふ夢見に黄泉の夜店かな
力なく垂れし五輪旗大西日
死神と踊るボレロや地虫鳴く

〈ペガサス・群青・祭演・蛮〉
東　國人［あずまくにと］

修司の忌馬は最後の坂登る
避雷針みな天指してらいてう忌
桜桃忌心は折れるためにある
浜も水もまだモノトーン海開
グー出して負けるジャンケン雲の峰
秋の浜詠嘆の「けり」寄せにけり
足から喰う建国の日のタコウインナー

〈閏〉
東　祥子［あずまよしこ］

蜘蛛の囲の立体個室丸見えよ
伸びるだけ伸びて黄を張る女郎花
みんみんの初啼き朝の救急車
ぱりぱりの羽つき餃子とぶ三日
ほつかほかの牛タン駅弁伊達は雪
立ち喰ひの拉麺の湯気雪降り来
病院の桜満開虫歯抜く

〈鴻〉
足立枝里［あだちえり］

ふるさとはｚｏｏｍのむかう春炬燵
村ひとつ沈みしダムや鳥雲に
金継ぎの鈍き金色春深し
自転車に水筒揺らし麦の秋
しづけさといふ涼しさの竹林
かなかなの割込むオンライン会議
煤逃げて一幕見席の和事かな

〈山麓〉
足立和子［あだちかずこ］

防人の碑に佇つ空や鳥帰る
心柱夢からませる灸花
夏薊谺のかえる峠口
樹々の間々新涼の空透きとおる
秋灯す木地師の膝のかんなくづ
花芒風になり切る風の貌
秋の夜沸々と湧く挽歌かな

〈香雨〉
足立幸信［あだちこうしん］

スイートピー一番好きな色聞かれ
持つてみて重たい方の春キャベツ
囀りの己満たされゐるごとく
空の色ヒマラヤ罌粟の青色は
涼風や椅子を廊下に持ち出して
紫は望遠の色冬ダリア
苦味をも一味として柚子の皮

〈若竹〉
阿知波裕子［あちわゆうこ］

真つ向に峙つ雪解伊吹かな
原爆忌広島の児の意志強き
蜜豆や母が好めば子等もまた
今朝秋やシャツポケットのペンマイク
冬山葵流れの端に木地師村
麦の芽や伊吹の裾は湖へ入る
比良越の風に吹き寄るかいつむり

〈昴〉
穴澤紘子［あなざわこうこ］

マンゴーの甘さの中に夏溶くる
病葉もひとつのいのち竹箒
凌霄花八束につづく亡き師の句
月の笠わが身あづけて源氏の世
京言葉の源氏聴きをり十三夜
宙の蒼ぐいと飲み込む大瓢箪
冬の月国の品格堕ちにけり

〈鷹〉
穴澤篤子［あなざわとくこ］

裸木に天は深きをもて応ふ
厄介を楽しむ老や日向ぼこ
マスクして呵呵大笑の儘ならず
正面の富士を影とし春夕焼
花は葉に遺すことばの定まらず
十薬の蔓延る早さ好しとせむ
乱世いま蘖出そびれてゐるらしく

〈羅ra〉
阿部鷹紀［あべたかのり］

啓蟄や善男善女みな閑居
永き日やいつしか旅券期限切れ
新涼や居心地の良き保健室
どこもみなリーダー不在鵙の贄
出番終へ大道芸人の秋思
本棚の窮屈なこと文化の日
ボタン押し待てずに渡る十二月

〈花鳥来・青林檎〉
阿部怜児［あべれいじ］

対岸の花を見てゐる花の下
それぞれの朧を帰る通夜の客
波打つて風の抜けゆく若楓
ぶんぶんと搾乳小屋の扇風機
向日葵の向き合はずして隣りあふ
漕艇の四人揃ひのサングラス
後先になり花野ゆく一家族

〈晨・雉〉
天野桃花［あまのとうか］

島へ行く大きな橋や青みかん
雨脚に光ありけり吾亦紅
音たてて落つる木の実へ歩み寄る
ひとりには独りの時間きぬかつぎ
桐の実や晩節の空晴れ渡り
物干に二枚の布巾鳥渡る
初しぐれ沖に夕日のありにけり

〈今日の花〉
天野眞弓［あまのまゆみ］

緋桜の一樹惜しまる雨風に
浅春の街の灯握手なき別れ
灯しても残る寒さや無聊なる
発車ベルひびき指呼の手あたたかし
この道を行くべし秋の声満てり
ひとときを命いとしみ寝正月
飛翔せる水鳥の群空を抱き

〈やぶれ傘〉
天野美登里［あまのみどり］

山桜水飲むに座す力石
万華鏡回す蛙の日借時
恋猫の声をぬるめの仕舞湯に
沖縄忌伯父の名のある慰霊塔
掛橋のかけ替へらるる竹の春
囲碁板に黒一を置く淑気かな
枇杷の花にほひ雀の来てゐたる

〈帯〉
新井秋沙［あらいあきさ］

薄氷に時間の洩れてゐたりけり
よきものに死後の飛石花の雨
向日葵畑未来に右往左往せり
月しろのとなりの町へ行つたきり
ちちろ虫くちで結へし紐甘し
裏山に繋がつてゐる湯ざめかな
心音の免れがたき羽根布団

〈鴻〉
荒井一代［あらいかずよ］

鳥を呼ぶ鳥ごゑよこの寒椿
母訪へぬ日の続きをり冬木の芽
大山蓮華戯れに引く恋みくじ
ほうたるほたる父子の長き電話かな
あめんぼの水輪ぽつぽつ信長忌
花蓮のきのふの色とけふの色
守一の画集背表紙夜の秋

〈沖・空〉
荒井千佐代［あらいちさよ］

魚が氷に上り切るまでピアノ弾く
鍵盤のひとつ沈みて原爆忌
簾上ぐ五島列島見ゆるまで
十字架の影のいびつや水の秋
磔《はりつけ》の主の釘思ふ鵙の贄
ちちの舟売らず朽ちゆく草の花
胸中のをとこ老いけり虎落笛

〈鴻・松籟〉
荒川心星［あらかわしんせい］

大きめの燭を仏間に入れて冬
冬紅葉山の機嫌を問ふ色に
万葉古道ゆく下萌の道をゆく
美濃和紙に筆下ろすとき梅匂ふ
ひとひらの花開くとき朝がくる
バードウィーク棚田一枚づつ晴れて
あをあをと山あをあをと今年竹

〈伊吹嶺〉
荒川英之［あらかわひでゆき］

ひとり子に家庭教師や冬灯
書初の筆打ち込んで墨散らす
如月や角のつぶれし出席簿
夜学生日差しまぶしみ卒業す
啄木忌夜勤へ生徒送り出す
古稀過ぎて竹刀涼しく振りたまふ
岩窟の火影涼しき祈りかな

〈鳴〉
荒木　甫［あらきはじめ］

桔梗を束ねて固く先師の忌
休むとも跳ぶとも構へきちきちは
あらたまの令和三年大欠伸
団地てふ四角四面や咲く桜
その辺の桜で辛抱辛抱です
いきいきと樹々のざわめく梅雨前線
八月の雨風五輪の深轍

〈萌〉
荒巻信子［あらまきのぶこ］

ふたりゐてふたりの影のあたたかき
初蛍暮れゆく空を点しけり
一間一机月のひかりの届きたる
悔一つありて檸檬をまるかじり
寝返れば音のかそけき菊枕
書斎より明りの洩るる咳もまた
歌ふかにつぶやく母と障子貼る

〈白い部屋〉
有住洋子［ありずみようこ］

雪の夜を刻印深き銀の匙
剝製に大きな名札年迫る
絵本より城立ち上がる冬木の芽
貫入の飯盌さくら一斉に
月蝕のあひだを吊るされる単衣
片陰のひとりを入れるゆかしさよ
沼ひとつまたもうひとつ月光下

〈ろんど〉
有本恵美子［ありもとえみこ］

秋の海見に砂山は靴ぬいで
ねえねえと猫の鳴くころ枳殻の実
初時雨一拍置いて話す人
いもうとは老いても乙子おとしだま
今朝の春電話向かうの鳩時計
亀鳴いて内緒話を聞きのがす
厨事終へし椅子なり水中花

〈やぶれ傘〉
有賀昌子［あるがまさこ］

如月の夕日が山に溶けてゆく
木の芽風膨らみ切れぬ園児の輪
金縷梅やあてにならないバス時刻
花菖蒲八ッ橋沈むかも知れぬ
冬の星あと一便の渡し舟
暮れ早し隣家《となり》も四時に雨戸引く
巻き尺が一気に戻る十二月

〈獺祭〉
粟村勝美［あわむらかつみ］

初夏の色濃く匂ふ蕃茉莉
アイーダの行進蟻の大部隊
あらかたは喰へぬ茸と思へども
輪になつてグリムの小人月夜茸
蟋蟀や厨に食器洗ひ伏す
聖菓切る星の飾りは子の皿へ
秩父路の風まだ硬し蕗の薹

〈やぶれ傘〉
安藤久美子［あんどうくみこ］

手袋を外し小さき手と出会ふ
厳冬やトリアージなる言葉聞く
折鶴が箸置となる加賀の春
登校の子らの速歩や更紗木瓜
止まぬ雨定家葛の絡む柵
一生を水面に暮す水馬
ほの紅き弦月ビルの谷間より

〈羅ra〉
飯島ユキ［いいじまゆき］

春浅き画廊ピカソの複製画
置き場所を迷ふ神父の春帽子
核心はつかず蛙の目借時
借り物の大き雨傘イースター
有体に言へば加齢や糸瓜垂る
子の喃語老いの繰り言日脚伸ぶ
椅子一つ空けて友待つ小春かな

〈雲〉
飯田　晴［いいだはれ］

猪罠のからつぽといふ暗きもの
天寒し手をやればもつともな鼻
生国の蛤買へばすぐ夜に
竜死すと蒼蠅ばかり来てゐたり
そのへんのものを羽織つて螢見に
夜濯のうしろもつとも暗きかな
蜘蛛通り過ぎては古書の匂ひけり

〈濃美〉
飯田正幸［いいだまさゆき］

寝返りをして春愁をうらがへす
帽子と共に春愁の飛ばさるる
下萌に設計図面広げけり
宇宙服脱ぎたるごとく蟬の殻
蛾の飛んで部分日蝕始まりぬ
馬魂碑や大陸の地の霜の声
手袋を置いて指定の席とする

〈濃美〉
飯塚勝子［いいづかかつこ］

生徒等の別れの歌や鳥雲に
凧揚げの風にふりまはされてをり
のびのびと身を出しきつて蝸牛
星の出て南部風鈴鳴り始む
茅葺に簾戸に風聞く旧家かな
月白や遠目に宿の見えて来し
石蕗咲きて庭の景色のととのひぬ

〈波〉
飯野深草［いいのしんそう］

僧正が撥ね飛ばされて歌加留多
流暢な仏語のしらべ囀れり
一寸の土偶に乳房明易し
星涼し曜変天目見し夜は
秋の虹役行者の架橋か
十三夜近江は京の舞台裏
賓頭盧の疫病神となる寒さ

〈夕凪〉
飯野幸雄［いいのゆきお］

夜桜や音無く燃ゆる異界の火
獺祭や飲み代一枚づつ数ふ
春ざれや飯食ひに出て迷ひたる
海鞘食うて復興半ば大船渡
退路断つやうに炎帝来たりけり
秋風のじわり背を押す除染の野
風冴ゆる震禍の跡はのつぺらぼう

〈秀・星の木〉
藺草慶子［いぐさけいこ］

孵らむとうごく卵やいなびかり
眼にも鱗ありけり蛇の衣
仲秋や草の中なる磧石
枯薊触るればほろと棘こぼれ
よく枯れてをりたつぷりと日を孕み
おめかしの子の水洟を拭きにけり
ひんやりと青磁の耳や養花天

〈ひまわり〉
生島春江［いくしまはるえ］

鯊の汐鳶は低く旋回す
夕暮れの土に榠樝の傷匂う
綿虫や八幡さんへ月詣
杭二本斜めに刺さる冬の川
からくりの木馬が駆ける春隣
金縷梅のねじれて光子放ちけり
ここまではついてくる猫諸葛菜

〈小さな花〉
池田暎子［いけだえいこ］

七色の橋がかかりて作り雨
雨の水輪にあめんぼのサーフィン
まんじゅしゃげ満開の道魔女めきて
扇置く過ぎたる日々を消すやうに
龍淵《ふち》に潜みて風の静かなる
初霜にふわりと犬のぬくき息
こんな夜に来る人あらば雪女郎

〈野火〉
池田啓三［いけだけいぞう］

白きシャツ白さの目立つ若さかな
汚れ無き光ころがす芋の露
世の中の騒ぎさておき燃ゆ紅葉
味覚とは不思議なものよ蕗の薹
子供にも画き易いよチューリップ
老いし身も男手として煤払ひ
七夕や風に揺れゐる願ひ事

〈豈・トイ〉
池田澄子［いけだすみこ］

節分の隠し包丁有難う
鷹化して鳩となるなら我は樹に
夕風や桜を見上げ合えば朋
此の世から花の便りをどう出すか
葉桜の隙間隙間や光は愛
愛し合うとは夕月を嬉しがる
剝いてある林檎錆びゆき何故　空爆

〈ぐる芽句会〉
池田友之［いけだともゆき］

焚きあげし佃煮匂ふ春の雨
優しさは柳青める枝にこそ
ラ・セーヌと友好記念栃の花
大川を数多水母の流れけり
時計塔石榴の花の数かぞへ
ドア少し開けて迎火置きにけり
あめんぼう跳ねて緑を映す水

〈風土〉
池田光子［いけだみつこ］

早蕨のすつくと光まとひ立つ
梅雨晴間遺影の母の顔を拭く
扇風機大日如来へ首を振り
黒潮へのびゆく砂洲や燕去ぬ
鰯雲音の擦れあふ舫ひ舟
大根の穴を増やして帰りけり
右頬へころがす飴や日向ぼこ

〈青山〉
井越芳子［いごしよしこ］

美しき風の吹き方ヨットの帆
ターナーの空朝顔の花萎む
芙蓉の実くもり硝子に日の当たり
山澄みて赤飯を炊く匂ひせり
火の中のものよく見えて秋の暮
産声のやう秋晴の野のひかり
子どもの手ひらひら上がる涅槃かな

〈風の道〉
井坂　宏［いさかひろし］

未来へと弾む二月の一行詩
寂しくて鼻をつまめば冴返る
春風に乗せて伝へるありがたう
地震後の十年語る春の雨
声かぎり名を呼ぶ果ての夏怒濤
詩の生まるる一語授かる夜の秋
能楽師面に秋思の目の二つ

〈閏〉
伊澤やすゑ〔いさわやすえ〕

爽籟や米研ぐやうに俳句詠み
野蒜摘む飢ゑといふもの知らぬ手に
水仙花部屋を見回すやうに活く
君の出すチョキはピストル石鹸玉
遠雷や破裂せぬやうコロッケ揚ぐ
好きにさせてゐるの十薬庭真白
沙羅の花生きてゆくとは腥き

〈風土〉
石井美智子〔いしいみちこ〕

段畑へ二重北窓開きけり
好きな色青と答へて夏はじめ
出羽の田の水は山より明け易し
菅笠の沼すれすれに蓴採り
風に触れ芒に触れて山廬かな
肩揚げの翼めきたる七五三
ねんねこのお尻とんとん寝入るかな

〈鴻〉
石垣真理子〔いしがきまりこ〕

小春日やもしもしだけの糸電話
踏み入るをためらふほどの朴落葉
虎落笛天狗に声のあるとせば
穏やかな日よ水鳥の羽づくろひ
縄文の里へ誘ふラベンダー
新樹光窓の大きな診療所
旧姓の残るものさし竹の春

〈ひたち野〉
石川昌利〔いしかわまさとし〕

知り尽す厨の隅へ油虫
新そばの幟の下に車停め
西日射す下宿はビルになりにけり
声弾む揃ひの浴衣姉妹
飴色の廻廊長し彼岸寺
グランドに一礼をして卒業子
手と口の忙しくなりぬ葡萄食む

〈炎環〉
石　寒太［いしかんた］

鬼剣舞のdah-sko-dah-dau満月下
楸邨の海月に会ひし隠岐の島
人傷つけぬさうさくらちらぬやう
楸邨の落葉踏む音浄真寺
わが一句雁来紅の朱の欲かりし
ボブディラン秋風吹かれゐてひとり
結界の丸窓ひとつ小鳥来る

〈河〉
石工冬青［いしくとうせい］

一位の実飛騨山系に雲走る
大蕪に刃物吸い込む夜の怒濤
寒雷や老の抱きし膝がしら
太陽の壺を抱きて春耕す
春耕やなまくら石に当りたる
穏やかに野にこぼれたる恋雀
芍薬の紅白海へ雲はなつ

〈地祷圏・響焔〉
石倉夏生［いしくらなつお］

体内に迷宮のあり寒夕焼
野火の奥に金閣寺否本能寺
花疲れたがひに取扱注意
陽炎に崩れる木橋渡りゆく
鉄棒に錆がびつしり終戦日
枯れながら色を尽くせり鶏頭花
虫籠の中の静けさただならず

〈梓・杉〉
石﨑　薫［いしざきかおる］

桜さくらあふぎて恋の二人らし
青空へ幸を撒くごと花ミモザ
言ひかけて言の葉忘る花南瓜
アイスクリン少女の訛ほどけゆく
つなぐ手を離さぬやうに星月夜
鵙しきりひと日ひと日の早さかな
武蔵野やさしすせそくさく落葉踏み

〈嘉祥〉
石嶌　岳［いしじまがく］

てのひらをひろげてをれば春が来て
ゆらゆらと夕日は水のいろに春
三井寺の鬼と遊びて桜の夜
落魄の花の白さの夕となり
天抜きの蕎麦と冷酒と昼間から
子規の忌のてれつてれつこ太鼓の音
蟷螂の枯れのなかなる咀嚼音

〈ひまわり〉
石田雨月［いしだうげつ］

初燈明家ぬちに母の神多く
御朱印の白衣が二枚春の宵
終点の町への切符海おぼろ
神々の島に病院椎匂う
玉取りに龍宮へ行く夏袴
蓮咲けば人来てあたり歩くなり
三味線がそばで鳴る夜の冷瓜

〈今日の花〉
石田慶子［いしだけいこ］

医を信じ生きて勤労感謝の日
忘れ鉢に紅白競ふ冬の蘭
年経ても記憶の底に開戦日
出航の初荷粗糖へ浄め酒
逢へぬまま永別の日や冬銀河
寒緋桜自粛の街を明るうす
ひつそりと諭吉旧居の江戸の雛

〈秋麗・磁石〉
石地まゆみ［いしぢまゆみ］

きさらぎの鳥の自由を水に置く
数といふ不確かなもの春の闇
菜種殻積み底抜けの多摩日和
つま先に雨沁む沖縄慰霊の日
風鈴が呼びぬ夜行の付喪神
神留守の羹に舌焦がしたる
湧きいづる雲は眷属冬満月

〈ひたち野〉
石塚一夫［いしつかかずお］

身じろがぬ高さとなれり奴凧
置けば邪魔無ければ恋し春炬燵
点眼の一滴夏の空揺らす
幸せをこぼさぬやうにかき氷
冷やかや喉に貼りつく粉薬
舐めて貼る富士山切手冬日和
箸先をいささか染めしちよろぎかな

〈暖響〉
石原博文［いしはらひろふみ］

あかんぼのひたひに切手ぼたん雪
畦塗りの一歩は泥を塗り潰す
すみれ草裏参道は忘らるる
大足の一歩が怖い蛙の子
絵図に見る旧暦五月の芭蕉かな
栗の花城跡に出るかくれ径
凸凹を並べ換へしてみる榠樝

〈海棠〉
伊集院兼久［いじゅういんかねひさ］

鈍色の雲の重さや冬ざるる
臘梅の香の柔らかや床飾り
枯菊の茎の細さや風強し
山襞の浮き立ちにけり春の雪
白黒の石せめぎ合ふ薄暑かな
小鴉や刈られし後の草いきれ
赤鬼の息吹となれり鶏頭花

〈海棠〉
伊集院正子［いじゅういんまさこ］

青々と竹光りゐる初景色
古希迎へ梅の蕾のふくらめる
心地好し厨に香る桜餅
児のやうな母の面影合歓の花
大毬の白紫陽花や慈母観音
ふる里は大杉の国蛍舞ふ
鎮座する大仏の手や秋涼し

〈やぶれ傘〉
泉　一九〔いずみいっく〕

トイレットペーパーぷつと切る夜寒
昼過ぎに店を開けたる種物屋
朴の木の周りは朴の落葉だけ
桜ちらほら昼飯はざるうどん
なんとなく豚のしゃぶしゃぶ梅雨晴間
朝もぎの胡瓜ちくりとたなごころ
甚平を着て甚平の人となり

〈くさくき〉
磯　直道〔いそなおみち〕

金魚草水泡しかと保ちけり
梅雨入りしてその後の詩は湿りけり
富士かくす雲に低かり虎ヶ雨
父の日や上戸の我に茶とケーキ
旅たのし青水無月の色に染み
走り茶を受けて無為の日逝かすなり
葉桜や緑の色を胸低に

〈燎〉
板垣　浩〔いたがきひろし〕

知らぬ間に失せる自由や文化の日
空の青湖の群青冬紅葉
桜咲くやはり師の声師の笑顔
嶺白く朝の代田や散居村
携帯のふいに途切れて沖縄忌
荒梅雨の人知及ばぬ山津波
空蟬の爪の鋭きまま佇てり

〈八千草〉
市川伸子〔いちかわのぶこ〕

折れ線のグラフふらふら春兆す
片べりの靴で麦踏む反抗期
建国日裏返りだすオセロ駒
あやめ咲く板一枚の舟着場
一歩進み電池切れたる守宮かな
外国人に囃し立てらる酉の市
土舞台明日を夢見て麦を蒔く

〈汀〉
市川浩実［いちかわひろみ］

日本に初富士といふ心柱
僧堂の闇の引力年の豆
蛇穴を出づ携帯の顔認証
花冷や人を送るに真珠して
四万六千日雨音に逢ひにゆく
降りてゆく耳の迷宮熱帯夜
悪食の鳥八月の地をつつく

〈炎環〉
市ノ瀬　遙［いちのせはるか］

手洗ひのついでに覗く雛の部屋
永き日のすぐに見つかるかくれんぼ
花過ぎのＬＩＮＥに届く夜の訃報
更衣ふつと切れたる縁かな
ゆつくりと汚れゆくなり梅雨の蝶
円墳の天辺にをり鵙の晴
冬菜畑ちからいつぱい放屁せり

〈柵・栴檀〉
市堀玉宗［いちぼりぎょくしゅう］

老いらくのおしめ可愛いや合歓の花
一人でも淋しくないぞ天道虫
嘗て師と喰らひつきたる西瓜かな
気の触れし姉かも知れぬ花ゑんど
舟虫や今し日を呑む日本海
梵鐘を撞けば蛍火飛び出しぬ
化粧して虹の向かうへおくりびと

〈馬酔木〉
市村明代［いちむらあきよ］

つかの間の青空となり初桜
汁椀を二つ求めし出開帳
ころころと水湧いてゐる甜瓜
兄弟に別の道あり盆の月
大巌の裾まで乾きつくつくし
野分晴鳶は難所の風に乗り
洋館の二階の灯る時雨かな

市村栄理［いちむらえり］〈秋麗・むさし野〉

うららかや駱駝の揺れの肩車
たんぽぽの最後の絮毛震へをり
桜蘂降るや虚ろな壜の口
終刊号校了の朝蟬しぐれ
朝日より夕焼似合ふ父の杖
曼珠沙華仔牛臍帯垂らし立つ
断崖の鬼女ともならむ緋のコート

市村健夫［いちむらたけお］〈馬酔木・晨〉

水噛んで光こぼるる春の鴨
ベンチより足浮いてゐる石鹸玉
花ミモザ赤子にことばらしきもの
初燕いづこの空を見てきたる
人待つてをり噴水に背を向けて
右往左往して一すぢの蟻の列
とうすみの息するごとく羽開く

市村和湖［いちむらわこ］〈汀〉

岩彩の青の階調春立てり
初雷や剝製は皆前を向き
あまたふるやはらかきもの水の春
一客一亭更くる八十八夜かな
白日は音叉のゆらぎ桐一葉
月冷えて影うすあをき操車場
羅針儀となれる一木冬夕焼

井手あやし［いであやし］〈都市〉

鳴き方の癖の直らぬ夏鶯
息吐きて締める晒や夏祭
冬瓜を小屋の奥へと置きにけり
掘られたる土くれ粗き甘藷《いも》畑
口数の少なき家の掘炬燵
家の者すべて田に出す昼の火事
コピー紙を入れ過ぎてをる新社員

〈知音〉
井出野浩貴［いでのひろたか］

小鳥来る母の月火水木金
また来てと母に言はれて秋の暮
短日の母を咎めてしまひけり
たらちねを訪はねば椿落つらむか
ちちははの亡き世の茅の輪くぐりけり
立葵来るたび空家めきにけり
風鈴や思ひあたりし母の嘘

〈森の座・群星〉
伊藤亜紀［いとうあき］

秋うらら母猿子猿ぶらさげて
神へ子の礼ふかぶかと山眠る
落葉蹴る昨日の私捨てたくて
臘梅の香りや溶けてゆく憂ひ
蹲る猫にも明日雪催
施設へと母を送りて木の芽雨
若葉山丸ごとまるめ母の愚痴

〈河〉
伊藤一男［いとうかずお］

ゴム管のきつき採血ヒヤシンス
重湯より始まる食事日脚伸ぶ
北開く地震の荒地にたぢろがず
千人針の端に母の名野火はるか
西日差す島転々の兵籍簿
海底の一隅灯す大花火
新地図に津波の記号小鳥来る

〈鴻・胡桃〉
伊藤啓泉［いとうけいせん］

妻逝きて夜長の闇の重きかな
妻呼べど木霊かへらぬ秋の山
逝く秋や妻の名のあるスニーカー
鶏頭の燃ゆる一日となりにけり
覗き見る蟷螂の貌爺の貌
ほつこりと児に笑み生るる冬の月
納豆汁出羽の山河を夢に見る

伊藤左知子［いとうさちこ］〈ペガサス・俳句集団縷縷〉

暑き日を一両列車の五六人
遠浅を泳ぐ気も無きビキニかな
雷鳴を怯える猫にある出臍
踝のミサンガほどけ夏の雲
甘皮に残るマニキュア夏の果
暑き夜を落ちる射的の唐人形
車麩の煮崩れることなき月夜

伊東志づ江［いとうしづえ］〈あゆみ〉

こほろぎも食料となる未来かな
秋高し五百羅漢に考の顔
システムは不具合ばかり神の留守
連翹の溢れ返つてこれでもか
前置の長き話や亀鳴けり
芍薬の開きて午後のダージリン
半夏生モーリタニアの蛸刻む

伊藤トキノ［いとうときの］〈香雨〉

初秋の風来る方へ顔を向け
飛ぶといふよりはこぼれて蓮の実
小児科の窓開けてあり秋日和
初冬や川は片岸より暮れて
風音や加湿器に水足しをれば
その下に動きゐるもの薄氷
ほんのりと山浮かび出で花月夜

伊藤晴子［いとうはるこ］〈春嶺〉

春や春木の中はしる水の声
銀泥の晴の一文字うらうらと
人葬る卯の花月夜すくと起ち
六根清浄蠅虎の跳ぶ机上
ネオンきらきら眠らぬ街の熱帯魚
藪蚊打つ打ちても打ちても声減らず
詩嚢揺るあたたかさうな枯柏

〈雪解〉
伊藤秀雄［いとうひでお］

降る雪の天へ吹き上ぐどんどの炎
涅槃西風塩焚くけむり磯に這ふ
揚船に磯菜のほとぶ菜種梅雨
面打の木屑を焼べて夏炉焚く
深層水買うて永ふ原爆忌
十全の一木仏や虫すだく
小面のまぶたの重き片時雨

〈菜の花〉
伊藤政美［いとうまさみ］

鳥の恋鳥には鳥の距離があり
花吹雪思ひを遂げるまでふぶく
くらがりのよく見えてゐる蛞蝓
白靴の汚るるやうに老いてゆく
去るものはみなしづかなり秋の風
かくれんぼ見つけてほしい秋の暮
ともかくもこの世にをりぬ雪蛍

〈鴻〉
伊藤真代［いとうみちよ］

旧正や中華おこはを炊いてみる
具沢山のおから取り分けゐて朧
山菜の天ぷら揚げて春の暮
八十八夜仏壇に燭入れてより
小糠雨なんぢやもんぢやの花が散る
断捨離の始めはピアノ鵙高音
砂浜にスコップ一つ秋の暮

〈稲〉
伊藤　翠［いとうみどり］

天地人動き出したる雑煮かな
夏立つや木馬の口の動き出す
黴の香や大気まさぐる深山杉
里訛り耳に遊べる秋の茄子
転がるる小銭の影や蚯蚓鳴く
蜩の彼方の空の透けており
吉良の忌の押し押して積む堆肥かな

〈萌〉
伊藤康江［いとうやすえ］

船笛の沖へ伸びゆく鰆東風
青梅雨や姫街道の標石
身動きの度に軋みし籐寝椅子
函嶺のふところ深し初嵐
一碗の白湯を汲みたる白露かな
待合へ露地をたどりぬ冬珊瑚
残照の山を遙かに葛湯かな

〈野火〉
糸澤由布子［いとざわゆうこ］

料峭やフリーハンドの線のぶれ
宅配の不在伝票梅雨に入る
水無月やケアセンターの大銀杏
朝曇百メートル先工事中
ビニールの鳶と玉蜀黍の花
植木屋のアルミの脚立冬日差す
川近き冬空グライダー光る

〈藍生〉
糸屋和恵［いとやかずえ］

紙袋がさりと置いて渡り鳥
凍蝶のことも夫に言はざりし
眠らむとして白梅のつめたき香
行く春や金の指輪に傷あまた
雲の峰入場券を栞とす
初秋の海を見に来たやうなもの
鉛筆でもの書く音や天の川

〈ひまわり〉
稲井和子［いないかずこ］

辻神の折敷に小さな餅の鱒
南南西指す大屋根の春鴉
モラエスも鮒子食べたと言う話
黒揚羽学級花壇を素通りす
炎天をバイクの婦警直進す
刃物屋のポインセチアが眼に痛し
瀬戸内の空低くする冬の空

〈ときめきの会〉
稲垣清器〔いながきせいき〕

妻の背にかける流し湯初湯かな
東風吹けば酒瓶の立つ漁師小屋
春寒や白富士見ゆる二番線
ラムネ玉ほどよく喉にとまりけり
内房の始発電車や秋の風
主治医には素直な妻や菊日和
築山の狗尾草や水の声

〈少年〉
稲田眸子〔いなだぼうし〕

木の芽たち朝日に背伸び始めけり
初燕心の窓を開け放つ
アラジンのランプ吐き出す雲の峰
日焼けの子褒めれば跳ねてよろこびぬ
七夕の飾りに洩るる夕餉の灯
大文字消えて網戸を戻しけり
皆が手をつなぎて歌ふ敬老日

〈ホトトギス〉
稲畑廣太郎〔いなはたこうたろう〕

事務始旧仮名遣確かめて
教室にバレンタインの日の孤独
百千鳥希望の楽として聴けば
一鍬に筍現るる刹那かな
マーラーの五番短夜司り
ロザリオの玄義に揺るる水中花
夕星に蜩いよよ昂れる

〈秀・四万十〉
乾　真紀子〔いぬいまきこ〕

吾にまだ確かな背骨青き踏む
広げ裁つ白布に春の陽のあふれ
引絞る弓万緑へ放たるる
千草叢すこし離れて吾亦紅
青柿の落ちまたもとの静寂かな
どの道も家に行き着く秋の暮
石段は海の中まで冬漁港

〈菜の花〉
犬飼孝昌［いぬかいたかまさ］

切れ易きものに絆と蝌蚪の紐
蜷の道逡巡の跡ばかりなり
白鷺の降りる涼しき距離をおき
余生なれど損得言ひて生身魂
木の実落つおのが重さの音たてて
指輪には縁なき手なり大根干す
よく声の通る淋しさ大枯野

〈ひまわり〉
井上京子［いのうえきょうこ］

竿の中ほどは撓めり吊し柿
冬帽子五升豆煮る大羽釜
種物屋に入荷知らせる大貼紙
二三粒足しておかわり豆ご飯
段ごとに水満たしゆく代田かな
睡蓮鉢子猫のベロの立つる波
紫陽花に二日後の雨教えたり

〈鴻〉
井上つぐみ［いのうえつぐみ］

縄跳びの風を切る音春来たる
砂時計の砂の退屈薄暑光
梅雨しとど着信音のモーツァルト
微かなる遠雷母の爪を切る
ひつそりと秋の棲みつくキャンプ場
手袋を通しひんやり母の指
塩地蔵の塩の厚みの寒さかな

〈汀・泉〉
井上弘美［いのうえひろみ］

火を焚けば影の集まる鬼やらひ
見取図に長き回廊水温む
山彦を迎へに行かむ花胡桃
身に入むや機織り唄はひとり唄
貝殻を真水にひたす十三夜
満潮の冱てゆきわたる海漂林
絨毯の花のうへなる別れかな

〈郭公〉
井上康明［いのうえやすあき］

太陽を追ひ風を追ひ藪椿
濃尾三川菜の花が結びたる
洗ひ上げたる青梅が笊の中
神の威のこゑ放たるる山開
菊月の舟唄人と水を恋ふ
山からの風ころげ落つ宵亥の子
元日の吹雪きて暮るる山の影

〈暦日〉
伊能　洋［いのうよう］

師の一句口ずさむなり芽吹山
子どもらよ土筆を摘むは楽しいぞ
春逝くや裸婦の背中を画き切れず
画室の灯窓の守宮に消さずおく
六月の花みな深き香を放ち
遥かなる白夜の国の夏至祭
初蟬や蟄居の耳をそばだつる

〈若竹〉
今泉かの子［いまいずみかのこ］

大声に大声かへす年の暮
封筒はふつくらふきのたう入れて
樹木医に山の名を聞く愛鳥日
ジャズ談義せる相席のパナマ帽
底紅やジュゴンは甘い息を吐く
鐘楼の僧衣素風をはらみたる
小鳥来る縁に眼鏡を外しゐて

〈燎〉
今泉千穂子［いまいずみちほこ］

人日や句会あるかと髪染むる
愚痴などは届かぬ高さ寒満月
惜春や廃車見送る夫の背
広やかに息をととのへ若葉山
波音や大の字に寝る海の家
通し鴨在所は多摩湖一丁目
リハビリの送迎バスや蟬時雨

〈街〉
今井　聖［いまいせい］

ビニールの戦車が青い月を撃つ
ビニールの夜空一枚金木犀
マネキンとビニールの犬月下ゆく
星飛んでビニールの家ぺしやんこに
母消えてビニール袋ばかりの秋
月へ飛ぶビニール越しにキスをして
紙の母ビニールの父夜の秋

〈ホトトギス・玉藻・珊〉
今井千鶴子［いまいちづこ］

一年に一度反省する子規忌
ただ声が聞きたき電話秋深み
子規は居士虚子は先生年惜しむ
春も夏も秋も無かりし去年今年
過ぎゆくを見送るばかり松の内
春の月したたりながら渡りゆく
遠き日や立子とつる女土筆摘む

〈いぶき・藍生〉
今井　豊［いまいゆたか］

推敲をよぎる揚羽に翅音なし
何もかも緑雨失ふものの数
スクランブル交差点嗚呼初蝶
夜櫻の冷え産道に似てきたる
さざなみや邯鄲のこゑ聞くほどに
逢へるまで轍を辿る冬木立
印象派花野に足を踏み入れず

〈対岸・沖〉
今瀬一博［いませかずひろ］

見渡せるひらがなの海歌がるた
車にも電車にも顔地虫出づ
燕子花水を出でたる姿なり
ががんぼに無為の脚有りもて余す
勉強の背中扇風機の背中
星透かすほどの雲なり金木犀
綿虫のほの紫の日向かな

〈対岸〉
今瀬剛一［いませごういち］

水となることもなく蛇泳ぎきる
暑苦しくて重き荷は足で押す
また会へると老いて燕子花
背伸びして顔を伸ばして林檎捥ぐ
海へ出る水の広がり夏あざみ
なにも変はらず煙草煙吐く
だらだらと生き炎天に後退り

〈輪〉
今園由紀子［いまそのゆきこ］

年酒の枡の香りも啜りけり
行く春や碗一杯の忘れ潮
眼差しの凜と老妓の白日傘
秋蝶や光と影を飛び紛ふ
山寺に名残の月の出にけり
八千草やベールに透ける幼顔
足跡を波に消されて年暮るる

〈貂〉
今富節子［いまとみせつこ］

大寒や大のつくもの偉さうな
ぴしぴしと空に音して初燕
咲き満ちて幹現るる桜かな
こし餡の色は桜の闇のいろ
夕立来る屋根から屋根を水けむり
こんばんは線香花火の子より声
夏草の踏めるは踏んでその先へ

〈火神〉
今村潤子［いまむらじゅんこ］

詫状の文字の乱れや花の冷え
母性とは許すことなり木の芽和え
空蟬や晩年軽く生きめやも
河童忌やゼンマイ時計の遅れがち
焼き茄子は煙のにほひ父恋し
鰯雲ムンクの「叫び」我にあり
女の性や秋刀魚の腸の捨てどころ

〈杉〉
今村たかし［いまむらたかし］

しんがりの引く福引の二等賞
掘り返す土にしめりや地虫出づ
屈む子にのらりくらりと蝌蚪の紐
親分も子分もなくて蟻の列
鼻先も濡れて戻りし夕立かな
つかつかと秋来てどつと老いにけり
初雪のみぞれとなりし銀座かな

〈夏爐・椎の実〉
伊予田由美子［いよたゆみこ］

万両や小鳥の赤き血とならむ
雀より夫は早起き土佐水木
アネモネの花束ほどのこころざし
竹煮草水音と風あるばかり
打水や夕べのこゑのやはらかし
りんだうに踞めば湖のあをあをと
年用意天井裏に音のして

〈予感〉
入野ゆき江［いりのゆきえ］

動くもの光りて春の潮だまり
初蟬やいよいよ強き好奇心
一尋の藤ひとひろの影香る
常のごと一汁二菜秋茗荷
墓山の笹鳴近くすぐ近く
一人ふたり落葉溜りへ子が隠れ
天井の獣の気配霜夜かな

〈青山〉
入部美樹［いるべみき］

母の居てとろとろとろと葱を煮て
保育器の中の熟寝子クリスマス
白煙のあとあをあをと焼野かな
麦踏の折り返すとき空を見て
まだ私の母でゐる母さくら咲く
寄り道のやうにも見えて蜷の道
夕顔のつぼみに美しき螺旋

〈阿蘇〉
岩岡中正［いわおかなかまさ］

花石蕗に人語いよいよ美しき
好きなこと文事一切石蕗の花
ふるさとはいつもしぐれてゐるやうな
生涯の一書がありてあたたかし
門鎖して疫病怖るる暮春かな
ワクチンに肩貸してゐる秋の風
ひよつこりとパン屋ができてあたたかし

〈鳰の子〉
岩崎可代子［いわさきかよこ］

盛りとは言へねど今日の梅日和
桜湯や実家に集ふ女紋
風やさし盛り過ぎたる薔薇園に
手花火や明日は帰つてしまふ子と
まだ何処かよそ者気分在祭
石鎚山の風の抜け道大根干す
辻褄の合はぬ話に咳一つ

〈鴻〉
岩崎　俊［いわさきしゅん］

秋灯下盤上に置く受けの駒
長崎忌桃の実ことに瑞々し
櫟の実一つ地を打つ一度だけ
冬耕の田に落日の匂ひあり
白障子木の影やがて鳥の影
黄水仙すべて肯ふやうに揺れ
飛燕草ただ真つ直ぐに立ちて雨

〈鴻〉
岩佐　梢［いわさこずえ］

捩花の捩れてよりの空の青
牡丹のあれよあれよと崩れけり
モンゴルの塩フランスの塩半夏生
秋立つやライ麦入りの硬き麺麭
磯へ行くカンナの脇を抜けて行く
虫籠の虫はレプリカ向きかへる
縁側で昼餉を済ます文化の日

〈祖谷〉
岩田公次［いわたこうじ］

退屈な海鼠が動き出すところ
紅灯の露地の狸も貌馴染み
冬瓜に乗せて軍手を干してある
菜の花や土佐街道は南北に
鮎の竿跨がず行くが礼儀とか
そら豆が和尚の顔に似てゐると
羽抜鶏立派に時を告げにけり

〈藍生・秀〉
岩田由美［いわたゆみ］

蕗の薹見れば小さき葉を掲げ
足音に散る小魚や夏来る
水鉄砲いくつも預けられて母
トラックの荷台に立ちて松手入
会館の使はぬ部屋の古暦
三人の一つ扉を煤払
白鳥の意地悪さうな顔で来る

〈今日の花〉
岩田玲子［いわたれいこ］

かいつぶり内緒話は水中に
春の雨手首に確かむ母の脈
ヨークシャーの暮れ知らぬ空麦の秋
雪解や地球の澱も解かさんと
アンコールワットは無風マンゴ喰む
しがらみは誰にも告げず浮巣かな
秋の声絵本作家のメッセージ

〈鳰の子〉
岩出くに男［いわでくにお］

寒禽の声鋭く降りし古戦場
日の光風のなごみや春立てり
原発の安全神話亀鳴けり
葉桜やその他大勢なるひとり
二人だけ残りし兄弟盆の月
返答はちよつと小声の檀の実
走り根を踏んで下山や解夏の僧

〈鷹〉
岩永佐保［いわながさほ］

陰画《ネガ》のごとき水辺の記憶みなみ風
評判の二歳馬の尻雲の峰
くわりんの実縹渺と湖昏れにけり
器に凝る小店持ちたし草の花
まろび寝に朝かと思ふ避寒かな
画帳閉ぢ枯野明りを私す
カーテン揺れ床に明暗万愚節

〈春燈〉
岩永はるみ［いわながはるみ］

子らの背に見ゆる翼や初御空
逆上がりまだ出来るかも梅三分
海に向く木椅子の二人聖五月
雨脚のうしろ明るき芒種かな
男には懐かぬ猫よサングラス
日の匂ひ風の匂ひや干蒲団
木枯や耳をたたみて歩む犬

〈ににん〉
岩淵喜代子［いわぶちきよこ］

紫陽花を揺らして帰る日曜日
夜は蟬の声がいきなり抱き枕
箱庭は誰も帰つてこない庭
人体のすみずみ揺れて夏の海
片脚は仕舞ひてをりぬ残る鴨
沼一つ穀雨の中に置かれたる
河骨は今日も遠くに咲いてをり

〈多磨〉
岩本芳子［いわもとよしこ］

去りゆくものに心を置いて寒明けぬ
目にものを言はせり春は逝きにけり
亀の子の這ひ上りてはまた落ちぬ
海の日や海の戦に果てし父
亡き人の名を呼びて夏惜しむかな
暗がりに蚯蚓鳴く夜はひとりかな
十月も今日で終りかはや暮れし

〈雪解〉
上田和生［うえだかずお］

ナイターは佳境に月は天心に
雨の中住吉さんは初穂刈る
遠き祖の出自の村の柿すだれ
大寺の前に大池涸れてあり
補聴器の電池を妻は買初に
小作田を返しに来たる年始客
百日紅宅急便がチャイム押す

〈泉〉
植竹春子［うえたけはるこ］

祝句集「冬泉」
先生の先生のこゑ秋高し
祝句集「七生」
小康の歩みとなられ龍の玉
祝矢塚綾様
百歳のエリート謳歌実万両
祝美和子主宰星野立子賞
三月の竹幹鳴つて風うまし
祝井上弘美様
築山の草芳しき受賞かな
祝句集「夜須来」
大太鼓一打祭のひと世かな
一瀑へ身を細くして勝彦忌

〈陸〉
上田　桜［うえださくら］

姿見のある部屋にきて冴返る
やぎもひつじも生後二ヶ月日永かな
海風と白き街並ゼラニューム
爪切つて爪見失ふ盆の月
収まらぬコロナウイルス去年今年
初旅の予約取り消し親子丼
金色の波は言霊初日の出

〈ランブル〉
上田日差子［うえだひざし］

守るとは守らるること盆の月
朝まだき五千石忌の鳥のこゑ
愛と死に虚実ありけり桐一葉
落日の合図なるらし雪ばんば
手相見のごとく余寒の手を撫づる
丈長き影をひとつに立雛
遠浅の夢の引き際明易し

〈梓〉
上野一孝［うえのいっこう］

地図にもなき小さき寺や百日紅
旅にても薬をたのむ草の花
金継ぎの金を月とし観月会
鴫の贄蛙は泳ぐかたちにて
鷹匠の一人バルカンより来たる
松謡姉妹に婿のひとりづつ
夕東風や黒板消して職を退く

〈燎〉
上野洋子［うえのようこ］

参拝の作法音読春着の子
ビル街の真夜の繊月冴返る
飾窓占むのうぜんの花の揺れ
中天に朱き三日月夫の声
朝一番畑打つ爺の正ちゃん帽
夕鐘や冬三日月の指輪ほど
五線譜に弾んでをりぬ寒雀

〈風土〉
上村葉子［うえむらはこ］

寄せ豆腐木匙に掬ふ夜の秋
蟬の穴瞬きもせで見つむる児
鉦叩真間の手児奈の祠より
どせう屋に胡坐の漢獺祭忌　浅草駒形「どぜう」
秋深む力籠めたるシテの足
神楽殿色なき風と松籟と
夏座敷印泥匂ふ篦の先

〈やぶれ傘〉
丑久保勲［うしくぼいさお］

舞茸の天ぷらを乗せ駅の蕎麦
ピコピコとバス寄り来たる梅の花
連翹は攻撃的に明るくて
時計屋がルーペをはづしゐる立夏
郭公のこゑイタリアンレストラン
蟇鳴きしあたりまで来てみたのだが
中洲まで蓮の浮葉は途切れなく

〈栞〉
臼井清春［うすいきよはる］

花過ぎの日だまりに置く試歩の靴
囀の上にさへづり大欅
水底の影のもつるる蝌蚪の紐
癒ゆるとは日数頼みや辛夷の芽
貝割菜笊に弾ませ水を切る
ぜいたくなものの一つに花疲れ
静けさを水に映して花菖蒲

〈家〉
碓井ちづるこ［うすいちづるこ］

船底の匂ひに覚むる昼寝かな
ピクニック先生の声よく通り
石鹸玉遊びせし夜焼夷弾
うろ覚えの唱へ言葉や薺打つ
鳥の羽静かに流れ冬の水
青蔦の蔽ふサイロや小さき錠
あるとこにぢぢばばさまが秋の晴

〈草樹〉
宇多喜代子［うだきよこ］

今年また左右歪に松飾
大仰なマスクのままの御慶かな
手のつづき脚のつづきの杖ひんやり
年の瀬の右の手は一杖のため
雪の日の窓のガラスの歪かな
川波に高低ありぬ流し雛
足弱にたんぽぽの絮八方へ

〈炎環〉
内野義悠［うちのよしひろ］

抜錨の濁りをとほく春の雪
やはらかき夜桜といふ泡のなか
麦秋の始点仏蘭西料理店
みどりの夜どれかは効いてゐるサプリ
飛ばせない動画広告小鳥くる
風に傷つけゆく寒禽の羽音
人住まぬ住所あふるる都市に雪

〈杉・夏爐〉
内原陽子［うちはらようこ］

堰落ちて水よりはやき柳鮠
目白来て鵯きて有楽椿かな
言葉濃くせり紅椿の中に会ひ
たんぽぽの絮吹き旅はもう恋はず
狐のかみそりひよいと咲いたる朝の庭
秋高しこの径ゆけば逢へさうな
納屋口の裸電球盆休み

〈ひまわり〉
うつかり［うつかり］

生れてより羽も鱗も無く蜜柑
トランプにジョーカーのある寒さかな
逆立ちをしているような二月の樹
バナナ熟す甥の臍の緒取れそうな
薫風のしっぽに続くわれらかな
さわやかやカレーに白い米の島
跳ぶバッタ風に押されて戻りけり

〈稲〉
槍田良枝［うつぎたよしえ］

初明り海曼荼羅のうねりかな
鶴引くや北一点に首伸べて
髪切りて春愁の手の遣り場なし
炎帝や日本列島わしづかみ
熟柿吸ふ口の淫らを肯へり
踏まれたる邪鬼も拝みて冬うらら
折鶴をひらけば雪の原野かな

〈鴫・貂〉
宇都宮敦子［うつのみやあつこ］

左義長や灰にもならず布人形
寒苦鳥糸杉に夜のかたまり来
跳べさうな川にも名前蕗の薹
アネモネを活けてくれたる誕生日
鳰の子に親浮くまでの水広し
近寄れば一花づつ濃し大花野
一つづつ壁に影ある吊し柿

〈夏爐・蝶〉
畝崎桃代［うねざきももよ］

待春や丘に紅殻漁祠
蹉跎岬の磯波しぶく空海忌
春怒濤崖に張りつく命綱
野の雨は音なく来たり女郎花
天高しジンベエ鮫を見に行かむ
猪囲ひ設ふ峡や日照雨来る
冬薊山に嫁ぎて山に老い

〈山彦・北房俳句会〉
畦田恵子［うねだけいこ］

柔らかく食べられさうな春の山
合歓の花ねむつてなんかゐられない
金色の鍵を捜して青野かな
蕎麦刈の影の二つや一つ星
茶の花や心を置きに行くところ
餅好きの四代先まで続きをり
鍬始土に佳き音有りにけり

〈雲取〉
宇野理芳［うのりほう］

感嘆符とも睡蓮の真紅
黒揚羽風を残して日暮れけり
城跡に遠き世のこと蜘蛛垂るる
まなぞこに基督を見る青葡萄
来し方を諾ふ蟬の鳴きにけり
晩年てふ錘担ひて十二月
坐りよき石に坐るも初昔

〈煌星〉
梅枝あゆみ［うめがえあゆみ］

風神が火の神囃すどんど焼
映り込むものみな歪しやぼん玉
白魚の貫き合へる視線かな
横文字の並ぶ説明目借時
朝掘りす筍が影もつ前に
暑き日や牛は虚空を嘗めまはし
しやがみゐる高さに足れり線香花火

〈野火〉
梅沢　弘［うめざわひろし］

東京といふ深海の流行風邪
錦糸町あたりで止んで春の雨
納屋二棟母屋一棟燕来る
行く春の南千住に途中下車
紫陽花の末のみだらや昼の酒
足もとに丸まつてゐる夏蒲団
階段の途中の窓の西日かな

〈谺〉
梅津大八［うめつだいはち］

山茶花を肩で散らしてしまひけり
初松籟父の拓きし畑に吹く
出不精を座学と言うて春炬燵
青田道ぽつんとバスの停留所
赤文字の氷の踊る氷店
草叢に浮かんでをりし彼岸花
手拭のまだ首にある捨案山子

〈輪〉
宇留田厚子［うるたあつこ］

明けぬ夜のなきを信じつ初詣
枕辺に花図鑑あり健吉忌
歩き去る友の背抱く晩夏光
新豆腐店継ぐ子にも贔屓つき
いつの間に席譲らるる敬老日
時雨るるや借りたる傘の重きこと
笠地蔵読む子の声や年つまる

〈薫風〉
越後則子［えちごのりこ］

初空の風車真白く威を正す
満開といふつかれあり桜冷
鬼灯の呼び合ふごとく灯の点り
花頭窓透けて芙蓉の影揺らぐ
吼えるだけ吼えて去りゆく秋の雷
露草の空の青さをたぐり寄せ
影踏みて色なき風に気付きけり

〈八千草〉
衞藤能子［えとうよしこ］

墨の抱く白の深さよ春の闇
青葉闇やみを求めて墨をする
さくさくと和紙に刃を当つ風かをる
紙魚天へ赤く染まりて月を喰む
ワシコフの叫びを喰みつシミ走る
ガサガサと落葉の海を泳ぐ犬
あけびあけび薄むらさきの鎧着て

〈暖響〉
江中真弓［えなかまゆみ］

梅雨しとど抱卵の鳰向き変ふる
死も生も容易からざり夜の蟬
笹鳴きと思ひて戻る十歩ほど
一木に咲いてにぎやか寒雀
我を呼ぶ小さき鳥ゐるそこに春
のぞき込む内ひろびろとチューリップ
たつた一つだけ我がための梅雨の星

〈多磨〉
榎並律子［えなみりつこ］

お好み焼のソースが焦げて寒明けぬ
遠き日の思ひ出を追ふ夏薊
村の外れの小さな林檎園の秋
湯が沸くまでの一刻の間を釣瓶落し
山里の日暮れは早し茸汁
霜降りて葱太くなる甘くなる
くよくよはせぬと決めたり冬銀河

〈なんぢや〉
榎本　享［えのもとみち］

新入りの飼育係と草を引く
貝こすりあはせるやうに行々子
夏あざみ放置自転車より高く
塵取へ掃けば壊れて雀蛾よ
自然薯の土の食ひ込むくびれかな
笑ひ返せる八月の赤ん坊
いま霜の乾きはじめし滑り台

〈雨蛙〉
海老澤愛之助［えびさわあいのすけ］

春寒や線路工夫に待避笛
巫女が鈴振るかに独活の花揺るる
雲の峰どこに軸足置きしかな
雨あがり草引くときと庭に下り
良く来たと岳母の言ひて菊膾
熱燗や銅壺のむかしよみがへり
ふんはりと炊けて夕餉の牡蠣の飯

〈帆〉
海老澤正博［えびさわまさひろ］

出荷待つ苗圃五列の花水木
蒲の穂の混じる茅の輪をくぐりけり
いとほしむ土用芽女庭師かな
本閉づる盆僧下車の日本橋
去ぬ燕今朝は別れの揃ひ鳴き
残菊や行きたき国を指折りて
周五郎周平も亡し石蕗の花

〈あゆみ〉
遠藤酔魚［えんどうすいぎょ］

蠟引きの枇杷の袋も枇杷の色
飛魚とんでまだ見えてゐる野島崎
落とされてなほ息荒き鱧の首
終列車より二人入る踊りの輪
黄ペンキの「港内徐行」鷹渡る
縁石の角欠けてゐる猫じやらし
星月夜水に漬け置くズック靴

〈なんぢや〉
遠藤千鶴羽［えんどうちずは］

風邪心地スノードームに雪降らせ
日脚伸ぶ端切れに端切れつなげては
ものの芽や束ねて捨てる参考書
卯の花腐し頁に栞紐の跡
水打てり迎へる人のあるやうに
飲み干して瓶の底打つラムネ玉
あやとりの川から舟へ星の恋

〈濃美・家〉
遠藤正恵［えんどうまさえ］

口笛をもて囀に加はりぬ
小面も異形の面も暮かぬる
狸藻の混沌すくふ夏の果
火涼し片膝立てて鞴吹く
秋めくとかなへびの尾の金色に
聖絵の一遍痩せて水の秋
紅猿子かと寒林に目を凝らす

遠藤由樹子［えんどうゆきこ］

四十五のままなる瞳憂国忌
グラウンドは大き日溜り冬の蝶
初氷仔牛の舌を驚かす
たんぽぽや二人暮しに傘十本
二日ほど臥したるのちの桜かな
腰浮かせ騎手なだれゆく青葉風
八月の畳に貝のごと眠る

〈氷室〉
尾池和夫［おいけかずお］

鉄道の昭和歴代秋高し
行きちがひ列車待ちをる法師蟬
鉄橋を渡る窓より葛あらし
駅降りて吊橋がすぐ秋の村
山頂付近大崩れ見ゆ秋の雲
砂防ダム土砂たつぷりと秋深し
終着の井川駅なり秋暑し

〈氷室〉
尾池葉子［おいけようこ］

初富士や白帆と見ゆるものはなく
陽炎の影ろふ大正硝子越し
見映えより重き木蓋よあさり飯
ほうたるは眠り水音残りけり
一ト夜干す茸三種に笊ひとつ
林間へ日射し呼び込む秋気かな
鳰ここより瀬田は川の波

〈鷹〉
大石香代子［おおいしかよこ］

函嶺の風の座敷や新松子
冬眠の森ココットに小さき耳
光よりきさらぎ来たり梢さやぐ
バケツの水飲んで濁しぬ祭馬
通り抜けせむ香水を試し噴き
凌霄や知らぬ界隈なつかしき
火点せば蝙蝠が空つれてくる

〈陸〉
大石雄鬼［おおいしゆうき］

月光やベビーチーズの生ぬるし
鹿鳴いて箪笥の奥のひつかかる
仏像の首のつながり茶が咲けり
冬眠の山にしつかりしがみつく
春夕焼は実験棟の奥にある
蛍光灯の濁りが照らし武者人形
夢よりもきれいな胸とかたつむり

〈豈〉
大井恒行［おおいつねゆき］

歩くたび幻像の春残りけり
「不戦だから、不敗」やゼロや薄氷
荒亡の声とならんや春愁秋思
ヒトはあらわに顕わに生きるコロナウイルス
頃中《コロナ禍》は戦時に似たり猛々暑
弱いオトコがまず消えるウイズコロナ
秋青空ウイズコロナウイズ核

〈鏡〉
大上朝美［おおうえあさみ］

蜜柑山に囲まれてゐるコーヒー店
キャンセルのしるしを残す古暦
朧夜の木馬三体揺れ始む
何を忘れたのだつたか花きぶし
筆塚の竹かんむりに蜘蛛の糸
八朔や海にとんびの吹かれをり
思ひ出しかけて届かず花八手

〈八千草〉
大勝スミ子［おおかつすみこ］

自粛いつまで八十路の坂着ぶくれて
三密の窓を開ければ花の雨
夢の中旅へ旅へと夏走る
紫陽花の人待ち顔に色を変え
予定なき日のいらだちや蟬しぐれ
今日もまたコロナに負けじと泡立草
ワクチンへ不審と期待梅雨寒し

〈星の木〉
大木あまり［おおきあまり］

文旦も月もまんまる美学とは
海光や成人の日の干物の目
桂信子と話すごとくに暖かし
鯨くるごとく虚子忌の来たりけり
狂ふなら魚島時の海猫と
惜しみなく病めよ生きよと花吹雪
蛸足の配線と春惜しみけり

〈都市〉
大木満里［おおきまり］

踏青や黙と云ふ語を喉に詰め
春愁や手を滑りたるマグカップ
ハミングはひとりの歌よ春深し
カーテンの風にくつろぎ沙羅の花
揚羽蝶玻璃の器に眠らせて
切株に舌出すやうに白茸
秋暑し煙のやうな街の風

〈こゑの会〉
大久保白村［おおくぼはくそん］

ゆつくりと淡路島揺れ春の海
ふるさとの若葉明りに目覚めけり
父の日や仕上げし父の全句集
信号が赤でもとける氷菓かな
卒寿なほ西に東に旅の秋
しみじみと卒寿の師走味はへる
マスクせぬ人をにらめるマスクの眼

〈夏爐〉
大窪雅子［おおくぼまさこ］

穴まどひはた舎の裏に道のあり
小春日や城の石垣蒿雀来て
宿木に真日の溢るる恵方道
灯台の裏を雲ゆく鳥の恋
草笛を吹いて呉れたり舟大工
吾が影に大鳥翔てる青田かな
北山に雲湧き来たる浜万年青

〈やぶれ傘・棒〉
大崎紀夫［おおさきのりお］

かげろふの向うで片手あげてゐる
目借時カスタネットがそばで鳴る
流れゆく水のあかるさ鳥帰る
ともかくもなんじやもんじやの花が散る
雲の峰棒高跳の棒しなひ
本棚を見ると蠅虎がゐる
ヒメムカシヨモギは吹かれつつ枯れて

〈燎〉
大澤ゆきこ［おおさわゆきこ］

春の夜や予後には触れず浅酌す
ひらがなのやうな稚児へ天花粉
空一枚映るプールの空を蹴る
満塁を抑へ麦茶に喉鳴らす
朝焼にやはり木曾路は雨とやら
触れ太鼓端折る浴衣のしこ名かな
水澄みて魚の跳ね来る里静か

〈やぶれ傘・棒〉
大島英昭［おおしまひであき］

昇降機出れば十一月七日
リアカーを引いて焚火を残しゆく
ゴミ出しの男がふたり春近し
学校の前の駄菓子屋四月くる
シーソーに雀が止まる暮の春
川波の高き日やたらつばくらめ
捕虫網振つてお別れ雲白し

〈氷室〉
大島幸男［おおしまゆきお］

遠花火仮のすまひに棲み馴れて
青葦の遠くに揺れてすぐに凪
鞄から覗いてをりし扇風機
蚯蚓鳴く夜はつくづくと親のこと
呼びかけてみたき雲ありなかなかまど
猛る時もつとも美しき里神楽
涸滝や石の祠の絵らふそく

〈風の道〉
大高霧海［おおたかむかい］

初山河吉祥あふれ平和なれ
紅白梅図賞でし詩魂をもて梅見
戯画跳び出づ鳥獣跳ねる鼓草
小さき巣やこぼれんばかり燕の子
八月来鎮魂と懺悔忘れまじ
巾着田曼珠沙華の緋撩乱と
有馬師の突然の死や虎落笛

〈香雨〉
太田寛郎［おおたかんろう］

軍港にわが少年期鱗雲
凍星や闇をゑがくに光もて
回天の発ちし岬や桜貝
手の届きさうなゆふづつ島の夏
蘭鋳の紅蓮の炎ひるがへし
眼前に迫る杉山盆の家
昼に攀ぢ来し山城に月の雨

〈かびれ〉
大竹多可志［おおたけたかし］

千体の仏の目あり春や寒
流氷の薄きブルーを身に纏ふ
異次元の世界のものか罌粟坊主
蝦蟇鳴くや音ゆがみたる闇の奥
現世の地獄めく日や油照
掃苔の汚れ手に付く故郷かな
狂気とは此の世のことか狂ひ花

太田土男［おおたつちお］〈草笛・百鳥〉

実盛は討たれ浮塵子のはびこれり
空稲架にふんばり癖の残りをり
狐火を見る拵への出来上がる
寒波来るだいだらぼつちやつて来る
落葉《らくよう》といふ木の眠り冬の月
赤べこの首をつついて御慶かな
クローバの花を巻き込む牛の舌

太田眞佐子［おおたまさこ］〈濃美〉

山笑ふ真中に住みて魚捌く
銅鐸の流水文や初蝶来
梅雨晴間大の字に干す柔道着
星涼し和紙工房の出入口
天と地とぎくしやく夏至の夜がくる
夏の月パクチー好きとかきらひとか
たちのぼる煙刈田といふ孤独

大塚太夫［おおつかだゆう］〈雲〉

月光のつらぬく夜の美術館
綿虫の転送されてまたここに
スニーカーを履くやこぼるる去年の土
小三治のまくらは長し忘れ雪
春愁やアンモナイトに黄金比
ルブタンの靴底赤し三鬼の忌
水分をふりきり梅雨の月のぼる

大西淳二［おおにしじゅんじ］〈草原〉

床の間の唐の都の春景色
誰の句かわからぬ一句梅雨長し
油蟬思ひ直して席に着く
立像の将軍の髭枯木立
金色のトルコ火鉢や海近く
冬木立珈琲売りの魔法壜
冬空へ聖句を流す拡声器

〈円座〉
大西誠一［おおにしせいいち］

擱筆やたちまち闇の虫浄土
灯を消して空新しき星祭
余生てふ字余りもあり葛の花
相聞の古歌口遊み大花野
この頃は妻の言ひなり草虱
惑星のひとつに生まれ良夜なる
里神楽童は神となりて舞ふ

〈鷹・晨〉
大西　朋［おおにしとも］

やはらかく手招きさるる踊かな
数へ日のすこし傷みし林檎剝く
庭先に朽ちし木の椅子春の鳥
簡単に手をつなぐ子ら金鳳花
水鶏啼き河童月夜に甲羅干す
蛇衣を脱ぐや月蝕すすむ夜に
大正はモダンに終はり桐一葉

〈燎〉
大沼つぎの［おおぬまつぎの］

遠き日の部活帰りのふかし藷
太極拳立春の気を吸うて吐く
花便り風に返事を託しけり
麗かやバイクの鍵と家の鍵
春の山どこ掬ひても萌黄色
岩清水飲むや山河を傾けて
土用干し昭和生れの歳月を

〈香雨〉
大野崇文［おおのたかゆき］

初鶏の闇に打ちこむ楔声
安土城ありし山より呼子鳥
のどよりも心うるほふ新茶かな
鮒鮓や近江の地酒あらまほし
天上は星曼荼羅や虫の闇
輪廻転生を信じて穴惑ひ
翁忌や古墨のほのと香りたち

大畑光弘〈春月〉［おおはたみつひろ］

追悼のかなた御嶽紅葉す
秋耕や馬鍬は父の時代まで
山眠る海との繋ぎ絶やさずに
拾ひ上げし和毛は風に木の芽晴
ワクチンはまだ桜蘂降るばかり
アカシアの花散る太極拳の朝
鰹木に残る金色青嵐

大林文鳥〈夏爐・藍生〉［おおばやしぶんちょう］

坂に干す消防ホース寒晴るる
冴返る辻に窓開くたこ焼屋
れんげより低き仏や花御堂
天辺の棚田一人の田植なる
紫陽花を背中合はせに見てをりぬ
武市瑞山切腹の日の日雷
鮎居ると川の匂ひを嗅いで言ふ

大堀祐吉〈菜の花〉［おおほりゆうきち］

曼珠沙華咲かねば誰も来ぬところ
改札を出てこほろぎの闇に入る
産土は提灯だけの秋祭
鳥の声鋭くなりぬ黄落期
誰とでも仲よくなれる日向ぼこ
悪人がドラマの主役寒波くる
暮れて来るさくらの中にゐる不安

大海かほる〈初蝶〉［おおみかおる］

図書館をはしごして子ら冬ぬくし
白鳥の列学校を越えゆけり
一月の松亭亭と屋敷町
おほぞらははねずいろどきつばくらめ
藤波に後るる雨のしづくかな
灼けてゐる地べたに餌を欲る鵠
京の町上ル下ルと秋の暮

〈星時計〉
大元祐子［おおもとゆうこ］

初写真卒寿もつとも華やぎぬ
早春のにほひ産着のにほひとも
恋とほしかくもまぶしき春の海
癒ゆるてふ力ありけり花は葉に
蚕豆の明日のいろに茹で上がる
信念を問はれてをりぬ穴まどひ
落葉降る師の言の葉の降るやうに

〈都市〉
大矢知順子［おおやちじゅんこ］

更衣ベルトに開ける穴二つ
水打ちて開店札を掛け直す
ひたすらに働く蟻に嫉妬せり
元気かと言はれてみたし苧殻焚く
言ひ分のどちらも正し毛糸編む
触れてみてはつと冷たき枇杷の花
日向ぼこ瞼をよぎる雲の影

〈ランブル〉
大山知佳歩［おおやまちかほ］

高みより物申したり初鴉
昼月の凭れてをりぬ薄紅梅
吊し雛日影の巡る表裏
はばたきは機械仕掛けや天道虫
白抜きの文字緩やかに夏暖簾
烏瓜咲いて輪廻の輪のかたち
時少し止めてみせたる濃りんだう

〈輪〉
大輪靖宏［おおわやすひろ］

陽が縦に射し来し夏至の正午かな
思慮深きさまに我見る金魚かな
病癒え涼しき風の中に立つ
去る夏に逆らひ雲の湧き立ちぬ
かなかなは現世と黄泉をつなぎ鳴く
らくだ行くゴビの砂漠の星月夜
我のみに降るごと獅子座流星群

〈獺祭〉
岡崎さちこ〔おかざきさちこ〕

焙じ茶の香る浜町柳の芽
四十人の春眠乗せてバスツアー
夫と子の仰臥の河原星月夜
十三夜今宵は島の近く見え
凩に千千に乱るる川面の灯
冬帝の日差し賜る宮参り
富士山と対峙する宿除夜の月

〈艸〉
岡崎由美子〔おかざきゆみこ〕

広場より迷子のしやぼん玉ひとつ
ヒヤシンス昔のままの喫茶店
不器用な父と息子に父の日来
便箋とペンのみ処暑の文机
下駄箱の古き靴墨ちちろ鳴く
吊橋の鋼千条冬の月
飼ひ猫の目でものを言ふ霜の夜

〈秋〉
小笠原　至〔おがさわらいたる〕

救急車の音階蘇《ソ》と死《シ》秋深む
酒の功罪独り言つべく日記買ふ
暾まみれの賀状の心悸手にあまる
轡解けば美姫なる輓馬風弥生
津波の碑文なぞり入学児は五名
涅槃雪村の息の根止めて熄む
黒南風や碑に仔細なき人柱

〈耕〉
小笠原貞子〔おがさわらていこ〕

享禄の空を戻しぬ不実梅
山独活の地物の旬を誕生日
クローバー四つ葉を得たる朝かな
花丸の答案用紙風薫る
句に励む高階の窓杜青葉
奉納の子等の声無き村祭
一茶忌や村一軒の鉄沓屋

〈ロマネコンティ・中《ちゅう》〉
岡田翠風［おかだすいふう］

水の輪をふやしあひけり残る鴨
ハンカチの木よ風も泣く日のありて
片蔭へジャンケンの声移りゆく
花かぼちや日を食ひたりしかほをして
虹の矢を放つ中天輝かせ
暗きまま捨てられてゆく蟬の穴
飛ぶための形ありけり草の絮

〈ろんど〉
尾形誠山［おがたせいざん］

片言の挨拶できてお年玉
卒業す第二ボタンを付けしまま
大空の隈無く晴れて鯉のぼり
草いきれ袖に喪章のユニホーム
長き夜や一手待つたも許さうか
身に入むや塩をつまみの手酌酒
みな揃ふ百円ショップ文化の日

〈炎環・豆の木・ユプシロン〉
岡田由季［おかだゆき］

観梅へ誘ふ切手の組み合はせ
甘藍に囲まれ天使幼稚園
梅雨深し指紋だらけの部屋にゐる
吠ゆる犬見つめ返して日の盛
法螺貝の素の音の出る春隣
スピードの出てゐて窓に雉見えて
自宅から土筆の範囲にて暮らす

〈艸《そう》〉
岡戸林風［おかどりんぷう］

一片の詩心はぐくむ冬菫
わだなかのひかり遍し月日貝
火の国の水をゆたかに植田かな
脚萎えて旅心遠のく梅雨籠り
ひとり碁の石音低く桐一葉
鰯雲沖になむらのわきたちて
風呂吹や心安らぐ日を恃み

〈ときめきの会〉
岡野悦子 ［おかのえつこ］

幼子の二礼二拍手初詣
腹いつぱい風を食べてる鯉のぼり
高層のガラスに映ゆる雲の峰
家猫の水飲む音や夏の月
実梅洗ふごろごろ青き音たてて
次のパン二時に焼けます酔芙蓉
掃き寄せて音のふくらむ落葉かな

〈天頂〉
岡部すみれ ［おかべすみれ］

さくらんぼ盛りて朝日のうつくしき
繋ぐ手を揺らしつつ行く花おしろい
さはやかや切り抜く蝶の旅の記事
博多帯胸高に締め寒稽古
七草やはらはら雪の舞うてをり
募りゆく思ひに褪する白椿
花菜風新たな出会ひある予感

〈方円〉
岡村千恵子 ［おかむらちえこ］

花筏津の奥絶えず揺れてをり
さへづりの大樹を出でて風となる
巣隠れの一樹と知りて庭親し
時の日の湖を渉れる陽差しかな
虫しぐれ樹下の真闇となるころか
冬耕やひととき鵙を待つこころ
望郷の藷入茶粥おじやこ味噌

〈雪解〉
岡本欣也 ［おかもときんや］

点描の極みの銀河仰ぎけり
絶巓に遇ひし散骨冷まじき
流星や隕鉄剣は太古より
椋鳥わたる大渦がいま帯となり
阿蘇五岳乗せ余りある枯野かな
無漏路へとわれも旅人西行忌
三猿の八方美人春寒し

〈門・梟〉
岡本紗矢［おかもとさや］

無観客試合の球音冷さうめん
緑蔭にひらく言の葉詩人逝く
星飛んで飛んでとりかへばや物語
ヨガの獅子舌出すポーズ冬ぬくし
群衆やボレロ高鳴るごとく雪
ヒヤシンス火星の風音聴いてゐる
よく振りし尾の骨真白新樹光

〈風土〉
岡本尚子［おかもとしょうこ］

池の面の銀閣を出で亀鳴けり
少納言式部出で来よ蛍の夜
海の日や解散となる戦友会
溥儀の書の皇帝然と桐一葉
直実の鉈捨藪や虎落笛
西行の桜落葉の行方かな
霜柱わがサディズムの覚醒す

〈天頂〉
岡本洋子［おかもとようこ］

カナリアとカステラ黄なる四月かな
夏帯にやや不機嫌な乳房かな
後ろから浅暑の鬼に抱きつかれ
三角に物言ふ女秋暑し
迎火や鬼となりても戻り来よ
この星に来て又去る身大花野
シノビガタキヲシノビテキタリ生身魂

〈燎〉
岡山祐子［おかやまゆうこ］

師呼ぶ声谺とならず花の山
淡竹の子抱へ藪より爺と犬
ふきのたう呆け呼鈴故障中
鳥声に子細ありさう木下闇
夏茱萸や子捕ろ子捕ろと夕日中
しだるるも直ぐなる木々も秋の色
をさな去り退屈さうなねこじやらし

〈梓〉
小川　求［おがわきゅう］

鳥の恋洗ひあげたるスニーカー
みちのくは判官贔屓花りんご
散髪のよもやま話春隣
五月来るてててんつくてん触れ太鼓
ポンポンダリア鍵は無用の鄙住まひ
走馬灯ゆふぐれどきはをちを見て
冬青空きつぱり絶ちし狩衣

〈鷹〉
小川軽舟［おがわけいしゅう］

大楠とプラットホーム終戦日
かなかなの森つくつくの林かな
秋海棠夫婦喧嘩の静かなり
ガラス戸にじぶくる蜂や花八手
累計は減らざる数字年を越す
門松に大臣降ろす車寄せ
水たまりまぶしく歩く桃の花

〈今日の花〉
小川晴子［おがわはるこ］

孝高く孝厚くせん今朝の冬
端然と吾抱くかに斑雪富士
逆さ富士崩して帰る鴨の群
富士山麓秘密の道の富士桜
赤富士に天使の羽の雲二枚
長き夜の灯り一列山頂へ
霊峰の恵みと力花野原

〈栞〉
小川美知子［おがわみちこ］

午後四時か五時か風鈴ひとつ鳴る
晩涼や待ち草臥れて待つてをり
ベーグルにジャムのはみ出す秋暑かな
月を見つけてそれからは月を見て
歳晩の頼まれもせぬものを買ふ
家にゐる加湿器に水足しながら
エプロンのポケットに鍵夕ざくら

〈鷹〉
沖　あき［おきあき］

梅雨茸や森の奥処に木霊棲む
リュート弾くマティスの女秋澄めり
雪の鴛鴦心中物を観るごとし
返照や湖尻の鵠寝《いね》支度
山国の瑞の太陽紙を漉く
初虹や八十路の夫が門に呼ぶ
香水瓶いづちの国も病みてをり

〈鷹〉
奥坂まや［おくざかまや］

銃声を誘ふごとき夕焼なり
熱源はわれの身体や葛の花
月光に兵が往くその中に父
鮟鱇の恵比寿笑ぞ畏ろしき
うぐひすに箸洗ひつつ老ゆるかな
夏はじめ三角形は緊張す
空間の一挙に蒼しほととぎす

〈たかんな〉
奥田卓司［おくだたくじ］

土地買ふと子が言うてをり目刺焼く
絵手紙の大魚のぎよろ目夏に入る
老漁夫の葬とやいわし雲沖に
気にさはる言ひ方こらへ芋を掘る
ドス利かす自販機の音冬の雨
白鳥の二羽少年の顔をして
里山の黒ぐろと立つ追儺の夜

〈風土〉
奥田茶々［おくだちゃちゃ］

鳩餅のにつき売り切れ神の留守
カタカナの縦書きオラショ椿の実
風花の激しくなりぬ久女の忌
お謡を聞いて恋猫うなりだす
畑ぬけて龍太の墓や葱坊主
大欅天を揺さぶり走り梅雨
ぐるぐるとヒチコックめく梅雨の椋

〈春野〉
奥名春江［おくなはるえ］

ともしびは団欒のいろ雪が降る
寒林のてんでんにして整然と
蕗味噌にま白きご飯命惜し
月光は大きな翼抱卵期
口軽しアッパッパも甚平も
秋茄子のつやつや長寿国なりし
逝くときはけむりのやうに水の秋

〈炎環〉
小熊　幸［おぐまゆき］

汲み置きの水へひとひら秋の雲
てのひらの凍蝶土へ返しけり
からつぽのテニスコートや初つばめ
メモ帳のアラビア文字三鬼の忌
窓際に開くエッセイ遠郭公
投函の途中よりみち緋の目高
新しきノートの一字秋待てり

〈雪天〉
小栗喜三子［おぐりきみこ］

水引草紅白咲けり露地の景
裏庭の白の盛りやサルスベリ
コロナ期や蟬は三日の命鳴き
擬宝珠の露地玄関の華やぎぬ
満開の白藤眺め百年を
木瓜の花露地に明かるく色添えり
大王松縁起良き年願いけり

〈朴の花〉
尾崎秋明［おざきしゅうめい］

一杓の若水を飲み清めたる
夢摑む赤子の拳桃の花
玉の緒を紡ぎ了へたる蝌蚪の紐
父母恋へば故山の峰の朧月
逞しき仁王の素足拝しをり
地球村字日本の田植ゐかな
学帽のままの遺影や寒昴

〈毬〉
尾崎人魚［おざきにんぎょ］

連翹や花の夜明けの一斉に
囀りやつまづきがちのボールペン
ビー玉の浪は動かず若葉風
さみしさにすきまの無くて青簾
秋の昼ガラス細工の小鳥たち
垂直に菊師十指を差し込みぬ
冬うらら気ままに開くパンの店

〈郭公〉
長田群青［おさだぐんじょう］

笹群に風の出て来し初湯かな
水切りによき石拾ふ直人の忌
唐桟の中のくれなゐ燕来る
残業の男見てゐる立葵
巫の鈴の音そろふ曼珠沙華
唾とばすやうに鵙啼く蛇笏の忌
月光の葉影の荒き枇杷の花

〈笹〉
小澤昭之［おざわあきゆき］

護摩太鼓五体にひびく今朝の冬
座禅組む木の葉しきりに降りつづき
いはくある井戸は覗かず木の葉髪
参道にあふるる鳥語寒日和
鍵のなき宿坊の部屋白障子
宿坊の夕餉の膳の凍豆腐
冬ぬくし芭蕉の句碑を高野山

〈鴻〉
小澤 冗［おざわじょう］

臭ひたつ堆肥の湯気や二月尽
花木瓜や予後の八十路はゆるゆると
砂時計の砂のももいろ春眠し
蛇の衣吹かれ鐘楼は改修中
滝壺へ杣道沿ひの破れ傘
水槽に鮑貼りつきゐて睡し
妻よ来よ迷はずに来よ月の道

〈多磨〉**押本和子**［おしもとかずこ］

病む人に春は近しというてやらむ

巣箱覗くに裏の子を誘ひけり

ああ言へば斯う言ふ人とゐて暑し

月の出をまだ鍬を持つ父がゐて

枯れてゆく草の匂へる日和かな

山眠る母はひねもす機を織り

虎落笛子が呼ぶやうな泣くやうな

〈燎〉**小瀬寿恵**［おせひさえ］

竹林に早春の日矢匂ひけり

聖堂の漆光りも春の色

万能のゴム長靴や島の夏

芥子散るや夕暮れ時の偏頭痛

第三子銀河濃き日に生まれけり

朝市へ収穫急ぐ霜の畑

生真面目に水車の落とす冬の水

〈埴《はに》〉**小田切輝雄**［おたぎりてるお］

湯上がりの今宵寝間着の更衣

今の世の日傘の男弱とせず

真弓の実笑みて真つ赤な舌を出し

年寄に蒲の穂絮の飛ぶ日かな

身に入むや仕舞湯に時行かしめて

薄原視野の限りを風吹いて

つくつくしつくづく旅をしぞ恋ふる

〈風土〉**落合絹代**［おちあいきぬよ］

潮の香の俳諧道場涅槃西風

八十をとめのスマホ教室春一番

明るくてなほ降る雨や柿若葉

つややかな観音の肌みどりさす

白南風や絵タイルを踏む港町

夏帽子振り返るまでルノワール

大仏師仏師父と子文化の日

〈浮野〉

落合水尾［おちあいすいび］

渡良瀬の大利根に沿ふ空の秋
三密にならぬ輪が出来盆踊
歩くたび思ひ出す道草の花
人影の立ちて待宵らしき道
むさしの大利根在の熟れみかん
着ぶくれて山上駅に距離を置く
古河公方墓の四方の桃の花

〈少年〉

落合青花［おちあいせいか］

風立ちぬ芒一斉伏せにけり
寒げいこ園児の口元一文字
凧揚げの広場目指して駆けてゆく
気掛かりは姉の恙や梅寒し
昨夜の雨つくしんぼうの背のぐんと
若葉窓トイレの壁の猫のフォト
敬老の日を迎える齢になりたもう

〈浮野〉

落合美佐子［おちあいみさこ］

老木の万蕾梅の底力
春の紅生きいきと雨上る山
昔にはもどれぬ齢遠郭公
無人駅下車のひとりに解夏の僧
赤とんぼ止まらむとしてとどまりぬ
日を受けて重さにゆがむ熟柿かな
風を切る翼一線鷹去りぬ

〈ひいらぎ〉

越智　巌［おちいわお］

ハンモック揺れて夢想の果てしなく
寺の庭寧しと群るる赤とんぼ
百面相やうやく鳴りぬ瓢の笛
突つ立ちて舞猿指示を待ちあぐむ
寸土とて老いの一徹耕しぬ
巡礼の輪袈裟ひらひら桜東風
水喧嘩今に伝へて堰直す

小津由美〔おづゆみ〕
〈菜の花〉

早春や神馬を呼べば寄つてくる
初蝶のまぶしき水を渡りくる
順番に枝揺れてゐる鳥の恋
海風に髪から湿る薄暑かな
文鳥が行方不明に鵙猛る
展示品となりたる刀うすら寒
鳥の巣を抱へ枯木となつてをる

音羽紅子〔おとわべにこ〕
〈ゆきしづく・童子〉

捨てがたく子の落書きの古暦
アパートの二間の我が家飾りして
母一人子一人サトウの鏡餅
ぬいぐるみ子にけしかけてお正月
半衿にアイロンあてて二日なり
地下街の道を覚えて春着の子
御慶とてまず篠笛をはじめけり

小野京子〔おのきょうこ〕
〈少年〉

いとほしみつつ新米を磨ぐ娘
塀越しの挨拶冬薔薇を添へて
春炬燵猫のポーズでひと眠り
来ぬ人を待つ空港や春疾風
白梅や母の形見の帯締めて
囁きに囁き返す雨の薔薇
アルバムを閉ぢ笑ひ合ふ敬老日

小野田征彦〔おのだゆきひこ〕
〈檜硝子〉

小綬鶏のひた啼く声に目覚めけり
艫綱にあまたの鷗波戸場夏
蛾の翅のひらひら虚空蔵菩薩
星合の空ゆく宇宙ステーション
夜気深む五郎助ほうと森の声
寒禽の声ほろほろと日暮れけり
メサイアの確かな余韻初昔

〈河〉
小野寺みち子［おのでらみちこ］

WEB会議の仮想背景アマリリス
テキストのかたき表紙や風光る
星飛ぶや絵本の城の立ち上ぐる
木枯来砂消しゴムの細さかな
紐引いて点す書斎や憂国忌
冬ぬくし鰐の引越はやすみぬ
身を反りて狂ふ弥生の玉三郎

〈薫風・沖〉
小野寿子［おのひさこ］

腕組んで社のさくら見に行くも
桜咲く詣でる夫の静かなり
社古るさくら色濃くまた咲きぬ
神鈴に応ふるごとく桜揺れ
遅れ毛を吹く風花の奥より来
神域の花ゆゑ鳥を甘やかす
来し方に悔ひのあまたや八重桜

〈日矢余光句会〉
小原　晋［おはらすすむ］

わらわらと石楠花しろくひらきけり
磐座の盤石しんと青葉山
せせらぎの面打つ雨や石菖蒲
かそけくも風の声せり萩の花
花陰に猫の道あり白芙蓉
ぼうぼうと船の汽笛や野分け後
芙蓉咲き婦唱夫随の家居かな

〈清の會・初蝶〉
小俣たか子［おまたたかこ］

春昼が鏡の中にありにけり
若者のシックスパック見えて夏
鳥渡る大河の中の県境
雨の香も秋惜しみたるもののうち
誰かに背を押さるるやうな日短
種痘痕柚子湯の柚子が触れにけり
年暮るる輪ゴムで括る診察券

〈葦牙〉
尾村勝彦［おむらかつひこ］

たつぷんざざ春の渚のリフレイン
慟哭の海三月の水平線
雁渡る空に流離のこころあり
峻険の嶽越えてゆく月の雁
刈田より刈田へわたる日の雀
文化の日唱へてかろき平和論
雪女夜間外出自粛中

〈燎〉
小山田慶子［おやまだけいこ］

叱られし日のなつかしき蚊遣香
鵙鳴くやぐつと呑み込む買言葉
お日様のかけちらりばめざくろの実
夕映の手帳に挿む秋の風
友の忌や匂ひて遠き枇杷の花
山峡は雀いろどき木守柿
きしきしと星はきしめり凍豆腐

〈樸《あらき》〉
恩田侑布子［おんだゆうこ］

闇踏める菩薩のはだし去年今年
天地のあはひゆたけし筆始め
つち吹けば翅はらはらとふきのたう
手鏡のかはる代はるの涼しさよ
歳月は褶曲なせり夕ひぐらし
ふくよかな尾が一つ欲し日向ぼこ
よく枯れてかがやく空となりにけり

〈椋〉
海津篤子［かいづあつこ］

ゆるゆると人の出てゐる苗木市
遠くへはゆけぬ鶏桃の花
雉鳩の羽に火の色さみだるる
ざつくりと木綿着てゆく日の青葉
瞑りても光の透る蘭の秋
掌の熱き人より貰ふ木の実かな
虫の原夕風立ちてきたりけり

〈風の道〉
甲斐輝子［かいてるこ］

水温む日に三合の水加減
干鰈焼いて故郷皿の上
スラッガーのたぎる血潮や初鰹
遠望のと見かう見して夏の富士
地に花野空のふかきに宇宙基地
そこはかと地霊の宿る曼珠沙華
煙突の影も横たふ小春かな

〈百鳥〉
甲斐のぞみ［かいのぞみ］

今週も不合格なりバタフライ
広島忌語り継ぎゆく絵本かな
夏休み博物館で解くクイズ
藩校が町の真ん中秋澄めり
帰りには刈田となつてゐたりけり
紅梅の枝海を指し天を指し
冬ぬくし市民割引にて入る

〈湧・百鳥〉
甲斐遊糸［かいゆうし］

富士見するため開け放つ春障子
田水張り富士の晴天広げたる
鱒池の沸き立つ撒き餌五月富士
秋晴や富士見てみんなにこにこと
閃閃と富士の湧水秋の宮
クリスマス一番星が富士の上
大富士のあぐる淑気の雪煙

〈湧・百鳥〉
甲斐ゆき子［かいゆきこ］

卒業や母替りなる姉の居て
春ともし心に沁むるオルゴール
更衣海の青さを身にまとひ
草笛の野太き合図出発す
踊りけり闘ひ終へし友垣と
海光を浴びし蜜柑の甘きこと
朗朗と和服の父の歌留多読む

〈天為〉
甲斐由起子［かいゆきこ］

蓮鉢の泥を沈めて薄氷
昼三日月ほのと野遊びなどせむか
雛祭晴れながら風すさまじき
山桜目高の鉢にさされあり
薫風や胸板厚き甲斐の犬
白雲のつづきにひらき朴の花
釣堀のすみずみにまで山の雨

〈湧・百鳥・晨〉
甲斐よしあき［かいよしあき］

検温に始まるひと日小鳥来る
虫時雨旅の佳境の月の山
枯木星ランボーの旅続きけり
風花や母の柩を追へる子ら
早春の会ひたきものに阿修羅像
三・一一海に向かひて妻子の名
初恋は喪服の人や吊忍

〈からたち〉
加賀城燕雀［かがじょうえんじゃく］

海見えて菜の花見えて予讃線
校章も校歌もみかん卒業す
花みかん出作の島の白く浮き
花ふぶきよりくるものは過去ばかり
葉桜やまだまだ旅の途次にして
波音を食みては咲けり浜万年青
何もかも遠き日の事赤のまま

〈磁石〉
角谷昌子［かくたにまさこ］

日輪に凍鶴は一本の供華
稿すすむ深雪の底の一灯に
火の匂ひ曳いて落ちたる椿かな
尾を伏せて直進が是よ恋の猫
はんざきの幾世経てきしまなこかな
鞍外す馬の背の汗吾の汗
終戦日うろこの強き魚捌く

〈ひたち野・芯〉
鹿熊登志［かくまとし］

瀬に映ゆる初日の綾は絶えずして
八十爺に牡丹百合添へ猪口齢糖
春雷の暴れし後の二重虹
長雨の狂はす汗の甲子園
汗握り眼を潤ませて観る五輪
菊酒酌み金剛石婚祝ひけり
柚子四つ孫の数だけ湯に入れて

〈若竹〉
加古宗也［かこそうや］

いつの間にせせらいでをり春の水
葺き替はる屋根白川は結の村
三川の集まる河口風光る
義元の首塚へ坂紫木蓮
手を触れて気づくままこのしりぬぐひ
古書くくる縄は二重に秋の蟬
トテ馬車のトテと榛名の大花野

〈鴫〉
笠井敦子［かさいあつこ］

亡き人の作陶に酌むにごり酒
白寿祝ぐ枯あぢさゐに残る色
叫喚の様に刺されし鵙の贄
凬に吊り星につるして凍豆腐
こつの要る雨戸となりぬ走り梅雨
足萎えて夢は花野をかけめぐる
生国の通話に混じる法師蟬

〈ひまわり〉
笠松怜玉（八重子）［かさまつれいぎょく（やえこ）］

フライパン振る手やせたる青簾《すだれ》
「カーンポン」つつみの音や春めきて
潮入の光はじきて猫柳
黄水仙うなずく様に庭の隅
城堀の水すれすれの飛燕かな
殿の庭地団駄《じだんだ》橋の梅真白
見舞たる人に会えざる夏あかね

〈門・帯〉
梶本きくよ［かじもときくよ］

塵芥車桜の虚実積みにけり
飽食の菜飯いくさの日の菜飯
轢死待つ雨の舗道の紅椿
カルメンの落してゆきし黒椿
鬼百合の蕊切ってゐる綺麗好き
文学の毒たつぷりと息白し
落葉積むつもる時間を閉づるかに

〈炎環・豆の木〉
柏柳明子［かしわやなぎあきこ］

高きより歌声の降る海市かな
太陽の少しはにかみ雛祭
遠雷や予約録画のはじまりぬ
甘き指近づけてきし盆の月
新涼の美貌の石に出会ひけり
消毒液たつぷりとつけ冬夕焼
剝製のまなこの大き寒さかな

〈草樹・草の宿〉
片桐基城［かたぎりきじょう］

山笑ふ楷書のやうな顔に髭
恋をして介護をされる春の夢
去りてまた来るせつかちなはたた神
前略も草々も無く秋に入る
したりげにゆたにたゆたに竹の春
ふぐ鍋や夫婦にもある境界線
死をきらふ生に死がくる霜柱

〈燎〉
片山はじめ［かたやまはじめ］

内緒ごとの一つ二つは曼珠沙華
厄年の話などして悴めり
太初より母は太陽春隣
咲きはじむミモザカオスの入り口に
霾や子が駆け逝きし大地より
シンシアのワルツハミング花辛夷
マスクして上手く目でもの言ふ女

〈風樹〉
かつら 澪［かつらみを］

鎌鼬神木疵を負ひしかな
龍吐水小濁りをりし神の留守
凍み豆腐闇に北斗の柄も凝り
冬めくや松風哭ける砂丘浜
昼の月波に透きゐる鴇のこゑ
冬麗ら術後の熟睡醒めしかな
寒夕焼瑠璃光如来三鈷打ち

〈晨・晶〉
加藤いろは［かとういろは］

明日といふ近き未来や風薫る
星涼し歩けば詩が生まれさう
抱き上げて赤子やはらかつくつくし
狼を祀りし宮や秋のこゑ
湯豆腐や夫婦思ひを異にして
あをあをと竹の直幹二月来る
春寒やカザルスの弾く鳥の歌

〈家〉
加藤かな文［かとうかなぶん］

はくれんや二階に上がる天ぷら屋
いつまでも道に花びら白く縮む
蟻の道どこかへ連れて行つてあげる
秋口のフランスパンの丸いやつ
鶏頭の影ありにけりよき日向
枯園や結局ここに戻る道
蜜柑の皮星のかたちに乾きをり

〈耕・Kō〉
加藤耕子［かとうこうこ］

人の世の疫病や四囲の木木芽吹く
切岸の赤土春の霜柱
黒い雨しみゐる大地原爆忌
丈高く開く黄の薔薇時彦忌
樹下に生ふめうがの花のほのあかり
斑鳩のほとけの微笑鵙日和
そこだけに閑かさのあり冬桜

〈鳴〉
加藤峰子［かとうみねこ］

鯉跳ねてもみぢの朝の動き出す
あふぐたび達磨絵ころぶ秋扇
草もみぢ夜は濡れながら染まりゆく
穭田にあみだ籤めく格子柄
小春日の背より覗く画布の森
母の向き変へたる視野の冬ざくら
不器用な告白のやう笹子鳴く

〈清の會〉
金井政女［かないまさじょ］

マンションの窓とりどりや桜草
王冠をはずし白鳥沼に浮く
蝌蚪むつみ子等のひとみの黒きこと
母の日や母はいつもすまないねと
秋愁雲の動画を窓にみて
虫落ちてなぜか秋の気配して
柿落葉銘々皿にしてみたし

〈ひたち野〉
金澤踏青［かなざわとうせい］

先に逝く是非決めがたし花八手
鼻の差は糎か粍か馬場師走
猫柳名も無き橋を渡りけり
花の散る音として聴く夜の雨
宛名無き文は届かず落し文
青嶺より青嶺に返す谺かな
帰省子の真つ先に切る猫の爪

〈秀〉
金谷洋次［かなたにようじ］

籠開けて川へと返す螢かな
爽涼や今朝生れし子の声の張り
天平の礎石に散らす松手入
雪踏んで秘仏の錠を開けに来し
雛は子に譲り夫婦の桜餅
輪蔵に届く海光実朝忌
溯るぽんぽん蒸気鳥曇

〈閏〉
金子かほる［かねこかほる］

青春はすぐに涙や秋の浜
秋の宵長き電話をどこで切る
秋風やお好焼の花鰹
秋草の影にも草や花舗の裏
鵙鳴くやスーパーの混む入日どき
ジーンズの丈詰めぬ子や竹の春
秋燕遅延電車を待つホーム

〈衣・祭演〉
金子　嵩［かねこたかし］

虎落笛アンクルトムの逃げた川
姦しく天に犇くどんど焼
退屈を一つ転がす草団子
絵手紙の中からさっと夏燕
どくだみの情熱だけが目立つ家
かき氷くずす昔の片思い
魂を両手に乗せて西瓜切る

〈濃美〉
加納輝美［かのうてるみ］

稲架かけて信濃はまことうるはしき
ひと駅を乗れば旅人秋うらら
雪の上の小さき足跡途切れたる
白山の風を恃みて紙を干す
事務服は今日でおさらば青き踏む
源流に辿りつきたりみどりの日
香水とくすぐるやうなシャンソンと

〈やぶれ傘〉
神山市実［かみやまいちみ］

赤まんまいつもの犬と会ふところ
鱗雲物干し竿の向かう側
マフラーを幅広に折り口元へ
春の鴨二羽は同時に潜りをり
風呂掃除しつつ眺むる柿若葉
雨風の強くなりけり夏落葉
似顔絵と図書券父の日に届く

〈雨蛙〉
神山方舟［かみやまほうしゅう］

春昼の紅茶をくぐる銀の匙
風奔る植田に映る八海山
一邑の視界閉ざして大夕立
生かされて鍬洗ひける敗戦忌
濁流の水位の跡や秋の草
奥まりし寺領豊かに蕎麦の花
棟上げの幣高々と秋の空

〈からたち〉
神山ゆき子［かみやまゆきこ］

笛の音のごとし青田は風寄せて
峰雲や海一枚に帆のすべり
潮引けば素足にからみ星の砂
藍ゆかた小雨まじりの浅草寺
美しき嘘に酔ひしれ冷し酒
造成の街の人老ゆ赤とんぼ
赤のまま記憶の中に母の紅

〈野火〉
亀井歌子［かめいうたこ］

仏前を白玉椿明るくす
捨てられずコップに差して土筆かな
独り居の失せもの探し昭和の日
病んでみて家族の支へ夏来る
弟の墓をさすりて盂蘭盆会
物忘れ多くなりけり名荷好き
糠味噌のきやべつの甘さ年明くる

〈四万十〉
亀井雉子男［かめいきじお］

草を吹く風に吹かれて秋遍路
鬼やんま近づきさうで近づかず
瓢箪はみなへうたんとなりにけり
住職の手を引く尼僧草の花
月明や巌一塊の鯨塚
右を見て左見てもう秋の暮
大きいぞほつたらかしの種瓢

〈清の會・優〉
亀井孝始［かめいこうじ］

何もせぬことの贅沢うそ寒し
落葉敷く農業遺産の山の畑
悠悠と自立の老いや鱵鮨
温む水しのび笑ひをしてをりぬ
水口に蝌蚪の三密ありにけり
日雷リモート部屋に犬とゐる
閻王の睨みの死角デルタ株

〈あゆみ〉
川合正光［かわいまさみつ］

青りんご齧つて夜行上野行
列車来ぬ線路は葛に被はるる
廃線の橋脚崩れ葛の花
一斉に鳴らす汽笛や除夜の町
初日さす工場今日も稼動中
煮大豆をつまみながらの味噌造り
水田を仮名書くやうに進む蛇

〈煌星〉
川上純一［かわかみじゅんいち］

着岸へ残る鴨避く連絡船
青楓皆《かい》金色の光堂
参るたび隣の墓の草を引き
トロ箱を蹴飛ばす勢ひ朱夏の耀
破線曳き銀河を渡る宇宙船
馬肥えよ唐黍肥えよ「稗田の碑」
うつくしく茶筌竹干し寒に入る

〈栞〉
川上昌子［かわかみまさこ］

もう晩年すでに晩年稲の花
存念の煮つまつて来し鶏頭花
湖を掴みて鴨の着水す
風音が雨となる夜の白障子
ふたつめの橋の短き梅探る
この先も畳のくらし更衣
雨の日の南部風鈴より暮れる

〈花野〉
川上良子［かわかみよしこ］

ぎんいろの葉裏ちりばめたる花野
女郎花しづかにほこる草の丈
広くうすく川は流れて草の花
帽子屋の硝子にうつる鰯雲
蓑亀のやうな巻雲くさぎ咲く
秋蟬落つもだえ転がりてはあゆみ
縄文の狩場とおもふ花野かな

〈青草〉
川北廣子［かわきたひろこ］

いつしかに戻る食思や今年米
花満ちて加賀の銘菓の届きたる
老いてなほ当主の意気や松の芯
病院の向かひ病院風光る
はらからの一人と疎遠アマリリス
幾度もポストを覗く厄日かな
雷鳴やドクターヘリは飛び立ちぬ

〈爽樹〉
川口　襄［かわぐちじょう］

岸壁に脚を垂らして春日向
朧より朧へ通ふ猫の道
春愁や茶筌に残る泡ひとつ
生も死もわづか一文字恋蛍
花街に雨の匂へる夏柳
秋天へレースの鳩の放たるる
群れ統ぶる牧羊犬や秋高し

〈雉〉
川口崇子［かわぐちたかこ］

引く波のやはらかき音桜貝
被爆土手雀隠れとなりゐたり
囀や木々の中なるワイン蔵
草陰に狸の眼あり青嵐
走り来る雨脚見ゆる晩夏かな
竹林に長き夕かげ秋燕
雲あひの空のかち色冬めけり

〈若竹〉
川嵜昭典［かわさきあきのり］

如月や順番を待つ滑り台
袋から出さぬレコード春の雪
夕焼の疲れし街を包みけり
夏蝶を吸ひ込んでゆく御陵かな
若竹の先の捉へる空の青
雪虫やいつもより鳴る救急車
背の高きハヤカワ文庫冬木立

〈豈〉
川崎果連［かわさきかれん］

物差しの上をむかでが這ってゆく
叩いてもなおらぬラジオ敗戦日
棺桶の中かと思う夜長かな
しぐるるや波打ち際のぬいぐるみ
憲法記念日てのひらに乗せ豆腐切る
昼寝村みんな黙っていなくなる
底辺に高さをかけて雪が降る

〈燎〉
川崎進二郎［かわさきしんじろう］

春浅し鍬の蟄虫夢うつつ
あたたかし川辺に並ぶ古き椅子
建具師の微細な手入梅雨晴るる
壁鏡に向かひ幼子踊る夏
べた凪の焼け付く港ソーダ水
蔦紅葉見上げる枝の先までも
タイマーの切れを知らせる炬燵猫

〈海原・青山俳句工場05〉
川崎千鶴子［かわさきちづこ］

濃い轍轢が詩を孕み芽吹くかな
ゆるゆると吾が毒を梳き髪洗う
葉の裏が分娩室の蟬の殻
夫のみが老いる筈なくしゃぼん玉
飛びたくて犇めいている千羽鶴
刀豆を剝く婉然とクレオパトラ
取れかけの釦わらわら冬紅葉

〈樹〉
河崎ひろし［かわさきひろし］

ひぐらしや木霊のかこむ峡の宿
海鼠獲る童あざやか攩《た》網《も》捌き
かはたれの閼伽水凍るひかりかな
冬の蝶追ふ幼児を父の追ふ
春筍や斜めに土を撥ね除けて
風鈴を振りて思案のをんなをり
淑やかに浅葱のをんな五月場所

〈海原・夕凪・青山俳句工場05〉
川崎益太郎［かわさきますたろう］

ちちろ鳴く命のかけら紡ぐごと
おいしさは実から出た錆吊し柿
納豆の糸が伸ばすか吾の余命
恋猫に秘めたる犬歯ありにけり
誰も持つ言葉のナイフ薔薇に棘
猫の手も百足の足も足りません
発つ飛機に人ぶら下がる蜘蛛の糸

〈なんぢや〉
川嶋一美［かわしまかずみ］

種干してあり南瓜の一個分
トネリコのどこかが揺れて秋の昼
渡りきし橋に灯の入る近松忌
春の杉ほこら拝んでいかれよと
かりん咲きあけび咲き猫孕みゐる
湖風の通ふばかりの茅の輪かな
秋日傘磧の人を呼びにけり

川添弘幸［かわぞえひろゆき］〈四万十〉

青年の日の青空へ柳絮飛ぶ
故里の愚痴聞き地蔵杉の花
打水や造酒屋の藍暖簾
不自由と自由を知りてはぐれ蟻
ロシア語の十字架の蔭墓洗ふ
ひみつ基地一番奥のあけびの実
スリッパが重く感じる湯ざめかな

川田好子［かわだたかこ］〈風土〉

空と海蒼さたがへて久女の忌
回転ドア日差しまはして春隣
力みゐる仁王日永をもて余す
太息に身の内すすぐ風五月
端居して言はずじまひを畳み込む
秋の蝶風に攫はれ消えにけり
門先に待つ人のなく秋の暮

川村胡桃［かわむらことう］〈銀化・奎〉

頭のみとなりて自若や桜鯛
ががんぼの高確率にゐる圊《かはや》
ぞんざいな旅の歯みがき竈虫
箸いくつお付けしますか文化の日
着ぶくれてフードコートに振る七味
申訳ほどに榾火を絶やさざる
カッシーニの隙間をあすは目貼せむ

河村正浩［かわむらまさひろ］〈山彦〉

炎天に被爆ドームの無表情
石積みて子等の遊びし原爆忌
戦争の話の中へ赤とんぼ
ひたすらに輪を描く冬の鳶の飢ゑ
吹雪く夜のひそと息づく獣穴
喜寿なるも少しの侠気寒の鵙
惜しみても花は散るなり独り酒

〈多磨〉
川本 薫［かわもとかおる］

炉を塞ぎ斯くして一つづつ終る
囀りの下で弁当つかひをり
砂踏んで砂を泣かせて春惜しむ
遠雷や家居して刻もて余す
夏痩せをして現れぬ女優某
鶏鳴をききつつ起きる文化の日
印堂に大きなほくろ冬暖か

〈暖響〉
神田ひろみ［かんだひろみ］

辞書ひらくここも机よ春の雁
鷗見て濤見て白き日曜日
ありがたうと言ひて死ねさう春の星
市川雷蔵とほき夜空の花樗
こんなにもさみしき自由楸邨忌
ひと日ひと日を梯子のやうに十二月
宮線を添へよ黴塵の石英に

〈野火〉
菅野孝夫［かんのたかお］

ポケットに入らぬ本や更衣
四股ふんで腕立伏せをして昼寝
良く熟れてトマトの味のするトマト
日に三度食ふものはあり鳥渡る
午後の日に谷はひらけて蕎麦の花
かいつぶり浮いて来るまで橋の上
ネクタイをして行く用や枇杷の花

〈鴻〉
神野未友紀［かんのみゆき］

醒めきらぬ夢とも烏瓜の花
十六夜の玩具の電車交差して
今日からは兄ちゃん木の実独楽回す
冬の野はすぐそこ嬰の息みたる
人と火と人と人の間どんど焼き
職員室の机の布陣四月来る
モーツァルトバッハ音楽室に夏

〈俳句フォーラム〉

木内 徹［きうちとおる］

広島忌ヒラマシと読む愚宰相
十六夜に感染・大統領夫妻
人の世に「自宅放置」の秋深む
閉じこもることに飽きたり萩一つ
冬の菌ひたひた迫るゴートゥー死守
猖獗といふ言葉ありシクラメン
虚言癖百十八に寒もどる

〈栞〉

木内憲子［きうちのりこ］

累日のいつとは知らず落椿
靴ひもを結ぶ燕の来るころか
からあゐや封書にけふの雨汚れ
秋蝶のひとつふたつがうるはしや
あきらかに月明を来し人のこゑ
一木のまへ歳晩の腰下ろす
ゆく年の遠きものより風の吹く

〈青海波〉

木浦磨智子［きうらまちこ］

唐国を巡りて得たる春の軸
春星に占うてみる我が余生
十七音たぐりたぐりて夏に入る
思ひ出を増やせなかつた夏帽子
栗落つる訪ふ人のなき父祖の山
散らかして初冬の部屋の心地よさ
羽根蒲団軽さを嫌ふ夫なりし

〈帯〉

喜岡圭子［きおかけいこ］

蛍火に夕星ひとつ紛れ込む
終戦日白きノートは白きまま
星涼し父の遺稿に父さがす
能管に孔の七つや冬北斗
桜咲き誰のものでもない時間
あたたかや古き仏の指の反り
生きぬくは息を抜くこと白桔梗

菊田一平［きくたいっぺい］〈や・晨〉

鯛焼の鯛は受け口年つまる
鯉こくの粗き湯気たて寒の入
なだらかな起伏背山も茶畑も
連弾のやうに白雨の水しぶき
風にのり風をかはして黒あげは
満ち潮の匂ひ雨月の舟溜り
美術部の搬出近き夜長の灯

きくちきみえ［きくちきみえ］〈やぶれ傘〉

青梅をついでのやうに蹴つてゐる
桜餅あんこヒンヤリしてゐたる
逆上がりして正面の山桜
どうといふことなき花に蝶来たる
コロナ禍の街に出てゆく夏つばめ
焚火囲めり人体に裏表
欠片より食べるクッキー十二月

菊池洋勝［きくちひろかつ］

避難訓練とし春の山登り
ゲルニカのシャツ立体に見える胸
梅雨前線北上す本能寺
近所には見ない胸かな水遊び
デコレーショントラック給油流れ星
打切の理由飲込む夜長かな
磨かない奥歯に染みる霙かな

如月のら［きさらぎのら］〈郭公〉

樹の芯を貫く亀裂飛花落花
月沈みゆくを惜しめり青葉木菟
火蛾死にき閑かに浮かぶアンタレス
チグリスの落日見たし無花果食む
天上の水照りとおもふ返り花
マスク取るおのれに返るために取る
年の夜のしばらく雪を見て眠る

〈深海〉
如月リエ〔きさらぎりえ〕

そっぽ向く金魚にも有り人見知り
あと少し残る人生かき氷
子には子の生き方ありてしゃぼん玉
沈黙をほどきてはらり紫木蓮
赤とんぼ波動の如く飛びにけり
人は人救へぬ命蟬時雨
敗戦忌触れず語らず父の黙

〈汀〉
岸根　明〔きしねあきら〕

桜蘂降る夕景の手風琴
倒木は木霊をかへし蝶の昼
マティーニはジンを多めに新樹の夜
さみどりの午前零時の夏の雨
黄昏のひかりの底ひ烏瓜
波郷忌のころほひのおと落葉掻
奥付の赫き卵影冬ざるる

〈青嶺〉
岸原清行〔きしはらきよゆき〕

大古は海カルストは今芒原
さ牡鹿のもの言ひたげな眸を向くる
風花や疫禍を祓浄めたまへ
杉山を雪の帷の降り来る
大釜に茹でて香の立つ寒鹿尾菜
筑紫野や天に言問ふ揚雲雀
延寿橋とあれば渡りて青き踏む

〈天為・秀〉
岸本尚毅〔きしもとなおき〕

雨吸ひし茅の輪といふはすさまじき
落ちて這ふまた落ちて這ふ火取虫
目ひらきて四万六千日の亀
雨の音瓢に雨のあたる音
墓親し陰に日向に落花して
あの顔の利休を思ふ利休の忌
引く潮の岩のまはりは落花浮く

〈八千草〉
岸本洋子［きしもとようこ］

白桃むく甘き香しだる生命線
秋草から秋草までを測量士
漆黒の古仏宏高と冬暮光
人の世にどっぷり浸りおじや食む
筋肉図ながめ確かむ今日人日
療法士の五指の腹より春を享く
サンドレス鎖骨自慢のあの頃よ

〈輪〉
北川　新［きたがわしん］

古畦に飛火あちこち曼珠沙華
鯊舟や釣果の一つ遠つ富士
秋雨に濡れし鴉の目の碧し
羊羹の切り口固し冬の啄木鳥
枯れざまの様になりたる枯芒
冬菊の咲くも枯るるもねぎらへる
春待つやバスは終点折り返し

〈稲〉
北原昭子［きたはらあきこ］

稲の花夜にあたらしき水の音
夕焼や鳶の翼の弛みなし
山の奥の奥の夕焼誰も知らず
向日葵の日を追ふ力盡きにけり
苜蓿や外人教師母国恋ふ
野佛に女の眉目花あざみ
たんぽぽの光連なり火山道

〈燎〉
北見正子［きたみまさこ］

天上の師と酌み交す月今宵
反論の一語を封ずマスクかな
何もかも略式にしてお正月
凩や月の影さへ揺れてをり
春の潮消してはならぬ祈りの灯
真つ直ぐに帰りたくない蝸牛
虫干しやはらりと落ちし俳句メモ

〈夏爐〉
喜多村きよ子［きたむらきよこ］

虚子句碑を囲むませ垣秋澄めり
石鎚《いしづち》山は遥か遠嶺よりんご捥ぐ
十七日の月西空に大旦
帰漁船のマスト掠めて初燕
潮引けば繋がる小島遅桜
遠目にも咲く河骨や雨催ふ
青樹海とどろき流る出水川

〈春月〉
喜多杜子［きたもりこ］

枯菊を切り枯菊の香にむせぶ
菜を見ては笹を挿しゆき霜囲ひ
うぐひすの線路はさんで鳴き交す
雨やんで空の濁りの植田かな
雨ぽつぽつ紅てんてんと草苺
診察はほんの数分暑を帰る
穂実る金色の波うちひろげ

〈燎〉
木下克子［きのしたかつこ］

春近し蕎麦屋に金の招き猫
やはらかき墨の品書き水温む
群生に繁縷や引けば抗はず
渡りゆく楡の葉擦れや涼新た
お手玉の形に散りぬ酔芙蓉
バー越ゆる弓形の背や秋高し
敗荷や蠢く影のごとき鯉

〈春野〉
木野ナオミ［きのなおみ］

露の世をつと旅立ちて行かれけり
行く秋の大事な忌日一つ増え
枯はすの命の終り賑やかに
ふくろうの鳴いて夜の底拡げゆく
灯を入るるまでの静けさ春障子
花野への入口ここは無人駅
月夜茸情念の色隠すなく

〈鶴〉
木村有宏［きむらありひろ］

銘仙の機音高きくわりんかな
春隣小楢林に木の香して
並足の乗馬見てゐる日永かな
五つ目の橋見えてきぬ夕燕
虹太し疫禍の終はる予兆とも
円墳を登つてゐたる残暑かな
肩書を捨て十余年秋の空

〈やぶれ傘〉
木村瑞枝［きむらみずえ］

梨を剝く畑仕事のお茶請けに
水仙を活けてひとりの夜となり
葉牡丹の置かれしところ良く掃かれ
白藤の花房肩にとどくほど
梅雨に入る居間に明るき花を活け
雨少し朝顔市の帰りしな
白玉を茹でる電話が鳴つてゐて

〈泉〉
木本隆行［きもとたかゆき］

日脚伸ぶ影ふつくらとエンタシス
江戸に居し一茶をおもふ霾ぐもり
以心伝心かたくりの花と花
乱取の畳うつ音夏はじめ
十薬や人と会はねば病むことも
鳥声が雨を呼びこむ娑羅の花
秋の昼深く息吸ふ蝶の影

〈風叙音《フュージョン》〉
久下洋子［くげようこ］

友想ひハンカチに刺すイニシャルA
くゞりたる茅の輪の先に青き空
お手製の琥珀の梅酒幸の色
秋雨や耐ふる神籤の堅結び
長湯して恋の句ひとつ柚子ふたつ
憂きことを小雪の舞に語りかけ
心地よき未知数の風日脚伸ぶ

草深昌子［くさふかまさこ］〈青草・晨〉

行合の空や簾を竿に掛け
坐るとこなければふらここに坐る
桜蕊降るや磐石やや斜め
川の幅川原の幅の長閑なり
空に虫垂らして五月来たりけり
四つ角やその角々の大夏木
閻王に心きれいに詣でたり

九条道子［くじょうみちこ］〈春月〉

渟泊の汽笛伸びゆき竜天に
うつすらと見ゆる筑波嶺梨の花
夜の帳下りて白薔薇香を放つ
足元を見せぬ白樺夏の霧
茅花流し下舟危き渡し舟
晴明の母は狐か真葛原
穏やかなる馬の瞳に冬の海

くどうひろこ［くどうひろこ］〈沖・薫風〉

月光にさざなみ起ちて杁摺り
捨て船の腹から焼かる鳥雲に
帰らねば母ゐなくなる春の雲
えぶり大夫卍に躰振りけり
日焼せし腕押し合ふ沖魚汁
生きるとはこゑ上ぐること鳥帰る
春北風磐のごとくねまる牛

工藤弘子［くどうひろこ］〈若竹〉

踏切へすこしの登り草朧
郷愁の息草笛に余りけり
炎天に鎧ふ赤穂の塩をもて
秋深し車券売り場の男の背
組み終へし稲架の匂ひの中にゐる
喪の家と誰も知らざる寒暮かな
朽野や小さき音にもふりむいて

〈樹〉
國井明子［くにいあきこ］

切先に触れてばりりと大西瓜
リハビリの稚拙な図解扇風機
横向きの遺影に竜胆収まりし
木犀や江戸つくだ煮の物干場
姉妹裸像深まなざしの秋の澄む
猫足の小机に肘秋うらら
蔦紅葉屋上農園急梯子

〈郭公〉
功刀とも子［くぬぎともこ］

神無月白雲漉かれては暮るる
鬼やんま人の匂ひを一瞥す
海坂の絵地図は手書き栄螺焼く
万緑や赤子の手足見得を切る
稲の花電車は風の窓連ね
近江にて本開くやう初鏡
片時雨喪中のはがき買ひ足しぬ

〈清の會〉
久保田庸子［くぼたようこ］

北岳に木枯一号どんと突く
裸木に三日月の顎かかりをり
この節の硝子ケースの雛豊頬
母よりの古代絣を花衣
つる薔薇の窓より洩るるノクターン
鉄門に衛兵のごとアガパンサス
くたびれたザックを岩に山清水

〈赤楊の木〉
熊田俠邨［くまだきょうそん］

井華水八十路の指にしたたらせ
木偶一座島は菜の花盛りかな
梵妻の母の一と生の単帯
喪籠りのままに過ぎたる底紅忌
喪ごころや夏の真竹のそよぎほど
秋やおそろし日の本上寿八万騎
くわりんの実まだ残りゐて穴太積

〈やぶれ傘〉
倉澤節子［くらさわせつこ］

やはらかき草に坐ればたんぽぽ黄
初蟬は線路向うの木立より
夕薄暑角のとれたる診察券
西日中都電大きくカーブして
夕風のころは金いろねこじやらし
くり返しラ・カンパネラを聴く夜長
大根の葉のゆさゆさとエコ袋

〈燎〉
蔵多得三郎［くらたとくさぶろう］

更衣来年のこと疑はず
鳥影のついと過ぎゆく水の秋
わが死後のことのあれこれ夜の長し
万太郎波郷澄雄や秋深む
新しきパソコン適ひ小六月
朝な朝な富士を讃ふる冬籠り
晴れきつていちばん遠くの山に雪

〈歴路〉
倉橋鉄郎［くらはしてつろう］

駅頭のデゴイチ黒き土用入り
赤とんぼ群るる遠野にデンデラ野
白川を小橋にわたる十三夜
綿虫やあの世この世は紙一重
阿夫利嶺の雲の生絹も二月かな
松並の百代橋のかげろへる
岩ひとつ日を返しゐる夏野かな

〈鴻・泉の会〉
倉林はるこ［くらはやしはるこ］

逢ひたき人あり煌々と月の道
バードウィーク暮しに隙間殖えてくる
あぢさゐの滴りといふ涼しさよ
暫くはためらうてをり走馬灯
魂送りあかあかと日が山の端に
巻尺の戻りの速き今朝の秋
宵月夜なりふつふつと湯の滾る

〈ひまわり〉
蔵本芙美子〔くらもとふみこ〕

かくれんぼ春夕焼けて鬼のまま
南無大師明るい道を行けば花
いつ見てもいつも木にある夏蜜柑
赤い花ポンと野に咲く明早し
切株に熱あり秋の蝶がいて
結局はコスモス立っておりにけり
おでん煮てありますちょっと出掛けます

〈伊吹嶺〉
栗田やすし〔くりたやすし〕

雪降つて自粛の時を持てあます
点滴は命のしづく春ともし
守宮鳴く令和の闇の深きかな
ゆうな散る激戦ありし夜の浜
本棚に白き折鶴広島忌
雷鳴に怯えし仔犬抱きやる
身にしむや水琴窟のかそけき音

〈小熊座・街・遊牧・円錐〉
栗林　浩〔くりばやしひろし〕

畦を焼く休耕田も焼かれけり
右利きは右手を汚し春の泥
鏡から揚羽出てきてまた入る
菜の花を過る黄蝶は黄のままに
白夜のバー　グラスに浮かぶコルク屑
王羲之の草書か揺るるコスモスは
障子貼る糊が余つてしまひけり

〈花鳥〉
栗原和子〔くりはらかずこ〕

夕方の匂ひに変はり花蜜柑
ビスケット硬き異国の夜長かな
冷たき手たしかむる手の冷たかり
レコードの針やはらかな霜の夜
何もなき冬空やがて白き鳩
野の礎石たひらかなれば春の雪
闇歩く明日空蟬となる体

〈蘭〉
栗原憲司［くりばらけんじ］

数へ日の川面きらきらしてをりぬ
寒禽の翔ちて一景締まりけり
雛祭富士は裾まで白づくめ
朧夜の湯槽の音のひとりかな
雉翔ちてより大空のひかりかな
幾重にも山影のあり新茶汲む
栗咲くや力の限り納屋の梁

〈海坂・馬酔木〉
久留米脩二［くるめしゅうじ］

朝顔が八つ八十路の誕生日
大根の辛み花眼を響かしむ
主宰たり笑はるるほど着膨れて
暁の風刺す若井汲みにけり
百歳の句友に賜ふ賀状かな
地虫出でコロナ禍の人籠りをり
凌霄の盛りを旧き同志の訃

〈海棠〉
黒木まさ子［くろきまさこ］

人待てば落葉ふむ音さまざまに
ゲームする子の生返事良夜なる
今年はや余すひと月紅葉散る
初暦富士と定まる一枚目
やはらかき土ふみ仰ぐ梅真白
花は葉にパンデミックの最中にも
どくだみや箱置くやうに家並ぶ

〈鷹〉
黒澤あき緒［くろさわあきを］

助手席に飛び乗る犬や雪解風
夜もすがら岸を探《あなぐ》る花筏
ががんぼや親なくて切る夜の爪
冷房を出て夕風の厚ぼつた
南部せんべい舌にへろりと盆終る
初寄席のは列に仰ぐ皿回し
万年筆書かねば涸れて冬の雲

〈やぶれ傘〉
黒澤次郎〔くろさわじろう〕

乗つて知るバス停上に花ミモザ
風待ちのタンポポの絮そこここに
梅雨入りを揺らして試す鎖樋
朝方の背戸に来て鳴く法師蟬
老の手の届く高さに青葡萄
コンクリの割れ目に咲ける月見草
冬の鷭一羽残らず岸にあり

〈秋麗・磁石〉
黒澤麻生子〔くろさわまきこ〕

水仙や陶の重箱受け継ぎぬ
もう付喪神かもしれぬ屏風かな
受身から始まる稽古風光る
うららかにふたりの母の遺影かな
さへづりや赤ん坊の臍盛り上がる
テレワークの夫にうつすら春埃
花種を蒔く遺されし者として

〈藍生〉
黒田杏子〔くろだももこ〕

たすき掛け筆持つ篠田桃紅涼し
不二名月篠田桃紅無位無冠
馬小屋の馬の睫毛や終戦日
七歳の一年生の終戦日
祖母の手を握り返しぬ終戦日
卓袱台に山の真清水終戦日
荷馬車ゆくきのふと過ぎし終戦日

〈樹〉
桑野佐知子〔くわのさちこ〕

籠り居に飽きし男の壬生菜漬
平仮名のくねる幟や鰻の日
万緑や中食告ぐる吊魚柝
抱へゐる膝のまあるき雨月かな
ひとしきり悪態吐いて衣被
神主の烏帽子掠めて冬の梅
鰭酒を呷りて揺るる耳飾り

〈花鳥来〉
桑本螢生［くわもとけいせい］

当代は八十路の媼雛の家
その下を潮さかのぼる夕桜
末広に満ち来る波や田水張る
ラムネ飲むサーフボードを砂に立て
天つ日へさみどり揃ふ稲の花
ひむがしの海へ向けたる月見膳
沖へ向き正拳の突き寒稽古

〈中〉
慶本三子［けいもとみつこ］

香にむせび薔薇のアーチをくぐり抜け
出来ばえを青磁の皿に柏餅
ひとり焚く送り火漫ろに消えゆけり
終点のホームに群れる赤とんぼ
あざやかやパスタに絡む唐辛子
巻網にしがみつきたる枯蟷螂
一輪の梅万葉の風の中

〈閏《うるう》〉
小圷あゆみ［こあくつあゆみ］

極月や煌めく星に見つめられ
立春や昔上京せし陽射し
夫の掌《て》に朝蜘蛛の来て今日も晴れ
薄明やさざ波のごと蟬しぐれ
芋を掘る小さきものも生きてきし
色褪せぬははの愛したあっぱっぱ
草刈りの後の大の字空深し

〈野火〉
小池旦子［こいけあさこ］

豪雪に閉ざされ家の軋む音
雪の車掘り出して子の出勤す
床下の狸顔だす深雪晴
巻機山の残雪染めて夕日落つ
裏山に声ひびかせて猫の恋
頰紅をつけて仕上る雛の顔
吊し雛園児の百の目を集め

〈磁石〉
河野絢子［こうのけんこ］

黄泉路へと続く海面の月の道
立冬の水音白き厨かな
朝日子や茶の花の蕊ふつくりと
ぶらんこのキュリリキュリリと暮るる四方
咲きみちて肌《はだへ》つめたき老桜
水切りの石のよく跳ぶ立夏かな
薔薇の園memento《メメント》mori《モリ》と雨雫

〈樹〉
幸野久子［こうのひさこ］

冬旱第五福龍丸の黙
春立つや仕立下ろしの割烹着
毛糸編む深夜ラヂオのジャズピアノ
吐く息の射場に沈もる寒稽古
皺の手もムチムチの手も榾明り
蟬穴や一兵卒の遺言書
遠雷や泡少し立て平茶碗

〈雪解〉
古賀雪江［こがゆきえ］

仰ぐ目に日輪ふくれ大暑なり
帽脱ぎしときを炎帝うごきけり
膝抱きて身のうち昏し昼寝覚
夏負の寄り処を風の太柱
眉描きて夏負の身を起しけり
はたとある晩夏の貌や夜の鏡
機関車の一過にいよよ夏果つる

〈ひろそ火・ホトトギス〉
木暮陶句郎［こぐれとうくろう］

狭山いま雨の八十八夜寒
罅入りし茶碗投げ割る信長忌
糸底のざらりと朱夏の古信楽
案山子立つ赤城の幅に手を広げ
ろくろ挽くそこに銀河のはじまるか
極月の空に秒針あるごとく
花の寺深きに千手観世音

〈豆の木・海原〉
こしのゆみこ［こしのゆみこ］

ふたつみつ春の雲置く和綴じ本
氏名書く欄の大きく建国日
逼迫の星降る地球水買いに
八月の半券大事青い空
かんたんな鍵を回して夜の秋
輪唱のおわってしまう夕焼かな
霧深きところにありしポストかな

〈河〉
小島　健［こじまけん］

剪定の桃の一枝をいただきぬ
壺焼きの熱き肉なり捩り出す
手花火の終りと見せて一暴れ
手をつけて指すきとほる水の秋
遠くより生徒の礼や秋澄める
父母遠し熱き葛湯を吹きくぼめ
枯草にうすき朱まじり近松忌

〈泉〉
小島ただ子［こじまただこ］

蛇笏忌のかくし湯に降る木の実かな
天水を打ち馬鈴薯の種おろし
月蝕の水口に来るにごり鮒
遠くよりにほのこゑする服喪かな
玉虫の翅をとぢたる札所かな
あかときの伽羅香一炷冬椿
かひやぐら鼻のかけたるスフィンクス

〈栞〉
小島みつ如［こじまみつじょ］

羊雲の尾のはがれくるコスモス原
書棚みな昭和のかをり冬隣
裏庭へ猫も移り来日永かな
療法士ともろにぶつかる春淡し
桜に風まるで友禅流しかな
吾にまだ想ふ自由よチューリップ
夏水仙群れ立ちバレリーナのごと

〈草の花〉
児玉　薫［こだまかおる］

霜降や誰ぞ火をたく山の寺
群れ牛動く十一月の風の中
水昏き榛のかげより雪ぼたる
靄ごめの湖のさざ波鳰のこゑ
さしのぞく畔の水音田芹生ふ
ふれあひの仔山羊仔羊草青む
歯を出して馬の笑へる万愚節

〈梓〉
小玉粋花［こだますいか］

生まるるも老ゆるも愛し雁渡し
存《ながら》ふを神に問はむや晩生《おくて》梨《なし》
雪ばんば我を突き抜くニュートリノ
川越や夕やみ迫る鐘朧
黒鍵のエチュードの楽譜蝌蚪揺るる
梅雨の月普賢菩薩の象仄か
難民に幸あれや秋の虹

〈家・円座〉
児玉裕子［こだまひろこ］

ショッピングカートはみ出す今年米
ずつしりと親芋子芋晴れ上がる
候補者の満面の笑み冬帽子
やつと湯気あがる蒸籠や雛の餅
置き去りの土筆三本滑り台
うちのよりトマトの味のするとまと
秋つばめ白の鮮やぐ木版画

〈春耕〉
児玉真知子［こだままちこ］

立春の日を分かち合ふ羅漢像
鴨引くや湖面の暮色深まりぬ
武蔵野の欅さざめく太宰の忌
月見草闇吸ふごとく開きたり
玉虫の濁世にたたむ翅眩し
鳴き連れて帰燕の空のあを深し
望郷の話のつきぬ根深汁

〈鬣 TATEGAMI〉
後藤貴子［ごとうたかこ］

わが眷属は焦げ鍋の一つきり
海行かば水漬くマスクの翳りをり
飛花落花どれも柔らかすぎる鬱
マーガリン同じ形に激怒せり
子持柳葉魚何の刑罰油漬
なかほどの桃の地球に舌触れる
黒雲を出して氷河も疲れけり

〈俳句スクエア・豈・俳句大学〉
五島高資［ごとうたかとし］

花に寝て天に近づく瀬音かな
陶枕やゆつくり沈む難破船
溯る水は血となり鶏頭花
夜空へと船のゆれ出す星祭
かなかなや魂のずれととのへる
水切りの石の消えたる銀河かな
乗り降りもなくドア閉まるレノンの忌

〈濃美〉
後藤昌枝［ごとうまさえ］

秋祭まで飼ふ鯉の大盥
鬼の子のひとり遊びの糸の揺れ
宙に探査機掌のくぼに竜の玉
山眠りもう上ること無き奥社
マラソンの子等に降りゐる春の雪
螢籠見入る児の顔みどりなす
お絵描きは先づは太陽赤き夏

〈百鳥〉
後藤雅夫［ごとうまさお］

天下の嶮のぼりきつたる初荷かな
行く末のこと聞かれゐて餅焦がす
春の灯や腹話術師の鼻ぴくぴく
大仏が見え海が見え青き踏む
つばめつばめよろこび運ぶごと来る
夜勤明けナースの欠伸花ぐもり
渡り島まだある高田馬場の湯屋

〈風樹〉

古藤みづ絵［ことうみづえ］

母がりへ夢の舟漕ぐ雪女
夕空はそぞろ濡ればみ春の虹
散華とも今し散り散る夕さくら
禽ごゑに返す口笛うららけし
朴一花天のまほらへ香をかかげ
沖縄忌怒濤は崖を蹴上りぬ
かたつむり余生の旅は急かずとも

後藤　實［ごとうみのる］

秋の暮職員室に灯が点り
ボール蹴る小女を包む小春の日
道端の枯菊を打つ午後の雨
バスを待つ五分の風に寒戻る
春の雷昼寝短く切り上げて
床屋から戻る坂道日の盛り
診療を待つ間に見上ぐゴーヤ蔓

〈子規新報〉

小西昭夫［こにしあきお］

幸せに答えがあれば枇杷の花
著莪咲いて落人部落に来たような
迷わずに春筍を買いにけり
根切虫見事に仕事してくれし
枇杷食えば女口説いているような
好き嫌い好き好き嫌いなめくじり
松山の夏の鍋焼うどんかな

〈泉〉

小橋信子［こばしのぶこ］

太陽が真上にきたる氷かな
絨緞に日当つてゐて誰もゐず
冠注の文字の小さき湯ざめかな
魚は氷に上りて長女来たりけり
花映る逢魔が時のにはたづみ
クレソンの花にしぶける堰の水
チューリップぶつかりあつて笑ひをり

〈小さな花〉
木幡忠文［こはたただふみ］

石鹸玉生まれてすぐに出会ふ風
雛を見て雛に見られて子の笑顔
紫雲英田を隔つる畦も紫雲英かな
糸蜻蛉止まり身の色定まりぬ
陽を絞るやうにたたみて日からかさ
初茄子纏ひし光ごと断ちぬ
階段に残る暑さを上りゐる

〈吾亦紅の会〉
小林和久［こばやしかずひさ］

福茶注ぐ忘れ形見のマグカップ
戸締りの度に眺むる寒オリオン
冗談を交へ励ます春の風
連翹の黄を残しまま日の暮るる
葉を食べる食べぬの会話桜餅
居酒屋の店主元気か冷奴
緻密さのボッチャ競技や涼新た

〈円座〉
小林　研［こばやしけん］

秋の声妻に遅るる上り坂
蹲踞をおほふ黄落手で払ひ
寒鯉の尾びれ初動の濁りかな
薄氷消えて見越しの松の影
ものの芽や産衣のやうな雨がふる
風鈴の音色江ノ電うごきだす
出征の廃駅ホーム桐一葉

〈円虹・ホトトギス〉
小林志乃［こばやししの］

待春や日延べのつづく旅案内
夕映の人恋しさに落椿
病むこころ生きるこころに花あふち
初花の寄方となりて水明り
鉞の重き五月の金太郎
六甲の瀬音に絡む葛の花
溜息のすぐにくぐもる水中花

〈湧〉
小林千晶［こばやしちあき］

ここが父の帰還の港雁渡し
関西がやつぱり好きや鱧料理
早春のはらりとほどく束ね髪
はがね色の月を浴びたる雪兎
母許へ通ふこの道ひめつばき
十一円切手貼り足す夜長かな
菊薫る四十年の婚記念

〈風土・樹氷・草笛〉
小林輝子［こばやしてるこ］

国道の傍熊棚の真新し
とんがりし山とんがりしまま眠る
お降りの夕ぐれまでに二尺積む
雪を捨て雪を捨て雪国を捨つ
吾が村は雪のゆつくりできるらし
青空のわづかに覗く年の春
何はともあれ仏壇にばつけ味噌

〈郭公〉
小林敏子［こばやしとしこ］

ああをと波膨れくる寒の明
大富士の風を巻き込む野焼の火
湾岸に原子炉の町かぎろへり
幽明のあはひ落花のしきりなる
桜蘂ふるや疫病《えやみ》の地を染めて
望郷のいろとも秋の虹立てり
突堤に波せめぎあふ十三夜

〈森の座・群星〉
小林迪子［こばやしみちこ］

秋思ふと正と邪悪の間にて
境内に静もる土俵初雀
形なきものに噎するや春寒し
桜の芽樹木葬てふ選択肢
地虫出づハンドソープの泡むくむく
越境の美しき四葩をいただきます
旅を恋ひ舟の形に夜のメロン

〈道〉
小林道彦［こばやしみちひこ］

多喜二忌のブイに絡まる残夢かな
蘇る師の箴言や別れ霜
片虹やつなぎ損ぬる島四つ
休止するレジャーランドや蟬時雨
道産子のごとく武骨に茄子の馬
大根のヒゲにうごめくスノビズム
九皐の風突き破り鷹の舞

〈燎〉
小林みづほ［こばやしみづほ］

海底の国境越ゆる去年今年
海へ向く梢の芽吹きリアス線
山畑の入口に木戸さへづれり
青芝の海ふはふはと渡りけり
登り来て山河飲むごとソーダ水
山査子の実ほのと香るや師に香る
痛む手に嫁の手のひら小六月

〈やぶれ傘〉
小巻若菜［こまきわかな］

珈琲のまた冷めてゐる冬の薔薇
長電話してゐて春の日の暮れて
銀の目の一尾毎あり白子干し
気にかかるポスト見にゆく夕おぼろ
春の雨柿の木坂を下りゆけば
学校のひと室《へや》灯る春深し
再びの雨となりけり凌霄花

〈不退座・むつみ〉
小松崎黎子［こまつざきれいこ］

埠頭には豪華客船初日の出
まな板にくぼみや桜満開に
パトカーはいつもピカピカつばくらめ
周遊バス夕日の町に入り薄暑
白鷺のきはだつ白さ田に降りて
効能書しち難しや釣忍
カンナの緋クレオパトラのアイメーク

〈稲〉
小見戸　実［こみとみのる］

山国の春じぐざぐに野に山に
春雷や客の残せしカステイラ
雨の夜の格子に来たる蛾の白し
海鳴りの寺に玉巻く芭蕉かな
空腹に飴玉一つ麦の秋
稲稔り潮入れ替はる安房の国
枯葉踏む音を光に溶かしつつ

〈門〉
小湊はる子［こみなとはるこ］

老人の死角其処此処秋に入る
山茶花日和有縁の路地に入る
猛禽の視界雪野に転びけり
春はあけぼの抱ふるものにわが乳房
晩年の純化を願ふ木の芽雨
茅花野にゆきあはす風誕生日
転生の蟻の世にても落伍かな

〈努《ゆめ》・翔臨〉
小山森生［こやまもりお］

朝凪に貨車連結の響きあり
舷の鷗や秋立つ忠魂碑
わかちあふ歴史のありて旗薄
寒雷や卓に肉厚鰺フライ
マスクして口の言葉と眼のことば
飛び込みし燕返せる閾かな
山笑ふ玄牝ここに瀧となり

〈燎〉
小山雄一［こやまゆういち］

どんどの火猛ろと煽る木遣唄
しぶときは信州人よ一茶の忌
春風や師の福耳とあの笑顔
歌碑多き鈴鹿の里や風薫る
梅雨出水芭蕉茂吉の最上川
枝豆や昔話のきりもなや
山茶花や母を送りし日も白く

〈炎環・豆の木〉
近　恵［こんけい］

クレヨンの黒は氷柱になりたがり
ビニールを何枚も外して朧
夕立の色の団地を抜けて来る
手花火は知らない人の声のよう
鬼灯の中の空気の乾ききる
火恋し現像していないフィルム
冬の日を入れて再生紙のノート

〈いぶき・藍生・深海〉
近藤　愛［こんどうあい］

葱一本使ひ残して出張す
春めくや毎日使ふフライパン
すみれ濃し我と我が罪問ふごとく
梅雨満月眠くなるまで起きてゐる
毛虫立ち止まりてはなほ空仰ぎ
廃村で終はる年表小鳥来る
旅終へてなほも旅人雁のこゑ

〈敦公〉
雑賀絹代［さいかきぬよ］

地球儀の地軸かたむく日向ぼこ
待春の日の座を占めて大ペリカン
弟は兄を見上げて犬ふぐり
樟が香を放つ八十八夜かな
父の日や何言ふとなく夫と子と
青梅雨や僧衣の鬱金過りたる
炒るやうに蟬の鳴きだす終戦忌

〈ひまわり〉
西條千津［さいじょうちず］

沈黙の春朝刊を折りたたむ
あたたかや出合い頭に野の兎
ふらここの後に父や前に母
足形に並び酒買う立春大吉
末の子の名は櫂という天の川
ジーンズの生地の帆を上げ青葉潮
夏星を歩いて黄泉の川縁に

〈ひまわり〉
斎藤いちご［さいとういちご］

すべり台駆け上りゆくしゃぼん玉
たんぽぽをよけて莫蓙ひく芝の上
水鉄砲するりとかわし夏燕
笛響きプール掃除の始まれり
チャイムの音目高当番また遅刻
ポケットに団栗三つ読み聞かせ
手袋もズボンも干され授業中

〈燎〉
齊藤和子［さいとうかずこ］

妣好みのスカーフ選ぶ盂蘭盆会
天高し秘湯の色はスカイブルー
凜と立つ五重の塔や鱗雲
枯芝の庭に二宮金次郎
雨上がり百花繚乱春の花
こいのぼりあつたと幼得意気に
クレープの甘き香りや若葉風

〈郭公〉
斉藤幸三［さいとうこうぞう］

確かむる己が五感の冷やかに
抽ん出て逆光の富士初氷
水分は大石一つ冬の山
龍の口より三方へ春の水
桃咲いて咲いて直人の空の無垢
濃く淡く山ひと色に夏来たる
目つむれば遥かな師恩閑古鳥

〈貂〉
斎藤じろう［さいとうじろう］

実の色をさらに深めて柿紅葉
内よりの力風船蔓の実
歌ひ出すかに水仙の咲き揃ふ
豆雛の眉ひく真顔人形師
二輪ほど私の桜標本木
青年の凭れて読書楠若葉
花菖蒲に埋もれ庭師の鎌光る

〈東雲〉
齋藤智恵子［さいとうちえこ］

新色の口紅ピンク風薫る
夏帽子斜め被りの女人の香
婚礼の二通の知らせ涼新た
夫に書く返事来ぬ文秋彼岸
浅間嶺の胸広々と秋桜
十三夜ベランダで読むラブレター
鳥群れて冬夕焼に傾れ込む

〈鳴・辛夷〉
齊藤哲子［さいとうてつこ］

路地深し大鉢に飼ふ緋の目高
自然薯や総理辞任の新聞紙
萩こぼる木喰仏の堂冥し
出勤の腕に背広今朝の秋
神宮の落葉まみれを楽しめり
寒月光アンモナイトの渦に塵
回遊魚のやうな散歩や水温む

〈やぶれ傘〉
齋藤朋子［さいとうともこ］

大雷雨しづまりて来る日暮かな
東向いて食べる初物柿甘し
秋出水神輿のごとく車椅子
鎌倉街道込みあうてをり小六月
風生れて大つごもりの月光る
沈丁ややまひ談義の終りなく
水温むオール捌きの軽やかに

〈野火〉
斎藤万亀子［さいとうまきこ］

鰯雲窓に手を振る見舞かな
刈田行く鈍行の窓少し開け
境内にふくれ蜜柑の皮干され
馬鈴薯の花に風ある月夜かな
桃の花明日はリモート面会日
廃線のバス停跡のかぎろへり
会ひたくて姉に文書く緑の夜

〈燎〉
佐伯和子［さえきかずこ］

やはらかな畝やはらかくほこべ萌え
流れゆく薄氷離れゆき木の葉
たましひに触れむと蛍追ひにけり
水叩くとんぼ命の真つ盛り
師の笑顔囲む笑顔や菊日和
湖に光の道や白鳥来
輪飾を掛けて厨のあらたまる

〈朱夏〉
酒井弘司［さかいこうじ］

夜桜は大きな雫水のかたまり
立夏なり荒野に種子を一つ播き
合歓の花近くて遠いことばかり
九月一日風に立つてる小さな子
この星のかたすみで聴く虫の声
みな土に還つてゆけり草は実に
十二月木は立つたまま星に会う

酒井直子［さかいなおこ］

水切りの石よく跳ねて川は夏
真つ白な靴に元気を貰ひけり
子燕の自由な空を手に入れし
秋日傘港の音を聞きに来し
かなかなやベッド一つを残す部屋
虫眼鏡の飛蝗の貌の情けなげ
一番星吹き晒されし十二月

〈河〉
酒井裕子［さかいひろこ］

六才の記憶のもどる終戦日
月天心胸にトルコのペンダント
傘寿とは夕鯛の鳴く水辺
桔梗やどこに置きても淋しい手
衣被夫に言ひ分ありさうな
皿の絵の裏へとつづく敬老日
冬銀河櫂休ませてゐる時間

〈年輪〉
坂口緑志［さかぐちりょくし］

梅東風やつくばひの水揺れやまず
たむしばの花散つてゐる水車小屋
八重葎花得て復活祭の朝
高く咲くことを矜持に朴の花
のうぜんを垂らし靴舗の廃業す
黄槿の樹下に吾を招ぐ望潮
底紅や大絵馬に鷹剝落す

〈春月〉
逆井花鏡［さかさいかきょう］

我でもう最後と思ふ墓洗ふ
ゴンドラを降り天空の花野かな
紅葉散る回せば重きマニ車
山間に唐臼響く日永かな
春塵や全集つひに資源ごみ
客茶碗出して一人居新茶汲む
暗号めく仏足石や雨蛙

〈嵯峨野〉
阪田昭風［さかたしょうふう］

水すまし水輪ひろげて消えにけり
さみだれや両腕を垂れ接種受く
箱詰の光を放つさくらんぼ
夏落葉踏む音後ろより迫る
老鶯の声はたと止む峡の風
草の葉に光る滴や今朝の秋
初秋や仏花の水を溢れしむ

〈ひたち野〉
坂場俊仁［さかばとしひと］

じゃんけんはいつもパーの子桃の花
樹木医はいつも往診山笑ふ
触れたがる子に深眠り含羞草
夏雲雀声撒き切つて降下せり
運不運均せば平ら水の秋
柚子を捥ぐ明りを消してゆくやうに
木枯に向かふ姿や翁像

〈豈・遊牧〉
坂間恒子［さかまつねこ］

落花は落花で私は私でさみしい
雲雀の血シャツに滲みて修司の忌
蛇衣を脱ぎおり電話鳴っており
いつからかお歯黒蜻蛉つけてくる
鶏頭花歌劇のように抱き起こす
月光の遺留品なり龍の玉
きさらぎのボタンがひとつ波打際

〈汀〉
坂本昭子［さかもとあきこ］

かなかなのひと声とほる正座かな
初秋の空をゆたかに巡礼歌
望郷といふまほろばを星飛べり
迎火の火種たまはる弥陀の前
黒葡萄やきなほしたる古写真
禁苑の月の座出づる衣の音
冷まじき電照菊の昼夜かな

〈燎〉
坂本　巴［さかもとともえ］

初富士や長者ヶ崎の昼の凪
しだれ桜空の青さを深めけり
ひまはりの万に笑まるる面映ゆさ
空谷の白百合ひとつ畏れけり
草の名を一つ調べて夜の秋
鯛焼やふところ重き夜の家路
旅立ちや富樫の肩に初時雨

〈いには〉
坂本茉莉［さかもとまり］

直会の桃にあの世の指の跡
人生の集まつてゐる年の市
初騎の長蛇の踵打ち合はせ
だれかれの声よくとほる白障子
公園の大きな日向建国日
行く雁の列の乱れも美しき
民俗学研究室の黴の花

〈パピルス〉
坂本宮尾［さかもとみやお］

島を出し詩人の月日うろこ雲
香辛料匂ふ街角暮早し
凍富士よりしろがねの風一枚
針孔の向かう粉雪降つてをり
花冷えの古鏡のなかに顔捜す
ヒヤシンス窓辺に置けば夜の濃く
喉ほそき女傾く巴里祭

〈都市〉
坂本遊美［さかもとゆうみ］

徒然に空みて過ごす秋の昼
半円の輝く海や海桐の実
冬天のパラグライダー己が風
入札の紙の張り付く鰤の腹
水鳥の運河の船の先頭に
地虫出づみずかげろふの木を這つて
雨粒の朝の眩しき桜かな

〈浮野〉
坂本和加子［さかもとわかこ］

省くもの省ききつたり木の実落つ
やさしさを分けあふ広場日向ぼこ
恵方とはいつもふたりの散歩道
寄り添つて六十年の春はあり
師を泣かす弟子には永久の花ふぶき
母の日や夫の重さの遺骨抱く
残心のなきが如くに庭涼し

〈河〉
佐川広治［さがわひろじ］

ある時は真砂女きてゐる螢の夜
衣更へ澄雄淡海にきてゐたる
神主の感染つばめ去りにけり
補陀落の空より瀧の落ちにけり
潮騒を聴いてゐるなり秋燕忌
しばらくは余呉湖の鴨に日のあたり
こころざし白鳥にあり越のくに

〈棒〉
櫻井ゆか［さくらいゆか］

俎板の上の青菜や鳥帰る
ゆく先を決めずにひらく春日傘
畳の上の月光を踏む母郷かな
姿見のすっくと立っている良夜
一日の終わりのはじめ落葉掻く
蓮根の穴を煮詰める寒の入り
大壺の口の小さき遅日かな

〈ひいらぎ〉
左近静子［さこんしずこ］

恒沙ほどありし紅白梅の花
慰霊の地夜目にもさはに百合の供華
余生にも未来のありや地虫出づ
無位無冠話は尽きずところてん
はらからの集ひてビール呷りたし
泥んこもけんかも大事入園す
おつかひの覚束無くて桃の花

〈太陽〉
佐々木画鏡［ささきがきょう］

めでたさも半分となり初句会
大和美し天平の風桃の花
四阿を登る水の炎水温む
夏衣の白さ眩しき修行僧
明易しオリンピックの輪の中へ
荒庭の金木犀の香の高し
天を指すクラーク像や冬の虹

〈円座〉

佐々木和子［ささきかずこ］

ありし日の母も詠みたりけふの月
行く秋やアサギマダラは旅仕度
コロナ禍のふたりで囲む節料理
イスラムの少女歩むや花ミモザ
菜の花や富士の懐母眠る
花菜風口いつぱいの稲荷寿司
産着干す今日の青空沖縄忌

〈今日の花〉

佐々木澄子［ささきすみこ］

堂守りの語りとつとつ初紅葉
粕汁に目元の紅や下戸なれば
ディスタンス示すテープや初詣
七曲り下り伊豆へと山笑ふ
鳥の巣の夕べ賑はふ樹樹高し
日本海を黄金に染めて晩夏かな
話しぶり母に似て来て赤蜻蛉

〈若葉〉

笹目翠風［ささめすいふう］

掌の花種抓み蒔きにけり
谷戸風に尾の絡み合ふ鯉織
梅干も古りて塩気も熟れたる
白粥に塩一撮み今朝の秋
裸木の橡の全容仰ぎけり
引つ張りし枯蔓切れめ抗はず
紫紺濃き今朝の筑波嶺冬深む

〈春野・晨〉

佐治紀子［さじのりこ］

潮の香の磐座に散る椿かな
柳絮飛ぶ江戸の名残の舟着場
樟脳の匂ひ八十八夜寒
きれぎれに残る古道や落し文
直会や朴の青葉に盛る酒肴
鮒鮓や朝な夕なの湖の色
防人の守りし島の冬霞

〈鴻〉
佐藤あさ子［さとうあさこ］

源義の忌よ木洩れ日の図書館に
棉吹くや筆なめらかな文の来て
一光の七回忌なり時雨けり
冬オリオン少年が夢語るとき
障子越しの日が文机に波郷の忌
春三日月鉛筆書の母の文
夏薊個性といふは誇らしき

〈風の道〉
佐藤一星［さとういっせい］

天平の空となりけり花御堂
引力圏抜け出るここち半仙戯
春泥や北の母校の地獄坂
春の路地白墨の絵の暮れ残り
東京の空の青さや連翹忌
垂直の遺伝子立てり松の芯
晩春や永遠に翔たざる風見鶏

〈やぶれ傘〉
佐藤稲子［さとういねこ］

熊笹のかすかな葉音冬木の芽
永き日や太鼓に合はせ湯もみ歌
大壺に投げ入れ活けし猫柳
切り株のぐるり銀杏のひこばえが
残暑の夜ラジオ聴きつつ眠り落つ
残る鴨池の日向に群れなして
梯子かけ入る風穴初紅葉

〈松の花〉
佐藤公子［さとうきみこ］

秋ともし指やはらかく影絵の蝶
がまずみのほのかにあまし冬はじめ
産土の宮に土俵や初雀
崖氷柱解けはじめたるひとしづく
土筆やや長けてしまひぬふるさとは
あめんぼの音なく弾け木暗がり
何処より水音銀河濃かりけり

〈鬣 TATEGAMI〉
佐藤清美［さとうきよみ］

麗らかや汐見坂にて君を待つ
鳥影をすいりと収め春の川
若葉風歌乗せてくるサンタルチア
三浦春馬もカンパネルラもいない夏
もっと遠くへかわりに旅をひつじ雲
ヘアピンカーブ上がって上がって秋の空
秋なれどみな飢えており走る

〈青草〉
佐藤健成［さとうけんせい］

下駄履きに通ふ坂道卒業す
奥会津そのまた奥の桐の花
パソコンを替へてさくさく涼新た
短日や一駅ごとに暮れてゆく
霧深き強羅の宿のランプかな
磐梯山晴れて会津は雪時雨
しぐるるや市立図書館休館日

〈ひまわり〉
佐藤戸折［さとうこせつ］

去年今年しをり紐引く第二章
花守の腰に分厚き記録帳
畑の際農婦ひとりの花筵
草相撲勇み足ある西の勝ち
数珠玉に雲ちぎれての光また
川釣の岸また岸の赤とんぼ
ＷＥＢ授業の生徒のうしろ柿染まる

〈ときめきの会〉
佐藤敏子［さとうとしこ］

しずまるる雨の鳥居や梅真白
春風や幼のごとく母を見る
禅寺や身の丈ほどの雪柳
五月雨や茅葺屋根の長勝寺
深秋の洗心亭や水の音
秋草を活けてありけり山の宿
畑にゐる二人の時間焚火かな

〈栞〉
佐藤郭子［さとうひろこ］

鴨を眠らせ逆光の湖暗し
光りつつ枯れゆくものや風の奥
昃りて素抽の淡さ水木の実
笹子鳴くこころ素直にあればなほ
岐れては相寄る蝶の白さかな
蛇苺むかしこころより牛入れて
達磨寺の残照殊に冬紅葉

〈雛〉
佐藤弘［さとうひろし］

鮎釣や不要不急と言はれても
白眼視されつつ憩ふ鮎の里
自粛して斯くも肥えたる囮鮎
鮎釣のしづかに混める暴れ川
誰彼もかんばせ覆ひ鮎釣れり
鮎落ちて漸く減りし疫病かな
鮎茶屋に休業の札ゆらぎをり

〈少年〉
佐藤裕能［さとうひろよし］

翡翠色輝く葡萄手に重し
夭折の孫に書仕分け秋深し
蠟燭も炎も紅き十夜寺
菖蒲湯に曾孫の声の響きをり
きうり棚つぎ足す間にも雨兆す
七夕や卒寿の願ひ只一つ
癒しとは曾孫の笑顔虫の夢

〈燎〉
佐藤風［さとうふう］

街中を桜浄土に千枝子の忌
紅い灯も青い灯も消え荷風の忌
孑孑のアラビア文字をなぞるごと
滴りにためらひの刻ありにけり
思ひ出の鍵穴のぞく麦こがし
ぱふぱふと押せば応へて煙茸
どこまでも姉は姉なり蕗のたう

佐藤風信子〈燎〉［さとうふうしんし］

家計簿は今もそろばん花菜漬
閼伽桶に水汲みをれば蝶の寄る
初蝉のこゑのなかなる昼餉かな
小流れの瀬音聞き入るごと蜥蜴
今日もまた寡黙に過ぎし沙羅の花
実家とは母居るところ花木槿
朝月の冬青空に吸はれゆく

佐藤昌緒〈青草〉［さとうまさを］

日輪や元朝の身をうち曝し
梅雨晴や隣の部屋の青畳
深更の風の唸りの穀雨かな
終日の雨や青田に山低き
明くるまで踊の列のうらがなし
いささかも藤の花房動かざる
花道や六方に汗振り解き

佐藤雅之〈草原・南柯〉［さとうまさゆき］

しづかさの水揺るがして春の鯉
葉桜や忘れてをりし深呼吸
身の内を氷菓溶けゆく疼きかな
蔵前に諸人こぞり今年酒
長湯して身へと集まる冬至柚
氷る夜の円空佛の供へ水
腕組の胸解かれゆく初御空

佐藤美恵子〈笹〉［さとうみえこ］

流鶯はいま激つ瀬の昂りに
きぎす鳴く藪も明るき宇陀郡
窓一面二面三面みどり満つ
清洲越の暖簾をくぐり月の膳
わたつみへ星降るやうに風花す
あけぼのの寒九の水を師へ手向く
御降りや今し始まる劇のごとし

〈風の道〉
佐藤みちゑ［さとうみちえ］

祈ぎ事の叶ひし破魔矢火に返し
しなやかに芽柳風を放さざり
飛魚の月に向かひて海をとぶ
帰り咲く馬の鼻先たんぽぽ黄
色変へぬ松の皇居へ馬車の列
風に裂け風を往なして破芭蕉
英字新聞にくるむ焼芋六本木

〈ろんど〉
佐藤涼宇子［さとうりょうこ］

白壁の伏見酒蔵鰯雲
二番風呂夢見るやうに柚子浮いて
糸電話の話は尽きぬ月の客
斑鳩の何寺の鐘柿の村
白梅の白さや十歩退けば
春一番柳眉逆立て抗へる
田植ゑ時なりけり隠れ耶蘇の里

〈河〉
佐藤綾泉［さとうりょうせん］

「生ぎでだが」が挨拶代り三月菜
どこからも見ゆる種蒔桜かな
到来の鰹一本たたきにす
山寺の作務衣一竿月光に
死者のこゑ抱きし海や星月夜
父の忌やもう綿虫の飛びしころ
一湾を冬満月と渡りけり

〈やぶれ傘〉
眞田忠雄［さなだただお］

納屋瓦の並びを直し今日の月
稗抜きもやれぬ認定農家の田
藁塚を並べて置けば風の沿ふ
特攻の絹のマフラーー盆棚に
寒の葬田に残りゐる藁ぼつち
紅梅の咲き初めし庭出棺す
糸満に又不発弾盆の月

〈風土〉
佐野つたえ［さのつたえ］

捨て案山子なほも笑顔を送りをり
散歩して心の喚起猫じやらし
入れ替へる防災食や長閑なり
エンディングノートに記す緑の夜
冴返る野面積みなる一夜城
登山道ひよつこり雷鳥親子かな
終戦の解放感を子の我れも

〈鴻〉
佐野久乃［さのひさの］

窓すこし開けかりがねの北帰の日
さくらさくら体温計を手離さず
コロナウイルスしんそこ青き新樹の夜
螢狩替へのマスクを懐に
あまびえのこけしを買うて半夏生
風鈴の音よ手洗ひが癖となる
オンラインが暮らしの日課冴返る

〈ときめきの会〉
佐野祐子［さのゆうこ］

リモートの赤子の仕草初笑
雪柳風の形にこぼれけり
葉桜や家康公の八鶴湖
水上のオランダ楽隊花菖蒲
二階まで風鈴の音登り来る
蹴り上げるゴールキーパー秋の雲
白足袋をツツと滑らす能舞台

〈貝の会〉
澤井洋子［さわいようこ］

春雪の深さも云うて句報来る
夏蝶や韃靼海峡のごと庭過ぎる
砂日傘戦ありたる海へ向き
風向きを考へてゐる薄の穂
新蕎麦の旨き頃なり深大寺
うしろより三鬼の独語冬の坂
初詣八坂神社に風もなし

〈笹〉
澤田健一［さわだけんいち］

秋の果なしたきことのいと多き
なしうること一つ一つぞ去年今年
梅雨深し師の一周忌過ぎてをり
梅雨五日虚子享年と同じなり
片翼でついに飛びたり夏の空
冬国の衣装様々秋の夜
お客様無事に帰して秋深む

〈燎〉
澤田　敏［さわだびん］

諳ずる師の戒名や花の雨
看護師の一語に力春の風
持て余す伝来の畑草の息
むづかしき話は明日冷し酒
境内の音を集めて落葉籠
小半時だけの陽だまり冬の菊
墨を磨る香りかぐはし初写経

〈燎〉
沢田弥生［さわだやよい］

十六夜や師との思ひ出手繰り寄す
清流に乗りし鐘声秋澄めり
天つ日の光集むる枯尾花
全集の詠まずに古りぬ春愁
蒲公英の絮舞ふむかし軍事基地
平穏な暮らし大切新茶汲む
柿の花古里離れ半世紀

〈阿吽〉
塩川京子［しおかわきょうこ］

ははの顔ほのと浮かびし葛湯かな
ふかぶかと陽のつつみゐる冬牡丹
ゆつくりと歩く楽しさ名草の芽
草木のにほふ八十八夜かな
伸び上がり飛び立ちさうな燕の子
健やかてふ幸せありぬ水引草
焦げ臭き色となりたる吾亦紅

〈遊牧〉
塩野谷　仁［しおのやじん］

束の間という間のありて菫咲く
木も石も灯も遅き日の忘れ物
八重桜むかし日暮は瀬音から
椿落つ棒立ちの哀しさが落つ
この星のこの木揺すれば夏近し
髪洗うドストエフスキーを流す
露の世の大きな鈴を鳴らしに行く

〈燎〉
塩谷　豊［しおやゆたか］

湧水の水船の端の西瓜かな
揺るるほど走りたくなる秋桜
赤ワイン透かして釣瓶落しかな
抱く児のお尻とんとん日向ぼこ
揚羽子の十まで突きて母の声
平積みの新刊匂ふ春の宵
独り居の朝やショパンと薫風と

〈からたち〉
重村眞子［しげむらまさこ］

八月の会ひたき人に宇多喜代子
青梨やノスタルジアと若狭男と
旅衣きめて穏やか冬立ちぬ
あなたなる伊予路身近に不器男の忌
この里の軋む音かな大旦
いろいろな字体楽しき明の春
寒鰤の片身を雪に奥丹後

〈ひまわり〉
雫　逢花［しずくおうか］

石段に混る墓石落椿
しばし見つむカーテンの揺れ昼寝覚
月の道過ぎゆく孫悟空の雲
デイケアに行く薄化粧吾亦紅
愛すればとめどなく咲くシクラメン
花火果て遠き檣灯残りけり
饅頭がこわい新茶はなおこわい

〈青山〉
しなだしん［しなだしん］

梟の身に軸のありこちら向く
風のなか鷹師こぶしを風に置く
海女の足宙をふた蹴りして潜る
ぼうふらのはりついてゐる水の裏
青大将不本意乍ら流れゆく
のどぼとけのみがうごいて裸かな
婆が来て納屋のつららを全部落とす

〈磁石〉
篠崎央子［しおざきひさこ］

稲稔る太腿は跳ぶためにある
立ち退きをせぬスナックのクロッカス
やきそばは半額梅が枝は湾曲
血管の青の続きの蓬摘む
花過ぎのひんやり垂るる犬の耳
落し角阿修羅の捨てし腕ならむ
山葵摺る夜や探査機の着陸す

〈きたごち・しろはえ〉
篠沢亜月［しのざわあづき］

竹とんぼ色なき風を嚙みて飛ぶ
地球儀の日本は赤お元日
冴返るビスクドールのガラスの目
山頂に石の雷神木の根開く
風船に余命三月の息込むる
月山の雲はがれゆく昇天日
首塚や一声鳴ける時鳥

〈ペガサス〉
篠田京子［しのだきょうこ］

いきなりの階段夏の入り口
せめぎ合う自我やら他我やら著莪の花
うお座から泳ぎ始めて九十九里
こめかみに椿の宿る日のつじつま
ジャスミンの夜は斜めにやってくる
枝豆つるん本心とはちょっと違う
冬青空袈裟をなびかせナナハン

〈夏爐〉
篠田たけし〔しのだたけし〕

あきらかに妣のこゑして春の夢
会釈して眉うつくしき春日傘
悪友のおほかたは亡し草矢打つ
海風に曇る眼鏡や鑑真忌
白菊をかなしき色と見て過ぎぬ
余生いくばく寂かに積る夜の雪
母亡くてただなつかしき手毬唄

〈鷹・OPUS〉
篠塚雅世〔しのづかまさよ〕

このところ地球小さし蓮根掘る
標本の蝶の雌雄や冬館
綿虫と呼吸合はせてゐるところ
蟇穴を出て眦を上げにけり
一条の水を残して野焼果つ
サングラス外して長き祈りかな
文明は石に始まり草もみぢ

〈氷室〉
四宮陽一〔しのみやよういち〕

替へるべきものは替へばや去年今年
密室を作り上げたる春の雪
春愁や底に残れるモカの冷え
ベクトルに始点終点滝ますぐ
浮子動くたびに光の夜光虫
灯台の光り来るたび蟹光る
漆黒の紀淡海峡夜焚舟

〈笹〉
柴田鏡子〔しばたきょうこ〕

恩愛の千筋にわたれ初山河
午后の日のいろを留めて遊蝶花
運河ゆく水のさきざき緑さす
蟻の列殺めし手もて供華を挿す
水無月のけふは師の忌や星雫
天上良風四条の川の虫しげし
コロナ禍や舞はねばならぬ蝸牛

〈空〉
柴田佐知子［しばたさちこ］

一切の色奪はむと吹雪けり
マスクして浮世いよいよ狭くなる
万里行く貌で出てゆく受験の子
うたた寝の母を海市の父が呼ぶ
山賊も海賊も群れ夏の月
涼しくて亡き人ひとりづつ招く
人去れば家を呑み込む真葛原

〈鳰の子〉
柴田多鶴子［しばたたづこ］

つまづけば基本を復習ふ初稽古
天井を湯気が舐めゆく福沸し
橙の引きずり出されどんど焼
三島忌の一枚落ちて大きな葉
亀鳴くを待ちて退屈など知らず
父の日や棒鮓包む竹の皮
蛍籠置きし夜の夢あをからむ

〈青兎・大網俳句四季の会〉
柴田洋郎［しばたようろう］

徒長せる鼻毛の覗く去年今年
亭午には届かぬ命初氷
遮断機の竿を見つむる寒さかな
広告の墓地を見に行く竹の秋
鯛を濡らして渡る夏の川
もふもふとマスクの散歩秋暑し
秋初めかたんと落つるお賽銭

〈海棠〉
芝　満子［しばみつこ］

臍の緒の太き子に生れうららけし
ふぶきたる落花轍の形なす
鯉幟コロナの風をまるく飲む
好きな色ころころ変はる薔薇の園
颱風一過穂高連峰間近にす
赤蜻蛉双子笑顔のベビーカー
五十年分の日記や大焚火

〈海棠〉
澁谷あけみ［しぶたにあけみ］

掃苔や突く手の熱き御影石
あめつちの平らかなるや豊の秋
身ぶるひのすゐ裸木となりゐたり
元旦のつひに追はるるこたつ猫
あんぱんのへそにおさまる桜漬
二人寄る片蔭のなほ細りゆく
五分刈に整ふ土手や月涼し

渋谷節子［しぶやせつこ］

滝淵に潜み抽象画のブルー
高値てふ穴あきジーンズ小春風
聖菓買ふ人みな親の顔をして
歴史にはどう書かれるか去ぬる年
冬菊の倒れしままや転居跡
香水を鎧ひて出勤夜の街
あまびえてふ妖怪跋扈竹の花

〈知音〉
島田藤江［しまだふじえ］

梅雨茸の素直に育ち疎まるる
戻りて弟切草の黄なりけり
未央柳地に触れ雨の降り止まず
黒きちさき炎天の蝶憑いてくる
車窓叩く夏帽子わし摑みして
さよならの顔のひしやげる夏帽子
雲の峰補陀落渡海この岬

〈門・ににん〉
島　雅子［しままさこ］

調律の大きな鞄花吹雪
肋骨のうすらひ時として軋む
なにげなく春夜爪して嗚呼母よ
立泳ぎして生涯を友である
靴磨く虹わたるとき履けばいい
樹よ眠れラ・フランスの黄が灯る
脳に棲む白梟の羽撃く夜

〈朱夏〉
清水和代［しみずかずよ］

少年よ虫の音色に迷うなよ
武蔵野のひかりとなりぬ雨の虫
詩の神にまだ会えなくて枯蟷螂
マスクしてさまよっている地球人
亡き母と顔寄せてみる初ざくら
髪切って少女が来たり梅雨あける
揺れていても迷ってはいない百合の花

〈耕・Kō〉
清水京子［しみずきょうこ］

年暮るるうがひ手洗ひ身についいて
病める地へ火の粉降りつぐ修二会かな
白雲と紛ふ白雲春隣
剪定の白き切り口日を集む
散りてなほ地に香を拡ぐ牡丹かな
高齢に前期後期や亀鳴けり
洗心と石碑の白字寺涼し

〈春野〉
清水しずか［しみずしずか］

姿煮の大き目ん玉寒明くる
遠き日を手にのせてゐる雛あられ
水音の中に村あり花辛夷
逃水を追ふは句の道追ふごとし
蛍の夜老いて見えくるもののあり
まならうらに月なき闇の風の盆
通草の実家内に山の気の通ふ

〈燎〉
清水徳子［しみずのりこ］

水引草一粒づつの夕日かな
街騒や紅葉錦の高台寺
山茶花のささやくやうに散り初むる
故郷の風かと思ふ懸大根
鶯の声を間近に瑞泉寺
青葉風水の光の鯉の背
噴水のしぶき血液検査終ふ

清水初香《しみずはつか》〈玉藻〉

昨日まで何事もなく蛍籠
うすうすと二の腕のあり夜の秋
かまつかが一本子規の目の高さ
冬蝶の黄はくもらずに法の庭
日記買ひワインも買ひて足らぬもの
二ヶ月の声弾ませて寺鴉
暖かや松百態に添ふ道を

清水悠太《しみずゆうた》〈閏・神杖〉

髭撫でしカール・マルクス初夢に
寒卵左にルビの句集かな
蜜柑二個黙契として日々新た
春泥を恐竜駈けし水の星
枇杷の実の種なし特許われが取る
縄文人に武器の傷なし泉汲む
ワクチン植う鯵の開きの乾く頃

清水裕子《しみずひろこ》〈栞〉

ポインセチア鏡の中の長話
人憶ふ薔薇に重さのありにけり
マスクして考へごとの纏まらぬ
花吹雪記憶の中に母ゐます
椿落ち尽して雨の音変はる
春落葉一と色にして暮れにけり
七夕竹飾る人待ち心かな

下坂速穂《しもさかすみほ》〈秀・クンツァイト〉

独りには大きな家の柿を捥ぐ
歳晩の誰のでもなきビニル傘
二つある波郷の眼鏡冬雀
お彼岸の猫に長き尾短き尾
蟇云うた云はぬの喧嘩して
梅雨明の近づいてゐる雨の音
傘さして傘を返しに夜の秋

〈風の道〉
下條春秋［しもじょうしゅんじゅう］

鳥渡る風に旋律生まれけり
秋耕の一身暮光につつまれて
地平までモザイク越後の刈田原
陽は山へすとんと暗くなる刈田
六地蔵浄むる雨や秋深む
結界の雨脚迅し曼珠沙華
水引や待つ日のありて紅深む

〈栞〉
下平直子［しもだいらなおこ］

夜廻りのよく知る声が門をゆく
薺打つ欲しきは父の囃唄
大いなる夕日の中を桜ちる
男臭くて六月の古本屋
麦湯注ぎ亡きあとのこと少し言ふ
皮剝きは夫が上手で栗ご飯
厨辺をぴかぴかにして厄日前

〈清の會〉
下鉢清子［しもばちきよこ］

魚は氷に上るや女性蔑視論
焦げ飯を握り建国記念の日
日向くさき猫の気にしてゐる胡蝶
大正に生まれ令和の花に酔ふ
初秋の無頼暴雨と疫病《えやみ》五波
アロハシャツ肉を焼く火を委さるる
創世紀に神話ソフトクリームに螺旋

〈風叙音《フュージョン》〉
純　平［じゅんぺい］

牛蒡引く大地の芯を抜く如く
長談義今宵の締めのなめこ汁
起きて寝て変らぬ日々や福寿草
あらたまの丑年万事一歩づつ
大でまり風に委ねて右左
梅雨入や古傷疼く夕散歩
母の日や妣《はは》のレシピで混ぜ御飯

〈黐の木〉
上化田　宏［じょうけだひろし］

打網のやうに広ごる秋の雲
一角は薬樹園なり棗の実
水引の花や一途に緋を点じ
天高し熊野古道に樵る音
足元の石も古墳や風花す
この山の好きな木を決む春立つ日
舟運の栄えし頃や春の潮

〈風叙音《フュージョン》〉
笙鼓七波［しょうごななみ］

滴りの水の顫音轉ばせり
青銅《ブロンズ》像の眦涼し夜のしゞま
夕かけて螢袋の灯を抱けり
絹巻の水引宙に虹立てり
眦の長き君の眼夢二の忌
夜顔の咲きて放恣な高笑ひ
曠野かと簇がる曼珠沙華紅蓮

〈円座・晨〉
白石喜久子［しらいしきくこ］

とある日の青年魚目梢くべる
拾ひたる落葉になほも巻く力
赤ん坊の頬のつめたき椿かな
青空は鏡のごとく立子の忌
白波をかぶりしことも燕来る
船づくり滴る山に響きけり
清らかな闇となりけり虫の声

〈宇宙船・青山・パピルス〉
白石多重子［しらいしたえこ］

初山河宇宙に隅のなかりけり
さくらさくら咲き満ち地球浮きにけり
朝ざくら川は光を流しけり
森青葉鳥も獣も子を連れて
耳澄ましをり満月の渡る音
飛蝗跳ねファーブルとなる少年よ
シリウスや山家は深き闇にあり

白石正躬〔しらいしまさみ〕〈やぶれ傘〉

薪割の薪飛んでゆく花八つ手
隣家へ焚火の煙流れゆく
あぶくひとつ池の底から浮く日永
畑から肥やしの匂ひ春の風
渡船場に空のバスゐる揚雲雀
赤まんま飛行機雲が伸びてゆく
土手の草葉の先ごとに朝の露

白井梨翁〔しらいりおう〕〈あゆみ〉

蜃気楼無人駅にて途中下車
花は葉に仕舞ひ忘れし猫の舌
飛魚の翅を広げて売られけり
真ん中に蟇の座れる通学路
ペコちゃんの首ふる数寄屋橋の初夏
更衣宵の銀座に下駄の音
太き字で書く父の日の夜の日記

白岩敏秀〔しらいわとしひで〕〈白魚火〉

山峡の屋根に声ある雪解村
暮れ切りし砂丘の沖へはたた神
青葉木菟田水は夜を濃く匂ふ
道草の畦道となる稲の花
法隆寺の塔の影踏み秋惜しむ
日は海へ移りて沈む冬紅葉
短日の平らにつぶす段ボール

白濱一羊〔しらはまいちよう〕〈樹氷〉

父の書架黴の臭ひの資本論
長梅雨やだんだん逸るるミシンの目
更衣してどこへ行くあてもなし
虫干やアベノマスクが抽斗に
無思想といふ罪のあり鰯雲
大枯野近づく点の人となる
餅切つて揺るぎなきかな家長の座

〈秋麗・閏・磁石〉
新海あぐり［しんかいあぐり］

梅真白瓦礫のごとき政
死神の吐息に光る猫柳
数字数字数字のニュース梅雨兆す
父の汗沁み込みし地を開墾す
クーラーや自宅療養てふ棄民
丑三つに腕下ろしゐる案山子かな
生姜摺る数字となりし命かな

〈鳰の子〉
新谷壯夫［しんたにますお］

寒鯉がうごき鋼の水弛ぶ
踏青や杜甫「春望」を諳じつ
青嵐海へ駆けだす岬馬
生きてゐる証しかにごる水中花
自由なる寂しさ少し夜のくらげ
少し鳴る父の揺り椅子盆の月
流したるもの寄す盆の返し波

〈海棠〉
新藤公子［しんどうきみこ］

馬駐の残る大寺桜咲く
花筵煮染の章魚をまづつまむ
かやぶきの里の卯の花腐しかな
白靴の入りぬ香雪美術館
夏の月あの世とやらの友の数
物書きの友が異界へ雷はげし
もぢずりの消ゆる寂しさ空を見る

〈円虹〉
新家月子［しんやつきこ］

忘却の故郷いつか冬夕焼
千年を残る道あり冬の雲
止まらない回転扉町師走
木の椀に播玉汁を寒暮光
たとへ卵が割れてしまつても春
春の夜やインクは文字に変はりゆく
もう飛べぬ翼をたたむ春の雨

〈顔〉
菅沼とき子［すがぬまときこ］

しばらくを二月の風に刺されをり
呼ばれゐるやうな気のせり桜闇
桜花裏も表もなく散りぬ
邪馬台のにほひを散らす栗の花
秋の蚊に以心伝心打たずおく
とんぼきる写楽の眼冬の紺
懐郷の一音を踏む大枯野

〈博多朝日俳句〉
菅原さだを［すがはらさだを］

亀鳴いて一筆箋のありがたう
風車此の世の限り水子佛
父遠し故郷遠し柏餅
草矢打つ筑紫次郎の悠久に
夜半の秋敬語の要らぬ人とゐて
指切りのむかしをいまに冬帽子
寒鯉や修験の山の影揺らし

〈晨・梓・航〉
菅 美緒［すがみを］

春立つや雪たつぷりと男富士
桜貝集め彼の世へ土産とす
板の間に柱の映る若葉冷え
草々と吹かれ佳き名の藤袴
秋日傘閉ぢ川船の客となる
校舎より刈田へトランペット吹く
枯草を出て菜畑の蝶となる

〈貂〉
杉浦恵子［すぎうらけいこ］

春一番笑ひころげつつ下校
それとなく葉に触れもして鋸草
姫女苑ぢだんだを踏む女の子
いかり肩かはら撫子翳らしぬ
ひと鳴きの鴨の嘴光りけり
花柄のマスクのまはり誰もゐず
空青しあぢさゐの毬あまた枯れ

〈風土〉
杉本薬王子［すぎもとやくおうじ］

拾翠亭まず桔梗に案内され
落蟬の風に吹かれて起き上がる
さくと嚙む雷おこし一葉忌
くらら師の折り戸に月と河童たち
寒稽古施無畏に至る剣の道
科学は自力文芸他力梅雨の闇
辛夷散る銀貨一枚降る如く

〈燎〉
杉山昭風［すぎやましょうふう］

空耳にあらず師のこゑ初御空
風光る利根の流れも光りつつ
辛党も鶯餅に手を伸ばし
田の神の大枝揺らす桜かな
東京に来るなと言はれ鳥帰る
散るさくら風を斜めに捉へをり
街抜けて車窓全開植田風

〈冬林檎・きたごち〉
杉山三枝子［すぎやまみえこ］

名月や弓場に的を射抜く音
古着市落葉散り敷く境内に
御降りに濡れて新車の祓はるる
表札を入れ新婚の初写真
炬燵塞ぐ長押に永年勤続賞
ホチキス留めのカフェの朝刊目借時
ロケバスにさむらひ待てり山桜

〈雉〉
鈴木厚子［すずきあつこ］

両脇はますほの芒馬を見に
寒鮠を干す隣家《となりや》や子だくさん
青饅やふくらみ落つる雨の粒
どの田にも水走り込む鯉幟
護摩焚の煙をかむり蟻地獄
鐘を撞く一打一打に蓮の白
早朝の子らの念仏稲の花

〈雪華・藍生・itak〉
鈴木牛後［すずきぎゅうご］

吼える牛白息の塊を吐く
流氷の底ひを波の滑り来る
鞦韆括らる鞦韆の鎖もて
気づかぬほどの春の段差を踏み外す
辛夷咲く未踏の空を怖れずに
牧開く焔のごとく牛の息
天地の結ばれて産む露の玉

〈草の花〉
鈴木五鈴［すずきごれい］

山の端に残月白く初観音
山晴れて田毎に音の雪解水
さきたまの空はとんびの春田打
鯉のぼり畳むぱふんと風を抜き
田を植ゑてその夜の雨に眠るなり
白雨にけぶるあの橋もこの橋も
かりがねや茜に暮るる双耳峰

〈若葉〉
鈴木貞雄［すずきさだお］

深空より霓裳を曳き初富嶽
疫癘の町祓ひ翔ぶつばくらめ
ウイルスもこの世の一微金瘡小草《きらんそう》
疫病より言葉おぞまし卯月寒
みづうみを象りし灯の涼しさよ
光覓《もと》め角振り上ぐる蝸牛
長い長いトンネルを抜け緑さす

〈鶴〉
鈴木しげを［すずきしげお］

深大寺除夜の榾火に与りぬ
水温む拝み洗ひのふだん箸
原つぱの土管に雨や昭和の日
やまももの実の狼藉を尽くしけり
紙カツにビール歓語はいつの日ぞ
たまきはる声の秋蟬非核の火
無患子の実の置いてある机かな

〈秋麗〉
鈴木俊策［すずきしゅんさく］

枯れて萎れて撓垂れてこそ実紫
靖国の御一行様神の旅
極月の月独りでは見てならぬ
白鳥らみな乙の字に寛げり
春泥の十年物の袋詰め
胃カメラのライブナイチンゲールの忌
農耕の民ら攻め来し栗の花

〈門〉
鈴木節子［すずきせつこ］

赤松の影待春の朝ぼらけ
これからの胆力さらにポインセチア
猟銃の見えるところに一升瓶
十分な思考の果のさくら餅
白菜の日の力得し味なりし
着ぶくれて朗々たりし声を出す
竜天に登り身の紐締めなほす

〈鴻〉
鈴木　崇［すずきたかし］

五月雨を聴く濠端のテラス席
世阿弥忌の水羊羹の舌ざはり
水澄めり鴫立庵に庵主の碑
宇治十帖のいよいよ佳境夜の長し
かいつぶり見えざるものの見えてくる
古都走るレンタサイクルうららけし
春深し間歇泉の湯気の中

〈浮野〉
鈴木貴水［すずきたかみず］

闘牛の上目睨みの頭突きかな
はじけては直ぐに群なす目高かな
一徹を貫く滝の落下かな
棒立ちのままに暮れ行く案山子かな
門松や男結びを誉とす
先づ目玉抉りて食ふや金目鯛
冬木の芽硬さを耐へる力とす

〈都市〉
鈴木ちひろ［すずきちひろ］

つづら折る水路の光赤とんぼ
大寒や風にちぎるる堰の音
髪切りて出るバス通り日脚伸ぶ
車椅子乗り出し仰ぐ桜かな
雨の香をとどめ泰山木の花
山蛭に吸はれかすかな酔心地
帯揺れて宵にまぎるる浴衣かな

〈秀〉
鈴木豊子［すずきとよこ］

春分の地にあまたゐる雀かな
畦塗の叩き締めたる鍬のあと
静かさや離れ離れに春の鴨
泡ひとつ吐いて沈もる水中花
鵙鳴いて剝がれのひどき土塀かな
堤防に足垂らしゐる鯊の潮
とめどなく空に舞ひゐる木の葉かな

〈春燈〉
鈴木直光［すずきなおみつ］

東塔と睦ぶ西塔蝶生まる
三椏の花や遅筆のペンを置く
衣更へていにしへの書に親しめり
日輪に午後の疲れや杏落つ
紫蘇の実や山近うなる昨日けふ
富士山の隠れなき日や冬支度
大寒の痩せて屈託なき束子

〈今日の花〉
鈴木典子［すずきのりこ］

非常時をたのしむ工夫四方の春
初午や実家の味の鉄火味噌
春潮の砕けて退きて屏風岩
背の伸びし孫も手伝ひ袋掛
形代に書きし名天寿まつたうす
解体の旧家の更地蚯蚓鳴く
真つすぐに来て鷹とまる津波の碑

〈ろんど〉
すずき巴里［すずきぱり］

滝音も青春も入れニコンかな
調律師帰つてゆきし雨蛙
籐椅子のはさみ将棋や爺指南
川へだつ本家分家や栗の花
麦飯のうんちく長し有難し
川の話星の話を鮎の膳
もののふも仏も瞑り沙羅の花

〈なんぢや〉
鈴木不意［すずきふい］

草紅葉木道乾きくと曲がり
それと見し冬の夕焼あつけなく
松取れてのつぺらぼうの扉なる
子供らの花下に引きずる段ボール
雨足の靡く向うの春夕焼
森見えて梅雨の雨つぶ見ゆるなり
スコールにたちまち赤き水たまり

〈暖響〉
鈴木浮美江［すずきふみえ］

ほつほつと垣を染めあぐ迎春花
稽古なき茶室に活ける水仙花
日を集む野辺に一輪冬たんぽぽ
夏つばめ富士を望みし浦和郷
ほたる袋余り有るものしまひけり
蝶蝶のもつれもつれつ風に消ゆ
風の香にふと気付くなり金木犀

〈萌〉
鈴木みちゑ［すずきみちえ］

ゆるやかに身にをさまりぬ粥柱
禅刹の風鐸清し牡丹の芽
妖精の遊ぶかに散る夕辛夷
梅雨晴や視界の透くる昇降機
舞殿の闇は真四角遠河鹿
鶲鳴く木の間にひかる峪の水
暮れ際の山の畑に狸の眼

〈燎〉
鈴木美智留［すずきみちる］

越生の風未だ銀色梅三分
園児らの手に五粒づつ花の種
麦星や銀の鋏で爪を切る
蟻の列見入る四つの膝小僧
祖母が居て父母が居て月見草
鳴き止めば空また淋し法師蟬
葱引く夫よ日輪のゆつくりと

〈邑・樹〉
すずきりつこ［すずきりつこ］

ムンク来て盆提灯を吊される
己が身の賞味期限の午睡かな
老人は螢袋が好きといふ
長兄のいのちに梨の花が咲き
野菊散つてうす紫の風が過ぐ
天空の柩とならむ冬のもみ
心房に誤差少しある寒の紅

〈輪・椎〉
須藤昌義［すどうまさよし］

東で買ふ軍手針金春兆す
三寒のルオー四温のルノワール
ガンダムの一歩十囀地虫出づ
山城の垣の乱積み蝮草
例幣使街道北へ麦の秋
エカテリーナ離宮の噴水開きかな
北へ行く起点は千住渡り鳥

〈貂〉
須原和男［すはらかずお］

耳に来る風のかたさよ梅一輪
満水の田を踏んまへて水馬
火柱に似たり入日の入道雲
蟻地獄砂が冷めては火照つては
人声が藪の中より茸山
氷りつつ水が立つなり霜柱
防疫のマスクに顔も着膨れて

〈翻車魚〉
関　悦史［せきえつし］

何キロでも伸びゆく匙を秋といふ
感染待つ寒暁フルーツグラノーラ
ドラッグストア愉し聖夜を灯に荒み
来世また瓦礫と会はん春の雨
人類平均睾丸一個万愚節
GAFA世界わがバ美肉のウマ逃げよ
線路は聖なる魚の涼しさ人飛び込む

〈多磨〉
関　成美［せきしげみ］

水音の谿の余寒に分け入りぬ
さくら散る風が吹かうが吹くまいが
緋牡丹に紗を懸けて夜が降りてきぬ
脱ぎ終へてまだ濡れてゐる蛇の衣
無聊なる顔突き出せば風は秋
その先もまたその先もすすき原
日向ぼこしてゐて日向臭くなりぬ

〈こんちえると〉
関根道豊［せきねどうほう］

穀雨忌と名づく広の三回忌
改竄の夫訪ふ妻の彼岸かな
相棒と吾は別姓リラの花
拾骨の叶はぬ別れ花は葉に
原爆の日のワクチン接種まなこ閉づ
偏屈に反骨すこし衣被
唐黍や満州卒寿となりにけり

〈濃美〉
関谷恭子［せきやきょうこ］

ふるさとの川遡る桜狩
胸元の小さき丸襟蝶の昼
明易の児に見えてゐる御霊かな
笹百合や落人を祖と唄ひつぎ
秋陰や詩集をおほふ硫酸紙
雪平にふつふつと粥小鳥来る
街頭に冊子売るひと日短

関谷ほづみ［せきやほづみ］〈濃美〉

鳥雲に電波時計の自調整
たんぽぽの絮軽やかに郷を捨て
常世よりもんどり打つて春怒濤
草いきれぐいぐいぐい押して頂へ
終戦日無口なままに燐寸屑
枯蘆の葉擦れの音と艪の音と
クリスマスカード今頃空を旅

瀬島洒望［せじましゃぼう］〈やぶれ傘〉

鯛焼を手に腹ばひで地図ひろげ
紙漉場見て直売の和紙を買ふ
三階の窓で見てゐるはしご乗り
ちろりより鰭酒に酒足しにけり
鶴首に今日咲きさうな椿活け
市営墓地たんぽぽの咲く区画売れ
菜の花の蝶に化すまであとすこし

瀬戸清子［せとせいこ］〈湾〉

徒長枝の空に混み合ふ梅日和
冴返る千手観音像の御手
引き近き鶴いそしみの嘴ならぶ
風鈴の風の言の葉つむぎをり
秋天に絹雲ながれ蕉水忌
名月を高層ビルの放ちけり
神留守の雲の自在を見て飽かず

瀬戸正洋［せとせいよう］

にんげんは真直ぐ歩く五月かな
にんげんと月と月見草と電球
やはらかな草餅やはらかな地震
書きはじめは難しのうぜんかつらかな
ないところにはないあるところには小豆
包丁苦労するパイナップルの輪切り
法師蟬ゆつたりとした間取りかな

〈榧・春野〉
瀬戸　悠［せとゆう］

たんぽぽや地球はマグマ内包す
須佐之男の荒息欅芽吹くなり
蟬しぐれ回転扉押せば海
新品の登山帽なり遺品なり
秋深みたるわが香《かざ》のなつかしさ
不揃な雨脚草城の忌なり
湯ざめして顔がひらたくなりにけり

〈歴路〉
千賀邦彦［せんがくにひこ］

越前の波にくらげと並び浮く
波にゆくくらげに紅き珠の心
魂の息するやうに水母浮く
館暗く水母万匹育つ槽
喰ひ喰はれ共に透きゐる水くらげ
全身に息する海月燦めけり
くらげの呼吸わが肺が同期せり

〈杉・やぶれ傘〉
千田佳代［せんだかよ］

初夢の兜太と澄雄百二歳
灯を消しし明日の喪服に春の闇
磔像の手足の楔緑さす
筒鳥や酒の香残す墓ありて
虫の夜は野に臥す思ひ独り棲む
而して思惟にはあらず秋の蟾蜍
九年母や人を遠くに車椅子

〈草の花〉
仙入麻紀江［せんにゅうまきえ］

冬立つや雅楽を復習ふ音頻り
屋根の上の落葉の嵩も高津宮
晴れわたる空をたまはり農具市
姿見に斯くうるはしき花疲れ
かくれんぼの誰かの後ろ蝿生る
亀石は笑むか睡るか花杏
父に似て鮎うつくしく食ぶる子よ

〈栞〉
相馬晃一［そうまこういち］

消毒の両手揉みゆく秋祭り
北塞ぐ時疫の楯のこころもて
雑炊やマスクの跡を笑ひあひ
チューリップコロナの風を躱かに
朝寝より覚めて時疫の死者の数
籠り居に倦みて太宰の忌と思ふ
用向きの不用の用の髪洗ふ

〈燎〉
相馬マサ子［そうままさこ］

風花や隅田に訪ふ屋形船
鉄瓶の湯気にほつこり梅見茶屋
石庭のゆるき箒目涅槃西風
子規庵の庭を狭しと乱れ萩
昼の虫いつしか森の風となり
茅葺きの厚き山門枇杷の花
晴れ渡る日差しの中の寒さかな

〈天頂〉
薗田　桃［そのだもも］

冬薔薇今大切なことは何
路地奥までカステラ色の春灯
帆船のさざ波大き海紅豆
揺るるうち身の小さくなるハンモック
精霊舟海のほとりをひと周り
父と母出会へたかしら星月夜
海鼠腸の見やう見真似のしごきかな

〈栞〉
染谷晴子［そめやはるこ］

白服のひらと忽ち視野の先
空蟬の赤子のかたち吹かれをり
ラムネ玉鳴るや仄かに幼き日
気遣ひのちぐはぐ半夏生浮かみ
道行く人誰も一人づつ終戦日
坂の途に月見草浮く地軸かな
ひとりとはふたりのかけら夏の月

〈残心〉
大胡芳子［だいごよしこ］

秋爽や牧に木の香の美術館
畳屋の時計が鳴るよ震災忌
焼きあがる山型食パン鳥渡る
男手に湯気を返すや大根焚
この庭の百花の中の柿すだれ
姫娑羅の葉のくれなゐを掃納む
林火忌や家路に長き月の坂

〈静かな場所・秋草〉
対中いずみ［たいなかいずみ］

水張つたやうな眼のいぼむしり
門弟の誰も淋しき屏風かな
鳰小暗き水を食みこぼす
十夜寺木賊のかけら水に浮き
たつた一つのチューリップの芽が鉢に
松の花見つけてほしい子がをりて
川音の堂々として竹落葉

〈藍生〉
高浦銘子［たかうらめいこ］

かげろふを発ちかげろふに憩ふかな
野遊びのもてなしとして土の香も
お浄土へ梅の香を過ぎ梅を過ぎ
影ふやしつつ一山の芽吹くかな
音なくて薄暑の森の光増す
蜘蛛太りゆく月光のその葉裏
数へきれない落蟬を見て過ぐる

〈鹿火屋〉
髙岡　慧［たかおかさとし］

葛切や雨止めば発つ峡の宿
虹消えてしばし子供のかほでゐる
修羅能のシテの残せし曼珠沙華
ボジョレヌーヴォ夜間飛行の灯が窓に
初荷行く海から夜の明ける町
雛納め恋の終りのごと坐る
花蜜柑島ふところを出て艀

〈若葉・愛媛若葉〉
髙岡周子［たかおかちかこ］

時の疫に凍蝶の翅ひたと閉づ
十畳に上巳の節句繰り広げ
風神のもつとも燥ぐ山桜
葉桜の影踏む刹那居合抜き
絵筆もて指もて牡丹測りゐる
晩秋蚕桑食む音のただならず
暖竹を隔て鴨の座小鴨の座

〈あした〉
髙尾秀四郎［たかおひでしろう］

亡き人と吹かれし風や萩の寺
かつて有りし父娘二人の七五三
飾納め祈りの赤の少し褪せ
蛇穴を出てコロナ禍の無人駅
あっけなく照れては巨大アマリリス
河童忌や夕日の似合う坂の町
在宅に馴じむ書斎へ虫の声

〈空〉
高倉和子［たかくらかずこ］

入りてすぐ出口を探す芒原
煙より村現はるる秋収め
鬼の息混じりてゐたる虎落笛
車座の真中にコーチ草青む
揚雲雀風に押されてずれにけり
寝返りて母と会ひたし螢の夜
奪はれしごとく老いゆく金玉糖

〈蘭〉
高崎公久［たかさきこうきゅう］

金粉散らすごと改元の日の落花
雪しろに弾む訛や会津塗師
うすらひを通し太陽底に着く
びしよびしよに海を濡らして虹の立つ
日没に蒼を深むる滝こだま
定命や身振ひ零れ芋の露
空は空色水は水色冬深し

〈風の道〉
高杉桂子［たかすぎけいこ］

草木に産湯のやうな春の雨
沈む世へビタミン色の花ミモザ
神のなす空中絵画虹の立つ
八月や長崎の鐘てふ挽歌
法師蟬三楽章は省略し
花木槿地にきつちりと窄め落つ
名月を仰ぐ悟りを得るごとく

〈嘉祥〉
高瀬春遊芝［たかせしゅんゆうし］

卯の花や家出のやうに隠居せる
トトロゐる森となりけり独歩の忌
ワイシャツのとろんと乾く梅雨入かな
鶏頭花框にかかる祖父の杖
蜩や発条時計鳴らねども
葛の葉の向かうを男通りけり
残る日をがんじがらめに蔓枯るる

〈草の花〉
高田昌保［たかだまさやす］

朝顔の蔓の行く先風まかせ
お神輿は鎮座のままの秋祭
身の丈はガリバーのごと冬日影
掛時計の針を修正年用意
青空をカンバスにして白木蓮
更衣終へて久弥の百名山
砥部焼の風鈴飾る俳都かな

〈あゆみ〉
高田睦子［たかだむつこ］

ねがはくは野口英世と初天神
初桜降魔の利剣願ひたし
孫よりも若き美容師草萌ゆる
その謂れ承知の上や花茗荷
夜半の句を目覚めて忘れねぢれ花
スケボーのまま裏を見せて晩夏光
新涼やめがねを外し補聴器も

〈栞〉
高橋さえ子［たかはしさえこ］

フェンスまで来る野の鳥や夕立あと
ががんぼや十八階といふ個室
喇叭吹く入道雲に胸反らし
河骨の底ひの水輪うすあをし
清流の石しろじろと野菊かな
縄文へ蓮の実とべり上野山
波郷忌の松風を聞く深大寺

〈草の宿〉
高橋たか子［たかはしたかこ］

保育器の十指に春の光かな
道の辺の小さき祠竹の秋
曲り家の三和土の湿りちちろ鳴く
産声の宙へ展ごる牡丹の芽
ふる里の土の匂ひや八頭
一山の音閉ぢ込めて滝凍る
夕さりの赤松林や雉鳴く

〈知音〉
高橋桃衣［たかはしとうい］

天道虫星二つとは大胆な
ひとり飲むビールの泡の消えやすく
あちら子連れこちら犬連れ秋日和
銀杏並木優雅に歩きみて寒し
虫の音が守りをり旧御用邸
桜蘂降る対岸は未来都市
蟇ちよつと苛めてみたくなる

〈炎環・銀漢〉
高橋透水［たかはしとうすい］

ベランダの真横に届く初音かな
亀鳴くや火星に川のありしころ
弦までも磨く眼鏡や梅雨晴間
B面に青の疵ありリラの花
サルビアや少し距離ある父娘
秋扇脳裡の皺をありがたく
項垂れし案山子のイエス抱き起こす

〈風土〉
高橋まき子［たかはしまきこ］

愁ひ消ゆ秋の林の明るさに
大縄跳び十人呑んで昂れり
素手嬉嬉と氷剝がして持ち上げる
脱げ易き嬰のくつした枯木道
梅咲くや降り来し山に人の声
涅槃西風砂山街に躙り寄る
母さんはガールフレンド蟬捕ふ

〈鳴〉
高橋道子［たかはしみちこ］

吹きに吹く風に呻くか猿麻桛
炎天や遮断機急に下りさうな
冬夕焼マチスの赤と競ふかに
変はるより変へる心に初日記
コロナ後の約束いくつ花菜風
ヒヤシンス曲るわたしの背骨ほど
短夜をいくつに刻む雨の音

〈閏〉
高橋美智子［たかはしみちこ］

薄氷やせりせり光るビオトープ
寒芒過去の光をひたと抱き
北の春山野一斉多色刷り
おはやうの母音はづませ春兆す
啓蟄や夜間工事の明るき灯
光り合ふ土手の銀輪夏燕
蓑虫の糸の長短日にあそび

〈やぶれ傘〉
髙橋宜治［たかはしよしはる］

秋澄むやハンドクリーム買ひに行く
大福の甘さほどほど春の昼
心地良き眠りを覚ます猫の恋
草原をしたがへるごと大夏木
代田水鏡となりて山映す
湖わたる色なき風や浮御堂
秋の雨ボールペン置き外を見る

〈都市〉
髙橋　亘［たかはしわたる］

風とくる水鉄砲の流れ弾
空の一群一樹へ消えて囀れり
行く末を星に遍路の草枕
凩や店の名前に灯が入る
ネオン街明けて路上の寒鴉
車椅子の連れはそろひの冬帽子
整頓の部屋に散乱する冬日

〈運河・晨〉
髙松早基子［たかまつさきこ］

顔真卿ぶりの一行試筆かな
氷吐き落として水車廻り出す
水中の動き確かに水温む
囀れり青々句碑のうらおもて
きらめけり鮎解禁の吉野川
大和よきところ草笛吹きあへり
よき色のよき名もらへる毒茸

〈昴〉
髙松守信［たかまつもりのぶ］

すみ昇る瑞気ひとすぢ初御空
堤焼く出役の勢子の叫び合ひ
永き日を籠りて辿る世界地図
新樹かげ縫うて癒しの静ごころ
屈託は解けてゆくもの草の笛
流しゆく喜憂一年柚の風呂
冬支度合はせて終の手仕舞ひも

〈鷹〉
高柳克弘［たかやなぎかつひろ］

ぬぐふものなくて拳や米こぼす
子育ては素足にトマトソース踏む
バルコンや闇を恐れて殖えゆく灯
ふるさとに舟虫走る仏間あり
一切を振り切り天の揚羽かな
片頰を引き摺られゆく案山子かな
部屋にゐて世界見通す寒さかな

〈春月〉
高山　檀［たかやままゆみ］

夏炉焚く手応へ軽き火かき棒
棲みつきし風を払ひて葦を刈る
受付の壁に刺股そぞろ寒
日持ちよき塩羊羹や小正月
哀史てふ少女の記録花こぶし
黒板に文字のかけらや大西日
充電のごとく貼り付き秋の蟬

〈羅ra〉
高山みよこ［たかやまみよこ］

音叉打つどこかに春の水輪生る
無為徒食の猫さへ春を惜しみけり
水羊羹折衷案を呑むことに
飼ふとにはあらぬ蠅取蜘蛛太る
はや九月机辺の混沌そのままに
かたち変へ名を変へ月の親しさよ
春待つやおもちやの螺子を巻くやうに

〈豈・翻車魚〉
高山れおな［たかやまれおな］

金星《ヴィーナス》を呑みゆく初日それは愛
兜太忌の寝息寝息のまま暮れる
白日を懸けて涼しい食事《めし》にする
絢爛と日傘男子の道つづく
土用鰻のパック累々たり母国
旱の夜何を料りて飛ぶ妻ぞ
風死せる町うろつけば死は近し

〈いぶき・藍生〉
滝川直広［たきがわなおひろ］

枯れながら甦る竹水澄めり
核無《たねなし》柿の核であるべきところ食ふ
お降りや昔ながらに土濡れて
それぞれの水脈触れあはず残り鴨
末席のあり宴会に涅槃図に
滝落ちて滝に打たるる水となる
黒揚羽わづかに漆黒に足らず

〈いには〉
滝口滋子［たきぐちしげこ］

潮風をみがいてゐたる木賊かな
あかときのしづくに冬芽ひかりをり
初凪や貝がら骨を引き寄する
上りきし泡うすらひにはじけたる
草稿を終へ山茱萸の風の中
河鹿笛止まり瀬音の高まりぬ
熟れ麦の禾の弾力旅ごころ

〈風のサロン・若竹〉
田口風子［たぐちふうこ］

朝の扉の思はぬ軽さ初音聞く
雨やめば雨の重さの白牡丹
夏蝶のまた風に乗る義士の墓
青年の深き一礼大茅の輪
いつもずぶ濡れ噴水の裸婦の胸
鳰潜く水輪に浮巣揺れどほし
広島忌日傘に影のひとつづつ

〈香雨〉
田口紅子［たぐちべにこ］

この石のこの木の神も旅立つか
窯の火の音にちからや神渡し
書くことは生くることとなり冬木の芽
朴落葉いくたび言葉捨ててきし
革命も恋もはるかや冬薔薇
一念のかの宰相の布マスク
揚げたてのカツを切る音寒の明け

〈若竹・風のサロン〉
田口茉於［たぐちまお］

少年は手を振つたはず蝶の昼
鳩歩くたびの虹色夏来る
雨雲の近づく黒揚羽の揺れて
水音や殻やはらかな蝸牛
夏めくや眠りて起きて同じ家
会ふたびに日傘の違ふ人であり
留守電に電車過ぎ行く夏の宵

〈街・天為〉
竹内宗一郎［たけうちそういちろう］

春疾風遮断機ためらひつつ降りる
春駒や父似と言はれ高値つく
箱庭に舗装されたる道一本
短夜の電子基板に通勤路
聚楽第絵図より上る後の月
四トン車より次々と菊人形
冬帽を被り直してなほ怒る

〈やぶれ傘〉
竹内文夫［たけうちふみお］

無人駅に一両列車曼珠沙華
胸もとの赤子の温み冬に入る
軽トラにほこりうつすら年暮るる
老衰の母のまどろみ春夕べ
五月闇亡き人の文さがしあて
遠き日のシルヴィヴァルタン聴く薄暑
日盛の小路既視感《デジャヴュ》の石畳

〈炎環・銀漢〉
竹内洋平［たけうちようへい］

手鏡の素顔勤労感謝の日
人体の穴のいくつや今朝の冬
自分史に踏み絵幾たび鳥雲に
川になるまでさまざまな春の水
人類にπあり死あり鳥雲に
人の来て人の死告げし螢の夜
牡丹の驕りの刻の過ぎにけり

竹下和宏［たけしたかずひろ］〈きりん・橡・京都府俳句作家協会・滑稽俳句協会〉

恵まれし地に生く幸や鏡餅
漢らの双肩躍る初太鼓
お花見や活断層の上に住み
又三郎寝転び仰ぐ雲の峰
子燕は育ちましたと出す紅茶
早苗田の月と奏づるプレリュード
老いて識る老いの心根龍の玉

武田和代［たけだかずよ］〈百鳥・湧〉

露の世の写真に話す立ち日かな
思ひ出を行つたり来たりして夜長
笹藪の風聴いてゐる西行忌
信仰の山が正面節分草
風待月むつと川原の石の照り
代筆の老の願ひや星まつり
ウイルスの大きな画像秋暑し

竹田和一［たけだわいち］〈野火〉

行春や進水式の銅鑼の鐘
ピッケルの傷跡光る雪解かな
引き潮の磯の岩場の小蟹かな
新宿や人みな遠き秋の暮
網打たれ鱸跳ねたる入江かな
野分晴れ破れし傘を何処へ置く
熱燗や使ひ慣れたる片手鍋

竹中良子［たけなかよしこ］〈夏爐〉

縫初や北窓打てる風の音
隅隅を見廻りてより鍬始
どんど焼恵比須斎庭の狭かりき
水袋背負うてゐたる野焼かな
流鶯やしづかに雨のあがりたる
大根蒔き切藁うすく被せけり
尻もちに終ひとするや蔓たぐり

〈陸〉
竹内實昭［たけのうちさねあき］

手のひらに独楽のせ駆ける追い駆ける
厳寒の長春ひとり駆けていた
雲流る匍匐前進かたつむり
さるすべり燃え尽きて宙海に
赤鳥居湖畔に小さく山滴る
貨車尾灯裸足で駆ける犬走り
鞭のごとしなやか滑る穴まどい

〈閏〉
竹森美喜［たけもりみき］

初草紙「むかし、男」と声に出し
鳥帰る空に標のあるごとく
ウイルスやしづこころなく花終る
霊峰のみがき上げたる泉かな
推敲や腐草蛍となるからは
大縄とび縄も地面も痛からう
煤逃げの夫の戻らぬ三十年

〈春野〉
田阪武夫［たさかたけお］

草の花机上に今日のテレワーク
師の旅のこたびは遠き冬銀河
訪ふ子なく自粛自祝の三が日
紅梅の薄日差すとき華やげる
男にも洗濯日和さくら咲く
無為無策霞ヶ関へ草矢打つ
戯言に本音ちらりと冷し酒

〈海棠・杉〉
多田芙紀子［ただふきこ］

つま病むは吾が罪かとも冴えかへる
補陀落の海を遥かに枇杷を捥ぐ
鹿の子に俳句手帳を覗かるる
読み返しよみ返す文遠郭公
ひと夜さは雨戸は閉めず月今宵
銀漢や形見の時計秒きざむ
シェフの来てをり上賀茂の蕪畠

〈ホトトギス・祖谷〉
多田まさ子［ただまさこ］

春雨や桃山の世の石濡れて
球根の齧られし跡物芽出づ
管とれて食進む母春灯下
少しづつ少しづつ減る梅酒かな
飼つてゐる魚に冷房かけるとか
すがれゆくほどに色濃き藤袴
着ぶくれて薔薇の棘に摑まりぬ

〈草炎・山彦〉
橘　美泉［たちばなびせん］

天辺は神のものなり花の山
敦盛の笛はかなしや青葉潮
往還に志士の影あり赤とんぼ
みかん山沖に戦艦沈みおり
十三夜紙がゆっくり墨を吸う
路地裏の閑かに暮れて一葉忌
鳥渡る丸い地球を真っ直ぐに

〈海原〉
田中亜美［たなかあみ］

吾亦紅供へてみたしベートーヴェン
冬ざくら山嶺は蒼き煙
寒林の記憶シェパード連れた人
鉄橋の鉄うすみどり春の川
藤棚のごとく深夜のオンライン
黒鍵のしづかな湿り芒種なる
白あぢさゐ白き火屑となることも

〈海棠〉
田中恵美子［たなかえみこ］

全校生徒五十数名小鳥来る
法師蟬夫の疎開の寺を訪ふ
紀の国の土に還るや柿落葉
大地くすぐり大根を引きぬけり
大阪に雪つもる日の句会かな
亀鳴くや利息二円のつく預金
発熱患者診るテント鳥ぐもり

〈ときめきの会〉
田中陶白［たなかとうはく］

揚雲雀鯨来たらば降りて来よ
小綬鶏の森の主が我を呼ぶ
田植機のゆるりと畦を跨ぎけり
なめくぢらいつか故郷に帰ろうよ
台風の銚子の沖で迷ひをる
柿熟るるこの道父と猫車
利根川の黒き流れや冬に入る

〈ながさき海坂・杉〉
田中俊廣［たなかとしひろ］

縄跳びの子ら春光の輪をくぐる
鬼岳の野火に島風鬼吼ゆる
はまゆふの島や切支丹牢死跡
陰画めく昼の半月桜桃忌
潮騒は地球の産声夏惜しむ
洞の眼の身に入む被爆マリアかな
半七の捕物一話月の秋

〈ながさき海坂・杉〉
田中直子［たなかなおこ］

ド・ロ神父伝へし織機鳥雲に
巻き上ぐる錨の響き雲の峰
黒島の尼僧打つ鐘夏の暁
よみがへる被爆のピアノ秋澄めり
対州の倉の石屋根鷹渡る
引揚者踏みける埠頭冬鷗
足るを知る父の言葉や枇杷の花

〈野火〉
田中義枝［たなかよしえ］

一滴の目薬の染み今朝の冬
苗床やみなすこやかな土のいろ
春菊を朝の厨に香らする
古りし辞書マーカーの跡春愁
抱き上ぐる猫の鼓動や柿若葉
六月や八十八のがんこそば
これといふ話もなくて更衣

〈汀〉

田中佳子［たなかよしこ］

教科書のにほひの記憶初桜
涼しさや楽譜に記すフェルマータ
飛ぶものの翳は紺青秋の水
葛咲いて雨の香深き廃墟かな
木の肌のはつかなぬくみ秋惜しむ
夕映えやフラスコに挿す冬菫
天狼や風の底ひの伊那の冬

〈耕〉

棚橋洋子［たなはしようこ］

床の間へ差す日を捉へ梅一輪
地区で守る火伏せの神や新酒酌む
花木槿商家に今も外厠
天の川うす墨匂ふ筆の先
愛岐大橋処暑の三日月さしかかり
飴色になりたる笊や大根干す
胸に抱へ寺へと布施の菠薐草

〈あゆみ〉

田邉　明［たなべあきら］

初茄子のけやけし肌や割烹着
酔芙蓉朗ら朗らと駱駝鳴く
星冴ゆる渡り廊下に影ひとつ
切り出しの野積み丸太や冬うらら
駄目ねもう仕舞にするか初明り
勤行へ急ぐ廊下をはだれ雪
春の風言ひそびれてるイヤリング

谷川　治［たにがわおさむ］

除染土の山は動かず春遠し
ぼうふらを潜らせ甕の水を汲む
青田風築百年の通し土間
山彦の声の老いたり敗戦日
はらからの殿を生き墓洗ふ
元気かと新米一斗届きけり
枯銀杏これほどまでに武骨とは

谷口一好［たにぐちかずよし］

雲の影置きて山々滴れり
金魚沈む沈みきつてはしまはずに
滝となり透明の水白く落つ
赤翡翠火の嘴を持ていけり
梨の汁手首回してこぼさざる
ナイター中継秋夕焼を誉めてをり
静かなる力溜めをり冬木の芽

〈連衆〉
谷口慎也［たにぐちしんや］

陸海空みな焦げ臭き晩夏かな
胎内で見ていた照山紅葉かな
生活の舌が一枚一遍忌
奥つ城《き》の神のはらわた綿の花
まずキツネ踊り始めて神祭
うまそうなきつね色なる枯野かな
笹鳴きやもう神さまはお目覚めか

〈運河〉
谷口智行［たにぐちともゆき］

はつはるの紀に小いとゞよ蘇れ
ゆりおこすやうに摘みたる蕗のたう
谷蟆のくくみ鳴く闇地霊とは
山神を祀れり紀伊の浦祭
猪罠をかけねもころにふり返る
天穹は大き鳥籠冬隣
焼けちぢむものを見つめて年忘

〈りいの〉
谷口直樹［たにぐちなおき］

下萌の辻に厄除け草鞋立て
竜天に登るカヌーのスラローム
麦秋や薫り吸ひ込む雑木山
青竹の青が深まる寒露かな
少年の言葉投げ合ふ秋の川
桜榾いぶる板の間茶粥食ふ
水仙や切り味失せぬ肥後守

〈海棠〉
谷口春子［たにぐちはるこ］

山茶花やバス追ふごとく花の散る
池普請小舟に鯉の跳ねてをり
狛犬の向き合うてあり春の雪
梅林や御土居にあたる風の音
柏餅買ふ店頭に傘たたみ
オリンピック汗に日の丸仰ぎをり
やや寒み膝にもの置く夜更けかな

〈鴻〉
谷口摩耶［たにぐちまや］

咲き出せば紅山茶花の止めどなく
白鳥の首ゆるやかに傾げたる
楤の芽を揚げる音して蕎麦処
指先が触れ新緑のプラタナス
昼過ぎの土の匂へる春落葉
白玉や些細なことは忘れたる
氷雨降る首都高速を帰りけり

〈「窓と窓」常連〉
谷　さやん［たにさやん］

学問の自由柘榴に割れぬ自由
檸檬あり窓を開くに及ばない
雪にまだ早くて絵の具ころがして
つわぶきも腰の工具も濡れている
順調に破れ四月のスニーカー
睡蓮の手前で電話を下さい
窓の蚊の安閑として青い海

〈鏡〉
谷　雅子［たにまさこ］

山雨過ぎ白根葵の透きとほる
シャンプー工場ひそやかに百合の園
夕焼の褪せて壁這ふ競技かな
食うて寝て怠けてゐたり敗戦日
北極の氷融けゆく夜長かな
街の灯を溜めて盆地の冬ざるる
数へ日の梅花はんぺん土産にせん

〈宇宙流俳句会〉
谷村秀格［たにむらしゅうかく］

新妻の口の肉置く春の月
花菜漬染め分けてゆく軍船
清明や死後三日目のゾウリムシ
子殺しや乳房にとまる氷菓子
男色の青鬼灯や未来仏
舌密にして女焦げゆく毛糸玉
櫛の山千人力の枯芭蕉

〈炎環〉
谷村鯛夢［たにむらたいむ］

本名を死ぬまで知らず虎落笛
近江の海明智の城に春の波
結願の杖置きてあり大南風
晩夏光握手の先のタトゥーかな
我が指をつかむ落蟬つかんでをれ
ビザ発給拒むふるさとコロナ盆
水蜜に出逢ひし桃の快楽かな

〈薫風〉
田端千鼓［たばたせんこ］

誰がための墓誌の余白や鳥帰る
蘆牙やすでに風音生む丈に
枕木に油の匂ひ夏来る
松手入見てゐて茶毘を待ちゐたり
ベランダに棲みつく風や干菜吊る
恐竜の歩みか夜の雪崩音
寒立馬身震ひしては雪払ふ

〈花鳥・ホトトギス・YUKI〉
田丸千種［たまるちぐさ］

対岸は堅田あたりか片時雨
胎内に法灯抱く冬の山
暦売る不滅の法灯傍らに
活版に戀と印字や紙の春
鳥雲に入る淡交に飽きたらず
文弱の父も逝きたり業平忌
ほうたるの飛んで世話物めける闇

〈黐の木〉
田宮尚樹［たみやなおき］

山ざくら山を讃へて咲きにけり
生国魂は難波の葦の茅の輪かな
夾竹桃何が何でも勝てと云ふ
群を抜く速さ美し運動会
太雅筆般若心経小春空
初夢を飛ぶ金銀の千羽鶴
法要に小綬鶏の鳴く父祖の谷

〈河〉
田村恵子［たむらけいこ］

何処へでもゆけさう春の雲ひとつ
夜桜の蒼き焔となりにけり
降り積もる未読のメール春愁
帽子屋の鏡よ鏡みどりの夜
星涼しエッフェル塔のラジオ局
言の葉を身籠もるやうに十三夜
鉛筆の木屑のにほふ小六月

〈鴻〉
田邑利宏［たむらとしひろ］

春愁の上野のカフェのマチスの絵
珈琲に羊羹が良し傘雨の忌
夏草の触れ合ふ音の中にゐる
病棟のサルビアの朱の濃くなれり
花サフラン港の見えるレストラン
船溜り水陽炎の冬の色
月光の凍てて丹後の奥にゐる

〈森の座〉
田山元雄［たやまもとお］

鬼やらひ人の貌して鬼は来る
浅春の空缶からから風まかせ
掌では量れぬ軽さ天道虫
盲導犬の仕事はしづか銀杏散る
零余子ほろほろ村の郵便局の前
つつましき恋つつつましき鉦叩
日暮来る寒林といふ鳥籠に

〈森の座〉
田山康子［たやまやすこ］

波郷の忌なり鮮血の冬夕焼
ここまでと大工顔上げ日短か
ひるがへる如く鐘撞き寒の僧
春昼の馬が顔出しさうな土間
梅雨曇キリンの首が降りてくる
藁屋根に夜がのしかかる夏炉かな
街ねむる手持ちぶさたの月置きて

〈道〉
田湯　岬［たゆみさき］

直会の心底旨し新酒かな
銀河越え次の銀河へ師の旅は
忘れられ数戸ひつそり碇星
くつきりと冬日のなかの手稲山
遠忌終ふあとは無窮の冬銀河
雪を掻くやがて灯点りなほも掻く
たつぷりの身にたつぷりの初湯かな

〈沖〉
千田百里［ちだももり］

鶴髪の晩夏の景として籠る
群肝の十日の菊のこころかな
宝石の値札裏向き竜淵に
神還るわたしは貝になる日和
鷹動かざる鳩になる日を想ひ
滝壺の石のまばゆき群青忌
恋も句も受け炎天のポストなり

〈風の道〉
千葉日出代［ちばひでよ］

つつみこむ大仏の御手あたたかし
春雷や牙の息づく般若面
万緑の底深海にゐる思ひ
玄室に太古の鼓動滴れり
一面に浄土か穢土か曼珠沙華
引く波に曳かれ秋思の虚貝
枯野ゆく野生に目覚めゆく思ひ

〈りいの・万象〉
中條睦子［ちゅうじょうむつこ］

手の届くところに団扇どぢやう焼く
日没の火色を目差し雁の列
鳰潜りうちひろげたる光の輪
灌仏の指先ひかるご香水
抜糸して三日の力林檎剝く
朝露をこぼし忌の花束ねたり
雨垂れの水輪いきいき冬ざるる

〈鳰の子〉
長野順子［ちょうのじゅんこ］

花嫁へ差し出す右手天高し
鴨を見てをり恋人を見るやうに
菊人形風忍び込む身八つ口
紅引いてビデオ通話の御慶かな
新緑や喪服のままのカフェテラス
かはほりや皆既月蝕始まりぬ
新品のチョーク取り出す休暇明

〈好日・草樹〉
塚田佳都子［つかだかつこ］

今年竹群れぬ生き方選びけり
動線ののびのび曲がる夏野かな
大仏の臍は正位置花柘榴
限界集落ひまはりの丈揃ふ
蠟燭の芯の短かき星祭
返信のやうに戻りし秋の蝶
正論のときに鬱鬱シマフクロウ

〈南風〉
津川絵理子［つがわえりこ］

猫追うてむかしの路地へ冬あたたか
売り切れて閉まるパン屋や竜の玉
仙花紙に飛ぶ星屑も荷風の忌
転校生先に来てゐる窓若葉
父の日や薄き翼の竹とんぼ
肺呼吸プールの水を震はせて
膝ふたつ草の中なり虫の秋

〈天晴・椢〉
津久井紀代［つくいきよ］

くちなしの花の錆びゆく早さかな
思ひ出の数だけ増えてゆく蛍
冷えてきて十指にひとつづつの黙
涼しさの椅子出してある本願寺
桃冷やす母の形見の金盥
三面鏡一面づつの日永かな
黴の本夜の高さに積み上げて

〈豈〉
筑紫磐井［つくしばんせい］

武漢より来し人のこと今も思ふ
死んでゆくあまたの「数」は数ならず
いんちきもうつくしくなることもある
言葉殺し心も殺す選者かな
僕たちのオリムピックがなかつた夏
暗澹たる未来に抱く希望とは
炎天の書肆に学徒の蔵書印

〈鷹〉
辻内京子［つじうちきょうこ］

片男波日傘の母の手を引いて
灯に光る桃相続を放棄せり
あかときの雨音に秋惜しみけり
マスクして魚のごとくにさびしき眼
耳澄ませば音の消えゆく枯野かな
倒木は草に囲まれ鳥の恋
父の死後カンナ殖えつづけてゐたり

〈栴檀・晨〉
辻　恵美子［つじえみこ］

百十郎手植桜としてふぶく
草刈機唸らす恐らくは女
三成の逃げ道の山帽子かな
鳥屋の鵜や母屋と同じ簾して
鵜に砕く川蜷早つづきなる
朝顔のあしたの莟今日の日に
人々の中の一人は雪だるま

〈円虹〉
辻　桂湖［つじけいこ］

泥二本提げて帰りぬ蓮根掘
影の濃きところより山眠りたる
白魚の白の崩るる箸の先
引鶴や恩返しせし事は何
その奥の不意の明るさ山葵沢
噴水の七色といふ夜風かな
向日葵の熱ごと刈りて帰りたる

〈燎〉
辻　梓渕［つじしえん］

秋草の濠のなぞへに色零し
秋草や江戸城の濠三百年
秋草のほろ〳〵と実を零しをり
頭上より青松虫の声が降る
住職は園長先生轡虫
子規の忌の根岸に小さき家並ぶ
残照の消ゆる根岸や子規忌今日

〈多磨〉
辻谷美津子［つじたにみつこ］

椿咲く頃に逢ひたき人のゐる
咲くことに力尽して初桜
秋立てり朝のコーヒー濃く淹れて
何もせずひとり居し日の星月夜
芋の露かたちくづして零れけり
門に出て日暮れ早しと思ひけり
熱燗に酔ふほどもなく夜は更けぬ

〈円座〉
辻　まさ野［つじまさの］

本屋消え雑貨屋のこる冬木道
転倒は白梅うるみ咲く夕べ
松にゐるはぐれ鴉かよなぐもり
松よりも竹の青さに入彼岸
電話して電話を探す春の暮
白椿低体温の朝であり
鳥引きにけり西暦を刻む墓

〈沖〉
辻 美奈子［つじみなこ］

みどりごの凝視の如く滴れる
ひとつ木が鳴けばどの木も蟬の木に
マザーツリー月光太く届きたる
星の数のうちの一人やひたに冷ゆ
砂時計のオリフィス細く冬に入る
古文書のやうな日差しよ春隣
子午線の大円上にゐて涼し

〈篠《すず》〉
辻村麻乃［つじむらまの］

行先を告げずに出たり吾亦紅
「本当よ」と笑つたやうな秋薔薇
小屋裏の真夜中の月笑ひたり
うつかりと海に来てをり十一月
ゼロ磁場で宙に繋がり冬に入る
千の風待ちたる千の鯉のぼり
ものの芽や皆拝みたる形なる

〈小熊座〉
津髙里永子［つたかりえこ］

外枠の馬に賭けむか春の雨
一滴の涙重たし椿落つ
麦秋に帰す含羞のハーモニカ
結葉や引越しの荷は軽うせよ
血を浄化させむ皮ごと葡萄食ひ
冬瓜を煮たりしてやや叮嚀語
本題に入りたる障子明りかな

〈運河・四万十〉
津田吾燈人［つだごとうじん］

春山に仏も餓鬼も観音も
ひたひたと老いひたひたと梅雨に入る
卯の花のひともとに歩をとどめけり
露の世をひそかに生きて半跏趺座
捨てきれぬ自愛のこころ鳳仙花
小鳥来るころとなりたる雲の色
俳諧や陳腐陳腐と鉦叩

〈からたち〉
土山吐舟［つちやまとしゅう］

捨て舟を干潟に釣瓶落しかな
法悦の涙こみあぐ除夜の鐘
水禍あり花菜浄土に掌を合はす
離縁して他人言葉に羽抜鳥
紫陽花のふふみて水のにほひ立つ
炎昼に父の余命を告げられる
犬蓼の畦に錆びつく井戸ポンプ

〈草の花〉
土屋実六［つちやみろく］

旅ごころもて葱一把買ひにゆく
大学芋旨しページの繰り易し
花種の鳴る折鶴をもらひけり
墳丘に雲のあつまる啄木忌
水筒の磁石よろよろ夏に入る
砂山に砂ふみにゆく夏の月
野分雲一本道にお化けの木

〈やまぐに〉
恒藤滋生［つねふじしげお］

囀の地球の口笛としてありぬ
大いなる余白をつくり蛍飛ぶ
木の根もて巨岩の割れし炎天下
コスモスのスクラム組んで戦ぎたる
ウォーミングアップのつもり木の実落つ
草枯れの欲なき色の輝きぬ
外套に幼な子の隠れ場所のあり

〈燎〉
角田恵子［つのだけいこ］

初富士や一朶の雲も寄せつけず
春なれや風の匂ひも靴音も
ロビー深閑青蔦に包まれて
靴のまま水に入る子花海桐
葛桜二つは淋し三つ買ふ
雲遠く故里遠く秋の蟬
隣り家と垣を作らず花八手

〈清の會〉
椿　照子〔つばきてるこ〕

秋霖にきりきりしやんと白桔梗
秋晴の碑文しつかと読み返す
木槿垣下校少女が花拾ひ
笑栗を拾ふ女の一人言
新涼や銀座に残る刃物店
障子貼る己が不器用つくづくと
鶏頭は父の花なり傾かず

〈晨〉
津森延世〔つもりのぶよ〕

何にでもそうねと応ふ目借時
ひとり言攫うてゆきぬ黒揚羽
花樗雲ととけあふ日暮時
短夜や遠くて近き黄泉の国
太陽燦与謝野晶子の忌日なり
蘭かをる那覇空港にわが家族
マスクしてかをる柊日和かな

〈ろんど〉
鶴巻誉白〔つるまきよはく〕

ステイホーム閑中閑や冷やし酒
半夏生マスク美人は半化粧
反戦の幟を持たせ武者人形
生まるるも死ぬも一度やとろろ汁
立山を遙かに想ふ立秋忌
いつの世もいくさ無残やきりぎりす
数へ日やなかなか減らぬ感染者

〈梓・晨〉
出口紀子〔でぐちのりこ〕

荒鋤の土のかたまり別れ霜
惜春の一打流鏑馬太鼓かな
卯の花や池半分に日の当たり
マロニエの花に雨降る晶子の忌
渓川の飛び石とんで夏逝かす
棉吹くやけふ山風のよく通る
影くつきりと大寒のさるすべり

〈六曜《むよう》〉
出口善子［でぐちよしこ］

夜の思惟に眠き読点ばったんこ
頑なに未来を秘せり新松子
炎え残る命ゆず湯に泛べ和《な》ぐ
北風に目を細める犬も我が同志
葉もろとも健やか二十歳の桜餅
花満つるより散り急ぐ義士の寺
穀象を識らぬ世代の脚長し

〈玉藻〉
寺川芙由［てらかわふゆう］

月天心丹後の海に尾を曳きて
破れ蓮葉脈だけといふ無残
宇宙ステーション過る夜空や神迎
日当れば落葉もこころ和むいろ
渡舟出るに間のあり蓬餅
海光をもろとも若布たぐりをり
集ふこと素直にうれし花菖蒲

〈鏡〉
寺澤一雄［てらさわかずお］

花の坂女子レスリング部が走る
走り梅雨傘と下足の鍵二つ
二度同じ池に落ちけり夏休み
イラン人国の柘榴と言うて売る
閉園の日の豊島園鰯雲
投げ入れることに失敗炬燵出る
燃え尽きて根榾は石を離しけり

〈駒草〉
寺島ただし［てらしまただし］

虫籠を突き出してゐる虫の髭
飛ぶ虫のかすかな色も小春かな
煤逃げのさて行くあてのなかりけり
鳥帰る野に赤子泣く家のあり
ついて来し蝶と別るる渡舟かな
薫風や樹上小屋より縄梯子
玄関に蚊遣してあり妻の留守

〈絵空〉
土肥あき子［どいあきこ］

春惜しむ誰彼となく水に寄り
明日は咲く蓮の蕾でありにけり
夏至の日の小さな影を持ち歩く
やはらかく凹んでをりぬ雨蛙
玉解いて芭蕉は雨を呼びにけり
蟻地獄ことのをはりの砂落ちる
抽斗にリボンの渦や春を待つ

〈山彦〉
土井良治［どいよしはる］

致死量を肺いつぱいに花菜の黄
苺ジャムの鍋やマグマを子と噴かせ
子の夜干す伝令のみのユニホーム
草履編む祖母の手慣れし良夜かな
軽トラに菊の夕霧落籍き帰る
ライダーの女身きはやか裘
キッチンでことたる朋と年酒酌む

〈今日の花〉
東郷節子［とうごうせつこ］

良き思ひ出あたためながら日向ぼこ
霜の夜のよみがへりくる父の声
木の芽時互ひに触れぬ事を持ち
新しき風を摑んで麦の秋
白樺の木肌のしめり秋近し
新涼や夫の遺せしワインの香
鶺鴒のまたひるがへり水に触る

〈栞〉
東條恭子［とうじょうきょうこ］

風さはと神の青田となりにけり
人のみな遠くを歩む栃は実に
不忍池の風のはじめの破芭蕉
町川の蛇行大きく銀杏散る
紅椿けふの重さを落ちにけり
誰偲ぶとてむらさきの一つ咲き
はくれんの風聴く夜となりにけり

〈弦・吽〉
遠山陽子〔とおやまようこ〕

吸ふ息が合図春夜のカルテット
夜の地震花の下総より来る
栗咲くや逢はぬ日の尾がまた伸びる
左足すこし長くて平泳
太陽は壮年の星夏百日
棒高跳の棒落ちてくる秋夕焼
有刺鉄線にひるがほの咲くいくさかな

〈春野〉
常盤倫子〔ときわりんこ〕

手配書は詩人・童顔・黒外套
宿直の夜は梟にもどりけり
春あけぼのアンドロイドを傍らに
陽炎を匿つてゐる保健室
もうたれのものでもなくて蛇の衣
くちびるも熟れてゐるなり水蜜桃
つゆけしやてんにかへすにひとやきて

〈馬酔木〉
徳田千鶴子〔とくだちづこ〕

沖占むる流氷夜を軋まする
煮凝を崩す思ひ出消すやうに
見失ふ吾が影つるべ落しかな
寒行の羽黒二の坂三の坂
何せんと思へど霞追ふごとし
花の袖贅沢てふはこそばゆし
ひらひらとそれで幸せ天使魚

〈四万十・鶴〉
徳廣由喜子〔とくひろゆきこ〕

神木の岩を抱きて寒明けぬ
菠薐草洗へば籾のついてをり
花種を蒔いて水平線を見に
たかんなの竹の撓りとなりにけり
畝網に鳥の入り込む芒種かな
産土の雪の参道上りけり
鴉にも恋のかけひき冬日和

〈ペガサス〉
徳吉洋二郎［とくよしようじろう］

冬が来る朝刊に挟まってくる
人声の垂直に来る寒さかな
マスクの人増えて電車を重くする
三日月の剃り残したる昭和かな
憲法記念日国旗にうらおもてなし
地球儀を逆さにしても熱帯夜
芋名月銀座路地裏こんこんさん

〈春月〉
戸恒東人［とつねはるひと］

身に入むや出土の骨に鏃痕
女《め》松原往けば音失せ白秋忌
石を割る鏨《たがね》の音や冬旱
ふるさとの駅に春星仰ぎをり
啓蟄や風に潤ふ菩薩の目
まさをなる桜散り込む天守閣
十一や蔀戸開く女人堂

〈天頂〉
鳥羽田重直［とっぱたしげなお］

菊食べて父の齢にまだ足らず
木槿垣見知らぬ人の立つてをり
湯豆腐の踊り上手を掬ひけり
竜淵に潜み李登輝逝き給ふ
隙間風といへば生家の北の部屋
喪主は父某といふ桜冷え
島ぐるみ白子日和となりにけり

〈ひたち野〉
飛田伸夫［とびたのぶお］

介護士の笑みに母笑むチューリップ
草茂る無人の駅の転轍機
高波を待つサーファーの耳飾り
甘藷掘る戦後はどこも子沢山
いつ死ぬと園児に問はれ敬老日
酔ふほどに故郷自慢鮟鱇鍋
やはらかな光仏間に障子貼る

冨田拓也［とみたたくや］

ルービックキューブをビルの窓かとも
はてしなき動画の数やシャボン玉
塩からき歯磨き粉あり鳥雲に
マンションも崖のひとつか夏燕
すつぽんの首ながながと炎昼に
青鷺やコンクリートの堤防に
道沿ひに様々な店雁渡し

〈栞〉**冨田正吉**［とみたまさよし］

ふところに風すべり来るさくらかな
初ざくら愛を育ててゐるごとし
父さんと汝に呼ばるる桜かな
まつすぐに歩いてゆけば花万朶
花浴びて智慧を授かるごとくとも
花吹雪からだが浮いて来たりけり
八重ざくらもう咲く頃となりにけり

〈南柯〉**富野香衣**［とみのかえ］

行儀よく小さき靴ありお元日
顔を見ぬ問診二分春寒し
母の間に男所帯の雛飾
学校に行かない僕のしやぼん玉
夏帯をゆるりと夜の南座へ
深秋の踏みしめられし土間のつや
えび反りの若き僧侶や除夜の鐘

〈波〉**富山ゆたか**［とみやまゆたか］

大初日赫赫と空焦がしくる
若鮎の走る水底朝日燦
松原を抜けて海見る白日傘
木洩れ陽に光の点描夕立あと
この村の溜息に似て曲り茄子
軽くなる老いたる猫よ盆の月
存分に乱るる風の枯芒

〈海棠・鳳〉
土本薊［どもとあざみ］

竈馬黄泉平坂より跳び来
木の肌になりきり秋の蟬つかむ
オリオンの足下にありて去年今年
ふくふくと蟷螂の卵冬日浴ぶ
見上げゐる空へ空へと牡丹雪
亡き人の好みし白の萩根分
柿の花イヤフォン合はぬ左耳

〈青海波〉
豊田美枝子［とよたみえこ］

初凪やかつて観音着きし浦
花筏真下に鯉の浮いて来し
前向きに生きる八十路よ朴の花
山頂の仏塔白し今朝の秋
夜神楽や戸取の神の腕つ節
榾の炎や八百年の軍旗なほ
拝殿へ風の階寒四郎

〈風樹〉
豊長みのる［とよながみのる］

オリオンの栖かうかうと年動く
きのふ見し山を越えをり初しぐれ
峭崖や花しろしろとして散らず
雲の峰おもてを上げて歩むべし
千年の杉のこゑ棲む青高野
桐一葉ふと好日を怖れけり
幻の舟がさすらふ良夜かな

〈門〉
鳥居真里子［とりいまりこ］

月は日を死は綿虫を追ひこせり
遊び呆けて白髪となりかの冬蛾
ヒヤシンス生者と死者に鈴の音
吹雪く三月兄は二歳で戦死して
痛点や鳥がみごもる春の沼
雨の日の割れない硝子であり泉
とある日の玉兎は全裸青き梨

〈濃美〉
鳥沢尚子［とりさわひさこ］

一葉落つ水面を風の翳よぎり
軒の雪落ちて話の腰折らる
白が好き赤が好きなど梅の園
春愁や胸に触れたる聴診器
花栗の風なまなまと夜の帳
うたたねの又動き出す団扇かな
喪ごころの箸に崩るる冷奴

〈風土〉
内藤　静［ないとうしづか］

荒魂も和魂もゐて新松子
長雨のはたて明るき黄葉かな
古暦風のつのつて来るらし
木々芽吹くここにかしこに降魔札
ひとつばたご咲いて声明昂りて
亀鳴くや祖《おや》の化石を思ふとき
蛞蝓といふ無防備を生きんかな

〈韻〉
永井江美子［ながいえみこ］

鬼柚子のままに風音聞いてをり
雪の朝死者の一人と数へられ
信じるに足る囀りの朝のこと
抱き合ふからだの死角木の芽雨
手を伝ふ水みなづきの蒼さにて
五月雨を死に水とする女なり
母を観るやうに眺める百日紅

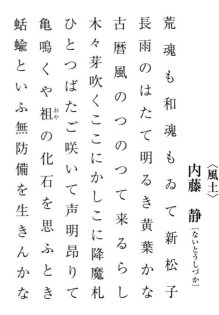

〈風叙音《フュージョン》〉
永岡和子［ながおかかずこ］

蒲公英の絮吹く日和耐へて待つ
石垣の陰の菫やまた逢はむ
病葉や気負へどからだ固まれり
花罌粟の凜々しき青を咲かせけり
金風をまとうて五色慈悲の色
照る川瀬胡桃の落つる山路かな
大白鳥四年振りとは癒さるる

〈いぶき・藍生〉
中岡毅雄［なかおかたけお］

亀鳴いて遅筆かなしむこともなし
乾きても魚籠にほふなり額の花
ことごとく葉のかがやける仏生会
歳月はひとを癒やさず紫木蓮
猫じやらし養生の身の十五年
みづいろの名刺小鳥の来たりけり
撃たれたる鹿の血の飛ぶ落葉かな

〈貝の会〉
仲　加代子［なかかよこ］

老いてなほ抱負埋めゆく初日記
春の雲乗せて峙つ千畳岩
吾が書きし短冊飾る花のみち
教へ子の名入りの胡瓜購へり
鰻食ぶ九十五歳の誕生日
木犀のかをり届けよ亡夫のもと
彦根城菰巻の松眠り入る

〈椰〉
中川歓子［なかがわかんこ］

山寺の金色浄土銀杏降る
黄落や一言主神古墳抱き
満ち潮の濤しろしろと大旦
春一番鳥の羽舞ふ汀かな
連翹に片頬熱くたもとほる
降り出して雀隠れに動くもの
薔薇苑に翻訳詩集ひらくとき

〈知音〉
中川純一［なかがわじゅんいち］

熟寝してテレビ体操忘れ初め
むつかしきことを易しく講始
東京に雪虫遣はせしは誰ぞ
羽外れさうに震はせ雀の子
目高にも娘盛りのあらば今
兄弟の喧嘩にラムネ割つて入る
流れたる星の尾を断つマストかな

〈日矢余光句会〉
中川寛子［なかがわひろこ］

秋の灯や家に伝はる草双紙
日向ぼこ犬は獣の匂ひして
礼拝はオンラインにて着ぶくれて
息切れの坂ゆく棕櫚の日曜日
来年は無事か梅酒を漬けにけり
スケボーの何と自由か雲の峰
夜遊びの出来なくなりぬぬくめ酒

〈春野・晨〉
ながさく清江［ながさくきよえ］

便り読む囀りの窓少し開け
たんぽぽや振り向けばみな遠きひと
糸ざくら水が日ぐれを惜しみをり
籠り居に今日の暮れゆく合歓の花
世の隅といふ涼しさの机かな
紅葉散る水の中にも雲流れ
冬満月遺愛の壺を窓に寄せ

〈磁石〉
長澤寛一［ながさわかんいち］

愛鳥週間しやべらぬ時はものを食ひ
蕗味噌をなめて今昔物語
戦後はるか波郷旧居に雀の子
秋茄子を嫁に食はせてもらひけり
鰤起しガリヤ戦記を読み進む
山頭火忌崩れ石積ふれて行く
行く年をされるがままに歯科の椅子

〈樹・樹氷〉
長澤きよみ［ながさわきよみ］

紅梅や宿帳にみる和宮
春昼や鼠小僧の墓に猫
うららかやイタリア街といふところ
聖五月真白き鸚鵡肩に載せ
バーチャルのティラノサウルス子供の日
連れ立ちて歩きだしさう梅雨茸
白鷺の下りくるブーケトスめきて

〈河〉
永島いさむ［ながしまいさむ］

良夜かな裸身に影のあるところ
母恋へばりんごのうさぎ跳ねにけり
ゲルマニウムラジオにこゑや冬銀河
病室のほこりに金の西日さす
渡辺のジュースの素だ裸の子
存在理由《レゾンデートル》二百字で云へ蟇
叔父さんは軽佻浮薄巴里祭

〈やぶれ傘〉
中島和子［なかじまかずこ］

黄心樹の花にふれ行く車椅子
山藤や秩父に残る機の音
艇庫みな戸を開け放し夏来たる
捕虫網やたらに振りて走りだす
沈下橋渡りてゆけば葛の花
誰彼に声をかけたき秋の虹
降りしきる雨の重さや百日紅

〈閏〉
中嶋きよし［なかじまきよし］

韮粥に鶏卵落す微熱かな
砂川の闘争はるか独活刻む
荷を盾に宅配びとや春一番
ひとつ蚊に弄ばれし夜更けかな
無人駅きちきちばつたの音が飛ぶ
小春日や巡回研ぎ師の指の傷
泥葱を束ね農婦のラッパ飲み

〈栞〉
中嶋孝子［なかじまたかこ］

梅雨に入る足下の草も遠き灯も
快晴の日はその色に七変化
遠雷や封を切らずに手紙置く
颪を追ふ颪のありけり蕎麦の花
ひぐらしや校舎をつなぐ板廊下
草むらに沈めば忘れ秋の蝶
積み上げし薪の切り口雁渡し

〈颪叙音《フュージョン》〉
永嶋隆英［ながしまたかひで］

春嵐良妻時に息巻けり
はくれんや昼に頰張る塩むすび
古ぼけしへたれ団扇よ風起こせ
落ちながら蝶の目に野の錦かな
凩や街道百里驀地《まっしぐら》
口中を果汁の爆ずる紅蜜柑
抱きよる地の涅色や冬の蝶

〈予感〉
中島たまな［なかじまたまな］

白梅の白のちとせを思ふかな
夏の夜の燈火ぎりぎりまで絞る
寝そびれてをり短夜の短かさに
盆僧と少し故郷の話など
野分後の一本道や父母を訪ふ
りんご選る時神さまの言ふ通り
なにかしらきのふのやうな湯冷めかな

〈門〉
中島悠美子［なかじまゆみこ］

谷風や羊歯の祖霊の立ちゐたり
肉体のあふとつ粉雪しきりなる
青写真どつと暮れけり餅の花
戒律のうす暗がりを赤海鼠
瞳孔のぢゆつと音する寒落暉
真ん中の光源は屍花ひらひら
射干の朱の雨に濃し晴子の忌

〈風土〉
中嶋陽子［なかじまようこ］

切干の飴色深し母遠し
帰り花ほつりほつりと人歩き
呉服屋に端切れとりどり時雨をり
元日や参道登りきつて富士
生温きやごの抜け殻仏生会
土塊を弾き蚯蚓のひと伸びす
亀がかり水やりがかり草矢うつ

〈残心〉
中島吉昭［なかじまよしあき］

大学の時計のゆがむ残暑かな
十六吋主砲野ざらし憂国忌
早春を探しにかろき靴履いて
坂の根津谷中千駄木初つばめ
行くあてのなき靴磨き春惜しむ
軍港に雲の整列夏旺ん
水鉄砲またびしよ濡れになりに行く

〈耕〉
長瀬きよ子［ながせきよこ］

朗人句碑ふところにして山霞む
空蟬のいのち抜けたる軽さかな
飢餓マラリア破傷風禍や敗戦忌
親のこころ知るに幼し七五三
草稿の文字うるはしき一葉忌
綿虫を放ち夕空やはらかし
おでん煮る生涯家に火に仕へ

〈ろんど〉
永田圭子［ながたけいこ］

餅花や文字黒々とまねき上げ
笹鳴や少年にある一家言
魁夷の襖絵波音の冴返る
子午線を跨ぐ明石の夕薄暑
人生の半分は夜秋彼岸
家毎に小橋のかかる神迎へ
この海の向かうはロシア毛糸編む

〈絵空〉

中田尚子［なかたなおこ］

稲刈の日の教室のさんざめく
根木打誰も敵はぬ女の子
白菜に乗つて庭石畏まる
新しき障子が母をしあはせに
本流に差しかかりたる雛の舟
柿の花見上げて固き喉仏
鮎茶屋の座布団膝の収まらず

〈少年〉

中田麻沙子［なかたまさこ］

鐘楼にヴァイオリンの音鳥帰る
退院の母に三つ葉の卵綴じ
いま母を逝かせてならじ杜鵑
糸杉にゴッホの狂気野分くる
うたかたの玉座の如し金木犀
通夜いそぐ車窓刻々草紅葉
時に声荒げることも冬菫

〈俳句大学・秋麗・火神〉

永田満徳［ながたみつのり］

大鯰口よりおうと浮かびけり
すぐ消ゆるスマホの明かり星の恋
ポンポンダリア空の一角より晴れて
大鷲の風を呼び込み飛びたてり
阿蘇見ゆる丘まで歩く師走かな
稜線を残して寒の暮れゆけり
巌をひとつ寒満月を繋ぎ止む

〈栞〉

長束フミ子［ながつかふみこ］

あるだけの青菜散らしぬ七日粥
如月の日差しに道を迷ひけり
この辺で引き返さうか犬ふぐり
らんらんと空青きまま雛の宵
一呼吸二呼吸おき落花かな
昼顔の昼顔として咲きゐたる
風鈴の鳴り出して風失せにけり

中坪達哉［なかつぼたつや］〈辛夷〉

机辺へと声の近づく真夜の蟬
一俵の重さの記憶今年米
嗅ぎ分けて金木犀と銀木犀
大仏の時雨明かりを行き帰り
笹鳴をくぐりゆくとき息止めて
本膳に匂ふ裏山春の宵
芹摘むや流れに指を細くして

中戸川由実［なかとがわゆみ］〈残心〉

爽籟や蔵に発酵すすみをり
石の目を読みゐる石工秋のこゑ
本に挿す拝観券と櫨紅葉
陽だまりのままに活けたる冬の菊
ふたたびの落花の風を待ちにけり
ゆく春やきのふに続く汐曇り
日がな立つ御山洗の水けむり

中西秀雄［なかにしひでお］〈燎〉

一帯が桃色となる桃の村
いぬふぐりけふはすなほに詫びやうか
漆黒の闇はカンバス蛍の夜
滝おちて群青の空なほ深む
天空の天主の礎石天高し
発願の絵馬ひしめきて寒に入る
音を吸ひ降り積む雪の闇深し

中西夕紀［なかにしゆき］〈都市〉

池凍る日の耀ひを容れながら
木の芽山眺めし父もこの墓に
一川に速き一条花いかだ
古文書に敗者の歴史青あらし
桐咲いて同じ目線の師の手紙
涼風の一身洗ひ過ぎにけり
箱庭に誰ぞゲリラを入れたるは

〈泉〉
長沼利恵子［ながぬまりえこ］

全身に水満ちて涼あらたまる
秋蟬の一つ激しき北の空
紙を裂く音いつまでも虫すだく
うつむけば赤爪草の返り花
体幹を起して歩け年の市
癒えよとて有楽椿の花の数
一片の花びらに水逸りけり

〈一葦・風土〉
中根美保［なかねみほ］

箒草つのれる紅に枯きざす
むらさきを選り初買の着尺かな
ひそやかな噫もらしぬ乳母車
紋白蝶のせて傾く花ばかり
汗ながら腕つめたし桜桃忌
ポケットに石の図鑑や夏つばめ
飛魚の干されていよよ鋭き歯

〈ひまわり〉
中野仍子［なかのあつこ］

ふらここの揺れを残して茜雲
名水と云う名を冠し滴たれり
ふりむきし笑顔さわやか校門に
枝豆のポンとはじけて塩かげん
土手沿いに煙なびきし豊の秋
浮き玉にあやつられたる鴨の列
その音を踏んで楽しむ霜柱

〈阿南シニア俳句会〉
中野郁［なかのいく］

鳶の輪に入らぬ鴉初御空
梅一輪杯に浮きたる卒寿かな
日向ぼこ終わりを知らぬ与太話
立秋の山を間近に歯科の椅子
試歩の杖止めて聞き入る朝の虫
どかどかと長靴男稲刈す
曼珠沙華むかし庄屋の捨て屋敷

〈濃美〉
長野美代子［ながのみよこ］

泉湧く水底の砂躍らせて
弓絞る無音の中の夏袴
枯かづら風に声だす山のみち
落としきり欅身軽に枯木星
鳥帰る伊吹の風を胸に受け
手まねきし呼べば来さうな春の雲
夏霞とろりと志賀の山と湖

〈帯・門〉
長浜　勤［ながはまつとむ］

栗剝いて家に暗がりありにけり
身にしむや父の紙撚の美しき
冬の梅種火のにほひまとひたる
手に握る化石のくぼみ蝶の昼
志立ててうぐひす間近なり
関東の空たひらなる端午かな
青芒だれも時間にあそびゐる

〈濃美〉
中原けんじ［なかはらけんじ］

目瞑るは祈りにも似て花杏
ひつそりと余白いろどる夕桜
春泥や迷ひ雲またはぐれ雲
手刀を切つて戴く新走り
鐘の音の山の裾まで沁みる秋
冬霧の信濃の峰を呑み込めり
冬もみぢ影も日向もいろ深む

中原幸子［なかはらさちこ］

道端のスミレと白いご飯好き
鬼だって手には手のひらふと桜
コロナ隠り胡瓜トントン塩パッパ
突破口だろうミニトマトが赤い
夏炎ゆるニンゲンどもに足二本
月澄んで思い出澄んでまた一歩
いっしょに遊ぼいっしょに困ろ餅ぷくり

〈草の花〉
仲原山帰来［なかはらさんきらい］

引鳥を石廊崎にて送りけり
大凧や児の歓声を後押しに
雨蛙顔を寄すれば額に跳び
日の落ちて風に匂ひの葛の花
豊年や水路往き交ふさつぱ舟
窯出しの甕の冷めゆく冬はじめ
立ち憩ふ残る紅葉の色増せば

〈銀化〉
中原道夫［なかはらみちお］

桐の花過去にて忘れ來し習ひ
茶毘の字の誤植すげなし春の蠅
餞にならねど春と逝く雲か
繭買の忘れてゆきし扇子かな
出だし良き足運びなる百足かな
金接ぎの景色涼しく回しけり
これがその黄雀風かなう雀

〈青海波〉
長町淳子［ながまちじゅんこ］

花あふち濁世の風に諍へり
素魚や仏心を捨てをどり喰ひ
闇ほどく夢か現か恋蛍
花みかん辻褄合はぬこともあり
八頭血縁と言ふしがらみを
我は詩を秋蜘蛛は囲を編みにけり
粲さんと風の旋律舞ふ落葉

〈ひまわり〉
永松宜洋［ながまつぎよう］

破れ障子秋の夕陽の差し入りぬ
凍て星や子らの見る夢よかれかし
飲み干したペットボトルや夏の雲
忘れ物してきたような今朝の秋
ヒトとして生きている身や秋北斗
春雷や転がる赤いボールペン
仔をくわえ歩く野良猫彼岸西風

〈晶〉
長嶺千晶［ながみねちあき］

禍の世とて白藤の枝のひろごれば
相背くさまおほどかに夕牡丹
防空壕とやぼうたんの奥の闇
弔ひの牡丹浄土となりにけり
鍵盤のつめたき指にのこるなり
沈む日へ声をあげたき枯野人
歌ふこといつしか忘れ辛夷の芽

〈予感〉
仲村青彦［なかむらあおひこ］

航跡のとろりと浮かぶ花の奥
さくらさくねむらぬままのしろづくめ
さみだれや木立の奥がふいに顕ち
新宿は白いきりぎし半夏生
秋暮るる壁に向かつて電話して
赤まんま潜るみづおと夜もひかる
海へ張り出せる冬灯に海昏し

〈鶴〉
中村阿弥［なかむらあみ］

三つ池を源流として蜷の川
老人が金魚に何か言うてをり
初ほたる草や木にある明と暗
早桃熟る世阿弥の初心貫かむ
水引の花のかたへにビオトープ
小鳥来る金平糖は来ぬものか
新宿のホームで別れ月今宵

〈風叙音《フュージョン》〉
中村一声［なかむらいっせい］

排泄の尊厳介護春の風
梅雨の蝶ひそかに我に語り出づ
コロナ禍や看護婦走る春の闇
無常とて柩へと散るさくらかな
この箸や一期一食春惜しむ
一日一生尊と愚を問ふ去年今年
コロナ禍の業か定めか去年今年

〈陸〉
中村和弘［なかむらかずひろ］

片角の大鹿走る時雨かな
大甕に水の溢れし淑気かな
春水の一滴に揺れものの種子
止木の枯れの激しき雛祭
長城の駱駝怯えし胡沙嵐
夢の島浅蜊の腐臭混りおり
石人のどれも兵士よ麦の秋

〈信濃俳句通信〉
中村和代［なかむらかずよ］

落し文解けば兜太の伝言よ
灼熱の街は呼吸を忘れたり
核の世を生き抜く子等へ虹二重
原爆忌真水の濁り掬ひとる
執着を焼き尽したる雁来紅
嫉妬心花芯にとかす緋のカンナ
月光や思索の扉おし開く

〈稲〉
中村かりん［なかむらかりん］

紫木蓮あとは剝がれてゆくばかり
亀の子の溺るるやうに進みけり
怪獣の口もて蜥蜴威嚇せり
雀来て水よく呑む日台風圏
マスカット光の粒の滑り落つ
美男なる大仏を見に黄落期
アイライン太めマスクの人となる

〈予感〉
中村香子［なかむらこうこ］

醒めてなほ残る笑ひや春の夢
やはらかき昭和の歌謡青時雨
鯉幟泳ぐ子どもら踊り出す
予科練の夫の後生や終戦忌
愛想よき店に買ひ足す秋茄子
木の椅子に月の聲聞く十六夜
「罪と罰」また読みふける冬はじめ

〈貂・枻・棒〉
中村幸子［なかむらさちこ］

冬の薔薇手放す家に咲き継げる
Uターンして七階に住む朧
花いろに暮れてゆく富士桑解かれ
蕗若葉水を豊かに村廃れ
合歓咲くや信玄の濠底知れず
植田風百歩も行かずまた地蔵
旬の桃今朝卓にあり青山あり

〈沖〉
中村重雄［なかむらしげお］

無花果やシルクロードの果てに奈良
買ひたての爪切りの音開戦日
片づけて冬の机となりにけり
老人の老いゆく速さ竹の春
捨てきしこと忘れきしこと春深む
さつと葉をむかれて目覚む柏餅
生きのびて次の極暑を待つ齢

〈門・帯〉
中村鈴子［なかむらすずこ］

山のこゑかくも集めて雪解川
来し方も月のねぐらも朧かな
平常といふ二重丸花は葉に
なめくぢり愛といふ字にとほくゐて
とどきたる葡萄一粒づつ故山
小春日のたまはる坐忘花八つ手
名峰のかくれてをりぬ掛大根

〈鴻〉
中村世都［なかむらせつ］

羽抜鶏鳴いて隕石とんでくる
糸蜻蛉水の底まで日の射して
合歓咲いて人遠ざける遠ざかる
白萩のこぼれては地を鎮めをり
煮凝のぷるんと夜の雨となる
雪女に山姥ついて行つたきり
読みさしの新聞寒のゆるぶかな

中村姫路［なかむらひめじ］
〈暦日〉

海光のとどく十月桜かな
花活けて女にもある寝正月
せせらぎを聴きてきぶしの花揺るる
地蔵尊赤き椿を光背に
椨の花散るもいろはにほへとなり
しゃら一枝白き蕾を隠したる
しじみ蝶アサマフウロにこだはりぬ

中村紘［なかむらひろし］
〈海棠・鴫の子〉

啓蟄や土手を嗅ぎつつ歩く犬
春風やまねて覚える子の遊び
白線のまぶしき車道夏つばめ
秋めくや買ふでもなくて寄る書店
隠し事話してしまひたき良夜
脇役を通す生涯花八手
初春や巫女の黒髪まばゆくて

中村冬美［なかむらふゆみ］
〈ペガサス・豈〉

まんさくの木の下父と子の時間
立葵廃線の駅舎は今も
導火線ねずみ花火の火が飛んで
曼珠沙華つぎつぎ仕掛ける導火線
魂送りゆっくり返す砂時計
すれ違う逢魔が時の白マスク
月蝕裡しずかに錆びてゆく時間

中村雅樹［なかむらまさき］
〈晨〉

日の色の橙たかく飾りけり
若水や藻の青々とゆらぎをる
彼方より光まつすぐ朝ざくら
藤の淵水竿とどかぬ深さにて
御嶽の気流に朴の咲きにけり
行く秋や風鐸松の色をして
古里は落葉して水湧きにけり

〈深海〉
中村正幸［なかむらまさゆき］

やはらかく母をかげろふより助く
逃水の振り向かざればなほも追ふ
春愁のしつぽのやうなものつかむ
どつと影投げ出されをり花疲れ
死の果てに何ある落花浴びてをり
流氷に未踏のひかりありにけり
問ふことをやめてひたすら春田打つ

〈風土〉
中村洋子［なかむらようこ］

十三夜地球に一人ゐるやうな
海暮れて一舟もなき後の月
雪ぼたる祈りの島を巡り来て
予備校に眼鏡をかけた雪だるま
火と炎風の吹きあぐ大どんど
椿咲く開山堂の「のりこぼし」
春ともし手燭に浮きし岩屋仏

〈ひまわり〉
中村瑠実［なかむらるみ］

三月の十一日に鳥帰る
雨傘のひだに巻かれし桜蘂
麦の秋各駅ごとに車掌降り
列車来る尺取虫が靴の上
ショートケーキ平らに提げて花菜風
三叉路の右か左か道おしえ
水羊羹小皿に移すとき光る

〈今日の花〉
中村玲子［なかむられいこ］

くつきりと富士見ゆる日の寒さかな
病室へ朝一杯の福沸
余寒なほ指をほぐして鍵盤に
花の香の届かぬ面会オンライン
のびやかに学校チャイム夏来る
捩花の一本殊に捩ぢ昇る
無口な子よくしやべる子と秋灯下

〈道〉
中森千尋［なかもりちひろ］

群れなして瑞の空へと初鴉
鉄路沿ひ海の朝のふきのたう
来世また句友の縁松の芯
ゆきあひの山にかかれる秋の虹
ふるさとはいつか他郷に豊の秋
散紅葉掃き寄せてゐる風箒
樹氷林精霊となすカムイ山

〈ときめきの会〉
中山絢子［なかやまあやこ］

みどり児をあやせば泣かれ初笑ひ
裏山に日の逃げてゆく寒き春
花筏くづして鯉のおよぎけり
鯉のぼり小さな村を泳ぎけり
天竜は吟行日和秋深し
信州の水の切れ味走り蕎麦
アルプスをどかつと置いて林檎むく

〈百鳥・晨〉
中山世一［なかやませいいち］

繭玉の下に大箱燐寸かな
金星の輝き出づる蕨山
一面のつつじ明りの外厠
万葉のころも鮎飛ぶ流れかな
記紀に無き邪馬台国や桐の花
枇杷の実に色きつつあり狐雨
船室にビキニの海図西日差す

〈青海波〉
中山孝子［なかやまたかこ］

丘陵に塚穴二つ黄水仙
水切壁残す酒蔵燕くる
聞き役にてつし扇子は膝の上
雨兆す歩道の柵に蟬の羽化
土佐に酌む酒は辛口初鰹
学舎は参道に沿ふ松の花
ふるまひはコップ酒です豊の秋

〈暖響〉
中山洋子［なかやまようこ］

立春の不意に身を切るやうな風
若葉風補助輪取れて走り来る
明日あると信じ服買ふ夏はじめ
ワクチン接種我慢の夏はもう少し
失敗の選手を想ふ夏五輪
パラリンピック義足はづして汗ぬぐふ
女子もゐる夏パララグビータックルす

〈信濃俳句通信〉
奈都薫子［なつかおるこ］

言霊の居処探す星月夜
柿を捥ぐ不意に湧き来る幼き日
こだはりを束ねて捨てし年の暮
入院と静かに告げし君の春
水中花ガラス戸越しの見舞かな
老いし山羊草食み時食む原爆忌
蟷螂の骸花壇の隅に置く

〈藍生〉
名取里美［なとりさとみ］

みづうみの春の光や死をたまふ
春驟雨みづうみと死者よこたはり
頤のお骨堂々花を待つ
みづうみの残照へゆく春の鴨
春の鴨暮れきるまでを啼きとほし
みづうみに添寝のごとし朧かな
この朝日つなぎとめたし豆ごはん

〈栞〉
波塚照美［なみづかてるみ］

誰もをらぬ山の駅舎のいぼむしり
誰れ彼の事を思へば星の飛ぶ
入相の鐘を遠くに雪ばんば
春近き竹工房の竹の艶
枝先に光る余寒の日のしづく
鳴き龍の鳴きたるほかは梅雨の寺
白き花白きまま暮れ喜雨亭忌

〈玉梓〉
名村早智子［なむらさちこ］

みどり射す開きて待てる朱印帳
同じ皿ばかり使うて茄子焼いて
よろしきは水羊羹のふたくち目
天へ道開くかに立つ鉾柱
一力の西日晒しの竹矢来
くわりんの実傷も育つてをりにけり
この冬は山へ帰さう田一枚

〈多磨〉
行方えみ子［なめかたえみこ］

花冷えす灯油一缶買ひ足しぬ
失せ物を捜しあぐねて夜は長し
貴船菊風出て影と揺れにけり
文旦の手子摺らせしは厚き皮
どうかねと風邪の様子を聞いてくれぬ
のら猫とにらめつこして冬日向
咳ひとつ視線が吾に注がれぬ

〈知音〉
行方克巳［なめかたかつみ］

螢の夜生前葬のはなしなど
螢火や千夜一夜のひとよにて
明滅の滅を数へて螢の夜
西瓜切るごろんと一度転がして
山百合を抱へて死者に逢ひに行く
朝顔や朝つぱらから死ぬ話
繊月に二上山がある景色

〈杉・西北の森〉
滑志田流牧［なめしだるぼく］

玄鳥や人語ひそかに本の街
亀鳴くを待てる今宵の七笑
牛のゐぬ牛舎朽ちたり青嵐
短夜やいのち一つの羽化したる
朝顔を打つ雨粒の濁りたる
動かざる山女何をか秋澄めり
焼岳を下り来し雨の鳥兜

奈良比佐子 [ならひさこ] 〈森の座・群星〉

笠間焼の重さがよしとぬくめ酒
窓大きく開き冬蜂逃がしやる
カレンダーにそれぞれの位置掃き納め
炬燵の座やはり亡夫の座がよろし
抱つこされ散歩の犬や四月馬鹿
母の日や世話を焼かせる母となる
エンドレスな山鳩の唄梅雨兆す

成田清子 [なりたきよこ] 〈門〉

石榴真剣どの朝もちがふ空
たましひを濾過するやうに雪が降る
鳥籠の向かう寒月光の砂漠
さくらさくら私を励ますやうに散れ
寧日のたんぽぽの黄は水に置く
深林のにほひ立夏の鍵を置く
君にとつての夕焼けがわたしの詩

成井　侃 [なるいただし] 〈対岸〉

肥後守研ぎ秋の日をしたたらす
檸檬ひとつあたりの空気引き緊まる
綿虫や暮色を急ぐ神の森
ゆきわたる薄き午後の日蓮枯るる
領巾を振る如くにしだれ柳かな
沖合の潮流太く青岬
白玉の水透きとほる山河かな

成海友子 [なるみともこ]

三叉路の米屋の屋根に初鴉
老木のくの字に曲がり梅白し
池の鳥あれこれ数へ春の午後
指先の関節さすりゐる余寒
新出刃で一気に捌く桜鯛
きもの着てちよつと香水うなじにも
小春日の窓に雀の影と声

〈草の花〉
名和未知男［なわみちお］

烏瓜咲く夜の星は静かなる
湧水に濡れてままこのしりぬぐひ
さくら蓼に大和の雨を思ひけり
竹林の竹に風聴く十三夜
衛兵のごとき神木冬の霧
寒中といへども水に芹匂ふ
八咫烏鳴きて大和の寒明くる

〈日矢余光句会〉
新堀邦司［にいほりくにじ］

新蕎麦や一茶の里の婆が打つ
里に下り猿の家族も日向ぼこ
「ノエル」といふ珈琲香る聖夜かな
孫娘先立ち行くや恵方道
祝箸に傘寿の吾が名太々と
甚平着て肩書きのなき暮らしかな
西行の小夜の中山月さやか

〈春月〉
西　あき子［にしあきこ］

梢々の淡く色づき春しぐれ
清明や昨夜の雨吐く檜皮葺
さらさらと光をさらひ今年竹
さざ波の底の明るき植田かな
翔つときの翼の軋み梅雨鴉
初冬や風の口笛遠く澄み
神無月古墳を塞ぐ黒御影石《みかげ》

〈ひまわり〉
西池冬扇［にしいけとうせん］

元朝のツララキララと輝けり
ホオジロの近所へ寄っただけという
春の暮お土産三つたこ焼も
あの店の鮎饅頭の餡の味
カメムシに挨拶してる網戸越し
柿生った鴉が柿食う稽古した
烏瓜夜はいそいそ灯り提げ

〈ひまわり〉
西池みどり［にしいけみどり］

朝霧や水平線のでこぼこに
灯の消えておほほうふふと土の雛
虫の夜の螺旋階段下りてゆく
風吹くも落葉を踏むも山の音
寒の入り山の尖りのことさらに
回廊を裏に回れば黒牡丹
かなかなを置き去りにして山下る

〈春嶺〉
西岡三四郎［にしおかさんしろう］

晩節を俳句に託す明の春
ものの芽や老いにも未知の未来あり
意を決し免許返上風薫る
白靴にエージシュートの夢を追ひ
ときをりは妻にやさしく温め酒
米寿なほ花鳥諷詠秋高し
年ゆくや余生は己が歩幅にて

〈岳〉
西澤日出樹［にしざわひでき］

雀の子飛びて整ふ朝の貌
三三五五にタンゴを踊る雀の子
杣人の霧を切裂くやうな斧
椿の実子宮取りても母は母
冬籠奥底にあるプリミティブ
マスクして死にし目をして流浪して
空白かまたは余白か斑雪

〈残心〉
西田啓子［にしだけいこ］

桜蘂踏み猫のピカソは十二歳
空蟬や飴色の髭張りしまま
安曇野の陽射しの匂ひ冬林檎
坂多き街に親しみ去年今年
丘の上の終の棲処や冬銀河
下萌えの広場となりし母校跡
太陽と一日遊ぶ夏休み

〈多磨〉
西田眞希子［にしだまきこ］

恙なき年迎へして謝するのみ
糸柳風に吹かれて縺れけり
君影草といへるその名に惹かれけり
かしましく屋根を叩いて白雨来る
蟬時雨陵墓の森に移りたる
木犀の香れる庭を掃きゐたり
残照に柊花をこぼしゐる

〈鴻〉
西野桂子［にしのけいこ］

吾亦紅こつんと山頭火の忌日
くろぐろと森まろまろと十三夜
満天星の真紅に冬の極まれり
母遠くなる臘梅の月の色
落椿うつくしく刻止まりけり
春愁の顔ざぶざぶと洗ひけり
来し方と行く末のこと蜷の道

〈知音・件〉
西村和子［にしむらかずこ］

遠隔会議中座画面の白障子
翳りても曇らざりけり春の水
駒返る草やくるぶしふくらはぎ
木から木へ風を手渡し花水木
梅雨籠苦なくさりとて楽もなく
篠籠に手仕事待たせ新茶汲む
立秋の机上拭へば傷無数

〈古志〉
西村麒麟［にしむらきりん］

祝日やレタスを洗ひパンを切り
初蛙もう見付かつてしまひしか
味噌醤油海女の営む何でも屋
海胆の棘海を探してゐるらしく
秋楽しその彫刻は鳥らしく
梟の子ども無邪気に餌を踏み
あかあかと目玉二つや冬の蠅

二宮英子 [にのみやえいこ]
〈雉・晨〉

ゆりの木の落葉渦巻くターミナル
休ませて貰ふ縁先水引草
二日目の朝日差したる吊し柿
椅子に乗り電球変ふる六日かな
寒釣に鳶の声降るいくたびも
船着場仙人草の穂絮とぶ
春近しシフォンケーキの肉桂の香

二ノ宮一雄 [にのみやかずお]
〈架け橋〉

ギヤマンの奥の遥かな怒濤かな
十薬を結界として咲かせ置く
梅雨に入る風が一樹にこもりゐて
冷し酒往きて還らぬこのときを
根の張れる田芹を摘めり風の中
傷秘めて夫婦茶碗や稲光
寒鯉の思ひ出したるごと動く

二宮洋子 [にのみやようこ]
〈からたち〉

来し方を語る手話あり花は葉に
声までも母似となりぬ花大根
石垣は父の手積みや花みかん
復興や肺深きまで花みかん
盆灯籠灯せば哀し揺ればなほ
梵鐘も秋立つ音となりにけり
セロリ噛む少女の手足長きかな

丹羽真一 [にわしんいち]
〈樹・樹氷〉

輪飾や海の臨める駅務室
愛憎のごとく春泥滲み出づ
晩春や置かるるままのママレード
坐るのに丁度よき石しやぼん玉
足形の泥水飲みぬ夏の蝶
敵多き大地を跳んで青蛙
何もせず卯月曇りの長椅子に

〈やぶれ傘〉

貫井照子［ぬくいてるこ］

赤べこの首ふつてゐる春隣

霙ふるあるかなきかの音のして

白梅の上枝のあはひ昼の月

小さき手のひとり綾取りお中日

鉤針のするするするとレース編む

潮溜りの子等をみつむる白日傘

カンナ咲く海へとつづく昼の坂

〈稲〉

沼田布美［ぬまたふみ］

冬の蝶野に断層と言ふ軋み

松籟のうつつに三保の冬はじめ

鳶の尿冬を零してゆきにけり

鈍色の冬を抱き込み石切り場

雪吊の影欺かず心字池

興亡の礎石の罅に冬の蝶

野の色を奪つてゐたり寒夕焼

〈風土〉

根岸善行［ねぎしぜんこう］

手術して枯蟷螂の声発す

看護婦に囲まれてゐる毛布かな

水温むほとけどぢやうの泡一つ

ぼうたんにぼうたんの夢白牡丹

夏山やぴしりぴしりと星礫

顔面に濃厚接触して西日

胡麻打ちの膝うち替へて打ちつづく

〈馬酔木〉

根岸善雄［ねぎしよしお］

待宵の屋根の落葉松丈揃ふ

山月に落葉松黄葉浄土かな

落葉松に寒九の落暉渦なせり

山の日の燦と落葉松霧氷かな

駒鳥のこゑに落葉松明けゆくも

落葉松の闇うねりそむ鵺のこゑ

落葉松を透きくる朝の風涼し

〈ソフィア俳句会・若葉・上智句会〉
根来久美子［ねごろくみこ］

恵方へと歩けば新しき花屋
丸まつて眠る島々春の風
八方に散る伝令の水馬
言ひ訳も追従もせず黒麦酒
舟虫のおづおづ覗く疫病みの世
ソーダ水話せば軽くなる心
つくつくし過ぎゆくときをいとほしみ

〈やぶれ傘〉
根橋宏次［ねばしこうじ］

菊芋の横をとほつて畑まで
らつきようの花咲くころを海を見に
浮き寝鳥波の高さの見えてをり
嚙みきれぬ海鼠が口の中まはる
飴玉の中に炒り豆あたたかし
さらに数増えてじやがたらいもの花
流れつつ乾いてゐたる竹落葉

〈燎〉
納富紀子［のうとみのりこ］

娘《こ》の居ない部屋の静けさ十三夜
香を追ひて行くて見え来し蠟梅林
虫食ひを取りし大根夫の作
冬ざれや入浴剤で湯めぐりす
髪切りて襟元に風春ショール
多摩川に夫と競ひてよもぎ摘む
春キャベツ買うて帰りの足弾む

〈暖響〉
野口　清［のぐちきよし］

しづもりし野は耳澄ます初蛙
兵の墓その父が建て春天地
峡の空あまさずに翔く夕つばめ
英霊塔蛙の岩に注連を張る
従軍碑全員帰還札所寺
山鳥のしきり母衣打つ花吹雪
武甲山大きうねりの鯉のぼり

野口希代志［のぐちきよし］〈やぶれ傘〉

曼珠沙華咲くいかるがの石舞台
集落へ宅配バイク野水仙
鎌倉へ通ずる古道春兆す
雪国の友へスマホの花だより
オカリナの途切れ途切れに新樹光
夏の雲紙ひかう機のふはり飛ぶ
誰も居ぬ分教場の蟬時雨

野口照子［のぐちてるこ］〈多磨〉

子の声の路地に溢れて日脚伸ぶ
とんぼうにやつぱり似合ふ竿の先
梨剝きし包丁梨の皮の上
秋刀魚食ぶ苦くて辛き腸より食ぶ
着膨れて人の情にすがりをり
話すこと山ほどあれど炬燵熱し
かたまつて水鳥動く寒さかな

野口人史［のぐちひとし］〈秀〉

ほのぼのと山よ川よと初明り
雄鶏の蹴たてをるなり春の土
春蘭の花が七つと妻の声
花街に猫の足あと別れ霜
のら猫をバサラと呼んで春惜む
ギザギザの日向日影や若楓
門川に小魚走る夏の朝

野崎ふみ子［のざきふみこ］〈夏爐〉

田に降りる田鳧のこゑや初御空
寒晴や漣に鳰見失ふ
寒ゆるみつるうめもどき散乱す
ハンカチの木の花真白母の日よ
百合白し全身に吹く海の風
空港の風吹いてくる盆の寺
コスモスや朝日の当る山の家

野路斉子［のじせいこ］〈栞〉

今更の掌の洗ひ方寒ざらひ
定規もて写生の校舎桜どき
草矢には草矢作りて母抗戦
猛練習夏うぐひすとなる為に
掌を開く橡の青葉に誘はれて
猫じやらし何んだか好きで猫ではなく
何んの集ひか思ひ出せないまま花野

野島正則［のじままさのり］〈青垣・平〉

多摩川の渡し場跡や石叩き
ドロップの缶を飛び出す流れ星
引越の段ボール箱山眠る
冬座敷介護ベッドがど真ん中
踏青や父の歩行器母の杖
目借時防災無線もごもごと
空蟬の数だけ地球穴だらけ

野中多佳子［のなかたかこ］〈辛夷〉

待春の降車ボタンを誰か押し
春がすむ空をのこして解体屋
水晶の膝の念珠にみどりさす
ゆふづつや卓片寄せて海の家
青葉騒きのふと違ふ湖の色
涼しさは卓のハーブの匂ふとき
ひぐらしや飯盒浸す渓の水

野乃かさね［ののかさね］〈草笛・瑞季〉

茎立の好き放題にさせてやる
円墳に大樹一本囀れり
野遊びの芽吹きさうなる手足かな
夕焼や独りダッシュを繰り返す
並べ干す獣の皮や紅葉山
風花の吸ひ込まれゆく藁火かな
夭折の薄き詩集や龍の玉

〈信濃俳句通信〉

野々風子「ののふうこ」

金色のグラデーションに末枯るる
牡蠣を食ぶRの月を待ちわびて
極月やペガサスになり逃避行
白鳥の胸仰ぎ見ゆ船出かな
風の声受けとりました春一番
裸婦像を見て子がママと言ふ聖五月
ふらここや一人遊びに慣れてゐて

〈沖〉

能村研三「のむらけんぞう」

豊秋の家木の朴を仰ぐかな
黒々と山襞しまり猟期来る
吾のたてし音にたぢろぐ霜夜かな
寒中の芽にして朴は天を指す
芽山椒ぱんと叩いて登四郎忌
裏文字の透ける聖書や鳶若葉
一書抜き十書が傾ぐ梅雨の書架

〈四万十〉

野村里史「のむらさとし」

塩軽くふりて上上青菜飯
畑を打つために婆来て畑を打つ
柿若葉やさしき嘘をつく介護
水色の使ひはじめの扇かな
ふるまひの土佐の鯰の洗ひかな
この人にこの句碑ありて稲の花
妻呼びにゆかねば冬の虹見れば

〈不退座・棒〉
萩野明子［はぎのあきこ］

春の風子犬ときどきつんのめる
ぶらんこの二人の高さ揃いけり
塵取の中うごき出す金亀子
家族ふたり犬一匹の豆御飯
子供らがぺたぺたあるく送り盆
白鳥の胸がぶつかりそうにくる
家は今シチューの匂い蒲団干す

〈やぶれ傘〉
萩原渓人［はぎわらけいと］

豆腐屋の跡形もなく春の草
沈丁花のかをる新興住宅地
駅近の店に駆込む夕立傘
隧道の岩はでこぼこ蚯蚓鳴く
下屋に筵かんそういもが反り返る
柱時計のボンと聞こゆる霜夜かな
シャッターに閉店の文字冬ざるる

〈梓〉
萩原康吉［はぎわらやすよし］

麦秋の野にて少年放尿す
来ぬ秋や野堀の草に吹く風も
魂棚を去年のごとくに組み上げて
無口一徹夕映の男郎花
秋風やデーサービスを拒む母
枯山に憩ひて命なつかしき
決断の遅速を笑ひ雪女郎

〈emotional〉
漠　夢道［ばくむどう］

鳥は空を飛ばねばならぬ理由
不思議なり丘の上から丘を見る
砂の山見えていたはず雨の日も
芒原ふたりをひとりとは言わぬ
草二本もっとも短い紐ですか
右側へ崩れるだけで見えている
人類と書いてしばらく考える

〈青草〉
間　草蛙［はざまそうあ］

変装はフード深きにマスクかな
浚渫の重機の音や鴨帰る
三反の畑は穀雨の黒さかな
立春や万年布団日に曝し
白南風の橋をよろけて渡りけり
谷川の底は岩盤水涼し
降る雨に木から飛び出す法師蟬

〈春月〉
橋　達三［はしたつぞう］

都心より富士見ゆる日々冬に入る
いつの間にか鶏は鶏舎に日の短
見せあつてゐる節料理オンライン
青海苔や岩にとろんと磯の波
山並みはさざ波となり春霞
春光を絡め快走サイクリング
さみしさは高みへ蛍消えてより

〈やぶれ傘〉
橋本美代［はしもとみよ］

春浅し無事めぐり来し誕生日
歩け行けと手招きしてる雪柳
曽孫二人新客となる春彼岸
一丁を百七十歩の青葉道
長病みの友身まかりぬ著莪の花
子の眠る公苑墓地に夏つばめ
盆の来て帽新しき六地蔵

〈暦日〉
蓮實淳夫［はすみあつお］

雷に様つけて農励みたり
水口のリズム長調夏夕べ
草の香手相占ひしてみたり
手入れ行き届かぬ畑ぎすの声
結界の墨痕の褪せ冬ざるる
宿木や白き遠嶺は国境
霜晴の独標を翔つ靴の音

〈古志〉
長谷川櫂［はせがわかい］

虹忽と無意識にして美しき
海を見る人となりけり土用波
長き夜や宇宙を照らす盧遮那仏
心ひとつ洗ひたてなりけふの月
正月の朝の来てゐる蕪かな
滴々と雪滴々と山は春
恐しき年の来てゐる雑煮かな

〈春月〉
長谷川耿人［はせがわこうじん］

二胡の音にさそはれ月下美人の夜
散骨に黒瀬川まで朝ぐもり
色変へぬ松や顧問に秘書二人
みちくさを切り撮るライカ波郷の忌
下駄箱の三は常連冬至風呂
海胆突きの棹まつすぐに天を衝く
酒蔵に風の道あり夏つばめ

〈若葉〉
長谷川槙子［はせがわまきこ］

畑隅に白き陶片初蝶来
春雨や買ひたての本胸に抱き
竹の皮脱ぎつ放しを叱られず
鰯雲ひとつひとつに日をのせて
しんがりも一番もなく稲雀
亡き父と話しゐる母十三夜
天国はきつとあるはず冬の虹

〈湾〉
籏先四十三［はたさきしとみ］

雄弁に優る沈黙水澄めり
露草や今日といふ日は過去を消す
草紅葉古墳百穴百の闇
托鉢の声一列に冬の喜捨
狛犬にぶれない呼吸梅ふふむ
手を振るは別れのならひ花薊
空堀の底ひはびこる夏の草

〈葦牙〉
畠　典子［はたつねこ］

如月の木々にぶつかる風の音
大寒やほのと茶房の吊りランプ
水温む鴨来てよりの湿地帯
釘打つて大工もどきの大昼寝
ストローを一気にのぼるソーダ水
のつそりと北極熊や真炎天
さはやかにパラリンピックの笑顔かな

〈草の花〉
旗手幸彦［はたてさちひこ］

祇王忌や苔をころがる落椿
平城山に媛のみささぎ花あざみ
日はあまねくも二上山の夏霞
蒜山の駒のいななき乱れ萩
まなかひに雨余の大河や赤のまま
野地蔵の軒下を借る寒施行
久女忌や祖母の遺愛の桐火桶

〈若葉・岬・栃の芽〉
畠中草史［はたなかそうし］

ままごとの菜はたんぽぽ招かるる
大人らの畦を塗りゐる学習田
玫瑰や音なく崩る砂の城
蜩に来し方思ふ郷想ふ
色褪せし蛇籠寄辺とする落葉
裸木と向き合うて腹据りきし
凍滝の身ぬちかすかな水の音

〈春耕・薫風・蘆光〉
畑中とほる［はたなかとおる］

海峡へ漁火殖ゆる星月夜
土砂降りの雨止みし空雁渡る
函館の街の灯見ゆる良夜かな
岩木嶺の空に鋭し青りんご
積む石の仏に見ゆる秋彼岸
振り向けば馬と目の合ふ大花野
半島の断崖の沖小鳥来る

〈燎〉

波多野 緑［はたのみどり］

水筒とカメラ夕日のねこじやらし
木練柿隣の家に猫が来る
秋時雨決断の眉引き直す
目薬を一滴二滴去年今年
透き通る思ひ出ばかり花は葉に
音読を二分筍流しかな
でこぼこのアルミの盥日向水

〈GA・豈〉

秦 夕美［はたゆみ］

せんなくて春光はじく魚の腹
その声はたしかに異界黄水仙
髪洗ふ故郷は熱をもたざりき
八十島に防空壕のこる秋
悠然と更けゆくこの世菊の宿
冬うらら柩のなかの緋色かな
深沈と枯野は人を恋ひにけり

〈鏡〉

八田夕刈［はったゆかり］

射的屋で福助を撃つ春満月
没分暁漢《わからずや》にも一人修司の忌
其ハ風ノ生ルル処ビアガーデン
命まるごとクロールの君若し
黒砂糖煮詰まる二百十日かな
清志郎冥土でピンクジャケツ脱ぐ
かまいたち百鬼夜行に附いてゆく

〈空〉

服部早苗［はっとりさなえ］

地下列柱じつとり濡るる厄日かな
無花果をとろとろと煮て未婚なる
冬帝に皇帝ダリア奉る
着ぶくれて無し直感も達観も
星赤く添ふを拒まず寒の月
麦秋や明日がいちばん新しき
形代にこの身の子細託すなり

〈草の花〉

服部　満［はっとりみつる］

椿落ちて日の翳りたる海鼠壁
牛舎へと舞ひ込む雀雲の峰
炎天や艫を向けたる沖繋り
人を悼む白や夾竹桃盛り
風入れて千人風呂の夜長かな
かいつぶり潜けば水に差す暮色
開墾の幕臣称へ花盛り

〈天頂〉

波戸岡　旭［はとおかあきら］

華麗なる裸電球羽子板市
枯芝に落葉の積もる明るさよ
水仙に聞き耳立ててゐる私
千年も生きて春眠楽しまむ
こぼれざるもののみ愛《め》でて柿の花
耳奥に渓音残る鮎の膳
水鱧やのれんに透けて芸妓過ぐ

〈瓔SECOND〉

波戸辺のばら［はとべのばら］

空っ風わたしの心裸ん坊
風光るグレーへアーに赤い靴
白木蓮からんと空を青くして
母さんが死にそうだけど豆ごはん
恋情は閉じ込めたまま蓮開く
かぶりつくビッグマックや原爆忌
葉室麟読了の窓小鳥来る

〈風の道〉

羽鳥つねを［はとりつねお］

開龕も今年限りと里の春
竹皮を脱ぎて現世の風を受く
山霧の奥より有耶無耶神の聲
夕さりに沖るもの在り芒原
夭逝の姉似に遇ひし菊供養
塔頭の色なき風を纏ひたる
原初より人に憑き生く風邪の神

〈玉藻〉
花形きよみ［はながたきよみ］

白魚に細き藻まじる四ッ手網
囲み居て炎親しき春暖炉
夕暮は一日一度梨の花
吸はれゆく虫の羽音や白牡丹
八月や父の戦史を今に知る
きはやかに葉かげ映れり秋日傘
地下鉄の風なまぬるき師走かな

〈藍〉
花谷　清［はなたにきよし］

楡芽吹くこころ漣たつ空に
風船の外ひろびろと独りなり
対称の破れが力あめんぼう
淼淼と川渺渺と鵜一羽
五線譜に切絵のすみれ星祭
今という不確かなもの蛇の衣
吾の知らぬ吾に出会いぬ秋の暮

〈今日の花〉
花土公子［はなどきみこ］

白煙を上ぐるかに落つ雪解滝
春日和鏝絵の鯉の動き出す
城跡の起伏一面苜宿
鰯雲端の方より泳ぎ出す
秋出水人智およばぬことばかり
木犀の千金万金こぼしけり
霊峰といへど冬枯免れず

〈ときめきの会〉
塙　勝美［はなわかつみ］

夫婦と言ふ不思議を添うて月おぼろ
娘へ継なぐ亡母の真珠や紅椿
父島の海よ珊瑚よハンモック
骨董屋の軒風鈴や石畳
弾けたる波に崩るる雲の峰
この海は庭と言ふ漁夫鱗雲
夜仕事の夫を待つ卓おでん鍋

〈今日の花〉
馬場眞知子［ばばまちこ］

よく跳ねるポニーテールや踊唄
翻訳で読む句の新た芭蕉の忌
閉店の老舗デパート冬木立
風かはし島人初荷待つ埠頭
啓蟄や坂道多き文士村
飛び石が花片留む水路かな
雨音を隔て老舗の夏暖簾

〈湾〉
濵田彰典［はまだあきのり］

鷹渡る日向大隈峰連ね
火の鳥を要に薩摩秋日和
半島は長き龍の背冬に入る
漉桁に繰られ解かれ寒の水
寒といふ箍を外して梅の空
菜の花や日に四便の定期バス
風鈴のひとつが売れて残る音

〈からたち〉
浜田京子［はまだきょうこ］

ふわふわのオムレツみたい花菜風
天地のためいき深し黄砂降る
生き方を変へれば楽と鳳仙花
背伸びして測る身長羽抜鶏
日本一短かいホーム青田中
忌を修すながき黙禱玉の汗
ゴーヤ煮る地獄の釜の蓋開く日

〈ペガサス・豈・連衆〉
羽村美和子［はむらみわこ］

木瓜の花遊び上手な風が来る
踏んではならぬ明日は爆ぜる桜しべ
ふうせんかずら異端の風となら遊ぶ
カサブランカ副反応に軽い恋
銀竜草たましいひとつ誘き寄せ
バラライカ大地あまねく星が降る
帽子にマスク外すわたしが消える

〈風土〉
林 いづみ［はやしいづみ］

杉並区和田に来てをり雪降れり
色も態もつぶさに孤なる唐辛子
神留守の常の糧なす署名本
これやこの『凡海《おおしあま》』かな月昇る
薔薇の芽やマーマレードの出来上る
風みどり一袋づつ買ふ土と種
むらさきの夜明けよ姫沙羅の花よ

〈鬣TATEGAMI〉
林 桂［はやしけい］

姫隠しの裏見の瀧や葛の花
男郎花錆びて匂へる父の鉈
小学校の放課後永き鳳仙花
空の彼方に海あるひかり曼珠沙華
出征の日の父麦の花一列
南瓜の花の蜂怒らする遊びせり
天狗の山の夜風や花の烏瓜

〈ときめきの会〉
林 三枝子［はやしみえこ］

金星の見届けている初夜明
自衛隊の野営テントや春怒濤
夫早も十七回忌春月夜
立ちさうで立たぬ茶柱さくら餅
バス停は新宿行や雲の峰
野の果の西方浄土冬茜
着水の光り浴びたる浮寝鳥

〈鴻〉
林 未生［はやしみき］

柿すだれ紀の国の峡暮れ色に
うたかたの夢かふはりと朝の雪
いとさんの写真を添へて雛の段
鉄橋はぎしぎしの野の宙にあり
りんの音の仏間に余韻半夏生
あをによしさみだれ萩のこぼる道
残照の小高き塚に鶲来る

〈鴫〉
原田達夫［はらだたつお］

新月やメール迷子になりにけり
往復の歩数異なる柿日和
マヌカンのパーツごろごろ冬初め
さしも草ささやかに地を覆ひけり
杉菜の森刈るは大鎌大女
尻尾一振り阿蘭陀獅子頭の面《ツラ》
咲く前にづづと首上ぐポピーかな

〈初蝶・清の會〉
原　瞳子［はらとうこ］

明日しまふ雛に一夜の灯をともす
可惜夜や桜の更にさくら色
みどりさす櫂新しき川下り
おうと応ふる父のゐさうな父の日よ
命名の一語涼しき墨の色
ピカソ展出で炎昼の街歪む
雪だるま眼もらひし方を見る

〈鳰の子〉
春名　勲［はるないさお］

大阪の日和を讃めて残り福
白川のかにかくにの碑花ふぶき
ブランドと見えてユニクロ更衣
琴坂はほどよき登り落し文
大夕立風押し立てて来りけり
馴初めのことなどぽつり長き夜に
柏手の音よく響く神迎

〈家・晨〉
晏梛みや子［はるなみやこ］

船着へ坂が急なり時鳥
しづかなりひかりはじめし梅雨の松
鮎ずしや雨止んで風立ちはじめ
会へば子を力としたり南風
夕端居もの思ふには明るすぎ
百合匂ふ寝返りをして何となく
鳥渡る中洲をこぼれさうな数

〈青山〉
坂東文子［ばんどうふみこ］

着信音大寒の日の沈むとき
半世紀経たる間紙雛納
囀を入れて墓前の名刺受
草笛や鳴らぬと捨てし葉のあまた
簾吊り流人のごとく籠りをり
敗れたる独楽を木の実に戻しけり
冬に入る半纏木の葉を拾ひ

〈河〉
坂内佳禰［ばんないかね］

裸木となる木ならぬ木銀杏坂
鰭酒のことに熱きを再会す
山刀伐《なたぎり》峠と言へば楸邨根雪来る
便箋に山廬の印字梅の花
五月一日祝詞の声をマスク越し
老鶯や木地の陰干し二年目に
塩竈の夏や藻塩を買うてこそ

〈鴻〉
半谷洋子［はんやようこ］

蟻一匹踝のぼる我鬼忌かな
水の秋瀬音が町をつらぬけり
その中に廃線埋もれ夕花野
神還る灘のまばゆき日なりけり
文机の上に赤べこ松過ぎぬ
舟入の明るさへ開け春障子
更衣母と旅する夢を見て

〈遊牧・ペガサス〉
檜垣梧樓［ひがきごろう］

てふてふの蹴とばしゆけり花ゑんどう
壬生狂言黄花空木に沿うてゆく
物芽顕るヤマトサウルス・イザナギイも
トリアージ詮方なし当番医のなみだ
カタクリや島へはどうか来ないでくれ
神々の意は伝はらず春大根
日てふ字の横一画は嗚呼カラス

〈道〉
疋田　源〔ひきたげん〕

野分前袋の中に糸電話
薄紅葉ミュンヘン橋の囲ふ先
数へ日のペーパータオル指の跡
コロナ禍へ寒声新た初音ミク
逃水とカーステレオの新世界
鷹鳩と化すや味覚に異常無く
剪毛にのぞむ羊の面構へ

〈方円〉
疋田武夫〔ひきたたけお〕

起き抜けの白湯の一杯寒露かな
仕合せや隣にひとのゐる寒夜
春立つや句集上梓の日を迎ふ
対岸の安房に一里や海おぼろ
対岸へ白き大橋夏の湾
三伏や安房の山紫の深まれり
星合や想うて遂げぬことばかり

〈あゆみ〉
日隈三夫〔ひぐまみつお〕

木犀の香りで手取る老夫婦
招くやうに蒲の穂絮が漸次揺れ
葉闇より撃つ波光る冬の湖
桜過ぎまた花万朶梨畑
雨催ひ蛙鳴く夜を急ぎ足
スコールの雨滴残りてまさき垣
無言劇蜘蛛の巣払ふ秋の藪

〈汀〉
土方公二〔ひじかたこうじ〕

箱眼鏡外せば父も母もなし
代々の笛方なりし男郎花
相聞の歌は遺らず虫細る
視野高みゆく海筋の駅伝路
帝陵に破俑の捨て場揚雲雀
雲五彩淤能碁呂島の麦嵐
菜殻火の立ち玄海をくらめけり

〈稲〉
飛田小馬々［ひだこまま］

ヘッドライトのなかに初雪ありにけり
うらやましきほどの干し物冬日和
啓蟄や香りの強き菜を刻む
行く春や抑揚つけぬナレーション
蒲公英の絮やスマホは家に置き
声出して母が笑ひぬ夏近し
曇天や少し皺寄る木守柿

〈りいの〉
檜山哲彦［ひやまてつひこ］

一陽来復電車の床を綿はしる
白魚はきかんきな魚嘴とがらせ
独活嚙むや水の香ふかき咽喉の底
水といふ水ささめくや広島忌
夜中ふと開き身に入むヨブの声
紅潮の裏声宙へ七面鳥
寒の池鯰を蔵し日あまねし

〈燎〉
日吉怜子［ひよしれいこ］

家系図を筒に納むる初座敷
無限てふ時の魔物や寒明くる
首都東京大きく跨ぐ春の虹
実桜の揺るる上水小橋かな
国境を超えて黄砂の我が家まで
枇杷たわわビルの狭間の一軒家
古代てふロマンの香り蓮の花

〈四万十・鶴〉
平井静江［ひらいしずえ］

青鬼灯少年の声低くなる
川施餓鬼水際までの砂熱し
小鳥来る一眼レフを磨かねば
烏瓜森の素顔を見たくなる
故郷へ帰れぬ日々や返り花
ソメイヨシノ樹木葬にはこの一樹
四万十《しまんと》川の水つかみゆく磯菜摘

〈雛〉
平尾美緒［ひらおみお］

梅白し弁護士の職辞す父に
春光や父研ぐナイフよく切れて
色褪せし手配写真や木の芽冷
初めてのダービー小さく当たりけり
涼しさよ息子フィアンセ連れてきし
秋寒の一人で居たくなき今日は
冬夕焼一緒に泣いてくれし人

〈山彦〉
平川扶久美［ひらかわふくみ］

熱帯魚入れ生意気な水となる
夕焼け小焼け退屈入れるエコバッグ
落花生引けばわらわら七福神
天網に百舌鳥一声を掛け戻る
ペンギンに空飛ぶ記憶木の実落つ
木枯やルパンが盗む町の色
コンビニは現世の灯り冬北斗

〈あゆみ・棒〉
平栗瑞枝［ひらぐりみずえ］

魚干すに頃合ひの風梅の花
ジーンズの繋ぎが干されミモザ咲き
長靴カポカポたけのこ掘りに来る
羽抜鳥おどおど一日が長い
蛸の足並べ直して売つてゐる
枇杷を剝く漁火いつの間に増えて
白木槿ピザ屋がちらし入れて行く

〈馬酔木〉
平子公一［ひらここういち］

神送る青天無風深山杉
幽界に入りしや岨の霧つぶて
心教の奥秘に触るる夜長の灯
明王の威なる朱顔ぞ上り月
言霊の耀ふやうや草の絮
馬良なる白眉となれや秋別れ
阿弥陀座すやも天明の花はちす

〈予感〉
平嶋共代〔ひらしまともよ〕

雲の峰朝刊に師の俳句あり
あかときのこの世無音や稲つるび
せせらぎの岩の平らを川千鳥
星冴ゆる他郷に暮す事もなく
寒風の探鳥会に翼欲し
白木蓮や手を振るだけのさやうなら
子より受くる真紅の薔薇の重きこと

〈かつらぎ〉
平田冬か〔ひらたとうか〕

間髪に掬られし恋の歌留多かな
八橋の風まだ固く菖蒲の芽
木偶蔵に海の匂へる土用干
地下足袋の鞐外して三尺寝
鵙高音一碧の天引き緊り
句会果て主婦に戻りぬ日短
押入れの奥に潜める余寒かな

〈風樹〉
平田繭子〔ひらたまゆこ〕

花冷えの己が影凝る月下かな
花散るや水に崩るる日のかけら
日と風のうごめく谷間雪解晴
囀りや裏山あはく光湧き
花筏崩れて塵の彼岸かな
清明や四方に湧きゐる禽のこゑ
春愁や鏡奥の吾華やぐも

〈雛・若葉〉
平沼佐代子〔ひらぬまさよこ〕

敬語ある日本の国よ初沸
芽柳や明治のままの牛鍋屋
人恋へば虫鬼灯の揺るるかな
かまつかや吾に非ありと思へども
七堂に遠く暮秋の女人堂
みちのくの日翳りやすき神の留守
枯れしものためらひがちに触れ合へる

〈栞〉
廣瀬ハツミ［ひろせはつみ］

赤松の奥より春の水の音
七曜の雨また雨や青胡桃
雲いくつ通り過ぎしか山帽子
水筒に満たす八合目の清水
鶏頭に三たび四たびの日照雨
夕日さす終戦の日のガード下
夕雲の白きを仰ぎ盆用意

〈やぶれ傘〉
廣瀬雅男［ひろせまさお］

菜園の茄子は大きく曲がりゐる
茶の花のほろりとこぼれ落ちにけり
暫くは窓開けて見る牡丹雪
川風の時に触れゆく芦の角
ひさびさに街に出てみる薄暑かな
あやめ咲き猫は尻尾を立てて行く
外出を控へて妻と心太

〈郭公〉
廣瀬町子［ひろせまちこ］

日当つて枯蟷螂の目が動く
スミレタンポポ歩き出す赤い靴
初蝶の巻き込まれたる旋風
樹齢二千年いのちの神代桜咲く
初燕ひるがへるたび雪の富士
倒れたる樹より飛び翔つ揚羽蝶
荒梅雨の真つ只中の草強し

〈藍生・四万十〉
弘田幸子［ひろたさちこ］

あをあをと四万十《しまんと》川の空鶴帰る
四万十川の鮎落ちてゆく十二月
晴れ渡る四万十川の春立つ日
川漁師原爆の日も川にをり
昨日までふくろふがゐた螢沢
蜘蛛嫌ひ蜘蛛合戦を観てをりぬ
仏間まで鮨酢の匂ふ盆の家

〈沖・塔の会〉
広渡敬雄［ひろわたりたかお］

いつ果つるコロナや煤湯熱うせよ
明朗会計天狼を見て帰る
煙草屋の窓は小さし黄砂降る
啄木の妻も夭折鳥雲に
夏稽古残心に影なかりけり
かたまつて何の寂しさ曼珠沙華
装蹄の音粧へる山にまで

〈香雨・幡〉
福井貞子［ふくいさだこ］

煮凝りに魚の目ひとつ封じ込む
膠煮る匂ひ日永の画房より
走り梅雨伊根の舟屋の潮暦
あつあつの御膳汁粉の暑気払ひ
危ふきに遊んでをりぬ芋の露
熟寝《うまい》子を二階へ運ぶ良夜かな
空の星しのぐ地の星クリスマス

〈梛〉
福島壺春［ふくしまこしゅん］

埋火やルビーの如く過去はあり
眠る山思ひてわれも眠るなり
朝寝して切なき夢を見たるかな
山焼きて雨中を走る漢かな
茶畑に煙の見えて別れ霜
夏帽を被りてすこし若返る
萬國旗はためいてゐる炎暑かな

〈沖・出航〉
福島　茂［ふくしましげる］

新聞を斜めに読んで万愚節
春嵐ぬた場に通づ獣道
春こたつ眼鏡ケースに眼鏡なく
道順を聞いて忘るる蝶の昼
山背吹く馬の鬣逆立たせ
ごきぶりを打つ些かの狂気持ち
炎天を来てカレー屋と古本屋

〈栞〉
福島三枝子［ふくしまみえこ］

朝刊を読む元日の昼下り
裏返る声を励まし豆を打つ
土砂降りの雨を見てをり夏の果
思ひ出の思ひ違ひや豆ご飯
十五夜の森くろぐろと前にあり
振り出しの雨のやさしい花八ッ手
枯菊を重ねただけの嵩なりし

〈雛・若葉〉
福神規子［ふくじんのりこ］

なつかしき嬰《こ》の抱きごこち木の芽吹く
ほんのりと蕾をゆるめ白木蓮
父とゆく母のふるさと夏帽子
天使魚星降る夜を浅瀬にゐ
浦路地のからりと晴れし唐辛子
ドヌーヴのやうな帽子や銀杏散る
寒林に我を残して来りけり

〈雨蛙〉
福田敏子［ふくたとしこ］

水際へと裾野を引きて山眠る
出港のドラの音に翔つ都鳥
荒るる海ま近や障子開けておく
我に一つ励むこと有り初櫻
朝夕に見守りたるが今巣立つ
池端に糸とんぼ追ふ師の眼
全身に沁み入るばかり蟬の声

〈梓〉
福田　望［ふくだのぞむ］

母の日の母でもありて子でもあり
忽然と消ゆるものなり愛と蚊は
戦闘機過ぐ夏蝶のゆるるかに
熊穴に入るオルガンの狂ふゆゑ
木枯や一時停止をゆづりあふ
棒読みの防災無線山眠る
紅梅やするりと吾子のさかあがり

〈深海〉
福林弘子 ［ふくばやしひろこ］

ウイルスが踏絵のごとく人に問ふ
小さき手に思惟はじまりぬ仏生会
血族の丸顔並ぶ涼しさよ
空蟬にひかりの重さありにけり
旱星いのち錆びつく音を持つ
青葉木菟孤独の果てを見てをりぬ
人偏の大きく傾ぐ広島忌

〈暦日〉
福原実砂 ［ふくはらみさ］

陽の中に露座の観音冬桜
春近し御堂耐震工事中
佐保姫の渡る反り橋水ひかる
籠り居に過ぎしひととせ花朧
桐芽吹く大阪城の天守見え
後の月松影浮かぶ厳島
破芭蕉そよぐ翁の辞世句碑

〈ひまわり〉
福本三千子 ［ふくもとみちこ］

騒がしや蟬の当りしヤクルト屋
梨負うて欲張り婆さんまえこごみ
夕食は寒鰤焦げつき叱らるる
支援来る春立つ朝の皿の音
たんぽぽは残そう黄蝶呼ぶために
母の日や贈られし服地味勝ちに
茗荷好き會て言いしを覚えいて

〈椋〉
ふけ　としこ ［ふけとしこ］

春暁や夢にゐて夢醒めさうで
岩肌に指休ませてゐる蜥蜴
むかしむかし蹴りし石かもかたつむり
中指の歪む祖父の手冷し酒
おとうとを巻き込んでゆく夏の霧
月見草半獣神へ開きけり
七夕も過ぎたる奈良の握り墨

藤井なお子［ふじいなおこ］〈たまき〉

真四角に飽きて草蜉蝣を追ふ
鬱の日の青剝がしつつ秋刀魚焼く
水鳥の眠りの中を人香る
菜の花やつつがなきもの干してあり
永き日を紙の重さに揺れてをり
すこしづつ水から絹へ明け易し
夕方と昼のさかひを毛虫焼く

藤井南帆［ふじいなほ］〈磁石・秋麗〉

お値打ちと貼られし仔犬春眠す
業平忌あれ程聴きし歌詞忘れ
自らをたたみて落つる白木槿
キャラメルの薄紙開く終戦日
近松忌コーヒー冷めてゆく早さ
ジョーカーに弄ばるる凍夜かな
白鳥の生涯白を裏切らず

藤井康文［ふじいやすふみ］〈山彦〉

初音かな福耳ばかり野の仏
土筆摘む空に落書してみたく
貌の無きマネキン並ぶ薄暑かな
枇杷の種飛ばし明後日向いており
コスモスを幾度ほめても村は過疎
延命の水音残し山眠る
信心は言わず聖樹にまぎれ込む

藤井美晴［ふじいよしはる］〈やぶれ傘〉

雪催ひネオンテトラの青光り
山の湯に野焼きの火殻浮いてをり
リラの香と思ふ自転車押しながら
ヒヤシンスガラス屋が来てガラス切る
ロルカからカミュへ蝿虎が跳ぶ
炎昼の塔頭に電柱の影
冬ともしアルマニャックの瓶が空

〈河〉
藤岡勢伊自［ふじおかせいじ］

扇風機長く戦後を引きずれり
母送る小春日和となりにけり
春の雷裸婦の画集の届きけり
飛行機の美しき点滅西行忌
菜の花や絵本の中はまだ暮れず
少年は幻想である雲の峰
沖縄忌水平線の暮れ残る

〈今日の花〉
藤岡美恵子［ふじおかみえこ］

文鎮に施無畏の文字や筆始
朝東風やまだ風とがる魚市場
さくら貝は引く夕波の忘れもの
夕暮れの町の匂ひや燕の子
母の日の母に供ふる初句集
無縁墓は石積むのみや烏瓜
街人を攫ふビル風冬はじめ

〈耕・Kō〉
藤島咲子［ふじしまさきこ］

初日さす佐渡や樹上に群るる朱鷺
文机のありて墨の香春隣
初つばめポストはペンキ塗りたてぞ
紫陽花の毬良寛の毬ならむ
万緑や三十五年経し光陰
大佐渡の山ときいろの秋夕焼
寂鮎の水底の岩めぐりくる

〈藍生・いぶき〉
藤田翔青［ふじたしょうせい］

鷹鳩と化すや刃にある潤み
印刷の擦れ字青葉若葉かな
白南風の完成稿につく手垢
透明なあを葛きりをすゝりたる
マスクしていつもとちがふこの炎暑
良夜ふと自死を選みしひとのこと
竜淵に潜む自由な空がある

〈秋麗〉
藤田直子［ふじたなおこ］

花ふぶき神の天秤かたぶきて
若草を抜きたる痛み夫の墓
赦し乞ふすがたに髪を洗ひけり
母植ゑし柚子の高きは父が捥ぐ
冬日さす岩を捨てたる小猿かな
ひとり棲む炬燵蒲団の裏の緋よ
文鳥に妻を娶らせ日脚伸ぶ

〈海原・遊牧〉
藤野　武［ふじのたけし］

夏さびし前のめりに来る地下鉄よ
茄子の花の横顔淋し土着という
七夕は雨人声のさわさわ滲む
蟬絶えてふと背を押しし白き風
落葉掃く消せぬ傷口なぞるごと
疫病《えやみ》に暮れし掌に滑らかな川原石
寒椿あざやかきっと突破口

〈森の座・群星〉
藤埜まさ志［ふじのまさし］

百八つ撞かれし鐘の火照りかな
皇も民も約しき雑煮食ぶ
メガソーラーへ拓く蒼林梅雨寒し
樟の葉に鳳凰触れて神輿発つ
大寺の五連の竈青葉風
日盛りや髭の聖は缶集む
一抜けて亡者に替はる踊りの輪

〈四万十〉
藤原佳代子［ふじはらかよこ］

閉校の庭にひろげて豆莚
千振の花の盛りを引きにけり
古本屋石焼芋を売ってをり
逝きし日も野良着の母よいぬふぐり
茄子植うや亡母に似てきし鍬づかひ
泣かされて髪切虫を鳴かしけり
大桶に枡の屋号や新豆腐

冨士原志奈［ふじはらしな］〈知音〉

春暁や切株になほ樹の匂ひ
膜を張るミルクの甘き弥生かな
手放すは諦めに似て春の雨
母の日の小さき母に見送られ
仕込み水透き通りゆく十三夜
一人より二人が寒き夜なりけり
残業を終へて聖夜の流民なる

藤　英樹［ふじひでき］〈古志〉

飯匙倩捕の爺の親指はぶの形
台風の眼にまばたきの無かりけり
艶やかな乙女の声や千葉笑
来てみれば悪相ばかり初閻魔
内職の母なつかしや針供養
春愁は田中邦衛の目尻かな
道をしへ葡萄峠を教へけり

伏見清美［ふしみきよみ］

地に天に声なきこゑや原爆忌
草の中草の色して飛蝗飛ぶ
巴里祭ひとつ覚えのＢｏｎｊｏｕｒ
四方より山迫り来る田草取
ママ友と共に老いけりソーダ水
夜食楽し二階の夫に知られずに
疫病に薬効ありと新茶汲む

藤村たいら［ふじむらたいら］〈ひいらぎ〉

妻の名は草仮名で書き柳箸
薄化粧佛母の摩耶に春の雪
たまゆらの風に残花のひそと散り
梅雨寒や養痾の薬幾袋
梅雨名残梲の街を濡らし過ぐ
五十鈴川へと神の田の落し水
薬飲み忘れど恙なき小春

〈ひまわり〉
藤本紀子［ふじもととしこ］

角曲る度鬼柚子の気にかかる
柿に芋切り干し大根乾きゆく
お雑煮の椀をはみだす海老の髭
行き先にぽっかりと雲寒明ける
水温むザリガニの子の無色なり
生まれてる泳いでいるよ目高の子
一つずつ卵を抱き蟻の列

〈泉〉
藤本美和子［ふじもとみわこ］

花莫蓙の花にはとほき端座かな
奔湍に玉虫は色失せにけり
かなかなに旧りし片袖机かな
竹林の端の灯や魂迎
花枇杷の奥に籠りて人遠し
青空の月とブロッコリー畑
山に雪ガラス細工の鳥獣

〈夕凪・里〉
藤本陽子［ふじもとようこ］

人の死に腹の空きくる良夜かな
ピオーネの全きひと粒が怖い
飛べさうで飛べぬ絨毯子を寝かす
さよならと言へば耳たぶ寒くなる
亡き子にも黒豆まめに生きよとて
春愁のヒトの頭に海馬あり
釦はづして白シャツのはづかしげ

〈草の花〉
藤森実千子［ふじもりみちこ］

おん眼とづる和上にまみゆ浅き春
花杏嫗の守るなぞへ畑
けふよりは早瀬を奔れ放ち鮎
乳飲み児を寄り目にしたる天道虫
鮃舟二つ寄りては離れては
十字の詩偲びて雪の院庄
数へ日の念仏をどり空也寺

〈鴻〉
藤原明美［ふじわらあけみ］

自在なる水母とすこし話しけり
空真青幹を離さぬ蟬の殼
歯切れよき言の葉一つ秋の水
いちにちに色を添へたる葉鶏頭
夢一つありあかあかと烏瓜
ばつたんこ水の重さの音となる
にほどりのよき隔たりに潜きけり

〈青草〉
二村結季［ふたむらゆき］

わが畑へ誰か来てゐる野分あと
春耕のまた笠雲を振り返る
新客と父祖の語らふ楠若葉
玉葱を吊るに夕空見てをりぬ
芋嵐雲の形の変はりけり
帰り花役行者の像古び
硝子戸に比叡はるかやヒヤシンス

〈青海波〉
船越淑子［ふなこしとしこ］

峡の日にいのちながとて白破魔矢
獅子舞の出番待たる六義園
探索の旅に飛びたてこふのとり
落人の息吹か祖谷の新樹光
賜はりし八十路終りの濃紫陽花
指先の綾なす調べ阿波の夏
曼珠沙華太古の色持て開き初む

〈濃美〉
船戸成郎［ふなとしげお］

金華山に攻めあがるごと畑打つ
春の雪好きに生きろとこゑ降り来
いちご二十個ひんやりと夜明け前
夕顔手折る「天の夕顔」のひと
蔦もみづるや長島愛生園
「コボたち」の雑誌積み上げ小六月
寒月の影くわうくわうと母逝きぬ

〈濃美〉
古川美香子［ふるかわみかこ］

背凭れを半分倒しあたたかし
ボサノバを聞く春昼の椅子深く
浜木綿や母恋ふ海の晴れならん
もう一度麦稈帽の振られけり
垂直にグラジオラスに雨の音
運ばるる巨大装置や螽蟖
のけぞりて大人になるや蟬の羽化

〈春嶺〉
古澤宜友［ふるさわぎゆう］

初しぐれ翁矢立の渡し跡
寒雷の一閃しけの日本海
水鳥の声に暮れゆく余呉の湖
雪しぐれ巌頭に聳つ開山堂
雪解けの出羽をつらぬく最上川
桜桃の花月山の空の碧
隧道を出で翠嵐の滝しぶき

〈燎〉
古田貞子［ふるたていこ］

十二月八日はやぶさ2帰還
数へ日や受話器のねぢれ戻す夫
ありし日の夫の机辺日脚伸ぶ
軒つらら一瞬の日矢とらへけり
受話器より校了の報梅月夜
おぼろ夜や父の手彫りの母若き
翠黛の出羽連山や梅雨晴間

〈野火〉
古橋純子［ふるはしすみこ］

古本に過去の匂の夜長かな
ベランダの手すりに凍る鳥の糞
食器棚奥の茶碗やこどもの日
時の日の日の車を運ぶ車かな
背もたれに背骨の触るる夏始
七節の下手な擬態や梅雨夕焼
日傘からノースリーブの白き腕

別所博子［べっしょひろこ］

悴みて鍵取り落とす夕間暮れ
階段の一段ごとに桜草
曲り角一つ間違ふ春の昼
柿若葉二階の窓を開け放ち
窓ごしにががんぼ街の定食屋
ポケットにルーペと句帳苔の花
雲すでに秋対岸にクレーン車

〈栞〉
別府　優［べっぷゆう］

成人の日の干し物が羽搏けり
預かつてより風船の置きどころ
帰りにも垣繕ひの側通る
おろそかな日数となりて落椿
屋上へ呼ばれてをりぬ抱卵期
夏至の日の眼鏡の重くなりにけり
原爆忌雑巾かたく絞りけり

〈りいの〉
辺野喜宝来［べのきほうらい］

こんこんと龍樋絶えなし年新た
語り伝へ踊り伝へて朝薫忌《ちょうくんき》
緋桜の紅濃くしたり一人忌《かずんどき》
産土の歌三線や燕来る
草蟬やかがめば近く水の音
うりずん南風杼投げの軽き一日かな
首里城下路地より路地へ風五月

〈炎環〉
星野いのり［ほしのいのり］

真孔雀の尾は人日の地を均す
怒り捻れし蜂うつくしや壜の中
つばくらの秩父に少年がひとり
はつ秋の白き芯ある火は祈り
八月を祖母の手鏡ごと洗ふ
心臓を夜へ還してゆく花火
寒暁や壊されてゐる南京錠

〈貂〉
星野恒彦［ほしのつねひこ］

うたたねにマスク八月十五日
ああ秋刀魚食べずに秋の別れかな
羽づくろふ初鴨ちらと汚れ見せ
長ベンチ落葉払うてディスタンス
金《かね》かけし歯目摩羅灰に雪の下
老桜一番咲きは根元より
鳰の親水面ふるはせ子を呼べる

〈玉藻〉
星野　椿［ほしのつばき］

生と死は紙一重なり桜咲く
外出も出来ず桜と暮しをり
母の日の孫と曾孫のプレゼント
月見草ふれんばかりに車行く
梅漬けてほつと安堵の昼下がり
短夜の父母恋しふと涙
秋晴の続く鎌倉海の風

〈橘・俳句スクエア〉
干野風来子［ほしのふうらいし］

忘れ緒のやうに忘れて吾亦紅
菊の香を聴いてしづもる胸のうち
鵯の来て己が耳鳴り遠ざかる
生意気にさらりと茸めし食うて
桐の実を挿頭して見せよ風の先
いわし雲腕立て伏せをして仰ぐ
一切を衆生にこぼす萩の雨

〈きたごち〉
細野政治［ほそのまさはる］

信玄の隠し湯に首猿麻桛
雷鳥来氷河の跡の忘れ石
ゆつくりと富士の引き寄す鰯雲
浅間嶺や虚子の旧居の火消壺
煮凝の目玉の揺るる今朝の地震
牧童に仔山羊の頭突き春兆す
滴りの巌に刻む遭難碑

〈若葉・岬・輪〉
堀田裸花子［ほったらかし］

風花は天使の贈り物として
喜寿過ぐや神域に聴く三十三才
木屋町の客間にかたる春炬燵
ウイルスを呑み込みて吐く鯉幟
波音のどどんと崩れ雲の峰
よるべなき世をさまよへる秋の蝶
鯛や防風林に海難碑

〈雲取〉
堀口忠子［ほりぐちただこ］

知恵伊豆の墓碑に聞こゆる初音かな
手児奈堂ことに葉桜きはだてり
立山の威は何処なり雲の峰
邯鄲や麻釜に沈めゆで卵
寒鯉の眠りに入るか永観堂
師宣の傀儡師まかる夢の中
須佐之男命の一木に鳴く初雀

〈鬣 TATEGAMI〉
堀越胡流［ほりこしこりゅう］

秋祭富士のかたちに米を盛る
母恋いのつのり鯨を差し向ける
一礼をして植えたての田を去れり
沈黙の陰に闘志や稲の花
落ち切って奈落の底の木の実踏む
正直は時には罪よカンナの緋
涅槃図やさっきカツ丼入れた腹

〈運河・鳳〉
堀 瞳子［ほりとうこ］

青空に席あけてありいかのぼり
白魚を先に酔はせて酔ひにけり
花冷えの国分寺跡風戯へ
身の程のしあはせ小判草揺らす
やはらかく息吐いてをり茸籠
幾何学の底辺高さ毛糸編む
風に似る牛をよぶ声雪迎へ

〈蒼海〉
堀本裕樹〔ほりもとゆうき〕

この指に止まらざる風光りけり
山笑ふ山肌削り取られつつ
河童忌の笛の音に来るものの影
肉深くふかく潜るや蛆の飢ゑ
高見順読みさし葡萄しんとあり
蝶凍てて謀叛の翅と成り切りぬ
かまきりの卵に日脚伸びにけり

〈獺祭〉
本田攝子〔ほんだせつこ〕

春眠の覚めてなほ追ふ甘き夢
みどりの日名曲喫茶に昭和追ふ
笑顔から笑顔へ聖火つなぐ汗
十三夜湯島に残る悲恋の譜
裏町の昼を灯せる初しぐれ
ふぐちりと言ふに家族の個別鍋
墨堤の夜風冷たし別れきて

〈閏〉
本多遊子〔ほんだゆうこ〕

脱炭素社会へ加速寝正月
待春のまだまだ伸びるゴムホース
春の雲フルーツサンド手土産に
涅槃西風ひげの立派な鯉来る
からつぽのたまごポケット愛鳥日
男子校は寺と地続き青嵐
落葉焚いまたけなはのにほひかな

〈夏潮〉
前北かおる［まえきたかおる］

欠航の決定すでに後の月
ジャケットの胸ポケットの熊手かな
銅鐸の如くにビルや夜の椿
宿の名も買はれて残り若緑
入学の後の宙ぶらりんの日々
風の束太し鶯老を鳴く
ケーキ屋に寄りて花野の帰りみち

〈棒〉
前澤宏光［まえざわひろみつ］

大樟を見上ぐ冬日を顔にあて
子供らが棒で線引く春の土
青柳志解樹先生御逝去
逝きし師へ自然の梅の花ひらく
初蝶のまぶしさ老の眼を逃れ
老樹なほ地へ着くほどの花支へ
夾竹桃父逝きしまま敗戦す
同じこととまた人に言ふ月の夜

〈りいの・万象〉
前田貴美子［まえだきみこ］

戒名の短きへ春きざしけり
春ショール日照雨は中空を流れ
拝復の一行春の月のぼる
雨落す梅雨夕焼のひとところ
暮れ方の葉擦涼しきひとつ星
秋簾坐り疲れの夕風に
会へぬ名をポストに落す星祭

〈漣《れん》〉
前田攝子［まえだせつこ］

休憩を誘ふパソコン秋の暮
そびらしか見せぬ姫君歌がるた
集ひたる人みな雪の嵩を言ふ
松風の下より出だす諸子舟
僧坊といふ春陰の濃きところ
夏立つや山のもの盛る志野の皿
万緑やふくらはぎ押す渓の水

〈栞〉
前田陶代子［まえだとよこ］

水際へ日の階秋のころもがへ
靴音の疲れてをりぬ雁来紅
眉を引き足す立冬の明るさに
ポケットに十指のぬくみ冬桜
昼を深めて累累と落つばき
人ごゑのあをみて七月の水辺
出し迷ふ文の一通罌粟赤し

〈濃美〉
牧　富子［まきとみこ］

集乳缶運ぶ雪解の轍あと
凍解けてゆるむ泥田の底知れず
早蕨や尼寺の灰ゆづりうけ
春草へ蹄鍛への馬放つ
夏草を音たてて食ふ子牛かな
象の皺箒で払ふ大暑かな
秋風に裾ひるがへす高野僧

〈梛〉
正木　勝［まさきまさる］

八月の空蟬ひそと不動堂
笹剪れば光る雨粒処暑の朝
満月や潮退く如く雲失せて
冬暖浮子に気配の無けれども
寒禽の水脈より湖の動きだす
雨樋に雀首振る小春かな
ものの影人の影失せ年暮る

〈鳰の子〉
政元京治［まさもときょうじ］

山越えて風になりたる除夜の鐘
須磨琴や波がくれたる桜貝
雛飾る時止まりたるやうな町
卯の花や山の田水の光りたる
学童の夏空を蹴る逆上がり
山繭の色紡ぎたる深山かな
走馬燈からくり節や祖父の膝

〈やぶれ傘〉
増田裕司［ますだゆうじ］

秋深し骨酒頼む旅の宿
紅葉散る蕪村の墓に一句詠む
幼子に七草粥を冷ましやる
幼子が白魚つまむ指の先
常温の豆腐をつつく夏浅し
素麺にパクチー散らす娘達
仏間にて三味線さらふ盂蘭盆会

増田　連［ますだれん］

残酷な五月を信ず修司の詞
逆鱗《ぎゃくりん》に触れたる如き極署かな
白い家よりピアノ洩れくる秋の朝
天廣し腰おろしたる石の默《もだ》
二階から声も降りくる雨泊《やど》り
妻留守の厨の廣さ寒卵
ほととぎす久女聴たる磴に立ち

〈鴻〉
増成栗人［ますなりくりと］

落款の朱が引き締める筆始め
寒山拾得火桶一つの寺にゐる
桑解くや紬の里へゆく途中
父ひとり子ひとり雛の日の夕べ
さくらまたさくら一日遍路なり
亀鳴ける日なり大空放哉忌
五百羅漢一体ごとの冬の黙

〈悠〉
増山至風［ますやましふう］

拍手の遠慮勝ちなる春著の娘
鋤き終へし春田の水の些々にごり
むらさきは暮色に滲む花菖蒲
草木の埃流して夕立去る
星光りだして広がる踊の輪
窓越しに影を走らせ小鳥来る
山並を影絵としたる冬夕焼

〈秀〉
増山叔子 [ますやまよしこ]

石蕗咲くや一病を得て後の日々
先ほどの鬼が笛吹く里神楽
山門にかつて海見え鳥の恋
夕さりの浮巣へ雨の水輪かな
祈りに手を組めば我が脈リラの雨
はや萎む蓴の花の水に漬き
師の忌日近し水辺の秋の蟬

〈鴻〉
待場陶火 [まちばとうか]

松手入終へたるあとの大胡坐
枯菊を焚く東雲の空へ焚く
里山は母のふところ寒雀
転んでは大きくなる嬰山笑ふ
雲雀野は詩口遊ぶによきところ
いちめんの代田月夜となりにけり
五月雨を頻りになんぢやもんぢやかな

〈青草〉
松井あき子 [まついあきこ]

日だまりの大山独楽の唸りかな
重箱の筍飯のまだ温き
短夜や光源氏の相関図
糠床に塩を足したる西日かな
新涼や高速船の波しぶき
落花生引き抜く莢の土埃
しぐるるや引戸重たき古本屋

〈蘭〉
松浦加古 [まつうらかこ]

囀りの向う岸へと木橋あり
ひたすらに日毎生き来て立夏かな
みなもとに神の滝あり白しぶき
今はもう行けぬ荒野の花いばら
今年またいけにへを呑み梅雨山河
大皿をつひに使はず夏逝かす
遠雷や父の怒声のなつかしき

〈麻〉

松浦敬親［まつうらけいしん］

野田で知る戸隠忍法帰り花
いついつと待降節のわらべ歌
中央を指して冬めく星宿図
舞ふ獅子に犬ゐて星の大三角
羽目板の彫り影立たせ寒の月
闇見よと旅の翁へ啼く千鳥
言は猿を手マスクと見るマスクかな

〈椎〉

松浦澄江［まつうらすみえ］

三保の海に人を回して傀儡子
松過ぎのジーパンばかり蕎麦処
節々は無骨に寒彼岸桜
登呂の田の底抜けてゐる春の雨
青嵐ダイヤ一粒かつさらふ
はつらつと毬栗届く日曜日
雲水の一畳世界冬日さす

〈風の道・若葉〉

松浦靖子［まつうらやすこ］

春服やテイラーメイドのマスクして
草餅や餅屋餅屋の草の色
長閑けしや土曜の午後のヨーヨーマ
手鑑を子が繙くや緑挿す
若葉光窓にせつせつ炉を塞ぐ
炉を揚げて八畳広く成りにけり
花は葉に古筆に桐の二重箱

〈栞〉

松岡隆子［まつおかたかこ］

よい風が吹く紅萩の咲きだして
誰か行きまた誰かゆく秋の坂
帰り花一つ二つのよかりける
春水のふくらみて鳥眠らしむ
薄ごほり漂ひながら消えながら
ゆつくりと壊れてゆくよ落椿
三月の夕日しばらく林間に

松岡ひでたか［まつおかひでたか］

もういちど石を数へる原爆忌
三輪車転がりしまま原爆忌
洗ひたる墓のいづれも原爆死
夏川を覆ひつくせし原爆屍
原爆の骸重なり百日紅
原爆屍精霊舟の数しのぐ
ヒトラー忌巴里は燃えてはをらざりし

〈松の花〉**松尾清隆**［まつおきよたか］

投函の音のかたんと秋の蟬
けふの月もう一杯の紅茶欲し
十月の妻臨月の妻となる
産院を出ていわし雲いわし雲
千回の秋を生きよと名付けけり
音もなく十一月のはじまりぬ
初雀はらり紙片のやうにくる

〈松の花〉**松尾隆信**［まつおたかのぶ］

駄菓子屋の細く戸を開け梅雨晴間
滝音の中へまつすぐ竹青し
白南風の吹く七曜のはじまれり
大花野母振り向かず戻り来ず
カステラは黄色子規忌も母の忌も
鳥羽僧正忌蛙らの穴に入る
『瘤』といふ小さき句集開戦日

〈橘〉**松尾紘子**［まつおひろこ］

長堤の雲と歩みし菜の花忌
地球儀廻す疫病の春はまた
喪帰りのまた雨となる揚羽蝶
朔太郎の青猫横切る夕端居
風生れて敗荷己が影を搏つ
大利根に懸る朝月師走朔
冬蝶のいま熄むてふ石の上

〈青草〉
松尾まつを［まつおまつを］

葉桜や双子乗せゆく乳母車
蚯蚓鳴く路傍に石の一つあり
靖国の母なる祖母や百日草
吊橋の大いなる弧や秋日和
空港の展望デッキ小春かな
新千歳ジャンボジェットの雪卸
杖伝ふ大地の鼓動寒の明

〈燎〉
松田江美子［まつだえみこ］

大空へ水面へ花の翼かな
揚雲雀文化遺産の競馬場
本牧にジャズ流れくる夏の月
秋陽燦ラップで踊る大道芸
冬ぬくし子の焼く特大ハンバーグ
寒晴や胎児のやうな雲ひとつ
冬の川女王のごとき緋鯉あり

〈暦日・学習院俳句会〉
松田純栄［まつだすみえ］

悲しみ杳か春潮の壇ノ浦
山頭火の生家に迷ふ夕朧
まぼろしの声の聴こゆる遠桜
コーヒーに浮かぶ梵字や秋深む
待宵や離れ離れの椅子二つ
コロナ禍のまほろば白き帰り花
枯野とは俳句拾ひに行くところ

〈多磨〉
松田年子［まつだとしこ］

春の水燦ぎにぎにぎしく流れ
亡き夫へ供華せむと木瓜剪りくれし
電車の席の西日強きに堪へてをり
朝刊にインクの匂ひして秋か
宇陀阿騎野に草踏み立てば秋気澄む
手を振つて子を見送れば月涼し
蔵元に国旗はためく文化の日

〈笹〉
松永房子［まつながふさこ］

年新た粛々と行く今朝の川
満開の樹氷のまとふ黙白し
囀の四方より降り来山の径
時告ぐる夕焼け小焼け麦の秋
男梅雨仏足石を一洗す
蒼茫の空へ微笑む日輪草
宝前に合はす小さき手律の風

〈浮野〉
松永浮堂［まつながふどう］

一望の野の枯れゆくを眼下にす
天狼を見つめて己研ぎ澄ます
いにしへのむらさき野にて初日待つ
紺碧の海は落花をつのらする
走り根の岩にめり込む大暑かな
春暁の水の炎え立つひとところ
香水や触れむばかりに近くあり

〈松の花〉
松波美恵［まつなみみえ］

深秋の火口湖蒼き魚の影
日の雫水の雫や大氷柱
寒鯉の背鰭水切るコロナ禍を
我が胸に落ちくる椿あらば欲し
本開く傍に種蒔く母居りぬ
初夏や人魚の廻るオルゴール
指の先まで函嶺の草いきれ

〈街〉
松野苑子［まつのそのこ］

雛祭内緒話が嬉しさう
眼開け脚上げ蜥蜴静止せり
叫びたきことは原色アマリリス
ペットボトル潰し潰して終戦日
敬老の日のエレベーターの鏡に我
礼状に桃描く桃の香の中に
冬枯のこの世あの世へ風の吹く

松林朝蒼［まつばやしちょうそう］〈夏爐〉

波の上の雪嶺遥か初漁す
野火げむり覆ふ川面や鴨浮かぶ
雨筋の見えてきたりし鳰浮巣
蓮池を前なる家や襁褓干す
山川の出水に飾り星祭
墨磨つて臍に力や秋の暮
鷹舞ふや土佐南学はこの地にて

松原ふみ子［まつばらふみこ］〈栞〉

流れにも日溜りのあり蝌蚪の紐
改札を出て夕虹に間に合ひし
草叢のそよぎを出でて夕蛍
かまつかや一雨もあらず十日過ぎ
人の世を少し覗いて木樵虫
憶ひてはまた枯菊の炎を立たす
工房に生漆眠る冬の月

松本宣彦［まつもとのりひこ］〈樹〉

曼殊沙華もえて般若の舞ふごとし
寒雀去りて日溜り残りけり
談合の額寄せあふ榾明り
二度三度岸に戻りし流し雛
路地裏のフランス料理桜鱒
初夏の色に染めあげ藍のシャツ
耳たぶに吊るしてみたきさくらんぼ

松本英夫［まつもとひでお］〈阿吽〉

新米を食うて手足のよろこびぬ
コスモスや吹かるるたびに数ふやす
久女忌や一声高き冬の鵙
女正月笑ひの壺に嵌まりけり
方寸の闇を灯して梅一輪
月光を負ふ白面の葱坊主
京団扇男の腰を打ちにけり

〈鳰の子〉
松本美佐子［まつもとみさこ］

小鼓の五指に昂る初芝居
シャガールの絵を見て帰る春日傘
鏡中の吾買ひたての夏帽子
さだかにもかすかにも風坊涼し
どこからか軽き水音初もみぢ
足もとも胸も鈴の音七五三
やすらぎはけふあるふたり白障子

〈俳句スクエア・奎〉
松本龍子［まつもとりゅうし］

大石忌ことばの上に雪が降る
マリオネットのやうに仔馬立ちあがり
木耳を切り落としてる明恵かな
回るたび縄文時代になる夜店
火の時と水の時あり祭笛
盆踊往きて還りて汽水域
月代に虚空の器薄れゆく

〈宇宙〉
松山好江［まつやまよしえ］

綿虫の生死の有無をおもんみる
尊厳の最たるものよ雪の富士
雪富士を眺めるゆとり恙なし
悠然と一笑に付す懐手
白藤や明日の我が身をいぶかしむ
黙祷の重み八月十五日
吾が句碑の初々しかり涼新た

〈海棠〉
真野五郎［まのごろう］

初夢や「はやぶさⅡ」の玉手箱
テニスボール白線削り撥ぬる春
秋気澄む乗馬教室一日目
休業の窓這ひあがる糸瓜蔓
網棚に豚饅匂ふ食の秋
河豚刺や古伊万里皿の絵柄透け
西瓜玉一気に砕く河馬の口

〈野火〉
真々田　香［ままだかおる］

稲雀ばらけて四五羽戻りくる
山の端の夕日のぬくみ冬近し
どことなく昼もてあます春着かな
人にあふ夜のやはらかき春の風
午後の日に人の出てゐる茶摘かな
ひんやりとまだ明るくて昭和の日
たちまちに虹の消えたる人の声

黛　まどか［まゆずみまどか］

つばくろの空となりたる宿場町
島々をつなぐ航跡五月くる
み熊野の檜山を急ぐ清水かな
虫売の虫のしぐれを帰りけり
老松の幹のうねりも良夜なる
豊年の真つ只中を列車ゆく
追分に風の別るる暮秋かな

〈不退座〉
まるき　みさ［まるきみさ］

メレンゲを立てて仕事の始めとす
ラケット振るはるかに山の淑気かな
鳥雲に橋の一つは朱塗りなり
花辛夷みんな飛び立つ形して
桜はや葉となり一人ランチかな
じゃんけんの初めはぐーでアマリリス
五つ子の犬が生まれて合歓咲いて

〈輪・榧〉
三浦明彦［みうらあきひこ］

よみがへる山紫水明初明り
行間に恋のあとさき古日記
二つ三つをさなながらの初桜
ほろ酔うて一畳で足る花筵
戻らぬと蛍の夜の走り書き
秋灯かしことむすぶ妹の文
長き夜の徒然詩歌とある余生

〈阿吽〉
三浦　恭〔みうらきょう〕

方程式とく子にかたき柿を剝く
よき知らせことにうれしき小春かな
うでまくり男ものＭ黒セーター
クレヨンの黄よりきいろき花ミモザ
修復の石に番号樟若葉
北斎の浪のごときや心太
泳ぎつつ太平洋にひらく指

〈湧〉
三浦晴子〔みうらはるこ〕

虫鳴くやいのちの限り翅を擦り
初音してただ青空のあるばかり
真砂女亡き空を満たして紫木蓮
河鹿笛いつしか風となりにけり
繋船に小さき日の丸子どもの日
鬼灯をともして父母を迎へけり
祈りより始まるひと日林火の忌

〈門〉
三上隆太郎〔みかみりゅうたろう〕

月抱くや首なき木馬解体す
日々といふ冬の星出て空の羽化
湯豆腐の中に消えたる町一つ
干大根真昼は赤い靴置かる
全山の記憶喪失春の月
飛魚の水平線にルビ振つて
生と死とハイフンのごと蟻の列

〈夕凪・銀化・里〉
水口佳子〔みずぐちよしこ〕

潦それとも節分の窓か
あした出す短き手紙ヒヤシンス
留守電が「みどり」と名告る梅雨の底
白萩こぼれ密葬を冀ふ
沐浴に象の集まる銀河かな
綿虫の全身が悦んでゐる
ピアノには飽きたの梟を呼んで

水島直光［みずしまなおみつ］〈秀・青林檎〉

粧へる山の麓の温泉に遊ぶ
煮凝やいよいよ荒るる日本海
汲み置きし寒九の水や墨を磨る
湘南の海あをあをと御開帳
一礼をして八幡へ花衣
その辺り掃きて夏立つ稲荷かな
朝夕となくうぶすなに来て涼み

水谷由美子［みずたにゆみこ］〈オリーブ・パピルス・となりあふ〉

星空の奥より雪の降り来たる
ログハウスの木肌艶めく立夏かな
マネキンに持たす浮輪を膨らます
風鈴の鳴る潮風のとほる家
歯科の窓に鶏頭の花真っ赤
絶え間なく細き雨降る葡萄棚
煙大事に今年初めのさんま焼く

水野晶子［みずのあきこ］〈梓・棒〉

遺されし者がもの焼く秋日中
鰡とんで窓の小さき操舵室
板前の長き金箸さより盛る
待ちがてに草抜きをれば亀の鳴く
初蛙谷戸にうりくぼきつねくぼ
竹散るや住み古りなほも知らぬ道
年々に母のもの着る更衣

水野悦子［みずのえつこ］〈煌星〉

水平線持ち上ぐ力初日の出
初蝶やにはかに動く畑のいろ
手を半円身体半円種を蒔く
キャンプの夜みんなまつ赤に踊りたり
叱られし子の撫でてゐる兜虫
大寒やシリウス青き火を放つ
凍滝の凍てに黙あり黙に息

〈少年〉
水野幸子［みずのさちこ］

浅春や野辺の送りの昼の月
燕来る海辺の町のコンサート
校庭にむらさき麦の風にほふ
多佳子忌の一人暮しの水を打つ
万緑や山のごとくに兜太あり
表札は変へず八月十五日
おしろいの花のにほひは師の匂ひ

〈煌星〉
水野さとし［みずのさとし］

墨堤の色を吸ひ込む桜餅
川べりの水棹たてたる菫かな
炎帝に奪はれし影黙示録
水澄みて風音白し梓川
秋茜あるかなきかの風摑む
トロ箱を顔で抱ふる師走かな
強霜や酵母脈打つ仕込み蔵

〈海原・鬣 TATEGAMI〉
水野真由美［みずのまゆみ］

空蟬は夜空を容れる器なり
塩壺に星の匂ひの山の夏
萵苣色の小さき坂を降りゆく
梅雨コロナぽつぽつと折る傘の骨
夏夕べ橋に木霊の立ちもどる
淡雪や猫のかたちに寝転べば
雲少しあふれて鬱金桜かな

〈貝の会〉
水間千鶴子［みずまちづこ］

春雨の埴輪のまなこうすみどり
父と子のジャズの連弾青嵐
虫鳴いて父の文机灯ともれり
ペガサスが天の花野を駆けめぐる
北国の花野のなかの通過駅
一枚の落葉回転ドアに入る
茶の花へはや山影のまはりけり

〈不退座〉
三瀬敬治［みせけいじ］

みな横を向く夕映えの春の鴨
ぼく二つわたしも二つ柏餅
底の砂はねて真昼の蟻地獄
片蔭を出て来る人ら急ぎ足
つくつくし留守居気ままの昼の酒
ベランダに今日の朝顔三つ四つ
スリッパのヘタレていたる残暑かな

〈萌〉
三田きえ子［みたきえこ］

去年の雪今年の雪と踏みきたり
観音のすつくと雪解明りかな
日仰ぎゐる涅槃図の鳥けもの
日を載せてゆく萍のたなごころ
冷まじやよはひ五百の羅漢槙
たちまちに堂宇をかこむ芋嵐
綿虫や数歩をへだつ師弟句碑

〈草の花〉
三谷寿一［みたにじゅいち］

神の井の高き水音沙羅落花
墓終ひして山河あらたや秋の雲
返照のさねさし相模稲の秋
神垣の中の日だまり冬至梅
合掌造りの大きな影の冬田かな
磐座の日はゆるぎなし山桜
放牧の牛に日の入る夏野かな

三田村畯右［みたむらじゅんゆう］

ひかり玲瓏として春きたるらし
木の芽吹く大地の精気吸いあげて
花冷えやブルーシートに二三片
青梅やピンポン球とならべられ
群生のコスモス乱れ飛ぶ宇宙
おでんの具○△に□など
へし折りてちゃんばらごっこ散る氷柱

〈やぶれ傘〉
道林はる子［みちばやしはるこ］

カヌー漕ぐ少年虹の真下にて
草原の鹿の子の尻や朝日射す
山霧晴れむくむく牧の羊現る
誰が乗せし砂山の山に茄子の馬
夫先を歩みて消えし夕花野
かいつむり潜きて小さき泡二粒
冬ぬくし蛸壺を積み蜑の家

〈炎環・暖響〉
三井つう［みついつう］

龍天にすぐからになる黒インク
コンビニに買ふ傘透けて春の雪
春の風数字あふるる駐車場
をさむしのしづかな交尾青あらし
夕闇へていかかづらの花あふれ
胡桃割る騒々しくて寂しくて
つまづきて枯野へ母を飛ばしけり

〈星時計〉
緑川美世子［みどりかわみせこ］

身支度に覚悟も加へ日盛へ
有の実やおとなになりて解ること
おひさまの彩を集めてお喰積
もう増えぬアルバム捲る春彼岸
春満月欠けしこころを繕ひぬ
しりとりの佳境に入りぬ時計草
ほほづきを鳴らせぬままに子は育つ

〈風土〉
南　うみを［みなみうみを］

あをあをと水の若狭の水草生ふ
観音の臍を見にゆく麦の秋
まむしの子はやもとぐろを見せ呉るる
見えぬ火が籾殻の山のぼりゆく
石当てて秋の名残りの鍬の音
マフラーをはづし曝せり古希の首
冬の水波郷の沈思いまもなほ

〈栞〉
峰岸よし子［みねぎしよしこ］

交はりの淡くて長し棗の実
コスモスの吹かれてふゆる花の数
瀬音より風はなれゆく一位の実
山ぎはに幻月かかる菊膾
水鳥の反転日向ひろがりぬ
焚くために抱く枯菊の匂ひけり
木に人に影の寄り添ふ祝月

〈鴻〉
美濃律子［みのうりつこ］

絵硝子のランプシェードを拭ひ秋
枯芝に軟着陸のブーメラン
釈迦生るる日よ潮の香の交差点
木の芽晴フランスパンの紙袋
プルーストに倦み蓬生の風の中
アガパンサスの蕾つんつん南吹く
すべり台のひたすら灼けてゐる真昼

〈山彦〉
三野公子［みのきみこ］

ひまはりよでつかくなれと父の声
梅雨籠り膝に乾びしごはんつぶ
校長が瓜坊を追ふ二時間目
豊年や旅に生かされ旅に寝て
良寛や酒より月に酔うてをり
あいつ今みかん農家の若大将
集会所子狸ぽつと顔を出す

〈やぶれ傘〉
箕田健生［みのだけんせい］

ばら一輪古き館に色を添へ
息子逝きていよいよ白き梅の花
春一番鳥打帽を吹つ飛ばし
葉桜の庭で読書の娘かな
喉越しの感触や良し冷奴
束の間の眠りを覚ます法師蟬
飼猫が逝きて蜩鳴き止みぬ

〈鳴〉

箕輪カオル［みのわかおる］

か細くも鶯神楽山育ち
花あしび日差しさめゆく午後の風
音階の無くてたんぽぽ笛苦し
夏霧や色にてわかる人の粒
喩ふればミッキーマウス帽子花
墓石に道の一文字黄水仙
藁の香をきつちり絞る牛蒡注連

〈山茶花〉

三村純也［みむらじゅんや］

水明りしていつまでも夕桜
形代の水に貼りつき流れゆく
川風の夕べ強まる合歓の花
母のもの妻が着てゐる秋彼岸
井戸端に鯉を捌ける秋祭
木洩日の動くと見れば穴惑
棕櫚を剝ぐ跡継ぎ育て過疎を守り

〈栞〉

宮尾直美［みやおなおみ］

父いまも五十七歳曼珠沙華
小雪や恙もなくて飯噴いて
狐雨通りしあとの草紅葉
掛けてみて何処にもゆかぬ春ショール
巻き上げて潮の匂ひの青簾
桜桃忌一ト振りで切る傘の雨
庭椅子に風が置き去る蟬の殻

〈山河〉

宮川欣子［みやかわよしこ］

死に一歩また近づいて淑気満つ
よく晴れてうるさき空や下萌ゆる
ポケットの暇な深さよ山遊び
麦藁帽つっけんどんに遅刻の子
走馬燈生きてるものは手を汚す
断捨離はいつものことよ木の葉髪
漱石忌どの灯ともなく暮れかかる

〈赤楊の木〉
宮城梵史朗［みやぎぼんしろう］

枝垂梅田打桜にさきがけて
模糊と過ぐ師の忌や半夏雨の中
長き夜や将の器を論ふ
五体湯に何処に在す風邪の神
命終に少し間のある去年今年
独り居やことに尊き只の風邪
上寿とや偏に亀の鳴くを待つ

〈猫街〉
三宅やよい［みやけやよい］

ソビエトを知らぬ娘と大根引く
車座で大きく狐火の話
三月の丘にぽっかり空の椅子
軽薄な彼と彼女の春ショール
春暑しシャベルが好きで砂と水
苦よもぎ父は祈らぬ人だった
父と子を撮る母がいて秋である

〈羅ra〉
宮坂みえ［みやさかみえ］

雛飾るまづは座敷に光入れ
つい量の増える天麩羅秋暑し
間引菜や高齢化率また上がり
精度良き夫の補聴器残る虫
寺の子の手慣れた手つき注連作り
雪薄らまだあたらしき切株に
氷点下十度ズボンの裏起毛

宮崎あき子［みやざきあきこ］

枯蟷螂いのち乾びてゆくところ
かもめらに海の錆色憂国忌
冬木立空きりきりと緊まりけり
引く波に鳴る貝殻の遅日かな
草矢打つ届くあてなきものへ打つ
三伏の湯を噴きこぼす薬缶かな
林中にあそぶ木洩れ日秋の声

〈天塚・香雨〉
宮谷昌代［みやたにまさよ］

退院はわが誕生日桃の花
生きてゐるゆゑの痛みや春の虹
鐘楼の蔭に憩ひて藤の昼
シャワー浴びけふの私を消してゆく
あやふやな高さ噴水の頂点
香水や悪女にもなり善女にも
ひまはりの悩めるやうに傾ぎたる

〈南柯〉
宮成乃ノ葉［みやなりののは］

節替りどん突きに座す八卦置
転失気も嬰児なれば桃の花
山の斑となりし桜の盛りかな
受け継げる煤の色まで武具飾る
幟立つ這ひ這ひの児の土踏まず
母の日や電話の声の大きくて
軒忍吊る古釘の曲げられて

〈澪・河〉
宮野かほる［みやのかほる］

音域はアルト色なき風の中
大根の笑うてしまふ太さかな
子の髭に白きが増ゆる春の宵
白河の関を越えたる黄砂かな
西洋たんぽぽ伊達の城下と心得よ
我が胸の暗闇坂に蚯蚓鳴く
明日来るを疑はずして髪洗ふ

〈秋草・水輪〉
宮野しゅん［みやのしゅん］

人立てば影の倒るる余寒かな
くれなゐの脈打つてゐる牡丹の芽
水神の水を賜る蝌蚪の国
一幹のたちまち遠き花吹雪
紫陽花の万の瞳の雨に濡れ
じやがたらの花遠くより風の来る
風止んでぶつきらぼうの吾亦紅

〈あした〉
宮本艶子［みやもとつやこ］

鋭角に反る干し野菜寒明ける
子が持ち帰る如月の野の光
残る雪焼かれて残る喉仏
葉桜や力満ちくる鳥けもの
子供の日夜勤の母の走り書き
陽に濡るる駅舎のいらか燕去る
良夜かな妻に通わす夫の情

〈秀〉
三吉みどり［みよしみどり］

渚橋バス停秋のしじみ蝶
朴落葉お面にしたき日和かな
次に会ふ約束をして冬木の芽
あたたかやぽちやりと亀の落つる音
ものの芽や日向にひらく料理本
カーテンに猫の影ある朝寝かな
囀りを聞きつつ雨の本降りに

〈炎環・わわわ〉
三輪初子［みわはつこ］

たましひのかたちなりしか春三日月
てふてふよてふてふよ国境は海
あやふやなわが世の春の台所
水旨き国に生まれて墓洗ふ
線一本白紙に引いて八月果つ
法師蟬にんげん嫌ひのニンゲン
月の道すれ違ふとき悪女めく

〈笹・獅子吼〉
三輪洋路［みわようじ］

理髪師の鋏捌きも春の昼
天空に近き一村花さびた
充電の赤き一点夜半の秋
星飛んで宇宙旅行の話など
名月や志野の湯壺に四肢伸ばす
指切りの少年の嘘寒すばる
リハビリの母毛糸編む百五歳

〈円座〉
武藤紀子［むとうのりこ］

白玉の椿に流れ入る時間
胸板を汗の流るる仏かな
八雲忌や山陰線の通る音
雪嶺はいつも遠くに不器男の忌
夏雲を眺め手術の刻を待つ
深吉野に贅沢な闇桜散る
薔薇の影薔薇の葉の影サルトル忌

〈いには〉
村上喜代子［むらかみきよこ］

地境の刻印十字冬に入る
仕舞湯の柚子ととろとろしてをりぬ
葉牡丹の渦雨風を寄せつけず
ちちははの来てゐるやうな初雀
竜天にまつ平なる米どころ
ひとたびは空へ向かひて散る桜
水団も田螺も食べて喜寿となる

〈白魚火〉
村上尚子［むらかみしょうこ］

鉄塔の四肢のふんばり地虫出づ
ちちははの遠忌さくらを見て過ごす
一陣の風に牡丹のどつと散る
夫に注がれて一杯目のビール飲む
信濃柿一茶の空を囃しけり
あかときの声を水面に冬泉
風花や重ねてうすき和紙の色

〈南風〉
村上鞆彦［むらかみともひこ］

冬近き蘆の軋みのなかにをり
見てゐたる鵜とは別の鵜のこゑ
三脚を据ゑて鳥待つ氷かな
羊羹の切口くもる二月かな
蟻に屈み蟻にて充てる吾子の今
咲ききつて水を離るる未草
目つむれば目玉のありぬ我鬼忌なり

〈貂〉
村岸明子［むらぎしあきこ］

花の影人は何処《いづこ》へ隠れたる
花の雲都の病ひただならず
花人へ消毒液を振りかける
DDTに塗《まみ》れし戦後花吹雪
鳩尾《みぞおち》に抱きて帰りぬ竹の子を
先に逝きし兄弟もゐて草矢とぶ
虹消えて忽ち老いぬ柳蔭

〈門〉
村木節子［むらきせつこ］

軽石の裏のうぶなる秋の風
烏賊墨を食べすぎまして鶏頭花
ストリートダンサーとは孤高なる霙
ふらここやさみしき夜の落下物
梅雨晴をわたしは鳴けぬ尾長鶏
虹の根はきっと踏み台のままである
寝て起きて時に蜺よ八月よ

〈やぶれ傘〉
村田　武［むらたたけし］

花少し咲かせて萩の枝揺るる
図書館の庭の欅の薄紅葉
富士と月残して釣瓶落しかな
啓蟄や鯉の来てゐる用水路
沼の辺を漁る野良猫春きざす
木の芽風運転席の窓開けて
レジ袋を両手に妻のサングラス

〈雪解〉
村田　浩［むらたひろし］

障害を跳び越す人馬風光る
地を這うて潟の野焼の火の走る
呼出しの声の涼しき千秋楽
街道の分岐に灼くる道祖神
上棟の木の香を放つ良夜かな
竹垣に始まる序曲虎落笛
街騒を抜けて聖夜の波の音

〈かつらぎ〉
村手圭子［むらてけいこ］

妓ら降りし宝恵駕かくも小さきかな
迎火や吾を知る仏みんな来よ
まだ残る機械のぬくみ夜業果つ
ワイキキの浜の夕焼にヨガポーズ
いつまでもここに住みたく隙間貼る
又高くなるビルの底社会鍋
ぼろ市の鏡に髪を直しけり

〈八千草〉
村松栄治［むらまつえいじ］

初鳥ゴミの置き場のベルカント
谷戸谷戸に犬友ありて梅の香や
県境に渡しの碑ありつくづくし
心太ふりがな付きのおしながき
夕立雲慌てて竿を部屋の中
凌霄や窓も塞ぎて咲く炎
掃き終えし部屋に広がる冬夕焼

〈湧〉
村本昌三郎［むらもとしょうさぶろう］

繚乱の力を秘むる牡丹の芽
三味の音の地唄に舞ふや花月夜
志いまなほ高く桐の花
雨後の空切り裂き合うて夏つばめ
炎天や採石場の発破音
菓子皿へ鬼灯加へ供へけり
手をつなぎ西へとすべりゆく流灯

〈栞〉
室井千鶴子［むろいちづこ］

潮騒に秋思もろとも置いて来し
けふひと日雪より白きものを見ず
春愁と言ふをはばかる齢かな
弟の職退く便り桜咲く
東京に用なき日々や水を打つ
何や彼や世話焼きたくて夏休み
便り出すだけの外出や鰯雲

〈雪解〉
毛利禮子〔もうりれいこ〕

出しぬけの初音のあとを藪さわぐ
春雷に覚めれば闇のやはらかき
こともなき日こそ尊し瓜を揉む
ひと雨のあと色澄みぬ秋茄子
鴉止め二百十日の避雷針
三寒のマスクを洩るる息づかひ
はるかなるものへ目を遣り枯野人

〈鴫〉
甕　秀麿〔もたいひでまろ〕

雪嶺やモルゲンロートに星一つ
春炬燵でんと現在完了形
時の日や水琴窟に耳あづけ
帆は夏を円弧に捕へ沖へおきへ
耕しの挺子の原理を荒つかひ
二四六は残念な数七五三
反戦歌疾うに忘れて冬の鵙

〈百鳥〉
望月　周〔もちづきしゅう〕

ラジオしか聴かぬ友なり流氷来
熱の子が月の廊下に立つてをり
長袖に半袖重ね着の案山子
あれこれを白布に覆ひ画室冴ゆ
日蝕を見に集まれる雪野かな
まだ烟るなかをふたたび雪崩れけり
ピアノより古さうな椅子日脚伸ぶ

〈澤〉
望月とし江〔もちづきとしえ〕

しらうをのかたまりほぐす水くぐらせ
なつみかんにぶつかり夏蜜柑止まる
千の海月万の触手のあひふるる
秋麗に洗ふ鳥籠鳥死して
もつてのほかしぼればたましひの重さ
落葉松の幹より顕《あ》れぬ霧の霽る
まだ雪を知らぬ雪吊縄の艶

〈濃美・松ノ花〉
森　あら太［もりあらた］

金縷梅や父祖の地なれば住み継ぎて
末黒野も焦土もとほき日の記憶
またもとの流れに戻る花筏
不揃ひに揃ふ月夜の葱坊主
鷺一羽青田明りに佇ちつくす
生卵割ればぷるんと秋のこゑ
雁や生者に炙る山にしん

〈運河・晨〉
森井美知代［もりいみちよ］

数ふるも食すも大儀年の豆
山桜桃枝ごと折りて持ちくれし
大和より紀州へ青葉光の道
柿の葉寿司この香り好き母が好き
滴りを諸手に掬ひ飲みにけり
原爆忌国のまほらに日が上る
電飾もやや控へ目の聖夜かな

〈多磨〉
森岡武子［もりおかたけこ］

吾が唇の熱きに触れし風花や
新緑に囲はれて子の秘密基地
人の死のその夜きらめく天の川
待宵のひとりの夜の更けにけり
子規の忌や耳鳴り鉦の音に似て
矯められて窮屈ならむ鉢の菊
ヒロインに感情移入冬籠

〈鴻〉
森川淑子［もりかわよしこ］

石榴一つ置かる画廊の記帳台
刈り頃の田へさはさはと夕の風
摘みきたるものも加へて茸汁
木道のまだ濡れてをり濃竜胆
パセリ刻んで息すこし深くする
母の日のメール一行日雀鳴く
軽鴨の子にそれぞれの歩幅かな

〈繪硝子〉
森島弘美［もりしまひろみ］

うどん屋の庭に畑に鶏頭花
天道虫光沢まるく動きけり
黄菖蒲の水際子等の釣道具
梅二月骨董市をゆつくりと
おのろけもおとぼけも豆春浅し
八幡宮四方祓のどんど焼
北国の冬白小豆黒小豆

〈閨・磁石〉
森尻禮子［もりじりひろこ］

冬薔薇の火を秘め柚子全句集
県立図書館建設用地大枯野
能果てて雪の匂ひのにはかなる
光陰留めん菫を砂糖漬にして
朝東風や花ととのはぬ花時計
さみしさは無色透明冷し酒
しらじらと銀河しろじろと晩年

〈祭演・衣・豈・ロマネコンテ〉
森須　蘭［もりすらん］

とんぼうの瞳の中に住む一茶
冬林檎今ならやさしさを言える
タンポポの返事つぎつぎ運動靴
体内の風を操る木下闇
昼顔の呼吸に満ちている空き地
母の日や母にはなれぬ猫を抱く
青梅の微熱を溜める木のベンチ

〈鴻〉
森多　歩［もりたあゆみ］

野萱草紀の川を日の渡りゆく
あかときの岬へ寄せる青葉潮
風となり雲となりゆく蒲の絮
添水の音間遠に夕の杜鵑草
難波津の朝顔の実の弾けさう
虫籠窓穏やかに冬来てゐたり
駒寄せの柳に冬の風の音

〈森の座・群星〉
森　高幸〔もりたかゆき〕

空缶も蟬も一緒に掃かれをり
日溜りは又人溜り銀杏黄に
目の粗き男の運針花八手
枯野人見遣るや枯野人となり
鹽壺に鹽の小石や冴返る
詩ごころの鍵を啞へて燕来よ
春愁と無縁か貝に生まれたら

〈かつらぎ〉
森田純一郎〔もりたじゅんいちろう〕

繞道の火は盛衰の国走る
一力へ舞妓の急ぐ春の宵
み吉野の山菜盛られ朴落葉
半夏雨句碑建立の地を浄む
辞儀深く解夏の別れとなりにけり
はちきんの女将寒紅濃かりけり
疫の世とて花舗華やかな師走かな

〈風土〉
森田節子〔もりたせつこ〕

名を呼ばれ「ハイ」と大きく入学す
桜蕊降るや少年ボール蹴る
実梅追ふころころころと子が転ぶ
妖精になりてバレエや夏休み
涼新た幼の爪のさくらいろ
燈下親し模型機関車走り出す
少年の乳歯ぬけさう冬林檎

〈斧・汀〉
森　ちづる〔もりちづる〕

上げ汐の音のきこゆる雛の燭
木の芽風あまし飼葉はたつぷりと
こふづるの島の空とぶ花祭
丹波布一疋かかへ麦の秋
癇つよき馬の眼まさをなる大暑
きつつきの息をかけたる木を伐りぬ
紙漉場へ真つ赤な橋の架かりたる

〈雉〉

森 恒之［もりつねゆき］

山古志の峠に搗けり蓬餅
胡坐して女の描く梅の村
蛙子のほんの五寸のひと泳ぎ
金冠のミリの研磨や秋ともし
竹の春ぽつくり寺へ坂少し
霜の夜や土星木星触るるほど
奔流を鴨の見てゐる葦の蔭

〈夕凪〉

森野智恵子［もりのちえこ］

梅日和こころ許せば国訛
蕗味噌の苦味に帰心ふくらみぬ
新茶汲むきのふ掛川けふは宇治
たいくつな水平線や秋の航
秋の雷去りて疵なき空もどり
卓打てば卓も打楽器クリスマス
はじまりは置き忘れたる皮手套

〈やぶれ傘〉

森 美佐子［もりみさこ］

ＢＳの字幕映画を見る夜長
早梅や見上ぐる先に昼の月
麦青む見沼たんぼのひとところ
日溜りの庭石囲み碇草
庭園の散策マップ若葉風
葉桜の囲む古墳をのぼりけり
薄暑光ゆつくりまはす万華鏡

〈閏・磁石〉

守屋明俊［もりやあきとし］

み空より護符のやうなる竹落葉
出合ひあり蓮華升麻と座頭蜘蛛
百態の百の蚯蚓を踏むまじく
飛込みの度胸を遠見海の家
缶蹴りの缶の痛がる晩夏かな
落蝉の通夜に月光間に合はず
籠り居の窓は流れ星の劇場

〈運河・晨〉
森山久代［もりやまひさよ］

花冷の如意輪寺より下りけり
父の日や父情はつねに舌足らず
吉野葛晒して宇陀の山桜
奈良墨の封を切りたる一葉忌
約束のやうに燕の来る山家
いちにちの雨読を得たり獺祭忌
落し文ややときめきて拾ひけり

〈鴻〉
森　祐司［もりゆうじ］

芍薬や仏は海を渡り来し
水打つてけふ一日を惜みけり
採血の管に我が名や野分あと
ひとり家に過ぎたる秋の日差かな
酢海鼠を噛みカウンターの席の端
三寒四温残り少なき角砂糖
冴返る能面左右非対称

〈予感〉
盛　凉皎［もりりょうこう］

天上へ山気ののぼる追儺寺
三月は傷つき易き海のいろ
春寒し母に御明かしあげるまで
ふらここを揺らせば無垢の風の中
桜蕊ふる橋二つ過ぎるまで
一本の新緑にをり住み古りぬ
嵩上げの突堤にみて盆の海

〈鳰の子〉
師岡洋子［もろおかようこ］

風呂敷の紫匂ふ賀客かな
初蝶や腕やはらかに通す袖
羽で掃く八十八夜の文机
薫風にふれて地下鉄また地下へ
肩落すやうに路地暮れ一葉忌
長屋王記す木簡星月夜
重陽の桐の小筥に琴の爪

〈風土〉
門伝史会［もんでんふみえ］

稜線に雲湧く迅さ吾亦紅
露けしや書かねば言葉消えゆけり
十三夜草木の影しめり持つ
山国の一と夜さ石見神楽見て
句籠りに倦みて人恋ふ冬の梅
逃水や逆さまに見る道路地図
囀りの真ん中にゐてもの忘れ

〈余白句会・かいぶつ句会〉
八木忠栄［やぎちゅうえい］

年賀状文字も文句も下手なやつ
雪の下鍋釜に出刃包丁も
あぢさゐに隠れてをんな水びたし
梅雨明けて隣家の嫁の立姿
寝ては覚め覚めてはすする心太
友の訃をくり返し読む夏すだれ
切出しが抽斗にある夜の秋

〈海原・棒〉
柳生正名［やぎゅうまさな］

イエスまだ二千と二十歳冬木立
笑はない男流氷見て笑ふ
蟹缶に硫酸紙「地獄行《え》ぐんだで！」
有難くなるまで冷麺を混ぜる
古書店にががんぼの足の踏み場
スーパーで海鞘の安き日鱸買ふ
怒つてる…よね冬隣と亀名付け

〈ひまわり〉
安富清子［やすとみきよこ］

紅梅や脱走牛と合う小径
浄瑠璃のお鶴と共に泣く春よ
蒼范の四国三郎涼み船
近道の公園抜ける日の盛
飛行機の寄りて遠のく十三夜
稲びかり細き血管青立ちぬ
冬薔薇揺れるオブジェの鏡なか

〈松の花・ホトトギス・玉藻〉
安原　葉［やすはらよう］

御老師の読む表白も露けしや
洛北の空は紺碧冬紅葉
空低く来る洛北の時雨雲
焚火よく燃ゆる証拠の薄煙
もう慣れし自粛家居の春の昼
はやばやと咲くと吉野の花便り
身を守りつつ軽暖の一人旅

〈夏爐〉
安光せつ［やすみつせつ］

真新な寅彦邸の春障子
海荒れを遠くにしたる椿垣
泉水の音もゆたかや御開帳
天草寄す打ち返す波くれなゐに
南吹く岬に廃校水族館
鵙鳴けば鵙が応へる夕べかな
冬青空一番遠き子より文

〈ひたち野・森の座〉
矢須恵由［やすやすよし］

教へ子の古稀過ぎしてふ賀状かな
見納めになるかこの景四月馬鹿
成り行きに任す他なし実梅落つ
夏は海沖からの風ふんだんに
余生にも手付かずの明日天の川
運根鈍は今こそ大事冬に入る
朝時雨れ夜も時雨れて奥常陸

〈玉藻〉
柳内恵子［やなうちけいこ］

千の風まとひて芭蕉玉を解く
子の遊ぶ積木に西日重なれり
南座へぽつくり急ぐ時雨つつ
洛北の古刹の廊下鉦叩
眠り初む山懐に文学館
何時の間に満開すぎて花八手
人日や馬頭観音坂の下

〈海棠〉
矢野景一［やのけいいち］

背を流すことのなかりき墓洗ふ
やはり身にしみぬ二度聞く話でも
うつくしき一句の欲しきお元日
今生をときに雪積む里に住む
得しものはといへば白髪や桃の花
からだに水足してまた寝るおぼろかな
毎日の嗽ひ手洗ひ胡瓜もみ

〈玉藻・天為・松の花〉
矢野玲奈［やのれいな］

胎の子も抱く子も秋の重さかな
着ぶくれの内側二枚乳に濡れ
先生の外套軽く置かれけり
凍星や黄泉の国でも一万歩
ときどきは子の入りくる蒲団かな
数本の白髪かがやく雛の日
七の段少しゆつくりヒヤシンス

〈漣〉
矢削みき子［やはぎみきこ］

中海の見ゆる高さに鯉幟
流木にうしほのにほひ鑑真忌
青北風やドクターヘリは山を越え
色鳥のなかの一羽のあをきこゑ
秋夕焼みてゐて同じことを言ふ
馥郁と土になりゆく枯葉かな
日当りのよき場所に置く炬燵かな

〈山茶花・ホトトギス・晨・夏潮〉

山内繭彦［やまうちまゆひこ］

怪しげな酒勧められ薬喰
新しき夢を探して去年今年
獺祭河童の出るといふあたり
深吉野の旧知の花を訪ひにけり
その尻のほのと赤らむ実梅かな
蠛蠓やかけこみ寺の磴高く
沖縄忌ガマにひかりの届かざる

〈耕〉

山川和代［やまかわかずよ］

灯台の塔へ集まる鰯雲
草叢にすらりと立てり水引草
遠き日の母のおもかげ曼殊沙華
川中に紅葉の一葉流れゆく
坂径の下から見あぐ椿の実
秋の色表紙にしたる楮紙
藤井達吉の随筆を読む夜長なり

〈鴻〉

山岸明子［やまぎしあきこ］

大西日黒き炎となる木立
波音を奏でよ宵の貝風鈴
満月や前世は狼かもしれぬ
三島忌の闇夜にいてふ降りしきる
獣らの眠り見届け山眠る
影一つ前も後も寒月夜
でで虫に大きな空のありにけり

〈ひたち野〉

山岸三子［やまぎしみつこ］

夜をこめて白鳥のこゑ渡るなり
山川のにはかに痩せし時雨月
「はやぶさ」にまたも涙す冬銀河
四千人働く廃炉黙の春
十年の風化に楔地震の春
巣ごもりや声聞こえてくる揚雲雀
山下りて山なほ深し夕河鹿

〈秋草〉
山口昭男［やまぐちあきお］

土間にある南瓜が何か言うてをり
鶏頭へ炭酸水を開ける音
人間と菊人形の間かな
水鳥の三角にして菱形に
しばらくは杉菜に雨のぶら下がる
麦秋や搾乳缶の褪せたる銀
止まりたる電車びしよぬれ合歓の花

〈天為・秀〉
山口梅太郎［やまぐちうめたろう］

炊き方も添へて新米送りくる
菌はどこか危ふくどこか楽し
目に見えぬものへの不安去年今年
いつもより遠廻りして初音かな
吹く風の重しと思ふ地虫出づ
マスクして桜吹雪を浴びてゐる
別れ霜懼るるわれも農夫にて

〈清の會〉
山口佐喜子［やまぐちさきこ］

初鏡老いの姿勢を正しけり
風そよと菜の花畑匂ひ立つ
杜若《かきつばた》きりきりしやんと小糠雨
小児科の待合室の熱帯魚
連嶺を近く日光黄菅の黄
語り部のリモートとなり原爆忌
向日葵の花束燦とメダリスト

〈運河・晨〉
山口哲夫［やまぐちてつお］

稲刈機坪枯れ区別せず進む
朴落葉風の運べる距離ならず
びしやこ浸けをり篁の冬泉
笹鳴や大蛇退治の社伝読む
犬の子の身震ひしたり花吹雪
野に仰ぎたる山桜まで登る
乗込鯉水の匂ひの濃くなりて

〈鳴〉

山口ひろよ［やまぐちひろよ］

高ぶる身コートに包み押す扉
伸びのびの葱坊主たち密ですよ
薔薇の香に塗れてとんと出掛けない
をちこちに魚跳ぬる音菱の花
転覆のさまに一片金魚の死
滝仰ぐ巨巌の襞に足を置き
蛤とならぬ雀に米分くる

〈風叙音《フュージョン》〉

山口律子［やまぐちりつこ］

凧揚げの糸の捌きや意の儘に
散る花の一度は咲きし矜恃かな
地中より湧き上がる如曼珠沙華
二人居のよんどころなき夜長かな
袴の子二人引き連れ七五三
小春日やまづ猫撫づる訪問者
いそぐ春チョコの売場の拡ごりぬ

〈ときめきの会〉

山崎　明［やまざきあきら］

初国旗はや出動の交番に
晴れ渡る彼岸の空や哨戒機
惜春の心海へと向かはせる
蚊を打ちて話題の変はる夕餉かな
大空へ描く五輪や風涼し
秋うらら句帳にうつるペンの影
残照や東京湾の鰯雲

山崎房子［やまざきふさこ］

一本の夕べの桜見て返す
睦み合ひけり青梅と焼酎と
けふ君は梅雨のてふてふ訪はれけり
放心とも安堵とも滝壺の水
大きいのんのさんでたよ地蔵盆
蚊の姥に真夜の障子のありにけり
家の内通り抜けゆく盆の風

〈まゆみ〉
山崎典子［やまざきみちこ］

慍溶けゆく小春の庭の雀たち
紅葉散りきのふむかしとなりにけり
湯豆腐や一年ゆらぐ湯気の中
槌音や枯畑にまた家の建つ
闇に浮く山の重さや朧月
小流に水音のしていぬふぐり
秋風のしろさるすべり雲は夏

〈郭公・椪〉
山崎満世［やまざきみちよ］

鳥渡るなり断崖は神の爪
遠波へ湯冷の耳を欹てて
隠国の日が真上より枝垂れ梅
六波羅の辻にかげろふ乳母車
雲の峰から微風くる睡魔くる
赤子睡りて炎帝を畏れざる
黒猫に八月終る水平線

〈りいの・絵空〉
山崎祐子［やまざきゆうこ］

門灯の照らす三尺春の雪
花冷やホットミルクの膜捩れ
ビル街といふ綾線を虹二重
どんぐりの坂絵本屋の青きドア
窓開けて一汁一菜良夜なる
鳰が鳰ひかりまみれになりて追ふ
頸を水に差し白鳥の流さるる

〈河内野〉
山下美典［やましたみのり］

ほとんどが団栗のみで果つ命
冬海のめくれて迫る荒怒濤
古家に愛着ありぬ嫁が君
春立つと太陽へ背を伸ばしけり
草餅や御先祖さまは皆酒豪
逞ましき脚に血統持つ仔馬
親しみの町角として百日紅

山田径子［やまだけいこ］
〈磁石・花野〉

まつすぐに雉あゆみ入る冬木立
願はくは珠のひととせ実千両
連獅子の毛振り昂ぶり春一番
抱へきれぬほどのミモザや退職す
そつと掬ふ洗面の水原爆忌
片耳にマスク引つかけ氷菓食ぶ
一万メートル走らば夏を追ひ越すか

山田せつ子［やまだせつこ］
〈波〉

観世音まもる当番春の雪
当世へ薄目ひらきて享保雛
満目の花桃の丘構図得ず
ゆりの木の花あけぼのを空に汲む
ムーンウォークといふ去り際いぼむしり
犍陀多は吾や蓮の池澄めり
境内へするりとクーペ神の留守

山田節子［やまだせつこ］
〈波〉

階に潮騒届く初詣
踵から踏み出す一歩草萌ゆる
風止まり薄雲映す春の川
力強き海鳴りの昼花梯梧
銀漢や幽かに夫の弾くピアノ
小鳥来る街二つめのベーカリー
松籟に笹鳴き交じる小径かな

山田孝志［やまだたかし］
〈ときめきの会〉

堤防を染める菜花や遠筑波
足下の鮒の産卵花筏
工場の定期修理や夏近し
鯉幟干されたやうに風を待つ
ワクチンの順番待ちや立葵
梅雨や想ひを込めて聖火行く
成田山参拝前の鰻かな

〈波〉
山田貴世［やまだたかよ］

秋惜しむ旅にしあらば尚のこと
帰るさの夕日背に負い野菊道
雪ばんば空の片隅濡れてくる
凍蝶へ島の日差しのふりそそぐ
天地に遍く光蝌蚪に足
満目の万緑わたくし鰓呼吸
星飛ぶや里曲の闇を深めては

〈海原・木〉
山田哲夫［やまだてつお］

人生は一冊の本梅真白
清明というには暗しこの春は
歩きつつ言葉を紡ぐ花の下
帰る鳥帰って石になるつもり
引き際のふんばり少し更衣
梅雨冷えや言い訳け残る水溜り
この今を喜ぶ自在にシャツ吹かれ

〈稲〉
山田真砂年［やまだまさとし］

春月の低きにあれば斯く大き
日々落つる椿の音をうつうつと
躑躅明るし昭和が歪む硝子窓
蓮ひらく濁世と言うたではないか
赤のまま老いの夢見はざらざらと
冬薔薇老人の乗るキャデラック
空の蒼いまは無心の冬木の芽

〈円虹・ホトトギス〉
山田佳乃［やまだよしの］

床磨き上げ新涼の一間かな
浮世絵の女聞きゐる虫の闇
新米の至福や何があつたとて
日溜りをぽんと持ち上げクロッカス
階の最後危ふし冴返る
春の水素顔に戻るまでつかふ
透明な音立て新樹伸びゆける

〈鷹〉
山地春眠子［やまぢしゅんみんし］

下足天の熱きを嚙めば霹靂《はたた》けり
兜煮の目ン玉アつるッと夜寒
秋の夜の益体《やくたい》もなき悪女論
だいだらぼつち駆けたる山や紅葉散る
空瓶の肩を寒九の雨が打つ
スキップして踏切を渡らうよ蝶よ
紅筆の穎《えい》の潤びや鳥曇

〈円座・晨〉
山中多美子［やまなかたみこ］

テーブルをさつと拭きけり鳥の恋
はんぶんは空はんぶんは花菜畑
関取のやうな蘭鋳夏来る
巫の灯を捧げくる青葉かな
虫しぐれ切株三つ増えてをり
帽ふつて帽に応ふる紅葉山
冬蝶の日向にひらく手紙かな

〈不退座〉
山中理恵［やまなかりえ］

日向まで出てから開く初みくじ
折り鶴をひらけばたいら百千鳥
藤棚の中にぽっかり空のあり
緑さすペットボトルにテーブルに
梅雨きざす中身が透けるボールペン
夕虹で始まる野外コンサート
一粒づつ透けて葡萄が孵化しそう

〈泉〉
山梨菊恵［やまなしきくえ］

でき秋の水が水呼ぶ水車
影降つてこゑの遅るる寒雀
鍋に湯の沸くころほひや風邪心地
枯れつくすとは白雲の迅きこと
従心の顔もて薺はやしけり
春風の映る天水桶の水
一巻のどこ開いても夕長し

〈鶴〉
山根真矢［やまねまや］

鷺の足上がれば流れ花筏
宇治十帖十一帖この蛍川
絃にピックはさみしままや夕月夜
鳥の影竹に映りて光悦忌
金継の茶碗山火は雲を喚び
涼風や同じ形の鉋屑
風招く鳥のモビール山の家

〈百鳥〉
山本あかね［やまもとあかね］

ふところに原爆手帖冷まじや
ぐづる子に林檎をひとつ持たせけり
たかが紙一枚のこと燕去ぬ
まんじゆしやげ火の見櫓の裾うづめ
故郷はこゝ曼珠沙華まんじゆしやげ
身の丈に余る楽器や小鳥来る
小牡鹿の角重たげに歩み来し

〈海棠〉
山本一郎［やまもといちろう］

手にも肝斑七草粥を腹八分
まだ蔵の影の内なる斑雪
つちふるや量販店が城のごと
手の中の鉱石光る夏休み
秋蟬とともに補充の先生来
柿日和字の名の橋渡り来て
お下がりの緩き鼻緒や七五三

〈谺〉
山本一歩［やまもといっぽ］

霧晴れてゆく点々と牧の牛
焚火の炎見てをりどこか上の空
雪掻きの戻るときまた雪を掻き
破魔矢持つ手と吊革を握る手と
父の死後やがてわが死後春の山
翡翠の来るといふ枝そこに待つ
深大寺の無患子ならば拾ひけり

〈谺〉
山本一葉［やまもとかずは］

靴が影踏んで歩いて大西日
重さうな白菜やはり重かりし
初冬の体育館の広さかな
豆打つて逃げて豆打つてまた逃げて
春ふかし置かれしやうに駅に人
なみなみと空の溢るる泉かな
あぢさゐの青と小さな本屋かな

〈艸《そう》〉
山本　潔［やまもときよし］

紅き矢の羽根から燃えてどんど焼き
春眠やいつかはとまるオルゴール
夏至の日のグリーンカレーと香り米
カミュのこと思ふ朝の秋の虹
消毒に慣れたる手つき冬隣
北塞ぐ胸に十字を切るやうに
十二月八日ガラスのスヌーピー

〈八千草〉
山元志津香［やまもとしづか］

ひとりてふ明け暮れ夫は初夢に
かの戦うべなひ切れず吸ふおじや
山笑ふ会ふ人遇ふひと老いて健
あめりか大陸ふめず老いたり荷風の忌
ピノッキオも鼻先むずと栗の花
初秋や乳房のうすき陶人形
黒マスクにても美女かや十三夜

〈帯〉
山本　菫［やまもとすみれ］

魚はこゑ鳥は言葉を欲りて春
心臓は気配消しをり牡丹の芽
蝸牛透けをり施錠たしかむる
トランペット噴水の秀をかがやかす
着信音机上の百合の反りかへる
水槽に次の間のある金魚かな
銀河濃し象形文字の牛に角

〈今日の花〉
山本輝世［やまもとてるよ］

秋晴れや靴の嚙み来し貝の砂
波を行く帆を点景に懸大根
糠床は静かに仕事秋深し
マリーナは眼下小春の灘光る
隼に夕日最後の光射る
大寒や希望のごとく朱の蕾
芽吹き待つ山はモヘアをまとふごと

〈やぶれ傘〉
山本久枝［やまもとひさえ］

降る人なくてバス行く冬木の芽
釣人に冬夕焼のありつたけ
本堂に伽羅の香仄と冬安居
菜の花の続く川辺を橋に立ち
城跡の石積み高し松の花
竿に干す洗濯物と玉葱と
虎尾草の房の弓なり水の音

〈汀〉
湯口昌彦［ゆぐちまさひこ］

共白髪九合九勺の飾米
珊瑚樹のそろそろ蝶を吐くころか
田の神の行く手を点し朴の花
六月の空いきいきと雨を生み
虫の音の香ると思ふ一夜かな
北岳の雲千切る風寒がはり
大鷹の老いて高嶺に挑みをり

〈夏爐〉
由藤千代［ゆとうちよ］

海を見に大橋渡るお元日
冬たんぽぽ日当る道へ出でにけり
渓川の音のたしかや土佐水木
人のゐてヨットハーバー風光る
四阿に人の集まる蓮見かな
草叢に舟揚げてあり盆の川
秋天や山の茶房の水うまし

〈やぶれ傘〉
湯本正友［ゆもとまさとも］

秋の川陽射しの底に魚の影
薄の穂影を障子へ落す午後
枯葉降る庭の箒目その上に
風わたる丘どこまでも芝桜
お賓頭盧撫でて堂宇の夏座敷
通院の帰りに潜る茅の輪かな
ががんぼの力なく飛ぶ夕餉どき

〈泉〉
陽　美保子［ようみほこ］

地虫鳴く平均余命簡易表
谷地梻の幹の明るき餅あはひ
摑みたる濤に煽られ冬鷗
一汁一菜帰雁うながす風の音
鬱の日の日暈大きく抱卵期
明易し山のかたちに山ありて
貝殻の内側の艶日雷

〈鴻〉
横井　遥［よこいはるか］

歩の駒を進めて扇使ひけり
打水の途中通して貰ひけり
干されある傘となる竹雁渡し
敬老の日のケチャップとオムライス
凧揚がる何処かに車寅次郎
ピッチャーのポニーテールの跳ねて春
日当りも眺望も良し鴉の巣

〈黐の木〉
横内郁美子［よこうちゆみこ］

枯芝に毛繕ひせる黒き猫
ハーレーの爆音ひびく大枯野
独り居の牡丹に差せる男傘
完璧は近寄りがたし桐の花
グラジオラス十人十色相まつて
秋立つと家の周りを見渡しぬ
コスモスの疎らに清し休耕田

〈鴻〉
横尾かんな［よこおかんな］

ふつくらともどる手鞠麩梅三分
蕗の薹やあーい双体道祖神
走馬灯やさしき風を起たせけり
千屈菜がいには野の風呼びにけり
地蔵盆篠つく雨となりにけり
藩校の八畳一間冬の鵙
真ん中のくぼむ俎板山眠る

〈四季の会〉
横川　端［よこかわただし］

憂き年の日記を締めて除夜の鐘
日溜りの笑み晴れ晴れと福寿草
ひなに来て瞬く星の聖夜かな
綱握る散歩の児等の息白し
節分草捜し当てれば友が居り
綻びを指差し合って花を愛で
朝顔の屈託の無き朝かな

〈八千草〉
横川はっこう［よこかわはっこう］

年新た光射し来よ疫病の世
鬼平全巻売って名残の夕桜
五輪前そのあやふさに夏至の都市
男爵の像ぽつねんと夏五輪
へんくつの鮨屋の路地を夏の月
二の腕に秋の初風帆綱繰る
頼朝主従潜みし洞窟《いわや》ちちろ鳴く

〈円座〉
横田欣子［よこたきんこ］

隙間風獣のこゑを連れて来し
初鴉マント広げるやうに立つ
寒ゆるぶ円空佛に囲まれて
三宝へ吹かるる枝垂桜かな
実梅落つ眼下に荒む父の畑
日の丸や病床埋まる夏の果
紅葉散るひかりの中を人力車

〈今日の花〉
横田澄江［よこたすみえ］

蒼空に夫と掲げし初国旗
指貫のゆるきと思ふ余寒かな
幌揚げてオープンカーに落花浴ぶ
芍薬の白き珠解く息づかひ
暮れなづむ奥鎌倉のほとときす
乗ればば出る後の彼岸の渡し舟
山あひの鯖街道や片しぐれ

〈晨〉
横田裕子［よこたゆうこ］

公民館二階図書室小鳥来る
ブロンズの馬置く茶房つちふれる
暮れ残る空の広さや良寛忌
酒の名を大書してあり雪解川
春雨に水銀灯の濡れはじむ
六月の水辺に若き詩人の碑
琥珀糖ほのかに甘き白露かな

〈棒・不退座〉
好井由江［よしいよしえ］

花吹雪いまなら早く走れそう
囀に囲まれている他人同士
新宿の夜明けよ烏瓜の花
うろこ雲ひろがる二時という午前
小鳥来ているポケットに着信音
包丁に刃こぼれ雪がちらちらと
冬の薔薇まっ赤ダンスはチャチャチャ

〈山彦〉
吉浦百合子［よしうらゆりこ］

大試験終わりて孫の大鼾
時の日や遺品の時計動かざる
たとう紙をひらくときめく百合の花
小さき手の大きな祈り広島忌
海保の日大漁旗の船帰る
板の間に坐して百歳敗戦日
赤黄男忌や太き日矢差す瀬戸の海

〈炎環・豆の木〉
吉田悦花［よしだえつか］

逢ひたきとき冬たんぽぽの絮吹くよ
星よりもしづかに睡り冬の鳥
春暁の画布におほきな尻ふたつ
地の塩となりたる櫻ふぶきかな
夏みかん心の左側にきみ
電子レンジの中の閃光夏の果
秋の野に立ち原始人悦花

〈ろんど〉
吉田克美［よしだかつみ］

東雲の湯気立つ川や白鳥来
ワクチン接種大会場の芒種かな
夕焼けの海に日の道佃島
方丈や再々の風涼新た
銀漢の包む分校映写会
縄飛びや大人の混じる鉱山の昼
夫の喪衣永久に冴ゆるや躾糸

〈春野〉
吉田美佐子［よしだみさこ］

寺田屋の色となりけり秋すだれ
今朝冬の声よき鳥の飛び立てり
村中が日向ぼつこをしてゐたる
バスを降り冬の銀河を独り占め
男の子四人育てし桃の花
夏に入る江の島一の一番地
梅雨明やどこへも行けぬ靴みがく

〈漣〉
吉田みゆき［よしだみゆき］

うそ寒や守るソーシャルディスタンス
期すること一つありけり冬立ちぬ
難しき漢字にまどふ漱石忌
極月や吽像ひたと見上げをり
春寒や閉ざされてゐる司祭室
はくれんの潔く散り土となる
小面に気配ありけり五月闇

吉田有子〔よしだゆうこ〕〈祖谷〉

搗きあがる一と臼まづは御鏡に
イヤリング跳ね全身に春が来る
お屋根替終はり安堵の仏たち
ブライダルピンクてふ薔薇花嫁に
両腕に眠る子どもと捕虫網
一僧も会はぬ古刹や秋の蟬
髪置の子の屋台へと歩き出す

吉田幸恵〔よしだゆきえ〕〈やぶれ傘〉

恋猫の飛び越えてゆくボンネット
ふた畝のふくふくとして葱坊主
夕焼けに少し遅れて風の来て
手に包むホットワインを飲む夜寒
畑から戻りし夫に焚火の香
脚一本おいてががんぼ飛んでゆき
花野から風の来てゐるログハウス

吉田幸敏〔よしだゆきとし〕〈栞〉

いつのこともなき色に帰り花
次の世もまた逢ひに来よ枯蟷螂
四方山の話これでと野火を打つ
花びらを落としてよりのチューリップ
初蟬の声とも思ふ遠すぎる
あさざ咲くただそれだけのことなれど
秋近し被曝電車が街に出て

吉田林檎〔よしだりんご〕〈知音〉

買初に付き合はせ付き合つてやる
喜ぶも呼ぶも拒むも囀れる
民宿に湯舟一つや菖蒲風呂
梅雨の蝶黒々と翅広げたり
毒のなき言葉寂しきゼリーかな
ねぢれつつ筧を落つる秋の水
両耳に食ひついてくる寒さかな

〈汀〉
吉田黎子［よしだれいこ］

落椿己が映りし水に載る
若葉吹く卓に村上堆朱盆
日食の夜はくちなし濃く匂ふ
大揚羽去りわが息のもどりたる
その胸の罅に秋草磨崖仏
土鳩来て窓辺に鳴けり盆支度
ふるさとや早稲の香に身を置けばなほ

〈太陽〉
吉原文音［よしはらあやね］

文豪の手稿読む部屋姫椿
菜の花や新譜はマダム・バタフライ
花ミモザ柵にもたれて海を詩に
乾杯のごとく睡蓮触れ合ひぬ
絵硝子のごとき夕空夕焼波
九十九折ちらりちらりと葛の花
蓮の実のからりと熟れし軽さかな

〈磁石〉
依田善朗［よだぜんろう］

紙雛匣《はこ》開け直し納めけり
蝶過ぐるそこはかとなく檸檬の香
柚子忌の鱗粉光る捕虫網
青々と形を定めて烏瓜
稲架の棒肩にしなりてぐんと伸ぶ
踏みつけてズボン脱ぎたる霜夜かな
よろよろと脚立の上に開戦日

〈むしめがね〉
四ッ谷　龍［よつやりゅう］

初鴉犬は頭を低くして
退職日木菟の顔して席に居り
沈丁花「犬は考えないとでも言うのかね」
囀はミルクティーへと溶けるもの
きりぎりすわが蹴る草をはがれ飛ぶ
蝙蝠笑い魚は人を釣りにけり
姥百合を死児の産衣と思いけり

〈雪解〉
余田はるみ〔よでんはるみ〕

無観客球場に湧く蟬しぐれ
車椅子廻してシュート爽やかに
疫の世の千年樟へ小鳥来る
山里の正午の時鐘稲の花
母の忌の茗荷を刻む白露かな
法師蟬坊の風樹にとぎれつつ
無月かな紙燭にたどる招提寺

〈知音〉
米澤響子〔よねざわきょうこ〕

七月や心岬に遊ばせて
ひんやりとくつつき合ひて夜干梅
山鳩のぽおぽおとよぶ草紅葉
撰銭のやうに木の実を拾ひ捨て
いつの間を盛りといふや花八手
ぼんやりと君ゐたやうな春の夢
湯屋を出る修二会の僧の顋しやくれ

〈鴻〉
良知悦郎〔らちえつろう〕

残る柿雪に埋もれし村一つ
野火走る一枚の野が祈る火に
黒揚羽影に硬さのなかりけり
夏蝶を追越してゆく沢の音
火の鳥のごとく鵜舟が闇に浮く
ラフランス壁の聖母の悲しき眼
赤蜻蛉いつきに風の高さまで

〈栞〉
若槻妙子〔わかつきたえこ〕

春の日の花いちもんめあの子欲し
曇天ゆらぐ時鳥つづけざま
消ゴムの四面黒ずむ灯取虫
かくれんぼの鬼はさみしよ夕焼雲
白鳥の帰心の頸のま直ぐなる
老木のしづかに激し冬紅葉
そのかみは海とふ嶺や寒の月

〈こあみ俳句会〉
脇　佐和子［わきさわこ］

藤仰ぐ背の赤子をゆすりつつ
祭太鼓ドンと欅の幹太し
機関車の黒の重たき余寒かな
ズボンにて拭ふハモニカ柿の花
陽炎へるものの一つに三輪車
甲斐は秋いづこにゐても水の音
枇杷を捥ぐ乙女産毛を光らせて

〈杉俳句塾〉
脇村禎徳［わきむらていとく］

母屋より子どもが使ひ十三夜
芭蕉忌の湖《うみ》に裾曳く片時雨
箱膳のむかし父の座お羹箸《かんばし》
暮れおほす空蒼茫と修二会かな
夜は遊ぶ桜に上げて満月ぞ
玉杓子使ふうれしさ浅蜊汁
檜扇の実のはじけゐる子規忌かな

〈ça va!　大阪俳句史研究会〉
わたなべじゅんこ［わたなべじゅんこ］

いがいっこたらんままくる冬将軍
ねこの手羽ねこのもも肉冬日向
瞳は銀マフラーは赤鬼師来る
ものの芽やみないっぱしの気になっている
まくなぎのむこう遠くに行く電車
生き死にの話のあとに心太
駱駝ゆくごとりとかしぐ西日かな

〈響焰〉
渡辺　澄［わたなべすみ］

思い出すたび新しい雪降れり
マスクして人間らしく子どもらしく
洗い髪顔はさみしいものと知る
箱庭や先客のいる日もあった
別れきて先ず手を洗う聖五月
金魚売り通った道か選手村
大枯野百年を経て誰に会う

〈小熊座〉
渡辺誠一郎［わたなべせいいちろう］

自粛して今裸木にならんとす
息止めて生き身を剝す牡蠣割女
鯨一頭分の記憶三月十一日
料峭の覆面をして首都高へ
竜天に登る影を濃くする竹箒
夏蝶を死臭と思う日暮かな
死に際や金蠅金を昂らせ

〈やぶれ傘〉
渡邉孝彦［わたなべたかひこ］

石窯のパン屋が近く馬酔木咲く
葉桜に店開け放す自転車屋
屑籠にメモ書き探す梅雨の昼
蟬穴がずらり自転車仮置き場
星月夜空にだんだん目が慣れて
鳰二羽が駅舎掠むる冬立つ日
隅に水タンク置かれて冬菜畑

〈若竹〉
渡邊たけし［わたなべたけし］

堂涼し千手千眼光る闇
藩窯の異邦人塚萩の声
初詣鳰も相寄る浮御堂
会津は赤べこ新玉の干支は丑
ししやも焼くアイヌ伝説語りつつ
石山の石に面壁雲雀東風
過ぎて知る倖せの日々恋蛍

〈燎〉
渡部悌子［わたなべていこ］

秋湿り籠りゐる日のイヤリング
凜凜と月あり帰路を共にせむ
いくつかを空に残して柿を捥ぐ
謡ふ父縫ふ母偲ぶ秋の夜
返り花伝へたき事あるやうな
菜の名やまた遠くなる帰省の日
手伝つて叱られてゐる夜店の子

〈風叙音《フュージョン》〉
渡辺眞希［わたなべまき］

藤の花揺れて今宵の風を知る
一雨につつじ珠玉の一雫
海暮れて時に華やぐ月見草
幸なれど孤独のよぎる花火かな
沖めざす漁船一途に秋を曳く
山茶花の如き義妹や散り急ぐ
一望の余情収めて山眠る

〈湧・百鳥〉
渡辺昌子［わたなべまさこ］

飛び交ひて色零しゆく春の鳥
鳶の腹真上に仰ぐ暑さかな
夜の秋母が手をつき立ち上がる
つぎはぎの思ひ出ばかり盆が来る
ずぶ濡れの少年通る獺祭忌
山粧ふ川は合流繰り返し
返り花涙もろさは母ゆづり

〈風の道〉
渡邉美奈子［わたなべみなこ］

夜桜のさざめきをふと畏れけり
家居にてひたすら春を惜しみけり
はつなつや角の八百屋のべらんめえ
韮の花市井のひとりなる矜恃
名山を拉ぐるほどに秋晴るる
スカイツリー突つ支ひ棒にして冬天
寄せ鍋や笑ひ上戸は聞き上手

〈風土〉
渡辺やや［わたなべやや］

木枯の抜けてあらはや獣道
「こたつ席あります」の札民家カフェ
とりどりのリュックが目差す山桜
大渦の際まで攻めて観潮船
若冲の墓ゆ尾の出て瑠璃とかげ
風摑み波を摑んでつばめ魚
噴水の風に押されて昂りぬ

〈南柯〉
和田　桃［わだもも］

老鶯に耳を澄ませてゐる句会
唐へゆく航路を鎖す猫じやらし
菓子折りをさげて花街をインバネス
牛蛙鳴いて今日から沼の主
五百羅漢立つは座るは天高し
処刑場は語りつがれて夏の草
清風の昼とぢかねてゐる蓮

〈湾〉
和田洋文［わだようぶん］

コクリコの風船笛を長くひき
栗若葉より逆しまの雀かな
白木槿トルハルバンは帽子載せ
青嶺又青嶺の空や肥後境
珈琲に砂糖を落とす原爆忌
鬼が来て引つ繰り返す冬の濤
矮鶏一羽冬の廣野を振り向かず

〈郭公〉
度会さち子［わたらいさちこ］

白鳥の百の羽音に村明くる
跫音の雲に消えゆく夕桜
荷風忌の杖蝶々のあとやさき
脱ぎ捨てし小鉤のひかる祭足袋
兄に一献青梅雨の灯が滲み
向日葵の高さ漁網を干す高さ
漁火の果てて銀河に波の音

〈耕〉
和出　昇［わでのぼる］

新調の長靴履きて五月雨
藤の花大社の銘菓「くつわ」買ふ
日中の絆は深し大牡丹
新米を釜で炊きあげたる香り
入院の児童に贈る木の実独楽
山車蔵の鎧戸上ぐる良夜かな
コロナ禍の中や吹かるる鯉のぼり

編集後記

●冬の釣りにはきびしいものがあります。いくら厚着をしても川岸や池の岸を吹く風は防ぎようがありません。そして一日釣ってオデコに終わることもままあります。そうかというと、何十枚も釣れることがあり、やはり釣行をやめることはないわけです。
　この1月は岡山市や倉敷市あたりへ出かけるつもりでしたが、オミクロン株の勢いはすさまじく、またWEP俳句年鑑の校正に追われることにもなって、諦めることに。

　この4月にはフランスかイタリアへいってまた地方巡りをするつもりでしたが、やはりできそうにありません。以前は日本各地のひなびた温泉地をよく訪ねていましたが、それもすっかり縁遠くなりました。（の）

●この年末年始も、一年前に引き続き、雪の話題が多めのような気もします。
　東京でも年初に雪が降り、実家（新潟）への用事も控えていたので防水の靴を購入しましたが、いざ履いたら側面に付いたゴムの加減か、着脱にやけに時間がかかり、親戚宅や買物など外出のたびにうんざりする始末。

　それはともかく、たっぷりの新雪を踏みしめるのは気持のよいものでもありました。同時に消雪パイプの水でびしゃびしゃした地面を歩き、高さもばらばらに四方に飛び出しているパイプの水またぎも。ま、そこは失敗せず、濡らしはしないのです。

　三日間で、雨あり雪あり晴間あり。

晴間の多い年となりますように。（土）

●いったんは再開した句会が、ここにきてオミクロン株感染の広がりのために、また中止となりました。いつになったら、もとの生活もどれるのか、と嘆く人がいます。もとの生活とは人との交流が活発にできる、ということでしょうか。
　でも「慣れ」というものは恐ろしいもの。

　以前は句会終了後は居酒屋での二次会がつきもので、どこかへ寄っていかないと、なにか淋しい思いがしたものです。が、いまはどこへもいかないのが、当たり前。早くうちへ帰ろう、という気分になります。こういうのを適応力というのでしょうか。

　コロナもしぶといですが、人間もかなり、しぶといものです。（き）

ウエップ俳句年鑑
2022年版

2022年1月30日発売　定価：2900円（税込）

発行・編集人　大崎紀夫
編集スタッフ　森口徹生　土田由佳
　菊地喜美枝
デザイン・制作　（株）サンセイ

発行　（株）ウエップ
〒160-0022　東京都新宿区新宿1-24-1
藤和ハイタウン新宿909
Tel 03-5368-1870　Fax 03-5368-1871
URL.http://homepage2.nifty.com/wep/
郵便為替00140-7-544128

印刷　モリモト印刷株式会社

俳人名簿

【凡例】氏名、所属先、郵便番号、住所、電話番号、FAX 番号（電話番号と同じ場合は＊印）、メールアドレス、生年月日、出生地、句集・著書名の順に記載。

あ行

相川　健《鴻》〒270-1176我孫子市柴崎台1-16-19（☎04-7184-9386＊）昭19.12.1/山梨県生/『五風十雨』

会田　繭《郭公》山梨県生

青木　暉《青岬》〒270-1176我孫子市柴崎台2-6-11（☎04-7161-2381＊/akiraaoki3192@yahoo.co.jp）昭29.1.30/東京都生

青木澄江《鬣TATEGAMI》〒399-4117駒ヶ根市赤穂16709-3/長野県生/『薔薇のジャム』『薔薇果』

青木千秋《羅ra》〒390-1701松本市梓川倭1445/長野県生/『泰山木』

青木のり子《ながさき海坂》〒850-0875長崎市栄町6-13/昭17.12/長崎県生

青木ひろ子《門》〒340-0002草加市青柳5-36-3（☎080-5388-3332 FAX048-935-2256）昭20.3.2/秋田県生

青島哲夫《青岬》〒214-0036川崎市多摩区南生田6-32-1（☎044-977-5083）静岡県生

青島　迪《不退座》昭20/大分県生

青谷小枝《やぶれ傘・棒》〒134-0085江戸川区南葛西3-19-4（☎03-3687-1082 FAX03-3687-1307/saeko@atelix.net）昭21.7.28/福井県生/『藍の華』

青野ひろ美《からたち》〒799-3706宇和島市吉田町裡町57（☎0895-52-0072）昭25.4.6

青山　丈《栞・棒》〒120-0026足立区千住旭町22-7（☎03-3881-3433 FAX03-3881-3194）昭5.6.18/東京都生/『象眼』『千住と云ふ所にて』

青山幸則《郭公》〒410-0303沼津市西椎路766-14（☎055-967-7124＊）昭24.5.30/山梨県生

赤石梨花《風土》〒244-0001横浜市戸塚区鳥が丘12-4-304（☎045-864-2492＊）昭8.2.25/愛知県生/『レクイエム』『望潮』

赤木和代《笹》〒522-0047彦根市日夏町2680-49（☎0749-25-3917＊）昭32.6.10/京都府生/『近江上布』

赤瀬川恵実《汀・りいの》〒189-0026東村山市多摩湖町4-32-16（☎042-398-5234＊）昭19.3.24/愛知県生/『今日はいい日』（共著）

赤瀬川至安《りいの》〒189-0026東村山市多摩湖町4-32-16（☎042-398-5234＊）昭17.12.18/大分県生/『今日はいい日』（共著）

赤塚一犀《代表 吾亦紅の会》〒186-0011国立市谷保7106-4（☎042-574-9455＊）昭10.11.10/東京都生/合同句集『吾亦紅』

秋澤夏斗《都市》〒195-0072町田市金井5-12-2（☎090-7711-0875/natsuo.akizawa@gmail.com）昭19.8.9/東京都生

秋保櫻子《からたち》〒624-0834舞鶴市城屋1299（☎090-8657-9190 FAX0773-75-3438）昭21.11.21/京都府生

秋元きみ子《栞》〒253-0056茅ヶ崎市共恵2-4-21（☎0467-83-3643＊）昭10.10.8/東京都生

秋山和男（圓秀）《あゆみ》〒262-0033千葉市花見川区幕張本郷6-12-34（☎043-272-6966＊/k.akiyama@jcom.zaq.ne.jp）昭19.8.25/栃木県生

秋山朔太郎《主宰 夏野》〒170-0004豊島区北大塚2-24-20-601（☎03-3367-2261 FAX03-6770-0056）昭17.6.1/東京都生/「俳人ならこれだけは覚えておきたい名句・山口青邨」（雑誌掲載）

秋山恬子《海棠》〒600-8388京都市下京区坊門町782-1-204（☎075-821-2058）昭16.6.20/岡山県生

秋山しのぶ《不退座・ろんど》〒167-0023杉並区上井草2-24-1/昭23.2.16/福島県生

秋山信行《やぶれ傘》〒336-0932さいたま市緑区中尾103-15（☎048-874-0555）昭20.5.14/埼玉県生

秋山百合子《家・円座・晨》〒464-0802名古屋市千種区星が丘元町14-60-201（☎052-783-3810＊）昭16.7.7/愛知県生/『朱泥』『花と種』『花音』

浅井民子《主宰 帆》〒186-0002国立市東4-16-17（☎042-577-0311＊/tamiko-asai@dream.jp）昭20.12.14/岐阜県生/『黎明』『四重奏』

浅田光代《風土》〒569-1041高槻市奈佐原2-13-12-704（☎072-696-0488＊）昭20.12.27/福岡県生/『みなみかぜ』
安里琉太《銀化・群青・滸》〒901-2101浦添市西原6-16-5エキミエールⅡ 102号室/平6/沖縄県生/『式日』
浅沼千賀子《樹》昭32.2.21/東京都生
朝吹英和《俳句スクエア》〒152-0022目黒区柿の木坂2-22-23/昭21.6.12/東京都生/『青きサーベル』『光の槍』『夏の鏃』『朝吹英和句集』『光陰の矢』
東　國人《ペガサス・青群・祭演・蛮》〒299-2521南房総市白子673-1（☎0470-46-2915 FAX0470-46-3072/xbcfb800jp@yahoo.co.jp）昭35.4.3/千葉県生
東　祥子《閏》〒187-0025小平市津田町3-3-11-704（☎042-342-1368＊）昭12.4.20/神奈川県生
足立枝里《鴻》〒154-0014世田谷区新町2-2-16-602/昭41.10.1/東京都生/『春の雲』
足立和子《山麓》〒257-0006秦野市北矢名1085-2（☎0463-76-4661＊）昭15.11.10/神奈川県生
足立幸信《香雨》兵庫県生/『一途』『狩行俳句の現代性』
阿知波裕子《若竹》〒465-0091名古屋市名東区よもぎ台1-909（☎052-773-5782＊）昭17.10.8/愛知県生/『山櫻』
穴澤紘子《昴》〒207-0033東大和市芋窪6-1377-1（☎042-562-1472＊）昭17.10.30/満州生/『水底の花』
穴澤篤子《鷹》〒152-0004目黒区鷹番3-12-3（☎03-3710-8689）昭9.6.14/宮城県生/『草上』
阿部鷹紀《羅ra》〒381-0043長野市吉田1-10-3-6（t-abe@shinmai.co.jp）昭45.6.19/東京都生
阿部怜児《花鳥来・青林檎》〒335-0026戸田市新曽南3-6-1-916（☎048-444-8566＊/abereiji@ae.auone-net.jp）昭24.7.3/兵庫県生/『橋』『天守』
天野桃花《晨・雉》〒730-0048広島市中区竹屋町3-29-603/昭14.2.26/広島県生/『紅』
天野眞弓《今日の花》〒142-0064品川区旗の台2-13-10/昭10.3.9/山梨県生
天野美登里《やぶれ傘》〒856-0827大村市水主町2-986-2（☎080-5468-5840）昭27.1.13/長崎県生/『ぽつぺん』
新井秋沙《帯》〒350-1251日高市高麗本郷745（☎042-982-2817＊/akisa-470jk-@ezweb.ne.jp）昭25.4.16/長野県生/『巣箱』
荒井一代《鴻》〒440-0853豊橋市佐藤2-28-11（☎0532-63-9690＊）昭32.10.14/愛知県生
荒井千佐代《沖・空》〒852-8065長崎市横尾3-28-16（☎095-856-5165＊）昭24.3.24/長崎県生/『跳ね橋』『系図』『祝婚歌』
荒川心星《鴻・松籟》〒472-0006知立市山町山83（☎0566-82-1627＊）昭6.10.19/愛知県生/『ふるさと』『花野』
荒川英之《伊吹嶺》〒475-0915半田市枝山町40-160/昭52.6.2/愛知県生
荒木　甫《鴫》〒277-0827柏市松葉町4-7-2-305（☎04-7133-7632＊/araki-h@nifty.com）昭12.5.6/京都府生/『遍舟』
荒巻信子《萌》昭18.8.6/静岡県生/『花あはせ』『蛍の記憶』『あの日この日』
有住洋子《発行人 白い部屋》（☎03-6416-8309＊）東京都生/『残像』『景色』
有本惠美子《ろんど》〒635-0831奈良県北葛城郡広陵町馬見北2-5-6（☎0745-55-2118＊）昭11.9.25/鳥取県生
有賀昌子《やぶれ傘》〒330-0044さいたま市浦和区瀬ケ崎1-37-2（☎048-886-7448）昭16.7.21/大阪府生/『余花あかり』
粟村勝美《獺祭》〒338-0832さいたま市桜区西堀1-17-19（☎048-861-9077 FAX048-838-7898/k-awa@pure2z.com）昭8.4.26/大阪府生/写真俳句集『ひねもす俳句』①②
安藤久美子《やぶれ傘》〒124-0012葛飾区立石4-30-6（☎03-3691-1473）昭19/東京都生/『只管（ひたすら）』
飯島ユキ《代表 羅ra》〒390-0815松本市深志3-8-2（☎0263-32-2206）東京都生/『一炷』『らいてうの姿ちひろの想い』『今朝の丘―平塚らいてうと俳句』
飯田　晴《主宰 雲》〒276-0023八千代市勝田台1-7-1 D1005（☎047-487-7127＊）昭29/千葉県生/『水の手』『たんぽぽ生活』『夢の変り目』
飯田正幸《濃美》〒453-0838名古屋市中村区向島町3-2（☎052-411-9580＊/ecir62@yahoo.co.jp）昭20.2.11/愛知県生/『ひよんの笛』
飯塚勝子《濃美》〒465-0055名古屋市名東区勢子坊1-1127（☎052-701-9625＊）昭16.7.22/茨城県生
飯野深草《波》〒520-0865大津市南郷4-14-21（☎077-534-3958＊）昭18.2.25/奈良県生/

『俳句の宙 2015』
飯野幸雄《代表 夕凪》〒734-0004広島市南区宇品神田1-5-25(☎082-251-5020＊)昭15.5.24/広島県生/『原爆忌』
藺草慶子《秀・星の木》
生島春江《ひまわり》〒770-8003徳島市津田本町3丁目1-73-203/昭21.11.14/徳島県生/『すきっぷ』
池田暎子《小さな花》〒123-0842足立区栗原3-10-19-1001/昭17.1.2/長野県生/『初蝶』
池田啓三《野火》〒272-0827市川市国府台4-7-52(☎047-371-6563＊)昭7.5.17/岡山県生/『玻璃の内』『自画』『蒙古斑』『春炬燵』『美点凝視』『自註池田啓三集』
池田澄子《豈・トイ》〒166-0015杉並区成田東4-19-15/昭11.3.25/神奈川県生/『たましいの話』『思ってます』『此処』他
池田友之《主宰 ぐる芽句会》〒104-0043中央区湊3-17-8-1107/昭13.9.19/東京都生/『惜春』『夏雲』
池田光子《風土》〒649-6217岩出市山田89-191(☎0736-79-3363＊)昭20.2.27/和歌山県生/『月の鏡』
井越芳子《副主宰 青山》〒354-0035富士見市ふじみ野西2-1-1 アイムふじみ野南一番館1104(☎049-266-3079＊)昭33.4.19/東京都生/『木の匙』『鳥の重さ』『雪降る音』『自註井越芳子集』
井坂　宏《風の道》〒203-0004東久留米市氷川台2-30-2/『深海魚』『白き街』
伊澤やすゑ《閏》
石井美智子《風土》〒018-1856秋田県南秋田郡五城目町富津内下山内字高田147-7(☎090-7320-6418/tomo55@ae.auone-net.jp)昭29.11.29/秋田県生/『峡の畑』
石垣真理子《鴻》
石川昌利《ひたち野》〒306-0411茨城県猿島郡境町下砂井604(☎0280-87-0517＊)昭15.2.14/茨城県生
石　寒太《主宰 炎環》〒353-0006志木市館2-8-7-502(☎048-476-4505＊)昭18.9.23/静岡県生/『あるき神』『炎環』『翔』『風韻』他、『わがこころの加藤楸邨』他
石工冬青《河》〒933-0134高岡市太田4821(☎0766-44-8364)昭8.10.27/富山県生/『松太鼓』『東風』、『双髪』(合同句集)、富山県合同句集第1集〜第46集
石倉夏生《代表 地祷圏・響焰》〒328-0024栃木市樋ノ口町130-13(☎0282-23-8488＊)昭16.8.2/茨城県生
石﨑　薫《梓・杉》〒112-0006文京区小日向2-10-26-306(☎03-3945-4909/kaoru-music@mvb.biglobe.ne.jp)昭18.7.22/東京都生/『小日向』
石嶌　岳《主宰 嘉祥》〒173-0004板橋区板橋1-50-13-1301/昭32.2.16/東京都生/『岳』『虎月』『嘉祥』『非時』
石田雨月《ひまわり》〒772-0003鳴門市撫養町南浜蛭子前東113(☎088-686-1734)昭22.8.19/徳島県生
石田慶子《今日の花》〒900-0014那覇市松尾2-19-39-1102(☎098-864-0241 FAX098-864-0245)昭10.8.12/東京都生/『きびの花』『沖縄発の句文集 青き踏む』
石地まゆみ《秋麗・磁石》〒195-0053町田市能ケ谷6-46-8(☎042-708-9136＊)昭34.6.4/東京都生/『赤き弓』
石塚一夫《ひたち野》〒300-1274つくば市上岩崎762(☎029-876-0465＊)茨城県生
石原博文《暖響》〒324-0043大田原市浅香3丁目3732-25(☎0287-55-1708＊)昭24.5.7/栃木県生/『菜畦』
伊集院兼久《海棠》〒594-1111和泉市光明台1-29-7(☎0725-56-7726)昭24.12.20/鹿児島県生
伊集院正子《海棠》〒594-1111和泉市光明台1-29-7(☎0725-56-7726)昭26.1.8/福岡県生
泉　一九《やぶれ傘》〒336-0041さいたま市南区広ヶ谷戸548(☎048-887-6069＊/yuji19jiyu@gmail.com)昭21.6.1/埼玉県生/『住まいのかたち』
磯　直道《主宰 くさくき》〒332-0023川口市飯塚4-4-7(☎048-251-3033＊)昭11.2.26/東京都生/『東京の蛙』『初東風』『連句って何』
板垣　浩《燎》〒191-0012日野市日野1111-1C-604(☎042-585-2314＊)昭19.7.19/山形県生
市川伸子《八千草》神奈川県生
市川浩実《汀》〒111-0035台東区西浅草3-28-17-1401(☎03-3845-5445＊)昭36/東京都生
市ノ瀬　遙《炎環》〒151-0072渋谷区幡ヶ谷3-62-5(☎03-3376-9002＊)昭20.11.5/東京都生/『無用』
市堀玉宗《枻・梅檀》北海道生/『雪安居』『面

目』『安居抄六千句』、エッセイ『拝啓良寛さま』
市村明代《馬酔木》〒593-8312堺市西区草部805-4（☎072-271-9278＊）昭29.6.29/大阪府生
市村栄理《秋麗・むさし野》〒194-0041町田市玉川学園4-10-23竹重方（☎042-720-4213）昭35.10.14/東京都生/『冬銀河』
市村健夫《馬酔木・晨》〒593-8312堺市西区草部805-4（☎072-271-9278＊）昭29.8.12/大阪府生
市村和湖《汀》東京都生
井手　寛（あやし）《都市》
井出野浩貴《知音》〒332-0017川口市栄町1-12-21-308/昭40.12.15/埼玉県生/『驢馬つれて』
伊藤亜紀《森の座・群星》〒343-0023越谷市東越谷6-32-18エピデンドルム107（☎048-966-8967＊）昭29.7.5/栃木県生
伊藤一男《河》〒983-0021仙台市宮城野区田子2-42-14（☎022-258-1624 FAX022-258-4656）昭22.5.13/宮城県生
伊藤啓泉《鴻・胡桃》〒990-1122山形県西村山郡大江町大字小見215（☎0237-62-2012）昭11.8.15/山形県生/『舟唄』
伊藤左知子《ペガサス・俳句集団縷縷》東京都生
伊東志づ江《あゆみ》山梨県生
伊藤トキノ《香雨》〒249-0004逗子市沼間3-17-8（☎046-872-5087）昭11.3.3/岩手県生/『花莟』他4冊、『自註伊藤トキノ集』、入門書『季語を生かす俳句の作り方』（共著）他
伊藤晴子《主宰　春嶺》〒193-0941八王子市狭間町1464-2-712（☎042-666-1616＊）神奈川県生/『さくらさくら』
伊藤秀雄《雪解》〒910-3402福井市鮎川町95-3-2（☎0776-88-2411＊）昭10.6.11/福井県生/『磯住み』『仏舞』『自註伊藤秀雄集』
伊藤政美《主宰　菜の花》〒510-0942四日市市東日野町198-1（☎059-321-1177＊）昭15.9.3/三重県生/『青時雨』『四郷村抄』『父の木』『天音』等8冊
伊藤真代《鴻》
伊藤　翠《稲》〒392-0131諏訪市湖南3321-1（☎0266-53-5052）昭9.3.3/長野県生/『里時雨』『桜しべ』『一握の風』
伊藤康江《萌》〒157-0066世田谷区成城9-30-12-505（☎03-3483-7479 FAX03-3483-7489/yasue@fa2.so-net.ne.jp）昭16.2.15/大阪府生/『花しるべ』『いつもの窓』『濤のこゑ』『結び柳』『自註伊藤康江集』
糸澤由布子《野火》〒308-0052筑西市菅谷1797（☎090-2318-0315 FAX0296-22-5851/kichiemo.5851@gmail.com）茨城県生
糸屋和恵《藍生》
稲井和子《ひまわり》〒770-0805徳島市下助任町2-18（☎088-626-2817＊）昭8.12.24/徳島県生/『文字摺草』
稲垣清器《ときめきの会》〒293-0002富津市二間塚1806-4（☎090-4071-9707 FAX0439-88-0782）昭14.9.5/長野県生
稲田眸子《主宰　少年》〒341-0018三郷市早稲田7-27-3-201（☎090-3961-6558/boshi@peach.ocn.ne.jp）昭29.5.2/愛媛県生/『風の扉』『絆』
稲畑廣太郎《主宰　ホトトギス》〒152-0004目黒区鷹番1-14-9（☎03-3716-5714＊）昭32.5.20/兵庫県生/『玉箒』『閏』
乾　真紀子《秀・四万十》〒781-5235香南市野市町下井111（☎0887-56-2539＊）昭26.9.1/高知県生
犬飼孝昌《菜の花》〒481-0013北名古屋市二子双葉35（☎0568-24-0308＊）昭16.1.1/愛知県生/『土』
井上京子《ひまわり》〒771-5204徳島県那賀郡那賀町中山字小延15-4/昭26.10.1/徳島県生
井上つぐみ《鴻》〒277-0831柏市根戸470-25-916（☎04-7133-5251＊/rekoinoue@yahoo.co.jp）昭27.1.15/長崎県生
井上弘美《主宰　汀・泉》〒151-0073渋谷区笹塚2-41-6・1-405（☎03-3373-6635＊）昭28.5.26/京都府生/『あをぞら』『汀』『顔見世』『夜須礼』『京都千年の歳事』『読む力』他
井上康明《主宰　郭公》〒400-0026甲府市塩部4-9-9（☎055-251-6454＊）昭27.5.31/山梨県生/『四方』『峽谷』
伊能　洋《暦日》〒156-0043世田谷区松原4-11-18（☎03-3321-3058＊）昭9.4.12/東京都生/『紫陽花の湖』
今泉かの子《若竹》名古屋市/愛知県生/『背なでて』
今泉千穂子《燎》〒190-0001立川市若葉町2-52-4（☎042-536-3236）昭23.9.25/佐賀県生
今井　聖《主宰　街》〒235-0045横浜市磯子区洋光台4-34-15（☎045-832-3477＊/ariga10nara@s5.dion.ne.jp）昭25.10.12/小説『ライク・ア・ローリングストーン—俳句少年漂流記』、

ジュニア新書『部活で俳句』、句集『九月の明るい坂』他
今井千鶴子《ホトトギス・玉藻・珊》〒154-0022世田谷区梅丘2-31-6(☎03-3420-2050 FAX03-3420-9080)昭3.6.16/東京都生/『過ぎゆく』他
今井　豊《代表 いぶき・藍生》〒673-0881明石市天文町2-1-38(☎090-3827-2727)昭37.8.27/兵庫県生/『席捲』『逆鱗』『訣別』『草魂』
今瀬一博《対岸・沖》〒311-4311茨城県東茨城郡城里町増井1319-1(☎029-288-4368)昭40.10.9/茨城県生/『誤差』
今瀬剛一《主宰 対岸》〒311-4311茨城県東茨城郡城里町増井1319-1(☎029-288-3330)昭11.9.15/茨城県生/『対岸』『約束』『甚六』他
今園由紀子《輪》東京都生
今富節子《貂》〒157-0071世田谷区千歳台6-16-7-313/昭20.5.20/富山県生/『多福』『目盛』
今村潤子《主宰 火神》〒862-0971熊本市中央区大江6-1-60-206/昭15.5.29/熊本県生/『子別峠』『秋落暉』『中村汀女の世界』
今村たかし《会長 練馬区俳句連盟・杉》〒177-0041練馬区石神井町3-27-6(☎03-3996-1273/imataka@dream.com)昭15.2.14/『百会』『遊神』
伊予田由美子《夏爐・椎の実》昭24.3.10/高知県生/『仮の橋』『彩雲』
入野ゆき江《予感》〒190-0032立川市上砂町3-6-14/昭10.7/東京都生/『清流』
入部美樹《青山》〒247-0006横浜市栄区笠間2-10-3-210(☎045-893-5730*)昭33.3.25/広島県生/『花種』
岩岡中正《主宰 阿蘇》〒861-4115熊本市南区川尻4-12-15(☎096-357-8335*)昭23/熊本県生/『春雪』『相聞』。『虚子と現代』『子規と現代』
岩崎可代子《鳰の子》〒651-1212神戸市北区筑紫が丘7丁目12-32(☎078-581-1812*)昭18.11.24/静岡県生
岩﨑　俊《鴻》〒300-1235牛久市刈谷町5-59(☎029-874-3685*/takashi-iwasaki@jcom.home.ne.jp)昭23.3.14/神奈川県生/『風の手紙』
岩佐　梢《鴻》〒271-0097松戸市栗山519-3(☎047-364-9866*)昭19.11.19/千葉県生
岩田公次《主宰 祖谷》〒773-0010小松島市日開野町字行地1-17(☎0885-32-4345*)昭19.6.7/徳島県生

岩田由美《藍生・秀》〒221-0854横浜市神奈川区三ツ沢南町5-12(☎045-323-3319*)昭36.11.28/岡山県生/『春望』『夏安』『花束』『雲なつかし』
岩田玲子《今日の花》〒162-0842新宿区市谷砂土原町3-8(☎03-3269-6033)昭29.3.16/東京都生
岩出くに男《鳰の子》〒569-1031高槻市松が丘2-3-17(☎072-687-0552*)昭14.10.6/兵庫県生/『晏』
岩永佐保《鷹》〒252-0303相模原市南区相模大野1-16-1(☎042-744-6775*)昭16.6.6/福岡県生/『海響』『丹青』『迦音』『自註岩永佐保集』
岩永はるみ《春燈》〒389-0111長野県北佐久郡軽井沢町三井の森1102(☎090-1055-0081/iwanagaharumi3@gmail.com)東京都生/『白雨』『追伸』、合同句集『明日』
岩淵喜代子《代表 ににん》〒351-0023朝霞市溝沼5-11-14(☎048-461-7823*)昭11.10.23/東京都生/『螢袋に灯をともす』『穀象』他
岩本芳子《多磨》〒632-0052天理市柳本町1065(☎0743-66-1204*)昭13.5.1/奈良県生
上田和生《雪解》〒596-0845岸和田市阿間河滝町1625(☎072-426-0888*/kueda11@sensyu.ne.jp)昭15.2.11/大阪府生/『稲田』、随筆『お多福豆』
植竹春子《泉》〒213-0032川崎市高津区久地4-4-23(☎044-822-1955*)昭22.4.30/山梨県生/『蘆の角』
上田　桜《陸》〒174-0046板橋区蓮根3-15-1-209(☎090-2249-6399 FAX03-3965-7841)昭25.4.14/福岡県生/共著『現代俳句精鋭選集13』『平成俳人大全集』
上田日差子《主宰 ランブル》〒151-0053渋谷区代々木2-37-15-204都筑方(☎03-3378-9206*)昭36.9.23/静岡県生/『日差集』『忘南』『和音』
上野一孝《代表 梓》〒171-0042豊島区高松3-8-3(☎03-3530-3558 FAX03-5995-3976/azusa-iu@able.ocn.ne.jp)昭33.5.23/兵庫県生/『萬里』『李白』『迅速』『風の声を聴け』『森澄雄俳句熟考』『肉声のありかを求めて』『俳句の周辺』
上野洋子《燎》〒186-0013国立市青柳1-12-13/昭21.5.21/山梨県生
上村葉子《風土》〒263-0031千葉市稲毛区稲毛東3-3-17(☎043-243-0194*/yoko-u@jeans.ocn.ne.jp)昭20.11.12/千葉県生

丑久保　勲《やぶれ傘》〒338-0013さいたま市中央区鈴谷9-4-19(☎048-853-3856*)昭14.2.5/栃木県生
臼井清春《栞》〒227-0033横浜市青葉区鴨志田町806-18(☎045-962-6569*/kiyoharu2505@quartz.ocn.ne.jp)昭17.3.21/岐阜県生
碓井ちづるこ《家》〒458-0812名古屋市緑区神の倉3-99(☎052-876-9027*/usuichi@k4.dion.ne.jp)昭14.1.1/大阪府生/『洋々会35年記念合同俳句集』
宇多喜代子《草樹》〒563-0038池田市荘園1-11-17(☎072-761-7323*)昭10.10.15/山口県生/『りらの木』『夏月集』『象』『記憶』『森へ』
内野義悠《炎環》昭63.3.19/埼玉県生
内原陽子《杉·夏爐》〒781-0015高知市薊野西町1-14-13(☎088-845-1829)昭2.11.19/東京都生/『雲井』
うっかり《ひまわり》〒773-0022小松島市大林町字本村124(greendaiquiri@gmail.com)昭57.11.25/徳島県生
槍田良枝《稲》〒187-0003小平市花小金井南町2-9-32-1(☎042-462-3214*)昭24.10.25/東京都生/『風の日』、『俳句で歩く江戸東京』(共著)
宇都宮敦子《鴫·貂》〒336-0021さいたま市南区別所5-9-18/昭10.2.14/岩手県生/『錦玉羹』『琴弾鳥』
畝﨑桃代《夏爐·蝶》〒787-0331土佐清水市越前町16-1/昭14.3.9/高知県生
畦田恵子《山彦·北房俳句会》岡山県生
宇野理芳《雲取》〒114-0034北区上十条5-10-9(☎03-3909-2349*)昭17.4.1/東京都生
梅枝あゆみ《煌星》昭39.4.13/三重県生
梅沢　弘《野火》〒344-0007春日部市小渕179-11(☎048-761-0283/ume.satoyama@gmail.com)昭31.8.30/『ふるさとの餅』
梅津大八《谺》〒244-0816横浜市戸塚区上倉田町1803-5(☎045-861-4930/umetsudai8@gmail.com)昭24.1.2/青森県生/『富士見ゆる』
宇留田厚子《輪》新潟県生
越後則子《薫風》〒031-0814八戸市妙字黒ヶ沢4-38/青森県生
衞藤能子《八千草》〒170-0003豊島区駒込3-4-2(☎090-3478-9018 FAX03-5394-0359)昭22.3.29/東京都生/『水の惑星』
江中真弓《選者 暖響》〒180-0006武蔵野市中町1-11-16-607(☎0422-56-8025*)昭16.7.11/埼玉県生/『雪径』『水中の桃』『武蔵野』『六根』、アンソロジー『俳句の杜4』
榎並律子《多磨》〒659-0021芦屋市春日町13-2-301(☎0797-23-2526*)昭39.6.4/奈良県生
榎本　享《なんぢや》〒674-0074明石市魚住町清水1364(☎078-942-0527*)昭14.8.3/兵庫県生/『明石』『おはやう』『守宮&燕の子』
海老澤愛之助《雨蛙》〒359-1132所沢市松が丘1-5-2(☎04-2922-0259*/aij9607@yahoo.co.jp)昭17.12.8/東京都生
海老澤正博《帆》〒336-0911さいたま市緑区三室636-74(☎048-711-1776*)昭20.9.22/東京都生
遠藤酔魚《あゆみ》〒274-0067船橋市大穴南1-11-23(☎047-462-0721*/rs-endo@cotton.ocn.ne.jp)昭24.10.17/京都府生
遠藤千鶴羽《なんぢや》〒197-0004福生市南田園3-10-17(☎042-553-7661*/chizuha0213@yahoo.co.jp)昭39.2.13/東京都生/『コウフクデスカ』『暁』『新現代俳句最前線』
遠藤正恵《濃美·家》〒465-0055名古屋市名東区勢子坊1-1109(☎052-703-9463 FAX052-908-9021)/愛知県生/『野遊び』
遠藤由樹子〒154-0024世田谷区三軒茶屋2-52-17-203(☎03-6450-8988*)昭32.7.13/東京都生/『濾過』『寝息と梟』
尾池和夫《主宰 氷室》〒611-0002宇治市木幡御蔵山39-1098(☎0774-32-3898 FAX0774-33-4598/oike-kazuo@nifty.com)昭15.5.31/東京都生/『大地』『瓢鮎図』
尾池葉子《氷室》〒611-0002宇治市木幡御蔵山39-1098(☎0774-32-3898)昭16.1.25/高知県生/『ふくろふに』
大石香代子《鷹》〒173-0004板橋区板橋1-50-13-1301(☎03-5375-0977*)昭30.3.31/東京都生/『雑華』『磊磊』『鳥風』ほか
大石雄鬼《陸》〒183-0054府中市幸町3-1-1-435/昭33.7.31/静岡県生/『だぶだぶの服』
大井恒行《豈》〒183-0052府中市新町2-9-40(☎042-319-9793*)昭23.12.15/山口県生/『風の銀漢』『大井恒行句集』『教室でみんなと読みたい俳句88』など
大上朝美《鏡》昭28/福岡県生
大勝スミ子《八千草》〒171-0051豊島区長崎5-1-31-711(☎03-3955-6947*)昭8.6.25/鹿児島県生/「あの調べ」(写真とつづる俳句集)、「旅日記と17音の裾野」(小冊子)

大木あまり《星の木》〒226-0006横浜市緑区白山3-18-1吉本方(☎045-934-7503＊)昭16.6.1/東京都生/『遊星』
大木満里《都市》〒243-0034厚木市船子1341-3相田方/神奈川県生
大久保白村《代表 こゑの会》〒107-0062港区南青山5-1-10-906(FAX03-3400-1145)昭5.3.27/東京都生/『俳句のある日々』『一都一府六県』他
大窪雅子《夏爐》〒781-0304高知市春野町西分213-1(☎088-894-2299)昭17.12.8/高知県生
大崎紀夫《主宰 やぶれ傘・棒》〒335-0022戸田市上戸田1-21-7(☎048-443-5881＊)昭15.1.28/埼玉県生/『草いきれ』『釣り糸』『麦藁帽』他
大澤ゆきこ《燎》昭20.3.19/東京都生
大島英昭《やぶれ傘・棒》〒364-0002北本市宮内1-132(☎048-592-5041＊/usagi-oshima@jcom.zaq.ne.jp)昭17.7.12/東京都生/『ゐのこづち』『花はこべ』
大島幸男《氷室》〒618-0012大阪府三島郡島本町高浜3-3-1-606(☎090-1244-1161/yukimachio@gmail.com)昭23.1.20/新潟県生/『現代俳句精鋭選集9』
大高霧海《主宰 風の道》〒150-0032渋谷区鶯谷町19-19(☎03-3461-7968 FAX03-3477-7021)昭9.2.6/広島県生/『水晶』『鵜飼』『白の矜持』『無言館』『菜の花の沖』『鶴の折紙』
太田寛郎《香雨》〒292-0041木更津市清見台東2-32-16(☎0438-98-2259＊)昭15.7.25/神奈川生/『一葦集』『雞肋記』『花鳥』『自註太田寛郎集』
大竹多可志《主宰 かびれ》〒116-0011荒川区西尾久8-30-1-1416(☎03-3819-1459＊)昭23.6.23/茨城県生/『気流』『熱気球』『青い断層』『0秒』『水母の骨』『芭蕉の背中』『空空』『自註大竹多可志集』、エッセイ『自転車で行く「奥の細道」逆回り』『自転車で行く「野ざらし紀行」逆回り』
太田土男《代表 草笛・百鳥》〒214-0038川崎市多摩区生田3-5-15(☎044-922-7886＊)昭12.8.22/神奈川県生/『草泊り』ほか、エッセイ『自然折々 俳句折々』
太田眞佐子《濃美》〒501-3787美濃市上野413(☎0575-37-2225＊)昭11.10.13/岐阜県生
大塚太夫《雲》〒203-0043東久留米市下里3-2-23(☎042-476-4621＊)昭27.12.28/秋田県生
大西淳二《主宰 草原》〒634-0824橿原市一町1328米田方(☎090-7367-4357/0744-27-4363＊/ohminezan@nifty.com)昭29/奈良県生/「草原I〜IV」
大西誠一《円座》〒503-0973大垣市木戸町957-17(☎0584-78-0823＊/ose-0520-kidomachi@docomo.ne.jp)昭21.8.4/愛知県生/『現代俳句精鋭選集15』
大西　朋《鷹・晨》〒305-0041つくば市上広岡501-2(☎029-895-3732＊/tomo@onishi-lab.jp)昭47.10.16/大阪府生/『片白草』
大沼つぎの《燎》〒206-0811稲城市押立543-3(☎042-377-4822)宮城県生
大野崇文《香雨》〒277-0005柏市柏4-11-3(☎04-7163-1382＊)昭26.1.16/千葉県生/『桜炭』『酔夢譚』『遊月抄』
大畑光弘《春月》〒332-0012川口市本町2-1-20-204(☎048-222-7358)昭20.1.1/島根県生/『雲海の島』
大林文鳥《夏爐・藍生》〒787-0023四万十市中村東町3-9-2/昭28.1.6/高知県生
大堀祐吉《菜の花》〒510-0834四日市市ときわ1-8-15(☎059-353-4849＊)昭17.9.8/三重県生/『冬星座』
大海かほる《初蝶》〒270-1145我孫子市高野山226-24(☎04-7182-9522)昭18.5.23/高知県生
大元祐子《主宰 星時計》〒252-0314相模原市南区南台5-2-7-204(☎042-744-2432＊)昭31.10.25/東京都生/『人と生れて』
大矢知順子《都市》〒243-0037厚木市毛利台2-7-7(☎046-247-4844＊/junoyachi@gmail.com)昭18.5.28/愛知県生/『揚ひばり』
大山知佳歩《ランブル》昭36.1.11/神奈川県生
大輪靖宏《主宰 輪》〒248-0012鎌倉市御成町9-21-302(☎0467-24-3267＊)昭11.4.6/東京都生/『海に立つ虹』、評論『なぜ芭蕉は至高の俳人なのか』他
岡﨑さちこ《獺祭》〒146-0093大田区矢口2-29-3(☎03-3750-5684＊)昭16.10.25/東京都生
岡﨑由美子《艸(そう)》〒273-0005船橋市本町6-7-10(☎047-424-7635/yumi-221036@t.vodafone.ne.jp)昭18.10.16/千葉県生
小笠原　至《秋》〒114-0031北区十条仲原3-12-17(☎03-3901-0842＊)昭27.9.18/岩手県生/『高館』『武骨』
小笠原貞子《耕》〒455-0857名古屋市港区秋葉1-130-96(☎052-301-5095＊)昭22.1.3/長野県生

岡田翠風《ロマネコンティ･主宰　中(ちゅう)》〒241-0814横浜市旭区中沢3-18-14/愛媛県生
尾形誠山《ろんど》〒262-0019千葉市花見川区朝日ケ丘3-4-21(☎043-271-6939＊/ogata@fg8.so-net.ne.jp)昭23.7.8/東京都生/『潦』
岡田由季《炎環･豆の木･ユプシロン》〒598-0007泉佐野市上町1-8-14-4津村方(☎080-1464-1892/yokada575@gmail.com)昭41.10.9/東京都生/『犬の眉』
岡戸林風《艸(そう)》〒273-0866船橋市夏見台1-2-2-203(☎047-438-0519/okady@muc.biglobe.ne.jp)昭10.3.14/東京都生
岡野悦子《ときめきの会》〒314-0116神栖市奥野谷104-1(☎090-3406-6792)昭21.7.16/茨城県生
岡部すみれ《天頂》〒430-0805浜松市中区相生町15-12/静岡県生
岡村千惠子《方円》〒226-0018横浜市緑区長津田みなみ台7-33-15-10-109(☎045-512-0883＊/gumi-gumi1941@nifty.com)昭16.12.13/山口県生
岡本欣也《雪解》〒552-0011大阪市港区南市岡3-1-17(☎06-6581-5635＊)昭13.11.27/大阪府生/『山径』
岡本紗矢《門･梟》昭31.9.23/奈良県生/『向日葵の午後』
岡本尚子《風土》〒252-0176相模原市緑区寸沢嵐3109(☎042-685-1070)昭30.3.6/京都府生
岡本洋子《天頂》〒224-0001横浜市都筑区中川1-2　A-1206(☎045-913-3535＊/toto-kojiro@docomo.ne.jp)兵庫県生
岡山祐子《燎》〒214-0037川崎市多摩区西生田4-24-16(☎044-954-8065＊)昭14.3.17/鹿児島県生
小川　求《梓》〒247-0063鎌倉市梶原3-3-11/昭22.2.26/宮城県生/『赫いハンカチ』
小川軽舟《主宰　鷹》〒222-0003横浜市港北区大曽根1-5-7-32(☎045-642-4233＊)昭36.2.7/千葉県生/『朝晩』『俳句と暮らす』
小川晴子《主宰　今日の花》〒157-0073世田谷区砧1-22-3(☎03-3415-3580＊)昭21.1.13/千葉県生/『花信』『摂津』『今日の花』
小川美知子《栞》〒143-0021大田区北馬込1-7-3(☎03-3778-6793＊/sora409@hb.tp1.jp)昭24.5.15/静岡県生/『言葉の奥へ―岡本眸の俳句』『私が読んだ女性俳句』
沖　あき《鷹》〒192-0032八王子市石川町2971-13-501(☎042-646-7483＊)昭19.1.31/鳥取県生/『秋果』『吉事(よごと)』
奥坂まや《鷹》〒156-0052世田谷区経堂3-20-22-701(☎090-2201-5277)昭25.7.16/東京都生/『列柱』『縄文』『妣の国』『うつろふ』『鳥獣の一句』
奥田卓司《たかんな》〒039-1109八戸市大字豊崎町字下永福寺42-1(☎0178-23-2410＊)昭12.3.18/東京都生/『夏野』『夏潮』『俳句で詠むみちのく風土記』
奥田茶々《風土》〒154-0016世田谷区弦巻3-24-12-203(☎03-3426-7863＊)昭16.1.29/兵庫県生
奥名春江《主宰　春野》〒259-0311神奈川県足柄下郡湯河原町福浦349-3(☎0465-62-8954＊)昭15.11.8/神奈川県生/『沖雲』『潮の香』『七曜』『春暁』
小熊　幸《炎環》『朱から青へ』
小栗喜三子《雪天》〒945-0066柏崎市西本町3-5-8/昭9.12.7/東京都生
尾﨑秋明《朴の花》〒230-0001横浜市鶴見区矢向4-24-2(☎045-575-5851　FAX045-575-5857/19akimoto@mug.biglobe.ne.jp)昭19.1.25/大分県生/『源流』
尾崎人魚《毬》〒144-0031大田区東蒲田1-16-11-104(☎03-3737-3147＊)昭30.2.3/東京都生/『ゴリラの背中』
長田群青《郭公》〒409-3607山梨県西八代郡市川三郷町印沢54(☎055-272-4376＊)昭22.12.3/山梨県生/『霽日』『押し手沢』
小澤昭之《笹》〒458-0025名古屋市緑区鳥澄3-712(☎052-623-9763＊)昭17.12.29/愛知県生
小澤　冗《鴻》〒270-0034松戸市新松戸3-3-2･B-101(☎047-344-2616＊)昭12.8.14/千葉県生/『ひとり遊び』
押本和子《多磨》〒207-0014東大和市南街4-7-1(☎042-563-4238)昭11.6.2/東京都生
小瀬寿恵《燎》
小田切輝雄《埴》〒234-0052横浜市港南区笹下1-10-14(☎045-843-4921＊)昭17/長野県生/『千曲彦』『甲武信』
落合絹代《風土》〒242-0024大和市福田6-1-13(☎046-267-6451＊)昭12.10.25/広島県生
落合水尾《主宰　浮野》〒347-0057加須市愛宕1-2-17(☎0480-61-3684＊)昭12.4.17/埼玉県

生/『青い時計』『谷川』『澪標』『平野』『東西』『徒歩禅』『蓮華八峰』『浮野』『日々』『円心』、『山月集―忘れえぬ珠玉』

落合青花《少年》〒818-0122太宰府市高雄2-3849-12(☎092-924-5071＊)昭21.10.8/福岡県生/俳句とエッセイ集『思考回路』

落合美佐子《浮野》〒347-0057加須市愛宕1-2-17/昭13/埼玉県生/『花菜』『野みち』『野菊晴』『自註落合美佐子集』

越智　巌《ひいらぎ》〒663-8154西宮市浜甲子園3-4-18(☎0798-49-6148＊)昭16.10.5/愛媛県生

小津由実《菜の花》〒512-1212四日市市智積町3538-16/昭33.11.14/三重県生

音羽紅子《主宰 ゆきしづく・童子》〒060-0007札幌市中央区北7条西20丁目2-6-202(☎090-7057-1800 FAX011-351-1079/beniko421@yahoo.co.jp)昭57.9.21/北海道生/『初氷』『わたしとあなた』

小野京子《少年》〒870-0873大分市高尾台2-8-4(☎097-544-3848＊)昭11.6.14/大分県生/俳句とエッセイ集『新樹』『風の道』『ときめき』、随筆集『癒し』、『俳句の杜2021・精選アンソロジー』

小野田征彦《繪硝子》〒247-0061鎌倉市台1638(☎0467-46-4483/y-onoda@sage.ocn.ne.jp)昭13.11.15/神奈川県生/『縦笛の音』『妙妙の』

小野寺みち子《河》〒981-0942仙台市青葉区貝ケ森1-17-1(☎022-279-7204＊/elmer1212@gmail.com)宮城県生

小野寿子《代表 薫風・沖》〒038-0004青森市富田2-10-10(☎017-781-6005＊)昭8.12.1/青森県生/『角巻』『夏帯』『羽織』

小原　晋《日矢余光句会》昭19.3.3/岡山県生/『旅にしあれば』

小俣たか子《清の會・初蝶》〒270-1142我孫子市泉41-22(☎04-7182-9234＊)昭16.3.23/東京都生/『文机』

尾村勝彦《主宰 葦牙》〒064-0919札幌市中央区南19条西14丁目1-20-705(☎011-563-3116＊)昭9.10.20/北海道生/『流氷原』『海嶺』

小山田慶子《燎》〒205-0001羽村市小作台3-15-4(☎042-554-5795)東京都生

恩田侑布子《代表 樸》昭31.9.17/静岡県生

か行

海津篤子《椋》〒158-0083世田谷区奥沢7-23-14-301(☎03-3704-6423＊)昭28.9.29/群馬県生/『草上』

甲斐輝子《風の道》〒245-0021横浜市泉区下和泉2-25-19(☎045-804-6261＊)昭24.8.7/神奈川県生

甲斐のぞみ《百鳥》〒751-0874下関市秋根新町18-20/昭48.7.5/静岡県生/『絵本の山』

甲斐遊糸《主宰 湧・百鳥》〒418-0015富士宮市舞々木町935(☎0544-24-7489 FAX0544-29-6489)昭15.12.16/東京都生/『冠雪』『月光』『朝桜』『時鳥』『紅葉晴』

甲斐ゆき子《湧・百鳥》〒418-0015富士宮市舞々木町935(☎0544-24-7489 FAX0544-29-6489)昭22.11.22/静岡県生

甲斐由起子《天為》〒192-0153八王子市西寺方町1019-313/『春の潮』『雪華』『近代俳句の光彩』

甲斐よしあき《百鳥・晨・湧》〒567-0007茨木市南安威2-11-34(☎080-6109-6527 FAX072-641-0645)昭23.5.4/静岡県生/『抱卵』『転生』

加賀城燕雀《主宰 からたち》〒799-3763宇和島市吉田町浅川182-5(☎0895-52-0461＊)昭24.10.4/愛媛県生

角谷昌子《磁石》〒408-0306北杜市武川町山高3567-269(☎0551-26-2711＊)『奔流』『源流』『地下水脈』、評論『山口誓子の100句を読む』『俳句の水脈を求めて』

鹿熊俊明(登志)《ひたち野・芯》〒310-0005水戸市水府町1406-1(☎029-227-1751＊/kakuma99@vesta.ocn.ne.jp)昭11.8.2/富山県生/『御来迎』『巨根絡む』、著書『八百万の神』『世界を観て詠んでみて』

加古宗也《主宰 若竹》〒445-0852西尾市花ノ木町2-15(☎0563-56-5847＊)昭20.9.5/愛知県生/『舟水車』『八ツ面山』『花の雨』『雲雀野』『茅花流し』

笠井敦子《鴫》〒272-0812市川市若宮3-59-3(☎047-338-4594＊/maykasai@s3.dion.ne.jp)昭9.5.1/福島県生/『モナリザの声』

笠松八重子(怜玉)《ひまわり》〒770-0861徳島市住吉3-11-20(☎088-622-8369＊/yk.1004@ezweb.ne.jp)昭18.2.14/徳島県生/『百句集』

梶本きくよ《門・帯》〒330-0043さいたま市浦

和区大東2-16-29（☎048-886-1578 FAX048-833-5649）昭10.1.14/大阪府生/『北浦和』『菊日和』
柏柳明子《炎環・豆の木》〒211-0034川崎市中原区井田中ノ町1-22-301鈴木方（ankorosuke@gmail.com）昭47.12.28/神奈川県生/『揮発』『柔き棘』
片桐基城《草樹・代表 草の宿》〒324-0064大田原市今泉434-144（☎0287-23-7161/kijyou@m8.dion.ne.jp）昭9.2.25/東京都生/『昨日の薬罐』『水車小屋』
片山はじめ《燎》〒192-0003八王子市丹木町2-142-5（☎042-692-0802＊）昭16.2.20/北海道生
かつら　澪《風樹》〒560-0084豊中市新千里南町3-24-8（☎06-6831-0283＊）昭7.6.30/兵庫県生/『銀河鉄道』『四季吟詠句集』『平成俳人大全書』
加藤いろは《晨・晶》〒862-0908熊本市東区新生2-6-2（☎096-365-0846 FAX096-367-9039）昭26.7.15/熊本県生
加藤かな文《代表 家》〒470-0113日進市栄3-1307-3-602（☎0561-72-4075＊）昭36.9.6/愛知県生/『家』
加藤耕子《主宰 耕・Kō》昭6.8.13/京都府生/『空と海』他、翻訳集『A Hidden Pond』他
加藤峰子《代表 鳴》〒260-0852千葉市中央区青葉町1274-14（☎043-225-7115＊/mi-kato@jcom.zaq.ne.jp）昭23.10.20/千葉県生/『ジェンダー論』『鼓動』
金井政女《清の會》〒273-0048船橋市丸山1-21-10/昭16.4.23/千葉県生
金澤踏青《ひたち野》〒312-0012ひたちなか市馬渡3266（☎029-273-0293＊）昭12.2.28/茨城県生/『人は魚』、アンソロジー『現代俳句精鋭選集10』『同18』
金谷洋次《秀》〒178-0064練馬区南大泉2-5-43（☎03-3925-3464＊）昭26/富山県生/『天上』
金子かほる《閏》〒190-0034立川市/昭15.2.28/東京都生
金子　嵩《代表 衣・祭演》〒235-0045横浜市磯子区洋光台6-17-13（☎045-833-1407）昭10.12.15/東京都生/『ノンの一人言』『みちのり』『天晴（てんせい）』
加納輝美《濃美》〒501-3704美濃市保木脇385-5（☎0575-35-2346＊）昭19.11.25/岐阜県生/『青嶺』
神山市実《やぶれ傘》〒331-0825さいたま市北区櫛引町2-82（☎048-652-8229＊/kankuro1921@kne.biglobe.ne.jp）昭25.4.16/埼玉県生
神山方舟《雨蛙》〒359-1133所沢市荒幡9-3（☎04-2926-6355＊/makoto.k406@gmail.com）昭6.4.6/埼玉県生
神山ゆき子《からたち》〒426-0007藤枝市潮152-21（☎054-646-1432＊）昭20.11.7/静岡県生/『桜の夜』『うすくれなゐ』
亀井歌子《野火》〒154-0003世田谷区野沢3-3-16（☎03-3422-6310＊）昭11.10.13/神奈川県生/『ロビンフッドの城』
亀井雉子男《主宰 四万十》〒787-0023四万十市中村東町1-10-8（☎0880-35-3109＊）昭21.8.19/高知県生/『朴の芽』『青山河』
亀井孝始《清の會》〒156-0043世田谷区松原1-53-5-904（☎03-6316-8603＊/koji16632017@yahoo.co.jp）昭22.1.7/静岡県生/『はじめての俳句文語文法』、第七句集『笹鳴集』
川合正光《あゆみ》〒297-0029茂原市高師2141-5（☎0475-24-3191＊/mbrkawai2016@tf7.so-net.ne.jp）昭15.4.17/兵庫県生
川上純一《煌星》〒572-0824寝屋川市萱島東3-24-1-1004（☎072-825-1655＊）昭32.12.15/三重県生
川上昌子《栞》〒403-0007富士吉田市中曽根3-11-24（☎0555-22-4365＊）昭24.7.30
川上良子《主宰 花野》〒167-0052杉並区南荻窪3-7-9（☎03-3333-5787＊）昭18.5.23/旧朝鮮生/『大き礎石』『聲心』
川北廣子《青草》〒259-1145伊勢原市板戸480-6（☎0463-95-3186）昭25.1.3/神奈川県生
川口　襄《爽樹》〒350-1103川越市霞ケ関東4-5-8（☎049-231-5310＊/jkoshuusan@gmail.com）昭15.5.8/新潟県生/『王道』『マイウエイ』『蒼茫』『自註川口襄集』『星空』、紀行エッセイ集『私の道』
川口崇子《雉》昭17.11.12/広島県生
川嵜昭典《若竹》〒485-0029小牧市中央1-207-303（☎080-5155-0551）昭52.7.9/愛知県生
川崎果連《豈・祭演》
川崎進二郎《燎》昭22.11.15/栃木県生
川崎千鶴子《海原・青山俳句工場05》〒730-0002広島市中区白島中町12-15（☎082-222-1323＊）昭21.6.3/新潟県生/『恋のぶぎぶぎ』
河崎ひろし《樹》昭19.1.14/神奈川県生
川崎益太郎《海原・夕凪・青山俳句工場05》〒730-0002広島市中区白島中町12-15（☎082-

222-1323＊/masutaro@wine.plala.or.jp）昭21.4.3/岡山県生/『秋の蜂』
川嶋一美《なんぢや》〒661-0951尼崎市田能3-18-3（☎06-6491-4361＊）昭24.4.22/京都府生/『空の素顔』『円卓』
川添弘幸《四万十》〒781-2123高知県吾川郡いの町天王南2-6-12（☎088-891-6330＊）昭29.11.1/大阪府生/『四季吟詠句集』33,35
川田好子《風土》〒145-0075大田区西嶺町29-14（☎03-3758-3757）
川村胡桃《銀化・奎》〒630-8365奈良市下御門町17-1（tanakanata_0808@yahoo.co.jp）昭41/東京都生
河村正浩《主宰 山彦》〒744-0024下松市花岡大黒町526-3（☎0833-43-7531＊）昭20.12.21/山口県生/『桐一葉』『春宵』『春夢』など12冊、『自解150句選』『俳句つれづれ』
川本　薫《副主宰 多磨》〒207-0014東大和市南街5-34-5（☎042-565-9199）昭24.2.7/東京都生
神田ひろみ《暖響》〒514-0304津市雲出本郷町1399-19（☎059-238-1366＊/shkanda@blue.plala.or.jp）昭18.11.29/青森県生/『虹』『風船』『まぼろしの楸邨』
菅野孝夫《主宰 野火》〒344-0007春日部市小渕162-1-2-304（☎048-754-2158 FAX048-754-2180/kanno304@helen.ocn.ne.jp）昭15.3.19/岩手県生/『愚痴の相』『細流の魚』
神野未友紀《鴻》〒444-0079岡崎市石神町8-9（☎0564-22-4301＊）昭33.9.5
木内　徹《代表 俳句フォーラム》〒331-0823さいたま市北区日進町2-1233-7（tkiuchi@sta.att.ne.jp）昭28.3.4/東京都生/『紫荊』
木内憲子《栞》〒188-0002西東京市緑町3-6-2/昭22.5.4/長野県生/『窓辺の椅子』『夜の卓』
木浦磨智子《青海波》〒740-0022岩国市山手町3-15-9（☎0827-21-7877＊）昭9.12.11/広島県生
喜岡圭子《帯》〒277-0871柏市若柴173-8-15街区E-405（☎04-7132-8202＊/yuukei06@pck.nmbbm.jp）昭18.12.6/徳島県生/『雲とわたしと』
菊田一平《や・晨》〒189-0002東村山市青葉町3-27-22（☎042-395-1182＊/ippei0128@ozzio.jp）昭26.1.28/宮城県生/『どつどどどどう』『百物語』
きくちきみえ《やぶれ傘》〒235-0036横浜市磯子区中原2-18-15-202（☎045-772-5759）昭32.6.26/神奈川県生/『港の鴉』
菊池洋勝（webherojp@yahoo.co.jp）北大路翼編『アウトロー俳句―新宿歌舞伎町俳句一家「屍派」』
如月のら《郭公》〒395-0004飯田市上郷黒田768-4（☎090-2915-4764）昭28.3.13/長野県生/『The Four Seasons』『実生』
如月リエ《深海》〒445-0822西尾市伊文町27（☎0563-56-8477＊）昭21.2.1/愛知県生
岸根　明《汀》〒182-0023調布市染地1-19-41（☎090-2326-9914）昭24.3.9/熊本県生
岸原清行《主宰 青嶺》〒811-4237福岡県遠賀郡岡垣町東高倉2-7-8（☎093-282-5890 FAX093-282-5895）昭10.7.30/福岡県生/『草笛』『青山』『海境』『天日』、秀句鑑賞集『一句万誦』
岸本尚毅《天為・秀》〒221-0854横浜市神奈川区三ツ沢南町5-12（☎045-323-3319＊/ksmt@mx7.ttcn.ne.jp）昭36.1.5/岡山県生/『十七音の可能性』『生き方としての俳句』『文豪と俳句』
岸本洋子《八千草》〒177-0034練馬区富士見台1-8-18-213（☎03-3990-4902＊）昭18.1.25/兵庫県生
北川　新《輪》〒247-0008横浜市栄区本郷台5-32-15（☎045-893-0004＊）昭21/神奈川県生
北原昭子《稲》〒399-3202長野県下伊那郡豊丘村神稲353-4（☎0265-35-6282）昭9.9.12/南鮮生
北見正子《燎》〒177-0054練馬区立野町3-23（☎03-3594-2879＊）昭10.6.25/東京都生
喜多村喜代子（きよ子）《夏爐》（☎088-872-3726）大15.10.6/高知県生
喜多杜子《春月》〒302-0119守谷市御所ヶ丘4-9-10戸恒方（☎0297-45-7953＊）昭18.5.19/茨城県生/『てのひら』『貝母の花』
木下克子《燎》〒187-0004小平市天神町1-9-15/石川県生
木野ナオミ《春野》〒320-0043宇都宮市桜4-1-19-1005（☎028-622-8434＊）昭12.6.22/栃木県生/『緑の夜』
木村有宏《鶴》〒352-0016新座市馬場4-5-7/昭27.3.4/埼玉県生/『無伴奏』
木村瑞枝《やぶれ傘》〒336-0911さいたま市緑区三室1454（☎048-873-2268＊/mizu-e.bce.428.ki-mura@docomo.ne.jp）昭21.1.1/埼玉県生
木本隆行《泉》昭44.11.15/東京都生/『鶏冠』

久下洋子《風叙音》〒271-0064松戸市上本郷1401-13/兵庫県生
草深昌子《主宰 青草》〒243-0037厚木市毛利台1-15-14(☎046-247-3465*/masakokusa.0217@tiara.ocn.ne.jp)昭18.2.17/大阪府生/『青葡萄』『邂逅』『金剛』
九条道子《春月》〒304-0055下妻市砂沼新田32-9鯨井方(☎0296-44-2803 FAX0296-44-2807/km_kujrai@ezweb.ne.jp)昭20.4.7/茨城県生/『薔薇とミシン』
くどうひろこ《沖・薫風》〒038-3672青森県北津軽郡板柳町灰沼玉川50-12(☎090-3129-8330)岩手県生
工藤弘子《若竹》〒371-0837前橋市箱田町643-3(☎027-253-1567*)昭17.8.17/東京都生/『若菜摘』
國井明子《樹》〒279-0026浦安市弁天4-10-10
功刀とも子《郭公》山梨県生
久保田庸子《清の會》東京都生/『土の髄』
熊田俠邨《赤楊の木》〒596-0073岸和田市岸城町1-25-602(☎072-438-7751*)昭10.3.14/兵庫県生/『淡路島』
倉澤節子《やぶれ傘》(☎042-564-9346*)昭20.10.22
蔵多得三郎《代表 燎》〒186-0005国立市西1-17-30-303(☎042-575-0426*/t7-m1-ku@jcom.zaq.ne.jp)昭14.7.23/鳥取県生
倉橋鉄郎《歴路》昭11.2.26/京都府生
倉林治子(はるこ)《鴻・代表 泉の会》〒372-0031伊勢崎市今泉町1-1227-6(☎0270-22-0485*)昭5.5.1/岐阜県生
蔵本芙美子《ひまわり》〒770-0024徳島市佐古四番町13-7/昭22/徳島県生/『魔女の留守』
栗田やすし《顧問 伊吹嶺》〒458-0021名古屋市緑区滝ノ水3-1905-2/昭12.6.13/旧満州ハイラル/『伊吹嶺』『遠方』『霜華』『海光』『半寿』『山口誓子』『碧梧桐百句』『河東碧梧桐の基礎的研究』
栗林　浩《小熊座・街・遊牧・円錐》〒242-0002大和市つきみ野7-18-11/『うさぎの話』、著書『新俳人探訪』『昭和・平成を詠んで』など
栗原和子《花鳥》〒151-0066渋谷区西原1-31-14-301
栗原憲司《蘭》〒350-1317狭山市水野923(☎04-2959-4665*)昭27.7.25/埼玉県生/『狭山』『吾妻』
久留米脩二《主宰 海坂・馬酔木》〒436-0342掛川市上西郷332-1(☎0537-22-9806*)昭15.8.29/旧朝鮮生/『満月』『桜紅葉』
黒木まさ子《海棠》〒560-0001豊中市北緑丘2-1-17-103(☎06-6854-3819*)昭11.3.7/大阪府生
黒澤あき緒《鷹》〒352-0034新座市野寺4-10-2(☎042-476-5857*)昭32.10.24/東京都生/『双眸』『5コース』『あかつきの山』
黒澤次郎《やぶれ傘》昭9.4.22/埼玉県生
黒澤麻生子《秋麗・磁石》〒245-0061横浜市戸塚区汲沢2-1-5-D513(☎045-862-3657*/mukimakityu@yahoo.co.jp)昭47.4.28/千葉県生/『金魚玉』
黒田杏子《主宰 藍生》〒113-0033文京区本郷1-31-12-701(☎03-6801-6464 FAX03-6801-6357)昭13.8.10/東京都生/『木の椅子』『一木一草』『日光月光』、増補新装版『証言・昭和の俳句』
桑野佐知子《樹》〒251-0056藤沢市羽鳥2-4-15(☎0466-34-6850/090-2152-2184)大阪府生
桑本螢生《花鳥来》〒240-0046横浜市保土ヶ谷区仏向西47番1-403(☎045-334-3182*/mulberrykkeisei@yahoo.co.jp)昭23.7/大分県生/『海の虹』『海の響』
慶本三子《中(ちゅう)》佐賀県生
小圷あゆみ《閏》〒187-0023小平市上水新町1-21-22(☎042-308-5281*)昭21.8.15/香川県生
小池旦子《野火》〒949-7104南魚沼市寺尾451(☎025-776-2226)昭11.10.17/東京都生
河野絢子《磁石》昭9.8.5/熊本県生/『花筺』
幸野久子《樹》〒140-0002品川区東品川3-3-3-907/三重県生
古賀雪江《主宰 雪解》〒231-0003横浜市中区北仲通5-57-2ザ・タワー横浜北仲1608(☎045-900-1881*/urara_yukie7@yahoo.co.jp)昭15.12.9/東京都生/『花鳥の繪』『雪の礼者』『自註古賀雪江集』
木暮陶句郎《主宰 ひろそ火・ホトトギス》〒377-0102渋川市伊香保町伊香保397-1(☎0279-20-3555 FAX0279-20-3265/hirosobi@gmail.com)昭36.10.21/群馬県生/『陶然』『陶冶』『薫陶』
こしのゆみこ《代表 豆の木・海原》〒171-0021豊島区西池袋5-14-3-408(koshinomamenoki@gmail.com)昭26/愛知県生/『コイツァンの猫』
小島　健《河》〒165-0035中野区白鷺3-2-10-

1024(☎03-3330-3851＊)昭21.10.26/新潟県生/『爽』『木の実』『蛍光』『山河健在』他。『大正の花形俳人』『俳句練習帖』他
小島雅子(ただ子)《泉》〒190-0031立川市砂川町3-18-3(☎090-4599-7250/042-535-4252＊/hhh0723@docomo.ne.jp)昭16.7.23/東京都生
小島みつ如《栞》〒256-0812小田原市国府津5-13-7(☎0465-43-1382＊)昭6.11.10/三重県生/『夏の午後』
児玉　薫《草の花》〒252-0314相模原市南区南台5-5-10(☎080-1120-4954/rc190366-3238@tbz.t-com.ne.jp)昭24.9.8/長野県生
小玉粋花《梓》〒331-0062さいたま市西区土屋490-1(☎048-625-2651＊)昭22.8.3/東京都生/『風のかたち』
児玉裕子《家・円座》〒471-0078豊田市昭和町1-23-23(☎0565-31-1478)昭31.7.14/愛知県生/『富有柿』
児玉真知子《春耕》〒206-0804稲城市百村1628-1-602(☎042-378-4208＊)『風のみち』
後藤貴子《鬣TATEGAMI》〒950-0864新潟市東区紫竹7-11-14-305(takako.m@mbg.nifty.com)昭40.1.25/新潟県生/『Frau』『飯蛸の眼球』
五島高資《代表 俳句スクエア》〒320-0806宇都宮市中央3-4-7-901(☎090-4751-5527 FAX028-632-9360/takagoto@mac.com)昭43.5.23/長崎県生/句集『海馬』『雷光』『五島高資句集』『蓬莱紀行』、評論集『近代俳句の超克』など
後藤昌枝《濃美》岐阜県生
後藤雅夫《百鳥》〒290-0002市原市大厩1820-7(☎0436-74-1549 FAX0436-74-1228)昭26.12.27/神奈川県生/『冒険』
古藤みづ絵《風樹》〒560-0082豊中市新千里東町2-5-25-606/大阪府生/『遠望』
後藤　實〒338-0013さいたま市中央区鈴谷7-6-1-604(☎048-852-4198＊/m.goto-hm@cilas.net)昭17.7.1/愛知県生
小西昭夫《子規新報》〒790-0924松山市南久米町750-6(☎089-970-2566＊)昭29.1.17/愛媛県生/『花綵列島』『ペリカンと駱駝』『小西昭夫句集』、朗読句集『チンピラ』
小橋信子《泉》〒193-0943八王子市寺田町432-131-105/昭23/茨城県生/『火の匂ひ』
木幡忠文《小さな花》〒123-0844足立区興野1-7-13(kohata1234567@gmail.com)
小林和久《吾亦紅の会》〒344-0032春日部市備後東6-3-19(waremokounokai@kobayashi.so-net.jp)東京都生/合同句集『吾亦紅』
小林　研《円座》〒503-0008大垣市楽田町7-32(☎0584-73-5491＊)昭17.2.14/新潟県生
小林志乃《円虹》〒663-8102西宮市松並町3-9-105(☎0798-65-1047＊/sinono31313@gmail.com)昭23.3.4/愛媛県生/『俳句の杜2020精選アンソロジー』
小林千晶《湧》〒567-0832茨木市白川2-15-2(kob@hcn.zaq.ne.jp)昭32.2.17/大阪府生
小林輝子《風土・草笛・樹氷》〒029-5506岩手県和賀郡西和賀町湯之沢35-221/昭9.5.1/茨城県生/『木地師妻』『人形笛』『自註小林輝子集』『狐火』
小林敏子《郭公》昭22.7.2/香川県生
小林迪子《森の座・群星》〒343-0046越谷市弥栄町4-1-13(☎048-978-3395＊)昭18.7.27/東京都生
小林道彦《道》〒063-0812札幌市西区琴似二条2丁目2-21-702(☎011-311-6246＊)昭30.3.25/北海道生
小林みづほ《燎》〒192-0913八王子市北野台4-28-2(☎042-637-5077＊/mitsuho-koba@ezweb.ne.jp)昭19.2.3/長野県生
小巻若菜《やぶれ傘》〒330-0072さいたま市浦和区領家7-17-14,D-405(☎048-832-8233＊/wakana-dance0406@ezweb.ne.jp)昭15.4.6/東京都生
小松崎黎子《不退座・むつみ》〒315-0057かすみがうら市上土田874(☎0299-59-3330＊)昭22.2.14/茨城県生/『男時』
小見戸　実《稲》
小湊はる子《門》〒124-0005葛飾区宝町2-34-24グリーンコーポ109/昭17
小山森生《代表 努・翔臨》〒203-0044東久留米市柳窪2-10-30(☎042-473-2056)昭27.12.14/新潟県生/共著『岡井省二の世界—霊性と智慧』
小山雄一《燎》〒187-0011小平市鈴木町1-241-2/昭19.9.22/新潟県生
近　　恵《炎環・豆の木》〒167-0022杉並区下井草1-25-8エーデルハイム202
近藤　愛《いぶき・藍生・深海》〒462-0825名古屋市北区大曽根3-6-3-604/岐阜県生/『遠山桜』

さ行

雑賀絹代《郭公》『うろこ雲』
西條泰彦(千津)《ひまわり》〒772-0051鳴門市鳴門町高島字竹島347/昭19.3.3/徳島県生
斎藤美智代(いちご)《ひまわり》〒779-3102徳島市国府町西黒田字東傍示34/昭38.3.10/徳島県生
齊藤和子《燎》東京都生
齊藤幸三《郭公》〒406-0033笛吹市石和町小石和142/昭14.10.5/山梨県生
斎藤じろう《編集長 貂》〒270-0034松戸市新松戸5-117-2(☎047-346-2482＊)昭20.1.7/栃木県生/『木洩れ日』
齋藤智恵子《代表 東雲》昭16.4.25/東京都生/『微笑み』『黎明』『現代俳句精鋭選集Ⅱ』
齊藤哲子《鴫・辛夷》〒273-0116鎌ケ谷市馬込沢8-8/昭18.8.23/北海道生
齋藤朋子《やぶれ傘》〒335-0023戸田市本町5-9-18/昭7.3.31/東京都生
斎藤万亀子《野火》〒963-0213郡山市逢瀬町多田野字寺向12-3(☎024-957-3576＊)
佐伯和子《燎》〒186-0005国立市西2-28-49
酒井弘司《主宰 朱夏》〒252-0153相模原市緑区根小屋2739-149(☎042-784-4789＊)昭13.8.9/長野県生/『蝶の森』『青信濃』『地気』、評論集『金子兜太の100句を読む』
酒井直子昭26.3.12/福岡県生
酒井裕子《河》〒272-0004市川市原木1-3-1-602(☎047-327-9080＊)昭14.2.24/富山県生/『麓』
坂口緑志《代表 年輪》〒516-0051伊勢市上地町1814-3(☎0596-24-7881＊/ryokushi7@yahoo.co.jp)昭23.7.21/三重県生
逆井花鏡《春月》千葉県生/『万華鏡』
阪田昭風《名誉主宰 嵯峨野》〒227-0036横浜市青葉区奈良町1566-38/昭10.9.5/京都府生/『四温』
坂場俊仁《ひたち野》〒311-1244ひたちなか市南神敷台5-15(☎029-263-4679/skb6725@yahoo.co.jp)昭23.10.7/茨城県生
坂間恒子《豈・遊牧》〒298-0126いすみ市今関957/昭22.10.28/千葉県生/『残響』『クリスタル』『硯区』、共著『現代俳句を歩く』同『現代俳句を探る』同『現代俳句を語る』
坂本昭子《汀》〒133-0051江戸川区北小岩6-17-4/昭21.7.7/東京都生/『追伸』
坂本　巴《燎》〒215-0022川崎市麻生区下麻生3-32-6(☎044-874-9033)大12.10.9/山梨県生/『大花野』
坂本茉莉《いには》昭39.1.29/新潟県生/『滑走路』
坂本宮尾《主宰 パピルス》〒177-0041練馬区石神井町4-22-13(sakamotomiyao@gmail.com)昭20.4.11/旧満州生/『別の朝』『真実の久女』『竹下しづの女』
坂本遊美《都市》〒157-0066世田谷区成城8-5-4(☎03-3483-0800＊)昭20.6.21/東京都生/『彩雲』
坂本和加子《浮野》〒347-0043加須市馬内608(☎0480-61-2579＊)/埼玉県生/『野辺山辺』『水辺』
佐川広治《河》〒358-0004入間市鍵山3-1-4-302(☎04-2936-6703＊)昭14.10.10/秋田県生/『光体』『遊牧』『俳句ワールド』
櫻井ゆか《棒》〒615-8193京都市西京区川島玉頭町71(☎075-381-5766)昭9.5.26/京都府生/『石の門』『いつまでも』
左近静子《ひいらぎ》〒661-0953尼崎市東園田町2-54-211(☎090-4030-0064 FAX06-6499-0256/gmsakon.157.gfyo@docomo.ne.jp)昭16.3.3/京都府生
佐々木画鏡《太陽》〒733-0842広島市西区井口5-4-7-205(☎082-501-3203＊)昭25/広島県生
佐々木和子《円座》〒451-0072名古屋市西区/昭29.1/静岡県生
佐々木澄子《今日の花》〒223-0062横浜市港北区日吉本町6-40-11(☎045-565-2391＊/sumikosasaki_tk@yahoo.co.jp)
笹目翠風《若葉》〒311-3433小美玉市高崎1702(☎0299-26-5239)昭20.8.15/茨城県生/『葭切』、共著『富安風生の思い出』
佐治紀子《春野・晨》〒470-0132日進市梅森町新田135-192(☎052-805-4815＊)昭12.2.21/愛知県生
佐藤あさ子《鴻》
佐藤一星《風の道》〒241-0005横浜市旭区白根8-19-20(☎045-951-8533＊)昭13/群馬県生/『夜桜の上』
佐藤稲子《やぶれ傘》〒168-0071杉並区高井戸西3-3-5-304(☎03-3334-8610)昭19.6.10/岩手県生

佐藤公子《松の花》〒215-0011川崎市麻生区百合丘1-17-5-604（☎044-954-9952＊）昭18.11.20/神奈川県生/『山恋譜』『明日の峰』『自註佐藤公子集』『母』
佐藤清美《鬣TATEGAMI》〒379-0133安中市原市2045-4（kymyj2005@yahoo.co.jp）昭43.2.23/群馬県生/『空の海』『月磨きの少年』『宙ノ音』
佐藤健成《青草》〒243-0014厚木市旭町3-2-16（☎046-229-4369＊/abc67131022@gmail.com）昭23.10.22/東京都生
佐藤戸折《ひまわり》〒292-0814木更津市八幡台3-3-8（☎0438-36-5983＊）昭22.9.10/山形県生
佐藤敏子《ときめきの会》〒314-0112神栖市知手中央10-8-11（☎0299-96-5272）昭25.2.17/福島県生
佐藤郭子《栞》〒370-0857高崎市上佐野町239-2（☎027-325-2853＊）昭21.3.7/群馬県生
佐藤　弘《雛》『鮎の宿』、合同句集『風』
佐藤裕能《少年》〒359-1132所沢市松が丘2-50-6（☎04-2926-7611 FAX04-2939-9263）昭6.8.14/東京都生
佐藤　風《燎》〒186-0003国立市富士見台4-24-5（☎042-576-4035＊）昭21.2.9/福岡県生
佐藤風信子《燎》〒186-0003国立市富士見台4-12-2-404（☎042-849-2733＊）東京都生
佐藤昌緒《青草》/昭19.5.12/神奈川県生
佐藤雅之《草原・南柯》〒634-0051橿原市白橿町5-2-4-103（☎0744-28-3094＊/minami420suger722hiromi1023@docomo.ne.jp）昭33.7.22/奈良県生/私家版句集第一、二、三、四、五、六、七、八
佐藤美恵子《笹》〒491-0376一宮市萩原町串作1471（☎0586-68-1411 FAX0586-68-1156）昭30.9.5/愛知県生/『花籠』『化石の魚』
佐藤みちゑ《風の道》〒150-0033渋谷区猿楽町5-10-2A（☎03-3462-5204＊）昭16.5/東京都生
佐藤良子（凉宇子）《ろんど》〒571-0052門真市月出町16-18/昭16.7.26/大阪府生
佐藤綾泉《河》〒988-0852気仙沼市松川157/昭23/宮城県生
眞田忠雄《やぶれ傘》〒346-0034久喜市所久喜150（☎0480-21-0628＊/tadaosanada@hotmail.com）昭14.11.28/宮城県生
佐野つたえ《風土》昭13.8.29/山梨県生
佐野久乃《鴻》愛知県生
佐野祐子《ときめきの会》〒288-0001銚子市川口町2-6385-382（☎090-8686-9258）昭32.1.20/茨城県生
澤井洋子《名誉主宰 貝の会》〒651-1212神戸市北区筑紫が丘5-2-10（☎078-583-9447＊）昭17.12.6/兵庫県生/『白鳥』、『澤井我来・人と作品』
澤田健一《笹》〒471-0005豊田市京ヶ峰2-1-93（☎0565-80-6974＊/fa24758@tk9.so-net.ne.jp）昭14.11.4/台湾生
澤田　敏《燎》東京都生/『初燕』
沢田弥生《燎》〒197-0003福生市熊川1642-8/昭17.1.8/旧満州生/『源流』
塩川京子《代表 阿吽》〒204-0021清瀬市元町1-4-1-111（☎042-495-3639＊）昭12.12.14/鹿児島県生/『朱』『花野』
塩野谷　仁《代表 遊牧》〒273-0033船橋市本郷町507-1-2-307（☎047-336-1081 FAX047-315-7738/you-boku@dune.ocn.ne.jp）昭14.11.20/栃木県生/『私雨』『夢祝』『兜太往還』他
塩谷　豊《燎》〒245-0067横浜市戸塚区/昭22.7.31/茨城県生
重村眞子《からたち》〒624-0853舞鶴市南田辺105-2（☎0773-75-8855＊）昭19.12.18/福岡県生
雫　逢花《ひまわり》〒770-0037徳島市南佐古七番町9-7/昭16.10.18/香川県生/合同句集『瑠璃鳥』『珊瑚樹』『万緑』『踊』『桐の実』『宙』
しなだしん《主宰 青山》〒161-0034新宿区上落合1-30-15-709（☎03-3364-6915＊/shinadashin@wh2.fiberbit.net）昭37.11.20/新潟県生/『夜明』『隼の胸』ほか
篠崎央子《磁石》〒179-0075練馬区高松5-18-4サンフラワー大門光が丘303号室（☎090-8567-1714 FAX03-6676-7709/hisako.shinozaki@gmail.com）昭50.1.20/茨城県生/『火の貌』、共著『超新撰21』
篠沢亜月《きたごち・しろはえ》〒983-0852仙台市宮城野区榴岡4-11-1-702（☎022-355-8757＊）昭36.2.6/宮城県生/『梅の風』
篠田京子《ペガサス》
篠田たけし《副主宰 夏爐》〒788-0005宿毛市萩原4-16（☎0880-63-3001＊）昭11.3.30/高知県生/『有心』
篠塚雅世《鷹・OPUS》〒270-0164流山市流山7-621-2（☎090-4723-3945/shinozuka.

masayo@gmail.com）昭41.10.16/岐阜県生/『猫の町』
四宮陽一《氷室》〒606-8344京都市左京区岡崎円勝寺町91-204（☎090-1717-5208 FAX075-754-5234/kappa.suisui@gmail.com）昭24.4.5/大阪府生/『片蔭』
柴田鏡子《代表 笹》〒451-0035名古屋市西区浅間2-2-15（☎052-521-0571＊）昭11.3.23/愛知県生/『薔薇園』『惜春』
柴田佐知子《主宰 空》〒812-0053福岡市東区箱崎3-15-29（☎092-631-0789＊/sora.sachi@jcom.home.ne.jp）昭24.1.10/福岡県生/『筑紫』『歌垣』『母郷』『垂直』
柴田多鶴子《主宰 鳰の子》〒569-1029高槻市安岡寺町5-43-3（☎072-689-1543＊）昭22.1.8/三重県生/『苗札』『恵方』『花種』
柴田洋郎《主宰 青兎》〒299-3236大網白里市みやこ野1-4-1-104（☎0475-53-6319＊/yougosan@chorus.ocn.ne.jp）昭14.7.7/宮城県生/『青兎』、詩文集『貰ひ乳の道』
芝　満子《海棠》昭20.4.24/和歌山県生/『絆』
澁谷あけみ《海棠》〒584-0069富田林市錦織東1-12-7（☎0721-25-6453＊）昭28.3.6/大阪府生
渋谷節子〒134-0088江戸川区西葛西3-11-16-503（☎03-3869-1930＊）昭11.7.20/東京都生
島田藤江《知音》〒340-0015草加市高砂2-18-26-1003/山梨県生/『一葉の路地』『泥眼』
島　雅子《門・ににん》〒252-0311相模原市南区東林間7-19-7/兵庫県生/『土笛』『もりあをがへる』
清水和代《朱夏》〒252-0307相模原市南区文京1-1-14/昭14.11/静岡県生
清水京子《耕・Kō》〒466-0823名古屋市昭和区八雲町64（☎052-833-0717＊/kyoukos@sb.starcat.ne.jp）昭26.1.8/愛知県生
清水しずか《春野》〒250-0126南足柄市狩野52（☎0465-74-7211＊）昭14.5.2/宮城県生
清水徳子《燎》〒245-0063横浜市戸塚区原宿3-57-1-12-405/昭15.2.11/島根県生
清水初香《玉藻》〒166-0012杉並区（☎03-3381-1223＊/y.shimiz1@jcom.home.ne.jp）昭26.3.4/愛知県生
清水悠太《閏・神杖》昭15.3.3/山梨県生
清水裕子《栞》〒270-0034松戸市新松戸7-223 F901（☎047-345-8693＊）昭10.6.25/東京都生
下坂速穂《秀・クンツァイト》〒123-0856足立区本木西町9-9（kosuzup4@jcom.zaq.ne.jp）昭38.4.8/静岡県生/『眼光』
下條春秋《風の道》〒940-0806長岡市麻生田町1967番地（☎0258-44-8632＊/shimon.@nct9.ne.jp）昭25.3.15/新潟県生/『俳句の杜2017』
下平直子《栞》〒300-1158茨城県稲敷郡阿見町住吉2-3-16（☎029-834-2351＊）昭19.12.28/東京都生/『冬薔薇』
下鉢清子《主宰 清の會》〒277-0052柏市増尾台2-13-5/大12.7.13/群馬県生/『沼辺燦燦』など。句集10冊
純平《風叙音》
上化田　宏《鶸の木》
笙鼓七波《主宰 風叙音》〒270-2212松戸市五香南2-13-9（☎047-384-5864＊/fusion73@live.jp）昭27.9.25/静岡県生/『凱風』『勁風』『花信風』
白石喜久子《円座・晨》〒466-0044名古屋市昭和区桜山町3-52（☎052-852-7117＊）昭23.10.30/東京都生/『水路』『鳥の手紙』
白石多重子《主宰 宇宙船・青山・パピルス》〒136-0076江東区南砂2-11-10（☎03-5606-0359＊）昭16.4.30/愛媛県生/『釉』
白石正躬《やぶれ傘》〒370-0503群馬県邑楽郡千代田町赤岩125-1（☎0276-86-2067＊）昭15.5.21/群馬県生/『渡し船』
白井一男（梨翁）《あゆみ》〒273-0137鎌ヶ谷市道野辺本町2-24-30（☎047-445-1764＊）昭23.9.7/福島県生
白岩敏秀《主宰 白魚火》〒680-0851鳥取市大杙34（☎0857-24-0329＊）昭16.7.15/鳥取県生/『和顔』
白濱一羊《主宰 樹氷》〒020-0114盛岡市高松1-5-43（☎019-661-4667＊/iti819@yahoo.co.jp）昭33.5.7/岩手県生/『喝采』
新海あぐり《秋麗・閏・磁石》〒359-0025所沢市上安松1054-19（☎04-2994-0522＊）長野県生/『悲しみの庭』『司馬遼太郎と詩歌句を歩く』『季語うんちく事典』『季語ものしり事典』
新谷壮夫《鳰の子》〒573-0013枚方市星丘2-12-17（☎072-840-7654＊/mshintanijp@hotmail.com）昭16.2.19/兵庫県生/『山懐』
新藤公子《海棠》〒639-1055大和郡山市矢田山町1184-83/昭10.2.5/徳島県生
新家月子《円虹》〒662-0867西宮市大社町11-37-807（☎0798-70-2109＊）昭46.12.25/千葉県

生/『赤い靴』
菅沼とき子《顔》〒252-0137相模原市緑区二本松1-11-24/栃木県生
菅原さだを《代表 博多朝日俳句》〒838-0068朝倉市甘木泉町2057-9（☎0946-22-4541）昭7.7.1/福岡県生/『生かされる』
菅 美緒《晨・梓・航》〒251-0035藤沢市片瀬海岸3-24-10マリンテラス508号（☎0466-52-6167＊）昭10.3.19/京都府生/『諸鬘（もろかつら）』『洛北』『左京』『シリーズ自句自解Ⅱベスト100菅美緒』
杉浦恵子《貂》〒167-0034杉並区桃井3-2-1-207（☎03-3396-8905＊）昭14.1.3/熊本県生/『窓』『旗』
杉本薬王子《風土》〒602-0915京都市上京区三丁町471室町スカイハイツ415（☎075-366-6377＊/hsugimot@mail.doshisha.ac.jp）
杉山昭風《燎》〒319-2131常陸大宮市下村田2000番地（☎0295-53-2610）昭14.2.25/茨城県生/『田の神』『私の運転人生』
杉山三枝子《主宰 冬林檎・きたごち》〒985-0835多賀城市下馬5-11-6（☎022-366-3039）昭30.1.9/宮城県生/『朧夜』
鈴木厚子《副主宰 雉》〒729-6333三次市下川立町188-2（☎0824-67-3121＊）昭19.9.20/広島県生/『鹿笛』『紙雛』『盆の川』、随筆『厚子の歳時記』『四季の花籠』、評論集『杉田久女の世界』『林徹の350句』
鈴木牛後《藍生・雪華・itak》〒098-1213北海道上川郡下川町三の橋564（gyuugo.suzuki@gmail.com）昭36.8.30/北海道生/『根雪と記す』『暖色』『にれかめる』
鈴木五鈴《副主宰 草の花》〒349-0218白岡市白岡926-4（☎0480-93-0563＊）昭25.12.18/埼玉県生/『枯野の雨』『浮灯台』『十七音を語ろう』
鈴木貞雄《主宰 若葉》昭17.2.1/東京都生/『月明の樫』『麗月』『うたの禱り』
鈴木しげを《主宰 鶴》〒185-0005国分寺市並木町1-21-37（☎042-324-6277 FAX042-328-0866）昭17.2.6/東京都生/『並欅』『小満』『初時雨』
鈴木俊策《秋麗》〒325-0002栃木県那須郡那須町高久丙5086-4/昭17/福島県生/『登高』『大童』
鈴木節子《名誉主宰 門》〒120-0015足立区足立3-26-15（☎03-3886-5970 FAX03-3886-7955）昭7.4.29/東京都生/『夏のゆくへ』『秋の卓』『冬の坂』『春の刻』『自註鈴木節子集』
鈴木 崇《鴻》（rinmu2010@gmail.com）昭52.10.8/神奈川県生
鈴木貴水《浮野》〒347-0016加須市花崎北4-2-108（☎0480-66-1992＊）昭13.6.8/栃木県生/『雲よ』
鈴木ちひろ《都市》昭27.12.1/東京都生
鈴木豊子《秀》〒709-0802赤磐市桜が丘西7-19-12/昭17.7.29/奉天生/『管絃祭』『関守石』
鈴木直充《春燈》〒350-1175川越市笠幡4004-2-4-506（☎049-233-3166＊）昭24.3.14/山形県生/『素影』『寸景』
鈴木典子《今日の花》〒214-0013川崎市多摩区登戸新町188（☎044-932-2100）昭9.9.30/東京都生
すずき巴里《主宰 ろんど》〒262-0042千葉市花見川区花島町432-10（☎043-258-0111＊）昭17.7.14/南昌生/『パリ祭』
鈴木不意《代表 なんぢや》〒166-0002杉並区高円寺北3-21-17-504/昭27.1.23/新潟県生
鈴木浮美江《暖響》〒338-0811さいたま市桜区白鍬659-11/昭12.4.14/群馬県生
鈴木みちゑ《萌》〒433-8124浜松市中区2-2-49（☎053-471-0682＊）昭10.10.15/静岡県生
鈴木美智留《燎》〒186-0012国立市泉3-14-5（☎042-573-3616＊）昭30.4.10/東京都生
すずきりつこ《代表 皀・樹》〒176-0002練馬区桜台2-25-15/昭5.9.15/北海道生/『雪の匂ひ』『夜発ちの舟』他
須藤昌義《輪・枻》〒244-0001横浜市戸塚区鳥が丘47-13（☎045-864-6620）昭15.11.24/栃木県生/『巴波川（うづまがわ）』
須原和男《貂》〒270-0021松戸市小金原5-16-19（☎047-341-9009＊）昭13.4.13/東京都生/『五風十雨』、評論『川崎展宏の百句』など
関 悦史《翻車魚》〒300-0051土浦市真鍋5-4-1/昭44.9.21/茨城県生/『六十億本の回転する曲がつた棒』『花咲く機械状独身者たちの活造り』、評論集『俳句という他界』
関 成美《主宰 多磨》〒207-0014東大和市南街6-65-1（☎042-562-0478＊）大15.10.26/奈良県生/『霜の華』『朱雀』『空木抄』『東籬集』『丹土』『止牟止』『道草』など
関根道豊《版元 こんちえると》〒330-0804さいたま市大宮区堀の内町1-606 W816（☎048-645-7930＊/8hazukinokai@jcom.home.ne.jp）昭24.8.27/埼玉県生/鑑賞集『秋日和』、句集『地球の花』

関谷恭子《濃美》〒501-0118岐阜市大菅北16-11-207（☎090-2137-5666）昭38.6/岐阜県生
関谷ほづみ《濃美》〒501-1108岐阜市安食志良古26-29金川方（☎090-5005-8661）昭26.12.6/岐阜県生/詩集『泣般若』、『火宅』
瀬島洒望《やぶれ傘》〒330-0063さいたま市浦和区高砂4-2-3（☎048-862-2757 FAX048-862-2756/syabo@nifty.com）昭15.9.11/東京都生/『異人の館』『印度の神』『葷酒庵』ほか
瀬戸清子《前主宰 湾》〒890-0045鹿児島市武2-44-24（☎099-255-9953＊）昭15.12.24/鹿児島県生
瀬戸正洋〒258-0015神奈川県足柄上郡大井町山田578（☎0465-82-3889/lemon7_0308@yahoo.co.jp）昭29.5.24/神奈川県生/『俳句と雑文A』『俳句と雑文B』他
瀬戸　悠《枻》〒250-0011小田原市栄町3-13-7（☎0465-23-2639＊）神奈川県生/『涅槃西風』
千賀邦彦《歴路》〒107-0062港区南青山4-5-17（☎03-3401-0080）昭15.4.12/愛知県生/『地球の居候』
千田佳代《杉》〒252-0011座間市相武台3-18-9（☎046-253-5144＊）昭5.6.14/東京都生/『樹下』『森澄雄の背中』ほか
仙入麻紀江《草の花》〒581-0071八尾市北久宝寺1-4-55（☎072-991-3156＊）昭24.5.11/大阪府生/『弖爾乎波』
相馬晃一《栞》〒261-0003千葉市美浜区高浜3-5-3-405/昭18.4/北海道生
相馬マサ子《燎》〒168-0064杉並区永福1-20-13（☎03-3327-6885＊）昭22.5.9/兵庫県生
薗田　桃《天頂》（☎095-856-6547＊）昭27.12.30/長崎県生
染谷晴子《栞》〒274-0814船橋市新高根5-13-14（☎047-465-9006＊）昭18.12.1/東京都生

た行

大胡芳子《残心》昭24.3.7/石川県生
対中いずみ《代表 静かな場所・秋草》〒520-0242大津市本堅田4-18-11-307（☎077-574-3474＊）昭31.1.1/大阪府生/『冬菫』『巣箱』『水瓶』
高浦銘子《藍生》〒215-0017川崎市麻生区王禅寺西4-13-16（☎044-955-3915）昭35.4.23/千葉県生/『百の蝶』
髙岡　慧《鹿火屋》〒158-0082世田谷区等々力1-15-10（☎090-3807-5701/solan3104@nifty.com）昭22.11.17/兵庫県生
髙岡周子《若葉・主宰 愛媛若葉》〒791-0113松山市白水台5-2-12（☎089-925-8341＊）昭18.11/愛媛県生/『寒あやめ』
髙尾秀四郎《代表 あした》〒194-0203町田市図師町1333-8（☎042-793-3984＊/takao.hideshiro@nifty.com）昭24.2.11/長崎県生/『探梅』
高倉和子《空》〒812-0054福岡市東区馬出2-3-31-302（☎092-643-2370＊）昭36.2.26/福岡県生/『男眉』『夜のプール』
高﨑公久《主宰 蘭》〒970-8004いわき市平下平窪中島町6-12（☎0246-25-8392＊）昭14.2.8/福島県生/『青巒』『青瀧』
高杉桂子《風の道》〒230-0011横浜市鶴見区上末吉4-5-3朝日プラザ三ツ池公園202（☎045-575-0755＊）昭16.10.29/東京都生/『現代俳句精鋭選集12』
高瀬春遊芝《嘉祥》〒351-0035朝霞市朝志ヶ丘1-7-12ニチイ朝霞426/埼玉県生
髙田昌保《草の花》〒240-0011横浜市保土ヶ谷区桜ケ丘2-44-1-402（☎045-334-5437＊）昭26.10.27/東京都生
髙田睦子《あゆみ》〒274-0060船橋市坪井東1-12-19（☎047-465-5518＊）昭6.10.13/大連生
髙橋さえ子《栞》〒190-0004立川市柏町4-75-3そんぽの家S玉川上水/昭10.3.22/東京都生/『萌』『瀬音』『緋桃』『浜木綿』『自解100句選髙橋さえ子集』『自註髙橋さえ子集』
髙橋たか子《草の宿》〒325-0058那須塩原市錦町6-19（☎0287-63-6874＊）昭27.11.2/栃木県生
髙橋桃衣《知音》〒171-0031豊島区目白2-5-1（☎03-6338-9255＊/toy@chi-in.jp）昭28.3.10/神奈川県生/『ラムネ玉』『破墨』『自註髙橋桃衣集』
髙橋透水《炎環・銀漢》〒164-0002中野区上高田4-17-1-907（☎090-3231-0241 FAX03-3385-4699/acenet@cap.ocn.ne.jp）昭22.3.21/新潟県生
髙橋まき子《風土》〒249-0006逗子市逗子4-11-27クレドール新逗子103（☎046-871-2853）昭23.2.21/神奈川県生
髙橋道子《名誉代表 鴫》〒260-0003千葉市中央区鶴沢町2-15（☎043-225-5393＊）昭18.5.19/千葉県生/『こなひだ』

髙橋美智子《閏》〒181-0002三鷹市牟礼2-14-9-801（☎0422-42-5840/michi3031@docomo.ne.jp）昭17.3.31/東京都生

髙橋宣治《やぶれ傘》〒330-0071さいたま市浦和区上木崎8-4-4（☎048-825-0934＊/yotakahashi@gmail.com）昭26.4.18/埼玉県生

髙橋政亘（亘）《都市》〒214-0008川崎市多摩区菅北浦4-15-5-411（☎044-945-2707）昭17.4.1/静岡県生

髙松早基子《運河・晨》〒639-2223御所市本町1363（☎0745-62-2012）昭26.12.5/奈良県生/『練供養』

髙松守信《主宰 昴》〒352-0023新座市堀ノ内2-7-15（☎048-201-2819＊/7488skmy@gmail.com）昭11.10.10/福岡県生/『野火止』『湖霧』『桜貝』『冬日和』

髙柳克弘《鷹》〒185-0032国分寺市日吉町2-37-47（☎090-7042-4134）昭55.7.1/静岡県生/『未踏』『寒林』『凜然たる青春』『究極の俳句』

高山　檀《春月》〒134-0081江戸川区北葛西4-25-9-205（☎03-3687-8229＊）昭22.9.23/東京都生/『雲の峰』

高山みよこ《羅ra》（☎090-7218-8104/kaba-kun@jcom.zaq.ne.jp）昭22.4.21/東京都生

高山れおな《豈・翻車魚》〒134-0081江戸川区北葛西4-14-13-603（☎080-2044-1966/leonardohaiku@gmail.com）昭43.7.7/茨城県生/『ウルトラ』『荒東雑詩』『俳諧曾我』『冬の旅、夏の夢』『切字と切れ』

滝川直広《いぶき・藍生》昭42.3.2/神奈川県生/『木耳』

滝口滋子《いには》〒292-0041木更津市清見台東3-30-29/神奈川県生/『ピアノの蓋』

田口風子《代表 風のサロン》〒487-0035春日井市藤山台6-2-21（☎0568-92-6525＊/fuu5taguchi@yahoo.co.jp）昭24.3.25/佐賀県生/『フリージア』『朱泥の笛』

田口紅子《香雨》〒343-0025越谷市大沢3-4-50-405

田口茉於《若竹》〒216-0004川崎市宮前区鷺沼4-14-2ドレッセ鷺沼の杜C409（☎044-577-1746＊/mao_taguchi@yahoo.co.jp）昭48.7.26/愛知県生/『はじまりの音』

竹内宗一郎《街・天為》〒173-0004板橋区板橋2-1-13-402（takeso819@yahoo.co.jp）昭34.9.16/鳥取県生

竹内文夫《やぶれ傘》〒330-0061さいたま市浦和区常盤9-15-20-1303号（☎090-4092-7198/takeuchisin53@gmail.com）昭28.12.7/埼玉県生

竹内洋平《炎環・銀漢》（☎042-487-3569 FAX 042-486-0376/yohei-t@mbr.nifty.com）昭16.3.16/長野県生/『f字孔』

竹下和宏《きりん・橡・滑稽俳句協会》〒606-0032京都市左京区岩倉南平岡町60-2（☎075-711-6377＊）昭10.3.10/京都府生/著書『想いのたまて箱』、合同句集『猪三友』、『傘寿記念句文集』、句集『泉涌く』『青き踏む』『打ち水』

武田和代《百鳥・湧》〒409-2103山梨県南巨摩郡南部町万沢1148（☎0556-67-3167＊）昭26.2.17/山梨県生/『蝶の鱗粉』

竹田和一《野火》〒340-0154幸手市栄5-10-104（☎0480-43-2114）昭17.1.23/東京都生

竹中良子《夏爐》

竹内實昭《陸》〒152-0021目黒区東が丘/昭11.12.2/東京都生

竹森美喜《閏》昭19.11.18/静岡県生

田阪武夫《春野》〒413-0016熱海市水口町12-29-107（☎090-8962-6467/t.tasaka@leaf.ocn.ne.jp）昭19.12.5/香川県生

多田芙紀子《海棠》〒601-1317京都市伏見区醍醐京道町11-3（☎075-571-1272＊）昭6.3.20/兵庫県生

多田まさ子《ホトトギス・祖谷》〒776-0013吉野川市鴨島町上下島300-2（☎0883-24-9223＊）昭29.5.1/徳島県生/『心の雫』

橘　美泉《草炎・山彦》〒744-0271下松市下谷219-1（☎0833-53-0025＊）昭20.1.17/山口県生/『十三夜』

田中亜美《海原》〒213-0011川崎市高津区久本3-14-1-216（☎044-822-1158＊）昭45.10.8/東京都生/共著『新撰21』『いま兜太は』

田中恵美子《海棠》〒584-0037富田林市宮甲田町2-26/昭22.10.9/大阪府生

田中　白（陶白）《ときめきの会》〒314-0128神栖市大野原中央4-6-11（☎0299-92-3924）昭21.6.27/徳島県生

田中俊廣《代表 ながさき海坂・杉》〒852-8043長崎市西町3-9/昭24.9/長崎県生/詩集『時の波打際』、評論集『痛き夢の行方・伊東静雄論』

田中直子《ながさき海坂・杉》〒850-0021長崎市炉粕町47/昭24.10/長崎県生

田中義枝《野火》〒306-0226古河市女沼396-2（☎0280-92-3023＊）昭13.3.7/茨城県生

田中佳子《汀》昭35.1.28/東京都生
棚橋洋子《耕》〒480-0104愛知県丹羽郡扶桑町斎藤御堂61(☎0587-93-5224*)昭22.1.1/岐阜県生
田邉　明《あゆみ》〒294-0047館山市八幡19-1(☎090-4380-4580)昭25.5.19/東京都生
谷川　治〒194-0032町田市本町田1790-14/昭7.7.24/群馬県生/句集『畦神』『種袋』、歌集『吹越』『草矢』
谷口一好〒733-0823広島市西区庚午南2-39-1-304(☎090-4753-3428)昭30.1.18/鳥取県生
谷口慎也《代表　連衆》〒837-0915大牟田市久福木285-7(☎0944-56-1944*/renjyu72@outlook.jp)昭21.5.17/福岡県生/句集『残像忌』『俳諧ぶるーす』・評論『虚構の現実』、『俳句の魅力』(共著)
谷口智行《副主宰兼編集長　運河》〒519-5204三重県南牟婁郡御浜町阿田和6066(☎05979-2-4391*)昭33.9.20/京都府生/『藁嬶』『媚薬』『星糞』、評論『熊野概論』
谷口直樹《りいの》〒198-0052青梅市長淵1-894-19(☎0428-25-0868*)昭17.2.3/東京都生
谷口春子《海棠》〒616-8342京都市右京区嵯峨苅分町4-11(☎075-871-5427)昭4.2.22/京都府生
谷口摩耶《鴻》〒271-0087松戸市三矢小台2-4-16(☎047-363-4508 FAX047-366-5110/mayapilki@hotmail.com)昭24.4.10/東京都生/『鍵盤』『風船』『鏡』、著書『祖父からの授かりもの』
谷　さやん《「窓と窓」常連》〒790-0808松山市若草町5-1-804(☎089-945-5049*/sayan@ma.pikara.ne.jp)昭33.3.4/愛媛県生/『逢ひに行く』『芝不器男への旅』『空にねる』
谷　雅子《鏡》〒112-0002文京区小石川1-24-3-501/昭22.9.7/大阪府生/『慈庵句集』
谷村秀格《主宰　宇宙流俳句会》東広島市(t.syukaku@gmail.com)昭51.2.22/広島県生
谷村鯛夢《炎環》〒204-0003清瀬市中里3-886-4(☎090-4002-3110 FAX042-493-7896/kazutanimura@jcom.home.ne.jp)昭24.10.20/高知県生/『胸に突き刺さる恋の句—女性俳人百年の愛とその軌跡』『脳活俳句入門』
田端千鼓《薫風》〒031-0023八戸市大字是川字楢館平30-1/昭24.1.26/青森県生
田丸千種《花鳥・ホトトギス・YUKI》〒156-0053世田谷区桜3-17-13-608(☎090-7189-1653/chigusa.tam@gmail.com)昭29.11.8/京都府生/『ブルーノート』
田宮尚樹《主宰　𣟧の木》〒670-0876姫路市西八代町1-27-203(☎079-298-5875*)昭19.3.30/愛媛県生/『截金』『龍の玉』
田村恵子《河》〒982-0837仙台市太白区長町越路19-1393-1-311(☎022-229-4682*)昭33.5.20/秋田県生
田邑利宏《鴻》〒270-0151流山市後平井5-26(☎090-4702-4145)昭21.9.14/山口県生
田山元雄《森の座》〒225-0021横浜市青葉区すすき野3-6-11-306(☎045-901-5699*)昭15.1.9/東京都生
田山康子《森の座》〒225-0021横浜市青葉区すすき野3-6-11-306(☎045-901-5699*)昭21.2.24/東京都生/『森の時間』
田湯　岬《主宰　道》〒001-0901札幌市北区新琴似1-7-1-2(☎011-765-1248*/tayu@mint.ocn.ne.jp)昭23.3.29/北海道生/『天帝』『階前の梧葉』
千田百里《沖》〒272-0127市川市塩浜4-2-34-202(☎047-395-3349*)昭13.8.2/埼玉県生/『巴里発』
千葉日出代《風の道》〒135-0061江東区豊洲1-2-27-617
中條睦子《りいの》〒920-0926金沢市暁町18-38/昭19.4.8/石川県生/『青蘆』
長野順子《鳰の子》〒662-0811西宮市仁川町1-2-12(☎0798-53-1087*)昭29.6.6/兵庫県生
塚田佳都子《好日・草樹》〒247-0026横浜市栄区犬山町67-3(☎045-891-4086*/ka-tsukada@jcom.zaq.ne.jp)昭19.2.25/長野県生/『耳目』『素心』
津川絵理子《南風》昭43.7.30/兵庫県生/『和音』『はじまりの樹』『夜の水平線』
津久井紀代《代表　天晴・枻》〒180-0003武蔵野市吉祥寺南町3-1-26(☎0422-48-2110*/minokiyo@jcom.zaq.ne.jp)昭18.6.29/岡山県生/『命綱』『赤の魚』『てのひら』『神のいたづら』、評論集『一粒の麦を地に』『有馬朗人を読み解く』(全十巻)
筑紫磐井《豈》〒167-0021杉並区井草5-10-29国谷方(☎03-3394-3221*)昭25.1.14/東京都生/『我が時代』『筑紫磐井集』『婆伽梵』『野干』
辻内京子《鷹》〒222-0032横浜市港北区大豆戸町875-4-3-710(☎045-547-3616*)昭

34.7.30/和歌山県生/『蝶生る』『遠い眺め』
辻　恵美子《栴檀・晨》〒504-0911各務原市那加門前町3-88-1-401/昭23.10.1/岐阜県生/『鵜の唄』『萌葱』『帆翔』、『泥の好きなつばめ―細見綾子の俳句鑑賞』
辻　桂湖《円虹》〒652-0064神戸市兵庫区熊野町4-4-21(☎078-531-6926＊)昭31.1.19/兵庫県生/『春障子』
辻　梓渕《燎》〒191-0022日野市新井842-3-205(☎090-8774-5495)昭10.8.31/東京都生/『梓』
辻谷美津子《多磨》〒633-0253宇陀市榛原萩原2411-1(☎0745-82-5511 FAX0745-98-9777)昭22.2.15/奈良県生
辻　まさ野《円座》〒502-0858岐阜市下土居1-6-17(☎058-231-2232＊/masano.kiki@icloud.com)昭28.3.25/島根県生/『柿と母』
辻　美奈子《沖》〒350-0024川越市並木新町19-16(☎049-235-7833＊)昭40.3.9/東京都生/『魚になる夢』『真咲』『天空の鏡』
辻村麻乃《主宰　篠》〒351-0025朝霞市三原2-25-17(rockrabbit36@gmail.com)昭39.12.22/東京都生/『プールの底』『るん』
津髙里永子《小熊座・すめらき・墨 BOKU》〒168-0065杉並区浜田山4-16-4-230(lakune21blue.green@gmail.com)昭31.4.22/兵庫県生/『地球の日』、エッセイ『俳句の気持』
津田吾燈人《運河・四万十》〒780-0921高知市井口町133-5(☎088-875-4864＊/rade.wood@hotmail.co.jp)昭22.5.8/高知県生
土山吐舟《からたち》〒799-3710宇和島市吉田町立間尻甲360(☎090-1574-1191)昭21.9.17/愛媛県生
土屋実六《草の花》〒594-0004和泉市王子町443-2(☎090-3707-4189 FAX0725-41-4034)昭24.12.30/大阪府生
恒藤滋生《代表　やまぐに》〒671-2131姫路市夢前町戸倉862-1/『山国』『青天』『外套』『水分(みくまり)』
角田惠子《燎》〒164-0012中野区本町6-27-17/昭15.3.8/福井県生
椿　照子《清の會》〒276-0045八千代市大和田274-17(☎047-482-2239＊)昭9.3.25/千葉県生/『予定表』
津森延世《晨》〒811-3104古賀市花鶴丘3-5-6(☎092-943-8715＊)昭20.10.26/山口県生/『しろしきぶ』
鶴巻誉白《ろんど》〒262-0048千葉市花見川区柏井1-20-4-402(☎043-259-7492/ytsurm@leaf.ocn.ne.jp)昭5.2.27/新潟県生
出口紀子《梓・晨》〒248-0027鎌倉市笛田4-15-9(☎0467-31-8722＊/nokongiku@jcom.zaq.ne.jp)昭16.10.14/和歌山県生
出口善子《代表　六曜》〒543-0027大阪市天王寺区筆ヶ崎町5-52-621(☎090-4031-7907 FAX06-6773-5338/haiku575@dolphin.ocn.ne.jp)昭14.8.12/大阪府生/『羽化』『娑羅』など7冊、伝記小説『笙の風』
寺川芙由《玉藻》〒156-0045世田谷区桜上水4-1,G312/昭17.4.20/東京都生
寺澤一雄《代表　鏡》〒114-0016北区上中里1-37-15-1004(☎03-6356-6500＊)昭32.1.11/長野県生/『虎刈』
寺島ただし《駒草》〒273-0125鎌ケ谷市初富本町1-18-43(☎047-445-7939＊/tadterashima@jcom.home.ne.jp)昭19.2.15/宮城県生/『木枯の雲』『浦里』『なにげなく』『自註寺島ただし集』
土肥あき子《絵空》〒146-0092大田区下丸子2-13-1-1206(☎03-5482-3117＊/akikodoi@me.com)昭38.10.13/静岡県生/『鯨が海を選んだ日』『夜のぶらんこ』『あそびの記憶』
土井良治《山彦》〒724-1504山口県熊毛郡田布施町川西19(☎0820-52-1763＊)
東郷節子《今日の花》〒211-0025川崎市中原区木月3-3-16(FAX044-433-1607)昭5.1.23/東京都生/『歯朶』(共同句集)
東條恭子《栞》〒189-0025東村山市廻田町1-32-19(☎042-395-1390)昭15.5.7/大分県生
遠山陽子《主宰　弦》〒190-0004立川市柏町3-2-4(☎042-537-3317＊/gengaku117@gmail.com)昭7.11.7/『弦楽』『黒鍵』『弦響』他。『評伝 三橋敏雄』
常盤倫子《春野》〒213-0033川崎市高津区下作延4-18-5(☎044-877-8784＊)昭16.2.8/北海道生
德田千鶴子《主宰　馬醉木》〒143-0023大田区山王4-18-14(☎03-3777-3233 FAX03-3777-3272)昭24.2.18/東京都生/『花の翼』他。秋櫻子に関する著書4冊
德廣由喜子《四万十・鶴》〒789-1932高知県幡多郡黒潮町下田の口138(☎090-4508-5164)昭32.10.3/高知県生
徳吉洋二郎《ペガサス》〒261-0004千葉市美

浜区高洲3-15-6-1602（☎043-277-6165＊）昭16.3.20/福岡県生/『九州男児』
戸恒東人《主宰 春月》〒213-0001川崎市高津区溝口2-32-1-1209（☎044-811-6380＊）昭20.12.20/茨城県生/『福耳』『令風』『いくらかかった「奥の細道」』
鳥羽田重直《天頂》〒300-1237牛久市田宮2-11-9（☎029-872-9133＊）昭21.1.19/茨城県生/『蘇州行』
飛田伸夫《ひたち野》〒311-1125水戸市大場町598-2（☎029-269-2498＊）昭22.3.1/茨城県生
冨田拓也〒574-0042大東市大野1-2-17（☎072-870-0293＊）昭54.4.26/大阪府生
冨田正吉《栞》〒189-0012東村山市萩山町3-4-15/昭17.6.22/東京都生/『父子』『泣虫山』『卓球台』
富野香衣《南柯》〒639-1134大和郡山市柳町556-504/昭31.6.24/岡山県生
富山ゆたか《波》〒251-0037藤沢市鵠沼海岸2-16-5-408/昭24.3.27/東京都生
土本　薊《海棠・鳳》〒586-0077河内長野市南花台6-4-1/和歌山県生
豊田美枝子《青海波》愛媛県生
豊長みのる《主宰 風樹》〒560-0021豊中市本町4-8-25（☎06-6857-3570 FAX06-6857-3590）昭6.10.28/兵庫県生/『幻舟』『方里』『一会』『風濤抄』『北垂のうた』『天籟』『天啓』『阿蘇大吟』他。『俳句逍遥』他著書多数
鳥居真里子《主宰 門》〒120-0045足立区千住桜木2-17-1-321（☎03-3882-4210＊）昭23.12.13/東京都生/『鼬の姉妹』『月の茗荷』
鳥沢尚子《濃美》〒501-2123山県市大森381（☎0581-36-2311）昭6.12.4/岐阜県生

な行

内藤　静《風土》昭12.3.30/千葉県生
永井江美子《韻》〒444-1214安城市榎前町西山50（☎0566-92-3252＊）昭23.1.9/愛知県生/『夢遊び』『玉響』
永岡和子《風叙音》〒270-0021松戸市小金原9-20-3（☎047-343-2607＊/n.kazuko@minos.ocn.ne.jp）昭20.5.16
中岡毅雄《代表 いぶき・藍生》〒673-0402三木市加佐981-4（☎0794-82-8419＊）昭38.11.10/東京都生/『一碧』『啓示』『高浜虚子論』『壺中の天地』
仲　加代子《貝の会》〒669-1412三田市木器572/大15.7.22/兵庫県生/『奥三田』『躾糸』『夫婦旅』
中川歓子《椰》〒564-0072吹田市出口町34・C1-113（☎06-6388-7565）昭16.6.4/兵庫県生
中川純一《知音》東京都生/『月曜の霜』
中川寛子《日矢余光句会》〒247-0005横浜市栄区桂町325-1-401（☎045-893-9762/hiroko-rocco@jcom.zaq.ne.jp）昭18.6.13/静岡県生/エッセイ集『池のほとりで』『命を見つめて』
ながさく清江《春野・晨》〒107-0052港区赤坂6-19-40-402（☎03-3583-8198＊）昭3.3.27/静岡県生/『白地』『月しろ』『蒲公英』『雪の鷺』『自註ながさく清江集』
長澤寛一《磁石》〒133-0052江戸川区東小岩5-35-7（☎03-3659-5736＊）昭2.5.1/東京都生/『太日川』
長澤きよみ《樹・樹氷》〒279-0031浦安市舞浜3-35-1（☎047-351-9292＊）昭23.11.28/兵庫県生
永島いさむ《河》〒248-0011鎌倉市扇ヶ谷4-27-8（☎080-3019-3600 FAX0467-24-8557/like-a-rollingstone_1958@jcom.zaq.ne.jp）昭33.3.16/東京都生
中島和子《やぶれ傘》〒335-0021戸田市新曽1318（☎048-444-4100）昭15.4.28/埼玉県生
中嶋きよし《閏》〒187-0032小平市小川町1-436-95（☎090-9242-3543 FAX042-344-1548/k-1938@jcom.zaq.ne.jp）昭13.10.13/茨城県生
中嶋孝子《栞》〒379-0222安中市松井田町松井田138-1（☎027-393-1808＊/takako.1229@softbank.ne.jp）昭17.2.10/群馬県生
永嶋隆英《風叙音》〒242-0014大和市上和田1772-20/昭19.3.12/神奈川県生
中島たまな《予感》〒296-0034鴨川市滑谷788（☎04-7093-2229）昭38.4.2/千葉県生
中島悠美子《門》〒116-0001荒川区町屋3-14-1（☎03-3892-5501＊）昭14.11.9/東京都生/『俳句の杜 2016 精選アンソロジー』
中嶋陽子《風土》〒154-0001世田谷区池尻4-28-21-308（☎03-3795-8346＊）昭41.9.5/岐阜県生/『一本道』
中島吉昭《残心》〒236-0052横浜市金沢区富岡西6-39-8（☎045-773-1113＊）昭18.9.2/東京都生/『貿易風』

長瀬きよ子《耕》〒484-0083犬山市犬山字東古券756(☎0568-61-1848＊)昭16.5.26/岐阜県生/『合同句集』
永田圭子《ろんど》〒541-0048大阪市中央区瓦町1-6-1-1502(☎06-6202-8879＊)昭17.1.1/大阪府生
中田尚子《絵空》〒120-0005足立区綾瀬6-13-9大池方(☎090-1841-8187 FAX03-3620-2829)昭31.8.20/東京都生/『主審の笛』『一声』
中田麻沙子《少年》〒270-0111流山市江戸川台東4-416-18(nakata-liburu@jcom.zaq.ne.jp)昭21.10.3/埼玉県生
永田満徳《学長 俳句大学》〒860-0072熊本市西区花園6-42-19(☎096-351-1933＊/mitunori_n100@hotmail.com)昭29.9.27/熊本県生/『寒祭』『肥後の城』、共著『新くまもと歳時記』
長束フミ子《栞》〒123-0843足立区西新井栄町3-10-5(☎03-3840-3755)昭12.4.26/東京都生
中坪達哉《主宰 辛夷》〒930-0818富山市奥田町10-27(☎076-431-5290/tatuya@pa.ctt.ne.jp)昭27.2.13/富山県生/『破魔矢』『中坪達哉集』『前田普羅 その求道の詩魂』
中戸川由実《代表 残心》〒226-0019横浜市緑区中山3-9-60(☎045-931-1815 FAX045-931-1828)昭33.3.31/神奈川県生/『プリズム』
中西秀雄《燎》〒198-0043青梅市千ヶ瀬町3-551-15/昭19.7.4/新潟県生
中西夕紀《主宰 都市》〒194-0013町田市原町田3-2-8-1706(☎042-721-3121＊)昭28.9.4/東京都生/『都市』『さねさし』『朝涼』『くれなゐ』、共著『相馬遷子 佐久の星』
長沼利恵子《泉》〒193-0832八王子市散田町2-54-1(☎042-663-2822)昭14.2.18/千葉県生/『虫展』
中根美保《一葦・風土》〒214-0022川崎市多摩区堰2-11-52-114(☎044-299-7709＊)昭28.3.29/静岡県生/『首夏』『桜幹』『軒の灯』
中野仍子《ひまわり》〒770-0872徳島市北沖洲1-8-76-5(☎0886-64-1644＊)徳島県生/『鼓草』
中野　郁《阿南シニア俳句》〒774-0043阿南市柳島町中川原73-6(☎0884-22-2645)昭7.2.6/徳島県生
長野美代子《濃美》〒503-0021大垣市河間町4-17-2(☎0584-91-7693＊)昭5.3.26/岐阜県生/『俳句の杜アンソロジー①』
長浜　勤《主宰 帯・門》〒335-0002蕨市塚越1-11-8(☎048-433-6426＊)昭29.11.10/埼玉県生/『黒帯』『車座』
中原けんじ《濃美》〒480-1158長久手市東原山34-1 LM413(☎0561-62-4462＊)昭21.6.21/大分県生/『二十三夜月』
中原幸子〒567-0032茨木市西駅前町4-503(☎072-623-6578＊/snsn1216@cap.ocn.ne.jp)昭13.1.3/和歌山県生/『遠くの山』『以上、西陣から』『柚子とペダル』『ローマの釘』
仲原山帰来《草の花》昭25.1.7/沖縄県生/『冠羽』
中原道夫《主宰 銀化》〒263-0051千葉市稲毛区園生町1022-13(☎043-254-6252＊)昭26.4.28/新潟県生/『蕩児』『顱頂』『巴芹』『一夜劇』『彷徨』他
長町淳子《青海波》〒771-0219徳島県板野郡松茂町笹木野八上115-3(☎088-699-2634＊)昭14.10.5/徳島県生/『神の旅』
永松宜洋《ひまわり》〒770-0053徳島市南島田町4-105(☎090-2898-4584/epine3100@yahoo.co.jp)昭35.3.10/徳島県生
長嶺千晶《代表 晶》〒186-0003国立市富士見台4-41-1-105 村野方(☎042-577-7783 FAX042-571-6519)昭34.11.3/東京都生/『晶』『夏館』『つめた貝』『白い崖』『雁の雫』『長嶺千晶集』、『今も沖には未来あり―中村草田男『長子』の世界』
仲村青彦《主宰 予感》〒292-0064木更津市中里2-7-11(☎0438-23-1432＊/ao_yokan-world@yahoo.co.jp)昭19.2.10/千葉県生/『予感』『樹と吾とあひだ』『夏の眸』『輝ける挑戦者たち』
中村阿弥《鶴》〒201-0002狛江市東野川3-17-2-201/昭16.12.29/京都府生/『宵山』『山鉾』『自註中村阿弥集』
中村一声《風叙音》〒252-0311相模原市南区東林間8-14-24(nakamura-atd3927wsd@jcom.home.ne.jp)昭12.7.3/長崎県生/『神が初めに創られたものとは―俳句で読む聖書物語』『聖書の物語性と修辞法』『ワードパル英和辞典』
中村和弘《主宰 陸》〒174-0056板橋区志村2-16-33-616/昭17.1.15/静岡県生/『東海』等
中村和代《副主宰 信濃俳句通信》〒390-0805松本市清水2-8-10(☎0263-33-2429＊)昭23.1.2/徳島県生/『魔法の手』『現代俳句精鋭選集15』
中村かりん《稲》〒211-0063川崎市中原区小

杉町3-434-5-602(☎044-711-3002*/nokorih@ybb.ne.jp)昭44.5.3/熊本県生/『ドロップ缶』(中村ひろ子名義)
中村香子《予感》〒204-0004清瀬市野塩4-93-12(☎080-3495-8024)昭8.2.4/東京都生
中村幸子《貂·柮·棒》〒400-0867甲府市青沼2-11-1サーパス青沼704(☎055-235-8828*)昭16.12.20/山梨県生/『笹子』『烏柄杓』
中村重雄《沖》〒264-0025千葉市若葉区都賀2-15-12(☎043-232-5857*)昭10.4.22/千葉県生/『朴』
中村鈴子《門·帯》〒340-0005草加市中根1-1-1-407(☎048-948-8518*)長野県生/『ベルリンの壁』
中村世都《鴻》〒275-0012習志野市本大久保2-6-6(☎047-475-4069*)昭17.2.3/東京都生
中村姫路《主宰 暦日》〒194-0021町田市中町3-22-17-202(☎042-725-8435*)昭16.7.29/東京都生/『赤鉛筆』『千里を翔けて』『中村姫路集』『青柳志解樹の世界』
中村　紘《海棠·鳰の子》〒653-0851神戸市長田区五位ノ池町3-13-16(☎078-641-7537*)昭18.9.7/兵庫県生
中村冬美《豈·ペガサス》〒262-0014千葉市花見川区さつきが丘1-26-7(☎043-250-5823*)昭12.1.25/福岡県生/『白い象』
中村雅樹《代表 晨》〒470-0117日進市藤塚6-52(☎0561-72-6489*/nmasaki575@na.commufa.jp)昭23.4.1/広島県生/『果断』『解纜』、評論『俳人宇佐美魚目』『俳人橋本鶏二』他
中村正幸《主宰 深海》〒445-0853西尾市桜木町4-51(☎0563-54-2125*)昭18.4.5/愛知県生/『深海』『系譜』『万物』『絶海』
中村洋子《風土》〒225-0011横浜市青葉区あざみ野3-2-6-405(☎045-902-3084*)昭17.11.23/東京都生/『金木犀』
中村瑠実《ひまわり》〒770-0011徳島市北佐古一番町3-30-803/昭17.1.23/兵庫県生
中村玲子《今日の花》〒359-0041所沢市中新井4-24-9(☎04-2943-1422*)昭10.11.4/宮城県生
中森千尋《道》〒004-0802札幌市清田区里塚2条4-9-1/昭24.5.3/北海道生/『水声』
中山絢子《ときめきの会》〒399-2221飯田市龍江7162-4(☎0265-27-2503)昭12.8.21/長野県生
中山世一《晨·百鳥》〒270-1432白井市冨士198-44(☎047-445-4575*)昭18.10.1/高知県生/『棟』『季語のこと·写生のこと』『雪兎』『草つらら』
中山孝子《青海波》昭15.2.6/徳島県生
中山洋子《暖響》〒339-0033さいたま市岩槻区黒谷814-2(☎048-798-6834*)昭17.3.16/東京都生/『大欅』(寒雷埼大句会800回記念句集)
奈都薫子《信濃俳句通信》〒390-0861松本市蟻ヶ崎1-4-33(☎090-5429-4060)昭35.6.13/長野県生
名取里美《藍生》三重県生/『螢の木』『あかり』『家族』『森の螢』
波塚照美《栞》〒230-0074横浜市鶴見区北寺尾1-15-13(☎045-572-6403 FAX045-572-9243)昭15.2.29/神奈川県生
名村早智子《主宰 玉梓》〒606-8323京都市左京区聖護院円頓美町17-8-405(☎075-761-4751)昭22.7.19/三重県生/『参観日』『山祇』『樹勢』他
行方えみ子《多磨》〒630-8133奈良市大安寺1-17-10(☎0742-61-5504*)昭18.1.1/大阪府生
行方克巳《代表 知音》〒146-0092大田区下丸子2-13-1-1012(☎03-3758-4897 FAX03-3758-4882)昭19.6.2/千葉県生/『知音』『素数』『晩緑』
滑志田流牧《杉》〒202-0013西東京市中町5-14-10/昭26.8.31/神奈川県生/小説集『埋れた波濤』、『道祖神の口笛』
奈良比佐子《森の座·群星》〒343-0032越谷市袋山1887(☎048-974-6525*)昭10.6.18/茨城県生/『ロスタイム』『忘れ潮』
成田清子《門》〒340-0014草加市住吉1-13-13-702(☎048-929-3537*)昭11.1.31/神奈川県生/『春家族』『時差』『水の声』『自註成田清子集』
成井　侃《対岸》〒311-2424潮来市潮来996-1(☎0299-62-3543*)昭24.1.2/茨城県生/『手力男』『素戔嗚』
成海友子〒336-0018さいたま市南区南本町2-25-9(☎080-3210-7682 FAX048-825-6447)
名和未知男《主宰 草の花》〒182-0012調布市深大寺東町7-41-8(☎042-485-1679*)昭7.8.29/北海道生/『くだかけ』『榛の花』『羇旅』『草の花』
新堀邦司《日矢余光句会》〒196-0012昭島市

つつじが丘3-4-7-1009/昭16.2.16/埼玉県生
西　あき子《春月》〒176-0021練馬区貫井3-12-1-521(☎03-5987-3250)昭27.4.23/茨城県生/句集『魚眼レンズ』
西池冬扇《主宰 ひまわり》〒770-8070徳島市八万町福万山8-26(u_nishiike@nifty.com)昭19.4.29/『碇星』『彼此』他
西池みどり《ひまわり》〒770-8070徳島市八万町福万山8-26(☎088-668-6990*/alamo2midori@i.softbank.jp)昭23.9.4/徳島県生/『だまし絵』『森の奥より』『風を聞く』『葉脈』『貝の化石』『一文字草』『星の松明』
西岡三四郎《同人会長 春嶺》〒262-0014千葉市花見川区さつきが丘1-19-2(☎043-257-0929)
西澤日出樹《岳》〒399-7504長野県東筑摩郡筑北村乱橋806(☎0263-66-2431*/mail@nishizawahideki.com)昭56.8.5/長野県生
西田啓子《残心》
西田眞希子《多磨》〒639-1123大和郡山市筒井町1257-4(☎0743-59-0034*)昭19.8.15/奈良県生
西野桂子《鴻》〒270-2252松戸市千駄堀792-1-412(☎047-387-5705*)昭22.1.25/東京都生
西村和子《代表 知音》〒158-0093世田谷区上野毛2-22-25-301(☎03-5706-9031*)昭23.3.19/神奈川県生/『夏帽子』『心音』『椅子ひとつ』『わが桜』『虚子の京都』
西村麒麟《古志》〒136-0073江東区北砂5-20-7-322/昭58.8.14/大阪府生/『鶉』『鴨』
二宮英子《雉・晨》昭12.4.13/神奈川県生/『出船』
二ノ宮一雄《主宰 架け橋》〒191-0053日野市豊田2-49-12(☎042-587-0078*)昭13.4.5/東京都生/『水行』『武蔵野』『旅路』『終の家』、評論『俳道燦燦』『檀一雄の俳句の世界』、俳句エッセー『花いちもんめ』
二宮洋子《からたち》〒799-3703宇和島市吉田町東小路/昭34.6.28/愛媛県生
丹羽真一《代表 樹》〒112-0011文京区千石2-12-8(☎03-5976-3184*/sniwa11@gmail.com)昭24.2.25/大阪府生/『緑のページ』『お茶漬詩人』『風のあとさき』『ビフォア福島』
貫井照子《やぶれ傘》〒335-0004蕨市中央1-20-8/昭22.1.1/東京都生/『花菖蒲』
沼田布美《稲》〒192-0911八王子市打越町1481-13(☎090-8082-8270 FAX0426-25-5512/fumi.prettywoman5.15@docomo.ne.jp/fumi5.15@outlook.jp)昭23.5.15/東京都生
根岸善行《風土》〒362-0042上尾市谷津1-7-2(☎048-771-1727*)昭11.6.13/埼玉県生
根岸善雄《馬醉木》〒348-0053羽生市南3-2-16(☎048-561-4781*/haiku-yoshiokun@docomo.ne.jp)昭14.12.10/埼玉県生/『霜晨』『松韻』『光響』『潺潺』
根来久美子《ソフィア俳句会・若葉・上智句会》〒213-0002川崎市高津区二子3-13-1-201(m-k-negoro@nifty.com)昭32.8.9/広島県生
根橋宏次《やぶれ傘》〒330-0071さいたま市浦和区上木崎8-7-11(k.nebashi@able.ocn.ne.jp)昭14.8.22/中国撫順市生/『見沼抄』『一寸』
納富紀子《燎》〒183-0026府中市南町1-37-4-403(☎080-3428-5945/042-319-0378*/n.noripipi@gmail.com)昭26.5.28/長崎県生
野口　清《暖響》〒369-1302埼玉県秩父郡長瀞町大字野上下郷2088(☎0494-66-0109)昭10.4.13/埼玉県生/句集『紅の豆』『祈りの日日』、歌集『星の祀り』『流星雨』
野口希代志《やぶれ傘》〒335-0016戸田市下前2-1-5-515(☎048-446-0408/kiyoshi-noguchi@ra2.so-net.ne.jp)昭20.5.17/東京都生
野口照子《多磨》〒207-0012東大和市新堀2-1489-52(☎042-563-2945)昭14.6.30/東京都生
野口人史《秀》埼玉県生
野崎ふみ子《夏爐》〒782-0041香美市土佐山田町346-33(☎0887-52-0315*)昭11.10.25/高知県生
野路斉子《栞》〒108-0072港区白金4-10-18-702(☎03-3280-2881*)昭12.7.21/東京都生
野島正則《青垣・平》昭33.1.15/東京都生
野中多佳子《辛夷》〒930-0071富山市平吹町7-6/昭23.10.23/富山県生/『繪扇』
野乃かさね《草笛・代表瑞季》〒329-1577矢板市玉田404-298 コリーナ矢板H-1851/『鱗』
野々風子《信濃俳句通信》
能村研三《主宰 沖》〒272-0021市川市八幡6-16-19(☎047-334-4975 FAX047-333-3051)昭24.12.17/千葉県生/『騎士』『海神』『鷹の木』『磁気』『滑翔』『肩の稜線』『催花の雷』『神鵜』
野村里史《四万十》〒781-4212香美市香北町美良布1106(☎090-3186-2407)昭25.2.21/高知県生

は行

萩野明子《不退座・棒》〒290-0022市原市西広1-10-32坂倉方/昭35.7.2/愛媛県生
萩原敏夫(渓人)《やぶれ傘》〒336-0021さいたま市南区別所6-9-6(☎048-864-6333*)昭18.1.30/埼玉県生
萩原康吉《梓》〒347-0124加須市中ノ目499-1(☎0480-73-4437)埼玉県生
漠　夢道《emotional》〒891-1108鹿児島市郡山岳町447-1(☎099-298-3971)昭21.4.22/北海道生/『くちびる』『棒になる話』
間　草蛙《青草》〒243-0208厚木市みはる野1-48-11(☎046-242-8499/shouichi.hazama@gmail.com)昭19.8.3/神奈川県生
橋　達三《春月》昭18.1.29/満州生
橋本美代《やぶれ傘》〒330-0843さいたま市大宮区吉敷町2-74-1-701/昭3.2.5/茨城県生
蓮實淳夫《曆日》〒324-0243大田原市余瀬450(☎0287-54-0922*)昭15.7.22/栃木県生/『嶺呂讃歌』
長谷川　櫂《古志》昭29.2.20/熊本県生/『俳句の誕生』『太陽の門』
長谷川耿人《春月》〒212-0012川崎市幸区中幸町2-12-12(☎044-533-2515*)昭38.11.14/神奈川県生/『波止の鯨』『鳥の領域』
長谷川槙子《若葉》〒248-0007鎌倉市大町2-6-14/昭37.3.25/東京都生/『槙』
旗先四十三《湾》〒850-0822長崎市愛宕3-12-22(☎095-825-6184*)昭16.5.28/長崎県生/『言霊に遊ぶ』『たけぽうき』『長崎を詠む』
畠　典子《葦牙》〒063-0845札幌市西区八軒5条西8-3-11(☎011-611-4789*)昭3.10.12/岩手県生/『一会』
旗手幸彦《草の花》〒557-0011大阪市西成区天下茶屋東2-16-4/昭15.6.28/大阪府生
畠中草史《若葉・岬・選者　栃の芽》〒194-0015町田市金森東1-17-32(☎042-719-6808*)昭22.3.19/北海道生/『あいち』『みやぎ』
畑中とほる《春耕・薫風・主宰　蘆光》〒035-0083むつ市大平町34-10(☎0175-29-2640*)昭14.12.5/樺太生/『下北半島』『下北』『夜明け』
波多野　緑《燎》〒245-0066横浜市戸塚区俣野町480-24(☎045-851-9507*)昭17.1.28/新京生
秦　夕美《主宰　GA・豈》〒813-0003福岡市東区香住ケ丘3-6-18(☎092-681-2869*)昭13.3.25/福岡県生/『五情』『深井』『赤黄男幻想』等30冊以上
八田夕刈《鏡》〒160-0008新宿区四谷三栄町13-22(bankosha@yahoo.co.jp)昭27.5.25/東京都生
服部早苗《空》〒330-0064さいたま市浦和区岸町1-11-18(☎048-822-2503*)昭21/埼玉県生/『全圓の海』
服部　満《草の花》〒425-0032焼津市鰯ヶ島234-2(hmitsuru@kxd.biglobe.ne.jp)昭23.6.30/静岡県生
波戸岡　旭《主宰　天頂》〒225-0024横浜市青葉区市ケ尾町495-40(☎045-973-2646*)昭20.5.5/広島県生/『父の島』『天頂』『菊慈童』『星朧抄』『湖上賦』『惜秋賦』『鶴唳』
波戸辺のばら《瓔SECOND》〒601-1414京都市伏見区日野奥出11-34(☎075-571-7381*)昭23.2.20/『地図とコンパス』
羽鳥つねを《風の道》〒306-0417茨城県猿島郡境町若林4125-3(☎0280-87-5503 FAX0280-87-5485)昭26.12.3/茨城県生/『青胡桃』
花形キヨミ(きよみ)《玉藻》(☎045-831-4046*)昭10.8.3/東京都生
花谷　清《主宰　藍》昭22.12.10/大阪府生/『森は聖堂』『球殻』
花土公子《今日の花・遠矢》〒155-0031世田谷区北沢2-40-25(☎03-3468-1925*)昭15.2.7/東京都生/『句碑のある旅』
塙　勝美《ときめきの会》〒314-0112神栖市知手中央2-8-27(☎090-2420-7297)昭23.1.18/茨城県生
馬場眞知子《今日の花》〒143-0025大田区南馬込4-43-7(☎03-3772-4600*)昭26.8.12/東京都生
濵田彰典《湾》昭31.11.5/鹿児島県生
浜田京子《からたち》〒799-3720宇和島市吉田町知永4-719/昭22.2.22/愛媛県生
羽村美和子《代表　ペガサス・豈・連衆》〒263-0043千葉市稲毛区小仲台7-8-28-810(☎043-256-6584*/rosetea_miwako@yahoo.co.jp)山口県生/『ローズティー』『堕天使の羽』
林　いづみ《風土》〒167-0023杉並区上井草3-1-11/昭21.11.28/東京都生/『幻月』
林　桂《代表　鬣TATEGAMI》〒371-0013前橋市西片貝町5-22-39(☎027-223-4556*/hayashik@gf7.so-net.ne.jp)昭28.4.8/群馬県

生/『動詞』『雪中父母』『百花控帖』他
林　三枝子《代表 ときめきの会》〒314-0258神栖市柳川中央1-9-6(☎090-4821-7148/0479-46-0674*/mieko.h.55623@docomo.ne.jp)昭18.5.16/長野県生/『砂丘の日』
林　未生《鴻》〒558-0001大阪市住吉区大領2-5-3-601(☎06-6691-5752*)昭14.11.24/和歌山県生
原田達夫《鴫》〒270-0034松戸市新松戸7-173,A-608(☎047-348-2207*/harada@kashi.email.ne.jp)昭9.4.15/東京都生/『虫合せ』『箱火鉢』
原　瞳子《初蝶・清の會》〒270-1158我孫子市船戸3-6-8森田方(☎04-7185-0569*)昭15.4.30/群馬県生/『一路』
春名　勲《鳰の子》〒573-1121枚方市楠葉花園町5-3-706(☎072-855-6475*)
晏梛みや子《家・晨》〒492-8251稲沢市東緑町2-51-14(☎0587-23-3945)愛知県生/『槇垣』『楮籠』
坂東文子《青山》
坂内佳禰《河》〒989-3128仙台市青葉区愛子中央2-11-2(☎090-5187-3043/022-392-2459*)昭22.2.25/福島県生/『女人行者』
半谷洋子《鴻》〒456-0053名古屋市熱田区一番2-22-5ライオンズガーデン一番町502号(☎052-653-5090*)昭20.4.7/愛知県生/『まつすぐに』
檜垣梧樓《遊牧・ペガサス》〒285-0812佐倉市六崎980-3(☎090-1795-0784/higakigo@ktj.biglobe.ne.jp)昭17.1.26/大阪府生/『無事』
疋田　源《道》〒065-0006札幌市東区北六条東8-1-1-403(☎011-743-6608*)昭39.4.9/北海道生
疋田武夫《方円》〒239-0803横須賀市桜が丘1-31-2(☎046-834-1915)昭19.5.9/神奈川県生/『春埠頭』
日隈三夫《あゆみ》〒274-0825船橋市前原西1-31-1-506(☎047-471-3205*)昭19.9.21/大分県生
土方公二《汀》〒116-0003荒川区南千住8-1-1-1718(☎03-3891-5018*/koji.hijikata1@gmail.com)昭23.8.25/兵庫県生
飛田小馬々《稲》〒260-0011千葉市中央区亀井町4-11(☎090-1037-4885 FAX043-222-7574/koma1121@tbz.t-com.ne.jp)
檜山哲彦《主宰 りいの》〒167-0043杉並区上荻4-21-15-203(☎03-6323-4834*/zypresse-hiyama@jcom.home.ne.jp)昭27.3.25/広島県生/『壺天』『天響』
日吉怜子《燎》〒190-0001立川市若葉町4-25-1-19-406/昭16.9.12/沖縄県生
平井靜江《四万十・鶴》〒781-2110高知県吾川郡いの町4016-1(☎090-2783-3816 FAX088-893-3410/Shizue22@smail.plala.or.jp)昭22.10.16/広島県生
平尾美緒《雛》東京都生/『鳥巣立つ』
平川扶久美《山彦》〒751-0863下関市伊倉本町14-3(☎083-254-3732*)昭31.10.21/山口県生/『春の楽器』
平栗瑞枝《主宰 あゆみ・棒》〒274-0067船橋市大穴南1-30-5(☎047-465-7961*/mizue-hiraguri@xqg.biglobe.ne.jp)昭18.4.7/東京都生/『花蘇枋』『天(やままゆ)蚕』
平子公一《馬醉木》〒216-0033川崎市宮前区宮崎2-6-31-102(☎044-567-3083*)昭15.10.10/北海道生/『火襷』
平嶋共代《予感・沖》〒294-0823南房総市府中87-3(☎090-2430-9543)昭17.6.17/千葉県生
平田冬か《かつらぎ》〒515-0033松阪市垣鼻町1223(☎0598-23-6794*/fuyu_kasumi_1811@ybb.ne.jp)昭18.11.29/愛知県生/『浮かれ蚕』
平田繭子《風樹》〒560-0054豊中市桜の町2-3-20(☎090-6601-7418 FAX06-6852-9756/mayufuujyu575@yahoo.co.jp)昭24.4.19/兵庫県生/『合歓母郷』『星韻』
平沼佐代子《雛・若葉》『遥かなるもの』
廣瀬ハツミ《栞》〒302-0131守谷市ひがし野1-29-4ミマス守谷102(☎0297-37-4790*)昭20.6.6/福島県生
廣瀬雅男《やぶれ傘》〒335-0026戸田市新曽南1-3-15-605/昭13.4.16/埼玉県生/『素描』『日向ぼつこ』
廣瀬町子《郭公》〒405-0059笛吹市一宮町上矢作857/昭10.2.6/山梨県生/『花房』『夕紅葉』『山明り』
弘田幸子《藍生・四万十》〒787-0008四万十市安並3995(☎0880-35-5657)昭14.8.1/高知県生
広渡敬雄《沖・塔の会》〒261-0012千葉市美浜区磯辺3-44-6(☎043-277-8395*/takao_hiro195104@yahoo.co.jp)昭26.4.13/福岡県生/『遠賀川』『ライカ』『間取図』『脚註名句シリーズ

能村登四郎集』『俳句で巡る日本の樹木50選』
福井貞子《幡・香雨》〒611-0002宇治市木幡赤塚63-11(☎0774-33-2496＊/fukuisdk2011@yahoo.co.jp)昭9.12.22/滋賀県生/『うちの子』『一雨』
福島壺春《梛》〒182-0014調布市柴崎2-21-1-202(☎042-481-3272＊/koshun@mub.biglobe.ne.jp)昭13.4.26/東京都生/『飛花落花』
福島　茂《沖・出航》〒235-0033横浜市磯子区杉田3-7-26-321(☎045-776-3410＊)昭25.8.24/群馬県生
福島三枝子《栞》〒190-0031立川市砂川町2-71-1-A102/昭23.1.4/東京都生
福神規子《主宰 雛・若葉》〒155-0033世田谷区代田6-9-10(☎03-3465-8748 FAX03-3465-8746)昭26.10.4/東京都生/『雛の箱』『薔薇の午後』『人は旅人』『自註福神規子集』、共著『鑑賞女性俳句の世界』
福田敏子《雨蛙》〒359-0042所沢市並木7-1-5-404(☎04-2993-2143)富山県生/『槐の木』『山の影』『私の鑑賞ノート』
福田　望《梓》〒350-0823川越市神明町62-18(☎090-9839-4957/fnozomu@gmail.com)昭52.10.28/岡山県生
福林弘子《深海》
福原実砂《暦日》〒547-0026大阪市平野区喜連西5-1-8-107(☎06-6704-9890＊/toratyan29@yahoo.co.jp)大阪府生/『ミューズの声』『舞ふやうに』
福本三千子《ひまわり》〒770-8041徳島市上八万町西山290番地(☎088-644-0480)昭8.1.17/徳島県生/『風蘭』
ふけ　としこ《椋》〒535-0031大阪市旭区高殿7-1-27-505(☎090-5052-1416)昭21.2.22/岡山県生/『鎌の刃』『インコに肩を』『眠たい羊』他
藤井なお子《代表 たまき》〒567-0845茨木市平田2-37-3-5(☎072-638-0010＊)昭38/愛知県生/『ブロンズ兎』
藤井南帆《磁石・秋麗》〒177-0051練馬区関町北2-31-20-904堀米方/昭52.6.11/兵庫県生
藤井康文《山彦》〒745-0882周南市上一ノ井手5457(☎0834-21-3778＊)昭21.6.28/山口県生/『枇杷の花』
藤井美晴《やぶれ傘》〒180-0004武蔵野市吉祥寺本町4-31-6-120(☎090-6127-3140/yfujii216@yahoo.co.jp)昭15.2.16/福岡県生
藤岡勢伊自《河》〒170-0012豊島区上池袋4-10-8-1106(☎090-4120-1210/fjoksij_19900915@docomo.ne.jp)昭37.10.16/広島県生
藤岡美恵子《今日の花》〒158-0098世田谷区上用賀1-26-8-305/昭13.2.9/『些事』
藤島咲子《耕・Kō》〒485-0068小牧市藤島2-117(☎0568-75-1517＊)昭20.3.14/富山県生/『尾張野』『雪嶺』、エッセイ集『細雪』
藤田翔青《藍生・いぶき》〒655-0044神戸市垂水区舞子坂1-5-17(☎090-3966-5314/shosei819@gmail.com)昭53.6.29/兵庫県生
藤田直子《主宰 秋麗》〒214-0034川崎市多摩区三田1-15-4-104(☎044-922-2335＊/lyric_naoko@yahoo.co.jp)昭25.2.5/東京都生/『極楽鳥花』『秋麗』『麗日』『自註シリーズ藤田直子集』『鍵和田秞子の百句』
藤野　武《海原・遊牧》〒198-0062青梅市和田町2-207-8(☎0428-76-1214＊)昭22.4.2/東京都生/『気流』『火蛾』『光(かげ)ひとり』
藤埜まさ志《代表 群星・森の座》〒270-0102流山市こうのす台1010-12(☎04-7152-7151＊/fujino575@lemon.plala.or.jp)昭17.5.18/大阪府生/『土塊』『火群』『木霊』
藤原佳代子《四万十》〒786-0523高知県高岡郡四万十町浦越59-1(☎0880-28-5632)昭25.9.1/高知県生
冨士原志奈《知音》〒263-0043千葉市稲毛区小仲台5-2-1-329/昭44.12.26/東京都生
藤　英樹《古志》〒232-0072横浜市南区永田東1-31-23(☎080-5413-8278)昭34.10.12/東京都生/『静かな海』『わざをぎ』、著書『長谷川櫂200句鑑賞』
伏見清美昭22.4/岐阜県生
藤村たいら《副主宰 ひいらぎ》昭19.1.8/滋賀県生
藤本紀子《ひまわり》〒771-2303三好市三野町勢力884-3(☎0883-77-2091＊/tosiko-f0225@mb.pikara.ne.jp)昭19.2.25/徳島県生/『黐の木』
藤本美和子《主宰 泉》〒192-0914八王子市片倉町1405-17(☎042-636-8084＊)昭25.9.5/和歌山県生/『跣足』『天空』『冬泉』『綾部仁喜の百句』
藤本陽子《夕凪・里》〒731-5111広島市佐伯区美鈴が丘東5-1-5(☎082-927-2712＊/syfujimo@ybb.ne.jp)昭23.3/愛媛県生
藤森実千子《草の花》〒545-0013大阪市阿倍野区長池町1-15(☎080-5363-1813 FAX06-

6622-7668）昭16.6.28/大阪府生
藤原明美《鴻》〒273-0002船橋市東船橋6-6-14（☎047-426-5770）昭26.12.17/茨城県生
二村結季《青草》〒243-0204厚木市鳶尾1-8-4（☎046-242-3455＊）昭13.6.23/神奈川県生
船越淑子《主宰 青海波》〒770-0802徳島市吉野本町5-8-1（☎088-625-3157＊）昭7.3.5/徳島県生/『追羽根』『神楽舞』『遊月』
舩戸成郎《濃美》〒502-0903岐阜市美島町4-33（☎058-231-5068＊）昭26.1.15/岐阜県生
古川美香子《濃美》昭37.11.15/岐阜県生
古澤宜友《春嶺》〒145-0066大田区南雪谷5-17-7（☎03-3729-7085＊）昭19.12.24/山形県生/『蔵王』
古田貞子《燎》〒162-0067新宿区富久町15-1-3003/昭16.6.19/宮城県生
古橋純子《野火》昭37.10.21/茨城県生
別所博子〒115-0055北区赤羽西2-21-4-403（hirokobes@hotmail.com）昭26.8.4/大分県生/『稲雀』
別府　優《栞》〒120-0026足立区千住旭町18-9（☎03-3882-2344）昭21.2.12/栃木県生
辺野喜宝来《りいの》〒903-0807那覇市首里久場川町2-18-8-302（☎090-9783-6688）昭34.8.7/沖縄県生/『向日葵 俳句・随筆作品集』、『台湾情 沖縄世』
星野いのり《炎環》
星野恒彦《代表 貂》〒167-0033杉並区清水3-15-18-108（☎03-3390-9323＊）昭10.11.19/東京都生/『月日星』など5冊、評論集『俳句とハイクの世界』など3冊
星野　椿《玉藻》〒248-0002鎌倉市二階堂227-4（☎0467-23-7622＊）昭5.2.21/東京都生/『金風』『マーガレット』『雪見酒』『早椿』ほか
千野風来子《橘・俳句スクエア》〒360-0201熊谷市妻沼1456-5（☎048-589-0484）昭29.4.15/北海道生/『夕映の北岳』『榮子情歌』『シェエラザード』『白い風』『北岳よ永遠に』『風のかたみ』ほか
細野政治《きたごち》〒409-1501北杜市大泉町西井出8240-5774（☎090-8315-6344）昭11.9.8/東京都生
堀田裸花子《若葉・岬・輪》〒251-0036藤沢市江の島1-6-3（☎090-3310-5296 FAX0466-28-2045/rakashi92@gmail.com）昭18.8.29/東京都生
堀口忠子《雲取》〒352-0011新座市野火止8-12-30-424/昭18.10.5/熊本県生/『水の秋』
堀越胡流《鬣TATEGAMI》〒370-2128高崎市吉井町本郷567-3（☎027-387-2171＊）昭18.6.23/群馬県生/『風語』『多胡』『白髪』
堀　瞳子《運河・鳳》〒651-2272神戸市西区狩場台4-23-1（☎078-991-1792＊）昭25.12.21/福岡県生/『山毛欅』、句文集『百の喜び』
堀本裕樹《主宰 蒼海》〒160-0011新宿区若葉2-9-8四谷F&Tビル ㈱アドライフ 堀本裕樹事務所/昭49.8.12/和歌山県生/『熊野曼陀羅』『俳句の図書室』
本田攝子《主宰 獺祭》〒125-0042葛飾区金町2-7-10-801（☎03-3608-5662＊）昭8.2.19/熊本県生/『水中花』
本多遊子《閏》〒141-0022品川区東五反田4-1-27-2-906（☎090-6011-8700 FAX03-5421-0906/yuchin117manybooks@gmail.com）昭37.11.7/東京都生/『Qを打つ』

ま行

前北かおる《夏潮》〒276-0042八千代市ゆりのき台3-4-1101（☎047-750-1455＊/maekitakaoru@yahoo.co.jp）昭53.4.28/島根県生/『ラフマニノフ』『虹の島』
前澤宏光《棒》〒263-0051千葉市稲毛区園生町449-1コープ野村2-505（☎043-256-7858＊）昭11.8.14/長野県生/『天水』『空木』『春林』『真清水』『人間の四季 俳句の四季―青柳志解樹俳句鑑賞』他
前田貴美子《りいの・万象》〒900-0021那覇市泉崎2-9-11金城アパート301号（☎098-834-7086）昭21.10.17/埼玉県生/『ふう』
前田攝子《主宰 漣》〒520-0248大津市仰木の里東1-18-18（☎077-574-2350＊）昭27.11.26/京都府生/『坂』『晴好』『雨奇』
前田陶代子《栞》〒270-0034松戸市新松戸7-221-5D-110（☎047-345-6350）昭17.10.3/群馬県生
牧　富子《濃美》〒466-0815名古屋市昭和区山手通5-15/昭8.10.26/岐阜県生
正木　勝《梛》昭18.3.8/石川県生
政元京治《鳰の子》〒573-1113枚方市楠葉面取町1-7-8（☎072-868-3716/kounugun_0001@nike.eonet.ne.jp）昭24.12.18/広島県生
増田裕司《やぶれ傘》〒336-0911さいたま市緑

区三室1157-19（☎048-874-4983＊/yuji.masuda3166@gmail.com）昭29.5.28/埼玉県生
増田　連〒801-0852北九州市門司区港町3-29-702（☎093-331-8899）昭5.10/福岡県生/『杉田久女ノート』『杉田久女雑記』『久女〈探索〉』
増成栗人《主宰 鴻》〒270-0176流山市加3-6-1 壱番館907（☎04-7150-0550＊）昭8.12.24/大阪府生/『燠』『逍遙』『遍歴』『草蜉蝣』
増山至風《悠》〒270-0128流山市おおたかの森西4-177-85（☎04-7152-1837＊）昭11.6.22/長崎県生/『少年少女向 俳句を作ろう』『大鷹』『稲雀』『望郷短歌帖』
増山叔子《秀》〒171-0051豊島区長崎4-21-3（☎090-4373-7916/yoshiko-m45.mi@docomo.ne.jp）昭33.1.2/群馬県生
待場陶火《鴻》〒666-0034川西市寺畑1-3-10/昭15.8.25/兵庫県生
松井あき子《青草》
松浦加古《蘭》〒184-0014小金井市貫井南町3-22-8（☎042-388-8119）昭9.9.13/東京都生/『谷神』『這子』『探梅』
松浦敬親《麻》〒305-0051つくば市二の宮1-8-10,A209（☎029-851-2923）昭23.12.11/愛媛県生/『俳人・原田青児』『展開する俳句』
松浦澄江《椎》静岡市/昭20.10.15
松浦靖子《風の道》〒158-0093世田谷区上野毛1-18-10-6D（☎03-3702-6483＊）昭10.9.25/東京都生/『えにし』
松岡隆子《主宰 栞》〒188-0003西東京市北原町3-6-38（☎042-466-0413＊）昭17.3.13/山口県生/『帰省』『青木の実』
松岡ひでたか〒679-2204兵庫県神崎郡福崎町西田原字辻川1212（☎0790-22-4410＊）昭24.9.11/兵庫県生/『磐石』『光』『往還』『白薔薇』『小津安二郎の俳句』ほか
松尾清隆《松の花》〒254-0045平塚市見附町2-17-504（☎0463-79-8383＊）昭52.5.5/神奈川県生
松尾隆信《主宰 松の花》〒254-0046平塚市立野町7-9（☎0463-37-3773 FAX0463-37-3555）昭21.1.13/兵庫県生/『雪渓』等8冊、評論『上田五千石私論』。他に季語別句集等
松尾紘子《橘》〒367-0055本庄市若泉3-20-7/昭15.2.6/東京都生/『シリウスの眼』『追想』
松尾まつを《青草》〒243-0204厚木市鳶尾2-24-3-105（☎046-241-9810/matsuo@tokai.ac.jp）昭13.10.1/東京都生
松田江美子《燎》〒244-0004横浜市戸塚区小雀町2148（☎045-851-0510＊）東京都生
松田純栄《暦日・学習院俳句会》〒153-0064目黒区下目黒4-11-18-505/東京都生/『眠れぬ夜は』『旅半ば』
松田年子《多磨》〒633-2162宇陀市大宇陀出新1831-1（☎0745-83-0671＊）昭9.6.12/兵庫県生
松永房子《笹》〒458-0847名古屋市緑区浦里1-68-2-204（☎052-892-8525＊/m-fusako@almond.ocn.ne.jp）昭17.6.19/福岡県生
松永浮堂《浮野》〒347-0058加須市岡古井1373（☎0480-62-3020＊）昭31.3.24/埼玉県生/『平均台』『肩車』『げんげ』『遊水』『麗日』『落合水尾と観照一気』
松波美惠《松の花》〒254-0821平塚市黒部丘11-23（☎090-5823-5721 FAX0463-31-7566/kmhkstar@gmail.com）昭25.9.13/宮城県生/『繕ふ』
松野苑子《街》〒252-0814藤沢市天神町3-6-10（☎0466-82-5398＊）『誕生花』『真水（さみづ）』
松林朝蒼《主宰 夏爐》〒780-8072高知市曙町1-17-17（☎088-844-3581＊）昭6.8.29/高知県生/『楮の花』『遠狭』『夏木』
松原ふみ子《栞》昭7.9.23/大阪府生
松本宣彦《樹》〒270-0034松戸市新松戸7-222新松戸西パークハウスD-705（☎047-343-6957＊/olimatsumoto@knd.biglobe.ne.jp）昭17.11.7/東京都生
松本英夫《阿吽》〒178-0061練馬区大泉学園町1-17-19（☎03-5387-9391＊）昭22.6.4/東京都生/『探偵』
松本美佐子《鳰の子》〒560-0051豊中市永楽荘2-13-15（☎06-6853-4022＊）昭19.7.23/山口県生/『三楽章』
松本龍子《俳句スクエア・奎》〒659-0082芦屋市山芦屋町11-6-407（☎0797-23-2106＊/saruhekusaida@yahoo.co.jp）昭31.4.15/愛媛県生/『龗神』
松山好江《宇宙》静岡県生/『遺跡野』
真野五郎《海棠》〒648-0054橋本市城山台1-34-5（☎0736-36-0332＊）昭20.4.23/和歌山県生
真々田　香《野火》〒145-0066大田区南雪谷3-1-5第2丸仙ハイツ103/昭55.4.10/埼玉県生/『春の空気』

黛　まどか〒192-0355八王子市堀之内3-34-1-303（☎042-678-4438＊/mmoffice@madoka575.co.jp）昭37.7.31/神奈川県生/『てっぺんの星』『奇跡の四国遍路』『ふくしま讃歌』
まるき　みさ《不退座》東京都生
三浦明彦《輪・柤》〒247-0013横浜市栄区上郷町1151-127-1-608/昭14.6.26/京都府生
三浦　恭《阿吽》〒359-0038所沢市北秋津739-57-401（☎04-2992-5743＊）昭25.7.4/東京都生/『かれん』『暁』『翼』
三浦晴子《湧》〒421-0137静岡市駿河区寺田188-7/昭24.5.30/静岡県生/『晴』、「村越化石の一句」（『湧』連載）
三上隆太郎《門》〒135-0011江東区扇橋3-13-1（☎03-3645-0417 FAX03-3644-3070/mikami1@helen.ocn.ne.jp）昭22.11.17/東京都生
水口佳子《夕凪・銀化・里》〒731-5113広島市佐伯区美鈴が丘緑1-7-3/昭27.12.25/広島県生
水島直光《秀・青林檎》〒114-0023北区滝野川2-47-15（☎03-3910-4379＊）昭29.11.2/福井県生/『風伯』
水谷由美子《代表 オリーブ・パピルス・となりあふ》〒146-0082大田区池上7-18-9（☎03-3754-7410＊/CBL22812@nifty.com）昭16.7.30/東京都生/『チュチュ』『浜辺のクリスマス』
水野晶子《梓・棒》〒247-0074鎌倉市城廻140-37（☎0467-44-3083＊/souun1944@gmail.com）昭19.1.4/兵庫県生/『十井』
水野悦子《煌星》〒510-1323三重県三重郡菰野町小島1585/昭24.12.18/三重県生
水野幸子《少年》昭17.11.17/青森県生/『水の匂ひ』
水野さとし《煌星》〒512-0934四日市市川島町6652-2/滋賀県生
水野真由美《海原・鬣TATEGAMI》〒371-0018前橋市三俣町1-26-8（☎027-232-9321＊/yamaneko-kan@jcom.home.ne.jp）昭32.3.23/群馬県生/『陸封譚』『八月の橋』、評論集『小さな神へ―未明の詩学』
水間千鶴子《貝の会》〒651-2276神戸市西区春日台9-14-13（☎078-651-3082）昭23.2.20/広島県生
三瀬敬治《不退座》昭18.2.4/愛媛県生
三田きえ子《主宰 萌》〒158-0081世田谷区深沢4-24-7（☎03-3704-2405）昭6.9.29/茨城県生/『嬬恋』『旦暮』『九月』『初黄』『結び松』『藹藹』『雁来月』『自註三田きえ子集』
三谷寿一《草の花》〒206-0034多摩市鶴牧5-7-17（☎042-371-1034＊）昭12.9.21/京都府生
三田村畯右〒300-0871土浦市荒川沖東2-13-43（☎029-841-5679/s.mitamura@jcom.home.ne.jp）昭11.6.13/岐阜県生/『空言』
道林はる子《やぶれ傘》〒186-0002国立市東2-25-18（☎042-576-1817＊）昭12.5.6/東京都生
三井つう《炎環・暖響》〒115-0055北区赤羽西6-35-17-215/東京都生/『さくらにとけて』
緑川美世子《星時計》〒252-0321相模原市南区相模台2-8-21（miseko-midorikawa@note.memail.jp）昭40.3.22/新潟県生
南　うみを《主宰 風土》〒625-0022舞鶴市安岡町26-2（☎0773-64-4547＊）umiwo1951@gmail.com/昭26.5.13/鹿児島県生/『丹後』『志楽』『凡海』『南うみを集』『神蔵器の俳句世界』
峰岸よし子《栞》〒320-0037宇都宮市清住1-8-7（☎028-622-1881＊）昭13.3.26/千葉県生
美濃律子《鴻》〒275-0026習志野市谷津3-1-22-406（☎047-452-2760＊）昭28.10.13/福岡県生
三野公子《山彦》〒744-0032下松市生野屋西1-1-13/昭19.7.2/台湾生/『八重桜』
箕田健生《やぶれ傘》〒335-0023戸田市本町3-12-6（☎048-442-2259＊）三重県生
箕輪カオル《鴫》〒270-1132我孫子市湖北台10-1-13（☎04-7187-1401＊/m.kaorara@jcom.zaq.ne.jp）岩手県生
三村純也《主宰 山茶花》〒657-0068神戸市灘区篠原北町3-16-26（☎078-763-3636＊）昭28.5.4/大阪府生/『Rugby』『常行』『一（はじめ）』
宮尾直美《栞》〒788-0001宿毛市中央3-6-17（☎0880-63-1587＊）昭24.3.30/高知県生/『手紙』
宮川欣子《山河》〒112-0015文京区目白台2-6-23-101（☎03-3947-3006＊/qqen6cmd@jupiter.ocn.ne.jp）昭22.5.9/東京都生
宮城梵史朗《主宰 赤楊の木》〒639-0227香芝市鎌田438-76（☎0745-78-0308＊）昭18.5.9/大阪府生
三宅やよい《猫街》〒177-0052練馬区関町東1-28-12-204（☎03-3929-4006＊/yayoihaiku@gmail.com）昭30.4.3/兵庫県生/『玩具帳』『駱駝のあくび』『鷹女への旅』
宮坂みえ《羅ra》〒390-0812松本市県2-3-3サ

ンハイツ県ヶ丘1-111/長野県生
宮崎晶子(あき子)〒239-0827横須賀市久里浜台1-14-7/昭20.10.29/広島県生
宮谷昌代《主宰 天塚・香雨》〒611-0042宇治市小倉町南浦81-5(☎0774-22-9799*/mmiyatani1945@yahoo.co.jp)昭20.3.6/三重県生/『母』『茶の花』
宮成乃ノ葉《南柯》〒630-8115奈良市大宮町2-7-1-606(☎090-5673-2363/nonoha2018@gmail.com)昭32.9.21/大阪府生
宮野かほる《澪・河》〒987-0041宮城県遠田郡美里町字峯山36-12(☎0229-32-3706*)昭19.5.18/宮城県生
宮野しゅん《秋草・水輪》〒759-4211長門市俵山5055-11(☎0837-29-0435*)昭15.12.2/山口県生/『器』『燕の子』
宮本艶子《あした》〒362-0014上尾市本町4-11-2-101(☎048-772-0816*)昭21.10.15/奈良県生/合同句集『座唱』I, II, IV
三吉みどり《秀》〒133-0065江戸川区南篠崎町4-16-5-405/『花の雨』
三輪初子《炎環・代表 わわわ》〒166-0004杉並区阿佐谷南3-41-8(☎03-3398-5823*)昭16.1.13/北海道生/『初蝶』『喝采』『火を愛し水を愛して』、エッセイ集『あさがや千夜一夜』
三輪洋路《笹・獅子吼》〒509-5301土岐市妻木町1871-4(☎0572-57-8080*)昭14.4.9/岐阜県生
武藤紀子《主宰 円座》〒467-0047名古屋市瑞穂区日向町3-66-5(☎090-4407-8440/052-833-2168*)昭24.2.11/石川県生/『円座』『冬干潟』など5冊、著書『たてがみの摑み方』『宇佐美魚目の百句』
村上喜代子《主宰 いには》〒276-0036八千代市高津390-211(☎047-458-1919*/murakami_kiyoko@yahoo.co.jp)昭18.7.12/山口県生/『雪降れ降れ』『つくづくし』『八十島』『間紙』『軌道』
村上尚子《白魚火》〒438-0086磐田市住吉町1065-20(☎0538-34-8309*)昭17.8.14/静岡県生/『方今』
村上鞆彦《主宰 南風》〒124-0012葛飾区立石3-26-16-205(☎03-3695-6789*/hayatomo_seto@yahoo.co.jp)昭54.8.2/大分県生/『遅日の岸』『芝不器男の百句』
村岸明子《貂》〒060-0033札幌市中央区北3条東1-1-1ブランJR810/昭7.1.31/大連生/『村岸明子句集』『一滴の琥珀』『あんた方どこさ満洲野(ますの)のあざみ草』
村木節子《門》〒345-0045埼玉県北葛飾郡杉戸町高野台西2-5-17(☎0480-34-0578*)昭23.1.5/秋田県生
村田　武《やぶれ傘》〒335-0005蕨市錦町6-6-8(☎048-441-8904*/tasogarebito.123.@docomo.ne.jp)昭18.1.23/宮城県生
村田　浩《雪解》〒918-8066福井市渡町114(☎080-8695-0018 FAX0776-36-9754)昭18.11.5/石川県生/『能登育ち』
村手圭子《かつらぎ》〒633-0004桜井市朝倉台西3-1093-2(☎0744-42-6711*)昭23.1.18/奈良県生/『むらやま』
村松栄治《八千草》〒214-0032川崎市多摩区枡形5-6-5(☎044-933-9296*)昭15.2.12/東京都生
村本昌三郎《湧》〒567-0832茨木市白川1-8-7(☎072-634-0829*)昭14.11.18/大阪府生
室井千鶴子《栞》〒931-8312富山市豊田本町2-3-23(☎076-437-7422)昭21.11.24/富山県生
毛利禮子《雪解》〒543-0045大阪市天王寺区寺田町1-7-3-502(☎06-6771-6701*)長野県生/『初浅間』
甕　秀麿《鴫》〒270-1175我孫子市青山台3-8-37(☎04-7183-1353*/motai@io.ocn.ne.jp)昭15.11.10/東京都生
望月　周《百鳥》〒113-0022文京区千駄木3-25-6-501(☎03-3823-6417 FAX03-6666-3081)昭40.3.11/東京都生/『白月』、共著『俳コレ』『東京吟行案内』
望月とし江《澤》(t-mocchi@jcom.home.ne.jp)昭33.1.24/静岡県生
森　あら太《濃美》昭6.4.10/新潟県生
森井美知代《運河・晨》(☎0745-65-1021 FAX0745-62-3260)昭17.7.6/奈良県生/『高天』『螢能』
森岡武子《多磨》〒637-0113五條市西吉野町神野159(☎0747-32-0321*)昭24.12.26/奈良県生
森川淑子《鴻》昭27.1.2/北海道生
森島弘美《繪硝子》〒165-0026中野区新井3-20-3/長野県生
森尻禮子《閏・磁石》〒161-0032新宿区中落合2-12-26-802/昭16.2.17/東京都生/『星彦』『遺産』
森須　蘭《主催 祭演・衣・豈・ロマネコンテ》〒276-0046八千代市大和田新田1004-4宮坂方(☎047-

409-8152 FAX047-409-8153/morisuranran8@gmail.com）昭36.1.7/神奈川県生/『君に会うため』『蒼空船（そらふね）』、著書『百句おぼえて俳句名人』
森多　歩《鴻》〒558-0056大阪市住吉区万代東2-2-15（☎06-6691-1003＊）昭12.1.6/兵庫県生/『とほせんぼ』
森　高幸《森の座・群星》昭29.10.8/福岡県生/『サーティーズ』
森田純一郎《主宰　かつらぎ》〒665-0022宝塚市野上4-8-22（☎0797-71-2067 FAX0797-72-6346/jaymorita961@gmail.com）昭28.12.1/大阪府生/『マンハッタン』『祖国』『旅懐』
森田節子《風土》〒215-0017川崎市麻生区王禅寺西2-32-2（☎044-965-2208＊）昭16.2.3/東京都生
森　ちづる《斧・汀》〒654-0151神戸市須磨区北落合3-1-360-103（☎078-791-0385＊）
森　恒之《雉》〒193-0832八王子市散田町3-40-9（☎042-663-2081＊）昭21.8.18/長崎県生
森野智恵子《夕凪》〒731-0124広島市安佐南区大町東4-5-4/昭17.9.30/広島県生
森　美佐子《やぶれ傘》〒331-0804さいたま市北区土呂町1-28-13（☎048-663-2987＊）昭15.6.22/埼玉県生
守屋明俊《代表　閏・磁石》〒185-0024国分寺市泉町3-4-1-504（☎080-6770-5485）昭25.12.13/長野県生/『西日家族』『蓬生』『日暮れ鳥』『象潟食堂』ほか
森山久代《運河・晨》〒661-0035尼崎市武庫之荘9-31-5（☎06-6433-6959＊/hfd59001@hcc6.bai.ne.jp）昭16.8.27/愛知県生/『大祓』
森　祐司《鴻》昭28.1.30/高知県生
盛　凉皎《予感》昭23.5.18/福島県生
師岡洋子《鳰の子》〒530-0041大阪市北区天神橋3-10-30-204（☎06-6353-8693＊）昭15.1.16/京都府生/『水の伝言』
門伝史会《風土》〒215-0017川崎市麻生区王禅寺西3-9-2（☎044-953-9001＊）昭15.4.5/東京都生/『羽化』『ひょんの笛』

や行

八木忠栄《余白句会・かいぶつ句会》〒273-0012船橋市浜町1-2-10-205（☎047-431-8092＊）昭16.6.28/新潟県生/句集『雪やまず』『身体論』、詩集『やあ、詩人たち』
柳生正名《海原・棒》〒181-0013三鷹市下連雀1-35-11（☎0422-47-3405＊/myagiu@kjc.biglobe.ne.jp）昭34.5.19/大阪府生/『風媒』共著『現代の俳人101』
安富清子《ひまわり》徳島市/昭23.2/徳島県生
安原　葉《主宰　松の花・ホトトギス・玉藻》〒949-5411長岡市来迎寺甲1269（☎0258-92-2270 FAX0258-92-3338）昭7.7.10/新潟県生/『雪解風』『月の門』『生死海』
安光せつ《夏爐》〒781-6402高知県安芸郡奈半利町乙2643-1（☎0887-38-4050）昭15.12.19/高知県生
矢須恵由《主宰　ひたち野》〒311-0113那珂市中台64-6（☎029-353-1156＊）昭14.12.29/茨城県生/『天心湖心』『自愛他愛』
柳内恵子《玉藻》〒214-0037川崎市多摩区西生田3-3-1（☎090-3446-9501 FAX044-955-8082/k-yana@cmail.plala.or.jp）昭16.6.5/東京都生
矢野景一《主宰　海棠》〒648-0091橋本市柱本327（☎0736-36-4790＊/krkv23714@hera.eonet.ne.jp）昭25.4.29/和歌山県生/『真土』『紅白』『游目』『和顔』『わかりやすい俳句推敲入門』など
矢野玲奈《玉藻・天為・松の花》〒254-0045平塚市見附町2-17-504（☎0463-79-8383＊）昭50.8.18/東京都生/『森を離れて』
矢削みき子《漣》昭23.8.25/島根県生
山内繭彦《山茶花・ホトトギス・晨・夏潮》〒547-0032大阪市平野区流町3-14-1/昭27.4.6/大阪府生/『ななふし』『歩調は変へず』『透徹』『診療歳時記』『歳時記の小窓』
山川和代《耕》〒458-0812名古屋市緑区神の倉4-261/昭19.11.20/愛知県生/『葉桜』
山岸明子《鴻》〒270-2267松戸市牧の原1-36（akky_yamagishi@yahoo.co.jp）昭23/東京都生
山岸三子《ひたち野》〒963-0111郡山市安積町荒井字八雲五番地（☎024-945-5651＊）福島県生
山口昭男《主宰　秋草》〒657-0846神戸市灘区岩屋北町4-3-55-408（☎078-855-8636＊/akikusa575ay@dream.bbexcite.jp）昭30.4.22/兵庫県生/『書信』『讀本』『木簡』
山口梅太郎《天為・秀》〒177-0042練馬区下石神井4-13-6（☎03-3997-0805＊）昭6.1.28/東京

都生/『名にし負ふ』『種茄子』
山口佐喜子《清の會》東京都練馬区/大14.3/長野県生
山口哲夫《運河・晨》昭37.7.11/奈良県生
山口ひろよ《鴫》〒270-1168我孫子市根戸650-9(☎04-7149-2952*/hiro-shin46.26@docomo.ne.jp)昭20.8.18/東京都生
山口律子《風叙音》〒270-2261松戸市常盤平2-32-1サンハイツ常盤平A-110(☎080-1013-6682 FAX047-386-4030/gr.yamaguchi@gmail.com)昭23.1.5/山口県生
山﨑　明《ときめきの会》〒261-0004千葉市美浜区高洲3-4-3-304(☎043-278-5698)昭14.1.17/千葉県生
山崎房子〒247-0053鎌倉市今泉台4-18-10(☎0467-45-2762*)昭13.3.15/『巴里祭』
山﨑典子《代表 まゆみ》〒187-0011小平市鈴木町1-472(☎042-323-2510)昭6.11.2/東京都生/句集『遊』、雑文『径』
山﨑満世《郭公・椎》〒514-1138津市戸木町2083(☎059-255-2515 FAX059-202-3479)昭20.1.5/三重県生/句集『水程』I〜III、鑑賞評論文『飯田龍太の詩情』
山崎祐子《りいの・絵空》〒171-0021豊島区西池袋5-5-21-416(yamazakiyuko@live.jp)昭31.6.12/福島県生/『点睛』『葉脈図』
山下美典《主宰 河内野》〒581-0004八尾市東本町3-1-12(☎072-991-1707 FAX072-991-1864)昭3.11.7/大阪府生/『海彦』『花彦』『風彦』『鶴彦』『河彦』『城彦』『森彦』『里彦』『龍彦』、『美典のミニ俳句教室』①②
山田径子《磁石・花野》〒251-0043藤沢市辻堂元町3-15-8(☎0466-33-1630 FAX0466-33-5860/keiko@yamadas.net)昭32.9.26/東京都生/『無限階段』『径』『楓樹』、句文集『日時計』
山田せつ子《波》〒158-0082世田谷区等々力1-15-10/昭26
山田節子《波》昭18.11.7/東京都生
山田孝志《ときめきの会》〒314-0127神栖市木崎780(☎090-9306-5455)昭31.2.28/茨城県生
山田貴世《主宰 波》〒251-0875藤沢市本藤沢1-8-7(☎0466-82-6173*)昭16.3.9/静岡県生/『わだつみ』『湘南』『喜神』『山祇』
山田哲夫《海原・木》〒441-3421田原市田原町新町64(☎0531-22-3389*/santetsu@mva.biglobe.ne.jp)昭13.8.22/愛知県生/『風紋』『兹今帖』
山田真砂年《主宰 稲》〒249-0005逗子市桜山3-12-6(mcyamada575@gmail.com)昭24.11.3/東京都生/『西へ出づれば』『海鞘食うて』
山田佳乃《主宰 円虹》〒658-0066神戸市東灘区渦森台4-4-10辻方(☎078-843-3462 FAX078-336-3462)昭40.1.29/大阪府生/『春の虹』『波音』『残像』
山地春眠子《鷹》〒176-0011練馬区豊玉上1-16-10(☎090-4018-4038)昭10.9.18/東京都生/『空気』『元日』、『現代連句入門』『月光の象番—飯島晴子の世界』『「鷹」と名付けて—草創期クロニクル—』
山中多美子《円座・晨》〒462-0813名古屋市北区山田町4-90(☎052-914-4743*/yamanakati@snow.plala.or.jp)昭24.10.16/愛知県生/『東西』『かもめ』
山中理恵《不退座》〒260-0021千葉市中央区新宿1-23-5/昭38/東京都生
山梨菊恵《泉》〒192-0906八王子市北野町169-3(☎042-645-1690*)昭25.11.3/山梨県生
山根真矢《鶴》〒610-0361京田辺市河原御影30-57(☎0774-65-0549*)昭42.8.5/京都府生/『折紙』
山本あかね《百鳥》〒654-0081神戸市須磨区高倉台8-26-17(☎078-735-6381*/camellia@wa2.so-net.ne.jp)昭10.1.3/兵庫県生/『あかね』『大手門』『緋の目高』
山本一郎《海棠》〒648-0101和歌山県伊都郡九度山町九度山904-2(☎0736-54-3916)昭29.4.24/和歌山県生
山本一歩《主宰 谺》〒194-0204町田市小山田桜台1-11-62-4(☎042-794-8783*/ichiraku-y@nifty.com)昭28.11.28/岩手県生/『耳ふたつ』『神楽面』『谺』ほか
山本一葉《谺》〒194-0204町田市小山田桜台1-11-62-4(☎042-794-8783*/kazuha.y@nifty.com)昭57.1.21/神奈川県生
山本　潔《主宰 艸(そう)》〒180-0011武蔵野市八幡町3-3-11(☎090-3545-6890 FAX0422-56-0222/kmtbook@nifty.com)昭35.3.28/埼玉県生/『艸』
山元志津香《主宰 八千草》〒215-0006川崎市麻生区金程4-9-8(☎044-955-9886 FAX044-955-9882/sinyurihy@mvi.biglobe.ne.jp)昭9.3.10/岩手県生/『ピアノの塵』『極太モンブラン』『木綿の女』
山本　菫《帯》〒333-0866川口市芝1-10-20

(☎048-268-0332*)昭24.1.27/埼玉県生/『花果』
山本輝世《今日の花》〒239-0831横須賀市久里浜8-6-10/昭18.10.13/東京都生
山本久枝《やぶれ傘》〒335-0021戸田市新曽1292-1(☎048-444-7523*)昭15.3.10/埼玉県生
湯口昌彦《汀》〒185-0024国分寺市泉町1-15-7(☎042-321-2728*/myugu@nifty.com)/東京生/『幹ごつごつ』『飾米』
由藤千代《夏爐》〒780-0973高知市万々595-7(☎088-823-1722)昭16.2.20/高知県生
湯本正友《やぶれ傘》〒338-0012さいたま市中央区大戸5-20-6(☎048-833-7354*/masatomo_yumoto@jcom.home.ne.jp)昭21.2.25/埼玉県生
陽　美保子《泉》〒002-8072札幌市北区あいの里2-6-3-3-1101(☎011-778-2104*)昭32.10.22/島根県生/『遥かなる水』
横井　遥《鴻》〒482-0043岩倉市本町神明西6-8AP朴の樹805/昭34.2.21/長崎県生/『男坐り』
横内郁美子《馩の木》〒672-8072姫路市飾磨区蓼野町11(☎079-234-7815*/himejyo@leto.eonet.ne.jp)昭29.1.17/兵庫県生
横尾かんな《鴻》昭23.10.22/愛知県生
横川　端《四季の会》〒106-0047港区南麻布5-2-5-601/昭7.1.21/長野県生/『牡丹』『白雨』
横川はっこう《八千草》〒215-0007川崎市麻生区向原3-14-14(☎044-953-9141*)昭19.1.31/長野県生
横田欣子《円座》〒464-0015名古屋市千種区富士見台4-1ガーデンヒルズ5-206(☎052-721-3238*)昭30.12.6/長野県生/『風越』
横田澄江《今日の花》〒221-0005横浜市神奈川区松見町2-380/昭12.2.8
横田裕子《晨》昭39.7.24
好井由江《棒・不退座》〒206-0823稲城市平尾3-1-1-5-107/昭11.8/栃木県生/『両手』『青丹』『風の斑』『風見鶏』
吉浦百合子《山彦》〒745-0643周南市新清光台1-17-6(☎0833-91-4877*)昭11.7.30/宮崎県生
吉田悦花《炎環・豆の木》〒273-0035船橋市本中山4-8-6(FAX047-335-5069)千葉県生/『わん句歳時記』『いのちの一句』など
吉田克美《ろんど》〒191-0032日野市三沢3-26-33(☎042-591-8493*)昭17.4.23/山形県生
吉田美佐子《春野》〒251-0033藤沢市片瀬山5-28-7(☎0466-25-4022*)
吉田みゆき《漣》〒611-0011宇治市五ヶ庄戸の内50-67(☎0774-32-5914*)昭22.7.8/兵庫県生/俳句とエッセイ集『早春の花』等
吉田有子《祖谷》〒770-0021徳島市佐古一番町12-7-502(☎088-623-1455*)昭24.8.14/徳島県生
吉田幸恵《やぶれ傘》〒330-0045さいたま市浦和区皇山町31-4/昭20.8.7/埼玉県生
吉田幸敏《栞》〒224-0006横浜市都筑区荏田東4-30-26(☎045-942-3152*)神奈川県生
吉田林檎《知音》〒154-0001世田谷区池尻2-31-20清水ビル5F/昭46.3.4/東京都生/『スカラ座』
吉田黎子《汀》〒213-0022川崎市高津区千年215-3(☎044-788-9292)
吉原文音《主宰　太陽》〒731-4314広島県安芸郡坂町坂西2-21-8(☎082-885-2503*)昭39.1.27/広島県生/『風の翼』『モーツァルトを聴くやうに』『海を詩に』、著書『寺山修司の俳句』『中城ふみ子』
依田善朗《主宰　磁石》〒349-0127蓮田市見沼町2-5(☎048-764-1337*/zenro0329@gmail.com)昭32.3.29/東京都生/『教師の子』『転蓬』『ゆっくりと波郷を読む』
四ッ谷　龍《代表　むしめがね》〒176-0002練馬区桜台3-15-14-302/昭33.6.13/北海道生/『慈愛』『大いなる項目』『夢想の大地におがたまの花が降る』、散文集『田中裕明の思い出』
余田はるみ《雪解》東京都生
米澤響子《知音》〒606-8277京都市左京区北白川堂ノ前町19(☎075-701-2864/zal00105@r8.dion.ne.jp)昭26.10.8/東京都生/合同句集『レモンパイ』

ら行

良知悦郎《鴻》〒270-0034松戸市新松戸7-222-A1002(☎047-342-4661*)昭12.10.19/静岡県生

わ行

若槻妙子《栞》〒305-0044つくば市並木2-9-409（☎029-851-3144＊）昭9.4.14/徳島県生

脇　佐和子《こあみ俳句会》〒344-0011春日部市藤塚337-6（☎048-734-6451＊）昭13.9.6/東京都生

脇村禎徳《主宰 杉俳句塾》〒649-0306有田市初島町浜56（☎0737-82-5303＊）昭10.9.23/和歌山県生/『素心』『而今』、評論『森澄雄』

わたなべじゅんこ《çava!・大阪俳句史研究会》〒651-1141神戸市北区泉台4-3-9（☎090-5960-6148/gonngonn@poem.ocn.ne.jp）昭41.12.1/兵庫県生/『seventh_heaven@』『junk_words@』『歩けば俳人』他

渡辺　澄《響焰》〒263-0043千葉市稲毛区小仲台4-1-4/昭14.3.7/千葉県生/『六気』『六華』

渡辺誠一郎《小熊座》〒985-0072塩竈市小松崎11-19（☎022-367-1263＊）昭25.12.13/宮城県生/『余白の轍』『地祇』『赫赫』

渡邉孝彦《やぶれ傘》〒225-0002横浜市青葉区美しが丘2-11-3プラウド美しが丘509（☎045-901-5063＊/t-nabesan@ac.cyberhome.ne.jp）昭15.4.27/兵庫県生

渡邊たけし《若竹》〒470-2101愛知県知多郡東浦町大字森岡字下今池61-16（☎0562-84-4817＊）昭6.12.17/東京都生/『野仏』

渡部悌子《燎》〒245-0063横浜市戸塚区原宿3-57-1-4-106（☎045-852-8856）昭13.5.7/東京都生

渡辺眞希《風叙音》〒252-0317相模原市南区御園5-2-24（☎090-4058-0279）昭23.9.20/神奈川県生

渡辺昌子《湧・百鳥》〒418-0023富士宮市小泉239-1（☎0544-22-0338＊）昭15.2.5/静岡県生

渡邉美奈子《風の道》〒216-0033川崎市宮前区宮崎1-4-5-201（☎044-855-8055＊）昭31.3.7/福島県生

渡辺洋子（やや）《風土》〒611-0002宇治市木幡南山73（☎0774-32-0509＊）昭19.2.7/東京都生

和田　桃《主幹 南柯》〒630-8357奈良市杉ケ町57-2-813（☎090-7109-6235）昭39.12.16/高知県生

和田洋文《主宰 湾》〒899-7103志布志市志布志町志布志2573-3（☎099-472-0288 FAX099-472-0205/wada-hari@arion.ocn.ne.jp）昭28.5.28/鹿児島県生

度会さち子《郭公》〒503-0971大垣市南一色町447-14（☎0584-82-2223 FAX0584-75-1387/sachiwatarai@nifty.com）昭21.5.6/岐阜県生/『花に問ふ』

和出　昇《耕》〒444-0943岡崎市矢作町金谷55-3（☎0564-32-4010＊）昭19.3.30/愛知県生

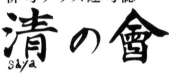